本书系教育部人文社会科学研究规划基金项目
"厄休拉·勒奎恩科幻作品中的生态美学思想研究"
（项目批准号：18XJC752004）研究成果

An Aesthetic Approach to Modernity
A Study of Le Guin's Science Fictions

现代性的美学方案

勒奎恩科幻小说研究

肖达娜◎著

中国社会科学出版社

图书在版编目（CIP）数据

现代性的美学方案：勒奎恩科幻小说研究 / 肖达娜著 . -- 北京：中国社会科学出版社，2024.7. -- ISBN 978-7-5227-4043-0

Ⅰ. I712.074

中国国家版本馆 CIP 数据核字第 2024YJ5596 号

出 版 人	赵剑英
责任编辑	杨　康
责任校对	冯英爽
责任印制	戴　宽

出　　版	中国社会科学出版社
社　　址	北京鼓楼西大街甲 158 号
邮　　编	100720
网　　址	http：//www.csspw.cn
发 行 部	010 - 84083685
门 市 部	010 - 84029450
经　　销	新华书店及其他书店

印　　刷	北京明恒达印务有限公司
装　　订	廊坊市广阳区广增装订厂
版　　次	2024 年 7 月第 1 版
印　　次	2024 年 7 月第 1 次印刷

开　　本	710×1000　1/16
印　　张	21.75
字　　数	336 千字
定　　价	99.00 元

凡购买中国社会科学出版社图书，如有质量问题请与本社营销中心联系调换

电话：010 - 84083683

版权所有　侵权必究

序 言

能够在国内高级别出版社发表自己的著作无疑是所有学者的梦想。最近,我非常高兴地得知,肖达娜女士,我前些年指导过的一名博士生,同时也是一位受到学生欢迎的教师和女儿爱戴的母亲,获得了在中国社会科学出版社出版专著的机会。因此,当她邀请我为她的新作写一篇"序言"时,我马上就"受宠若惊"地答应了下来。

对于肖达娜这部从人类学角度来研究美学的作品——《现代性的美学方案:勒奎恩科幻小说研究》,我是非常熟悉的。而且,对于她本人和这部作品本身,我一直都持有很强的信心——这部作品的主体思想其实来源于她前两年在外审和答辩中都受到高度评价的博士学位论文。同时,我也知道,她一直在认真思考和修改书稿,不断丰富和完善概念阐释和论证过程,并经常兴致勃勃地与我分享其中的心得体会。

虽然序言往往需要对作品的重要内容进行一番总结和提示,但我打算将它们交给日后的读者们去自行体会。在此,我更愿意用"序言"这部分有限的篇幅去介绍作者研究勒奎恩科幻作品的美学思想时所采用的"特殊性"方法——正如美国的人类学家和美学家迪萨纳亚克在她的著作《审美的人》中所说的那样:"美来源于对于事物的特殊性理解方式和处理过程。"就在写到这段文字的同时,我突然产生了一个意外的联想:这部著作的作者肖达娜和她所讨论的这些科幻作品的作者勒奎恩,以及我刚才提到的美学著作《审美的人》——一本一直以来被列入四川大学道教与宗教文化研究所美学方向硕士和博士生必读书目的著作的作者迪萨纳亚克在"此刻"被以某种"意想不到"的方式联系到了一起:她们的女性身份和人类学者所特有的思维。

在《审美的人》一书中，迪萨纳亚克就曾经将一种事物与另外一种事物之间产生出某种"意想不到"的联系称为"跨样态搭配"，并且以这种现象来阐释审美中的"移情"现象。同样，在她的美学思想中，具有人类学特色的思维和理解方式也明显地体现在她关于艺术起源的阐释之中——在她看来，审美是从人类的生物需求和本能中被演化和发展出来的特殊倾向，从而在身体、情绪和感觉上满足和愉悦人类。因此，早期的人类为了确保生存和繁衍等最为重要的目标，将具有"特殊性"的色彩、声音和节奏等让人"感觉良好"的事物运用于古代仪式这种最为严肃和重大的"集体关切"之中，从而激发出了人类早期的艺术形式和审美活动。显然，作为人类学家的迪萨纳亚克是将"美"置于人类的生物本能、物质需要和宗教体验的整体结构中去进行理解和阐释的，而非简单地将它视为一种纯粹的精神诉求或者关于人类"艺术现象"的理性思考。

作为人类学研究中的"实证性"材料，勒奎恩本人及其作品一直以来都被深深地打上了人类学的烙印。正如作者在本书中所言，这位以科幻作品闻名的作家其实还有着一个非常特殊，甚至比起科幻作家来更为重要的身份——她还是一位在所有意义上都完全成立的人类学家！我们将在本书中读到勒奎恩与"人类学"的特殊渊源，比如在她的成长和创作过程中起到重要作用的父亲，一位终身从事印第安文化研究的人类学家以及同样因为创作印第安题材的文学作品而声名远扬的母亲——与这种特殊的家庭和教育环境同样重要的是，在后来的时间中，勒奎恩自觉地将人类学的思维和方法融入几乎她所有的科幻作品的创作之中。依据人类学美学"形式—意义"的"同一性"思维，该著作分析了勒奎恩作品所展现出来的"实证性"和"象征性"特征——通过创造一系列被法国人类学家列维-斯特劳斯称为"二元关系"的特殊结构，比如"过去—未来""梦境—现实""技术—人""人—自然"和"东方—西方"等，向我们展示和阐释了"美"在不同"语境"中的多元化存在形式。由此可见，该著作中所有的研究也显然地基于一个非常重要的人类学美学结论："美"并不来自一种绝对和纯粹意义上大写的"ART"，而是在特定"语境"中，由不同地域、时间、种族和文化等因素所塑造的多元化的"arts"形态。

如果要用最为简单的语言来总结这本著作的价值，我认为，就在于该作品从人类学思维和方法的独特视角"发现"了隐藏在勒奎恩作品的科幻形式中具有"特殊性"的文学和艺术因素的"美感所在"。因此，在这部即将问世的作品中，我们能够非常清晰地察觉到"跨学科"研究的意义和价值——人类学、美学和文学，甚至是宗教学等不同的学科和知识在作者精心设定的结构中被交织和融合，从而创造出在其中任何单一学科背景下都无法实现的"整体性"。我甚至这样断言，正是基于深入地理解和合理地运用了人类学特有的研究思维和方法，才使得这部著作的作者"站在一个崭新的角度"去思考美学，特别是美学的"现代性"问题的研究目标成为可能。

苟　波

2023 年 5 月 16 日于成都

目 录

导　言 …………………………………………………………………… 01

第一章　过去与未来的动态螺旋 ………………………………… 19

第一节　残酷的时间之流：《劳卡诺恩的世界》 ………………… 20
第二节　双面时间中的成长之旅：《一无所有》 ………………… 30
第三节　线性与环形时间的暧昧螺旋 …………………………… 45

第二章　梦境与现实的镜像交流 ………………………………… 62

第一节　梦境与现实的互换：《天钧》 …………………………… 65
第二节　梦境与现实的博弈：《世界的词语是森林》 …………… 78
第三节　意识与无意识的暧昧合作 ……………………………… 92

第三章　技术与人的包容互渗 …………………………………… 112

第一节　技术与人的结合 ………………………………………… 114
第二节　技术对身体的异化 ……………………………………… 127
第三节　技术与人的暧昧互渗 …………………………………… 151

第四章　人与自然的换位参与 …………………………………… 166

第一节　人与动物的"生活世界"：《野牛女孩》 ……………… 168
第二节　人与环境的"存在之家"：《永远回家》 ……………… 186

第三节　人与自然的暧昧共生 ………………………… 215

第五章　东西方思想的暧昧互动 ……………………………… 235

　　第一节　道家阴阳观与西方社会"他者"文化 ………… 239
　　第二节　道家无为观与西方世界发展观 ………………… 259
　　第三节　道家"循环往复"思想与西方神话
　　　　　　"永恒回归"主题 ………………………………… 280

结　语 …………………………………………………………… 310

参考文献 ………………………………………………………… 317

后　记 …………………………………………………………… 336

导　言

一　当代美学研究困境：难以捕捉的现代性

波德莱尔（Baudelaire）曾说："做现代人就是四处追寻现今生活捉摸不定、转瞬即逝的美，那种我们蒙读者恩准称为'现代性'的特质的显著特征。"[①] 现代性发展至今，一切复制的都不再权威；一切拼贴的都不再新奇；一切裸露的已不再吸睛；一切混乱的也不再令人咋舌。人工智能、生物科技、新能源产业的迅猛发展助长了人类中心主义的膨胀；智能时代催生了数据主义，引领我们从"人智"时代走入"数智"时代[②]；数码资本主义引发了全局性大变革，神、真理、艺术都在大数据的透视下失去了原有的神秘性和崇高地位，人、科学、艺术、社会、自然之间的关系到了临近崩溃和亟待重建的关键时刻。如果说现代性的特征是马赛克[③] 似的拼贴与各元素的自我求生的"有机合成"，那么，当人们利用科学和技术从解放双手到解放大脑，从利用数据到成为数据，人的主体性已然破碎崩塌，强劲的无机生命势头步步逼近人性的最后防线。抑郁症的年轻化和普遍化；社会性报复行为的激增；恐怖袭击在新闻头条中的频繁出现等，让我们看到

[①] Baudelaire, C., "The Painter of Modern Life", in *The Painter of Modern Life and Other Essays*, London: Phaidon Press, 1964, p.40.
[②] 徐新建：《数智时代的文学幻想——从文学人类学出发的观察思考》，《文学人类学研究》2019 年第 1 辑。
[③] 阎嘉将"走向 21 世纪的西方文学理论"命名为"马赛克主义"，他指出："（21 世纪）各种理论观点和批评方法杂陈，彼此之间没有多少内在联系，各自的视角和关注点极为不同，形成一种看似'众声喧哗'的局面。"参见《马赛克主义：后现代文学与文化理论研究》，四川出版集团巴蜀书社 2013 年版，第 4 页。

科学理性笼罩下的强烈的非理性冲动。现代性中偶然性的日益增加，导致"一切坚固的东西都烟消云散了"①，没有了确定性，文化的源头注定枯竭。随着"艺术的终结"，难以捕捉的现代性成为当代美学研究的核心问题。

尼采在《不合时宜的沉思》一书中曾说："这沉思是不合时宜的，因为我把这个时代引以为傲的东西，即这个时代的历史修养，理解为一种疾病、无能和缺陷，因为我坚信我们都正在被历史的热病消耗殆尽，我们至少应该认识到这一点。"②尼采所宣称的"历史的热病"无疑也是对迷狂的现代性的一种生动表达。但总归来说，现代性是人的现代性，表现的是人的思想的变革，书写的是人类思想的演变过程，是根植于人们内心深处和原始思维中的一种征服和叛逆的情绪。它反映并暴露出人类主体历经几千年的历史长河，在客观世界中从隔离到阈限，最后走向永恒回归的挣扎和成长之旅。

（一）主体的物化和破碎

在现代化进程中，人类主体决然告别过去，"杀死"上帝，宣告主权，凸显了人类主体主义的霸气和权威。然而，随着技术的不断升级，一切手工劳作被机器所取代，原来的生产者成为操作者、监管者、最后反过来成为机器的服务者。社会关系的物化最终导致人的关系的物化，主体不再是物的操控者和绝对的生产者，反而被物所操控，湮没于物的洪流之中，沦为商品拜物教的一员。

速度、技术、制度是陷入阈限状态的现代性的典型特征，这些特点不断加速全球化进程，在时空压缩的全球化大生产中，劳动产品和雇佣劳动本身被完全商品化。工厂的流水线作业将工人禁锢在固定的生产制度之下，使其主体客体化（objectivation）；资本主义对剩余价值的贪婪追求和循环制造，导致主体在一个被异化的社会中以物为上，受商品控制，最终丧失其主体性，从社会的异化走向了自身的物化。物成为现代

---

① 《共产党宣言》，中共中央马克思恩格斯列宁斯大林著作编译局编译，人民出版社2018年版，第31页。

② Daniel Breazeale ed., *Nietzsche: Untimely Meditations*, trans. R. J. Hollingdale, Cambridge: Cambridge University Press, 1997, p. 60.

性阈限旋涡中的新上帝，其最大的臣服者就是人自身。在资本家的操控下，人的身体不断受到技术的诱惑，技术态身体加上物的包裹，成为新时代身体的新信仰，释放着缥缈的快感。正是在这种被动改造中，主体逐渐被物化，失去躯体，甚至成为无生命的数据，沦为从个性走向同一性的偶像。

不光是身体，主体意识本身也反过来被物所控制。哈贝马斯指出：

> "实证性"使得制度异化，使得社会关系物化，因而揭示出主体性原则是一种压制的原则，而且具体表现为一种被遮蔽的理性暴力。理性的压制特征建立在自我反思的结构当中，也就是说，建立在认知主体的自我关涉当中，从而使得认知主体自身成为了客体。同一个主体性，最初表现为自由和解放的源泉——同时表现为宣告和欺骗——后来又暴露出是一种野蛮的客观化的源头。①

在信息时代，每一个主体都成了一个编辑信息的出版社和新闻发布中心，同时也是信息的被动接收者。由于每一个体都可以任意篡改各种来源发布的信息，版权已经不存在，主体意识也可以任意被改造。没有版权，也就不存在盗版，我们所接收的信息都来自新物流时代的隔空投递，由此衍生出一个无交往的交往社会。谁都可以编辑公共信息，书写博客、发朋友圈、建立公众号、推送软文、更新动态，输送大量不可靠信息，引导甚至控制主体的思想。主体的意识被他者塑造，受大众传媒所左右，逐渐从独立的思想个体走向二手信息的被动接收站。可见，现代性对物的疯狂迷恋导致人们在追求主体特权的同时逐渐失去主体。

另外，全球化"时空压缩"也进一步加速了主体的物化与消失。对专业知识的信赖以及被所谓的专业知识所限制。人们只需坐在家中就可以接受各种专家意见的指导和控制，俨然成为专家系统培养的试管巨婴。但凡走出家门，人们要么是受各种交通系统和监控设备的监督和限制，要么是

---

① [德]尤尔根·哈贝马斯：《后民族结构》，曹卫东译，世纪出版集团上海人民出版社2002年版，第183页。

全程依赖GPS或各种手机软件的指引，我们完全不再需要主体进行思考、判断和选择，而是跟随专门知识、听从制度的分配，越来越像机器和没有思想的木偶。

从波德里亚的观点来看，我们所生活的世界已经被各种符号所替代，而这些符号本身又都是真实的。人与人之间的交往逐渐幻化为一种符号的交往。原先社会交往中主体之间的亲近感、透明度、可靠性荡然无存，主体之间的交往演变为形式，交往的实质只剩下图像和符号的传递和流动。也就是说，"当代社会的特征就是符号的生产与消费。在这个符号的世界中，意义完全是关系性的，失去了同现实的任何联系"[1]。在这种碎片化的中介经验的堆积中，主体不再具有亲身、初次、陌生的自主体验，而更多的是由客体制造的图像和数据，是一种对既有印象的填充。因此，主体从没有选择权到争取选择权，到最后失去选择权，经历了从主体主义到主体破碎的过程。

（二）传统"美"的消逝

随着经济全球化和"时空压缩"的加剧，一方面，资本家通过"空间修复"的方式进行资本积累，导致人类生活空间呈现不断向外扩展的需要；另一方面，人工智能、生物科技、仿生工程等现代技术的发展导致人们从生物性上期待对自身身体进行改造和升级。于是，科技革命成为全球"时空压缩"下审美流动的催化剂，进一步颠覆了传统审美标准，各种"新的震撼"（the shock of the new）被送上商品经济的加速带，迅速发展为一种过客式的、流动的、朝向未来的审美模式。现代性打着求新的旗帜，以捕捉快感为目标，通过加速、复制、专业化、生活化等方式导致传统意义上的"美"的消逝。

1. 加速

现代性的美的范式："我们宣称世界的绚丽已经由于一种新型之美而得到丰富，即：速度之美。"[2] 一味追求速度导致粗制滥造的美的泛滥。杜

---

[1] ［英］杰拉德·德兰蒂：《现代性与后现代性：知识，权力与自我》，李瑞华译，商务印书馆2012年版，第209页。
[2] ［斯洛文尼亚］阿莱西·艾尔雅维茨、高建平主编：《美学的复兴》，张云鹏、胡菊兰等译，河南大学出版社2020年版，第42页。

威从经验的角度对一种无休止的加速流动进行了评论："不断地加速会使人透不过气来，使其中的部分不能获得独特性。"① 现代生活中，人际交流方式的工具化、文字化甚至无声化造成人与人之间关系的淡漠和疏离；高速的城市化建设导致城市与城市甚至国家与国家的建筑模板化；电子信息的加速传播导致信息简单化、图示化和娱乐化；技术拟像（technological simulation）压缩和操控时空，导致了时空的物化和失真。在倡导"速度之美"的时代，"美"被转化为一种刺激性的娱乐，破坏了文化本来承担的差异性和过程性。阿莱西·艾尔雅维茨表示，"我对当代四处蔓延的娱乐文化的批评首先针对的是，正是因为娱乐的这种最浅薄的形式——也就是快速娱乐（因为单个来看，它们都快速、乏味而且很快消失，所以要持续不断地产生出来）——越来越大行其道，其他文化乐趣的多彩平台才逐渐地淡出公众视野、陷入逆境并最终破产"②。

2. 复制

继尼采宣布"上帝已死"，模仿论跌下神坛，没有了神，美就失去了依托。短短 200 年，艺术从泛艺术走向了今天这种固定模式的、分门别类的消费型艺术，这要归功于工业革命和大数据时代的印刷及影像技术对艺术品机械的复制。在大数据背景下，艺术被各种先进的技术所操控、复制，印刷术开启了对经典文学作品的复制与传播；摄影摄像技术消解了艺术品原初的膜拜价值，让艺术变得可以被无限复制和修正，甚至让静止的艺术动起来，同时还能消解时间与空间对审美活动的限制；深度神经网络可以将计算机在理解图像时"看到"的东西与原图叠加呈现，绘制出特点鲜明的艺术作品；智能手机上的各种照片管理软件可以精确地定时、定位我们的拍摄背景；通过电子书籍文本所看到的艺术品图片都附带了抹去原始艺术想象力的现代文字。艺术品与我们之间的那层神圣的距离遭到彻底消解，无论是手机里的照片、电脑特效的绘画，还是液晶屏上的电影，都以它们的重复性、符号性、泛滥性让人眼花缭乱，诱使人们通过占有一个

---

① ［美］约翰·杜威：《艺术即经验》，高建平译，商务印书馆 2010 年版，第 43 页。
② ［德］沃尔夫冈·韦尔施：《超越美学的美学》，高建平等编译，河南大学出版社 2019 年版，第 347 页。

对象的酷似物、摹本或它的复制品来占有这个对象的愿望与日俱增，彻底覆盖了艺术品本来应有的神圣性、原真性及永恒性。

3. 专门化

现代性追求明晰的秩序，通过人为的数理逻辑来为世界立法，将不确定的、模糊的、含混的东西用自己的方式如归类、命名、专业化等固定下来，这就导致了广泛的归类和排斥性。通过这种专门化的分类，学科的边界和观念的边界在极大程度上影响了社会生态的健康发展，各学科的故步自封和彼此之间的恶意抨击造成知识和审美的单一化、机械化，甚至结晶化，难以焕发创造性的光芒。马克斯·韦伯在谈论"理性化"时说："社会中呈现出一种难以逆转的虚无状态：有人精通于专门之学却没有了灵性，有人沉溺于酒色却没有了真情实感；他们自以为是，认为这种虚无状态已经达到了前所未有的文明程度。"[①] 这种虚无导致意义的丧失，具体表现为主—客体的错位和由现代性的流变特征所导致的审美麻木。文化和审美的枯竭消解了美的多元性和神秘性。致使艺术沦落为一项专门的娱乐和消遣，将"为艺术而艺术"的主张演绎得淋漓尽致。

4. 生活化

韦尔施（Wolfgang Welsch）就曾表示："让独特之物变成标准之物，人们就不得不改变其性质。"[②] 在消费主义盛行的时代，资本家不断生产出更多的"艺术家"和"艺术品"来填补人们日益增长的欲望及流变的审美趣味，艺术继而泛化为一种日常的生活附属品。然而，当所有形塑之物都成为"美"的艺术品，美就失去了它原初的"灵韵"（Aura），降级为一种大众娱乐。在这种制造的喧嚣中，"艺术不再为其自身的缘故而存在于（即使它曾经存在过）一种真空或理想的领域，其神圣的本质有待人们发现，而是必须像它出现并依赖于某个特定社会环境中那样被人们认识"[③]。人们将万物以"美"为标准进行形塑，排斥掉所有的"非美"。"美"随处

---

① Max Weber, *The Protestant Ethic and the Spirit of Capitalism*, trans. Talcott Parsons, New York: Charles Scribner's Sons, 1958, p.182.
② ［德］沃尔夫冈·韦尔施：《超越美学的美学》，高建平等编译，第 43 页。
③ ［美］埃伦·迪萨纳亚克：《审美的人——艺术来自何处及原因何在》，户晓辉译，商务印书馆 2004 年版，第 72 页。

可见，唾手可得，被更替的"艺术品"堆砌成山，从独特之物沦落为多余之物，收获的只有麻木和漠然："全球化的审美化成为了其自身的牺牲品。它以麻木（anaestheticization）告终。全球化的审美令人讨厌，甚至恐惧。因此，审美漠然成为一种明智的、几乎不可避免的态度，以期抽离这种无所不在的美的强求。"① 艺术的过度生活化、标准化，导致美的重复和过剩，从而引发审美的漠然和意义的蜕化。

（三）"暧昧"概念的提出

处于迷狂状态中的现代性应该如何去冲破阈限，寻觅升华回归之路？继尼采之后，德兰蒂也将现代性看作一种病理特征，试图发掘其发病机理②。然而，一味否定现代性，也就否定了现代性状况下人的思想的进步性。事实上，现代性不是一种病，至少它不是一种绝症，也不是一种断裂或者无望。它是一种过渡，是一种发炎、一种高烧，是在异体细胞或病毒的侵入下，体内细胞受到外部感染导致的病变。我们知道，由炎症导致的高热的表现反映出体内病毒细胞之间的厮杀，结局一般会走向两个方向，一是病毒获胜，那么其承载的生命将受到威胁甚至终止；二是成功地重建免疫系统。但是，这个系统的建立不是基于病毒被完全杀灭，而是人体自身的细胞与病毒经历从对抗到和解的过程，最终形成免疫、产生抗体，达成与病毒和谐共处的局面。以这一思路进入，现代性就不是一种病，而是一种过渡、一个中介。因此，我们不能武断地"剿灭"现代性的存在，而是要让它与其相对立、相敌视的传统也好、宗教也罢，经历从试探到互渗、从对峙到协作，最后形成一种特殊的张力，共同走入一个健康的未来的过程。那么，关键在于我们需要的是一个什么样的现代性？赫勒（Heller）指出："现代性需要强调多种发展逻辑，它们本质上是矛盾的、未完成的，并且可能是不可完成的。"③ 这种"不可完成"的发展逻辑，正是现代审美问题中的关键突破点，即审美主体与审美对象、与世界之间持续的互动和建构，没有终点，永不停滞。毋庸置疑，只有以一种模棱两可的关系建构为

---

① ［德］沃尔夫冈·韦尔施：《超越美学的美学》，高建平等编译，第 43 页。
② ［英］杰拉德·德兰蒂：《现代性与后现代性：知识，权力与自我》，李瑞华译，第 76 页。
③ Heller, A., *A Theory of History*, London: Routledge and Kegan Paul, 1982, p.284.

前提，才有望达成这种持续的不可完成性，而"暧昧"概念以其流动性、包容性和开放性为特质，将为我们破解这一难题提供有力线索。

本书将"暧昧"一词放在哲学美学维度来重新讨论和界定，主要源于对美国科幻作家勒奎恩创作中体现出的"暧昧"美学思想的提炼和阐发。在其代表作《一无所有》中，"勒奎恩在扉页内写下：一个暧昧的乌托邦"（An Ambiguous Utopia）。综观勒奎恩整个创作生涯，她一直在不懈探索和阐释"暧昧"（ambigious）的重要内涵。这一术语承载着一位科幻作家将知性与想象力进行自由协调的创作思想，同时也从美学的视角展现了时代关怀。事实上，勒奎恩的创作本身就是含混暧昧、模棱两可的，这一艺术特征使得她笔下的故事一方面超越了虚幻的乐观主义，比如那些可以一举拯救世界的技术发明或可以瞬间将人类送往永生乐园的星际飞船；另一方面，也超越了悲观主义所设定的世界末日和人类必须面临的灭顶之灾，比如那些以末日论为主题的夸张的文本。

论及"暧昧"一词，人们多会联想到男女之间的不明朗关系，其实不然。"暧昧"所包含的寓意和可指涉的外延远不止于此，它以不同的表现形态潜藏于哲学、文学、艺术学、医学、地理学、政治学、社会学等多个学科的研究领域当中，特别是在以碎片化和流变性为典型特征的现代社会中，"暧昧"更是或隐或现地活跃于人们生活的方方面面。勒奎恩曾在访谈中多次表示，她喜欢开放的结局，喜欢调和而非妥协的态度，她认为真正美好的关系是边界的开放、选择的自由和中心的独立，而"暧昧"的中介性作用，使得这样的关系实现成为可能[①]。

厄休拉·勒奎恩，美国当代著名的科幻、奇幻大师，被美国文学评论家哈罗德·布鲁姆（Harold Bloom）盛赞为当代幻想文学典范，称赞其想象力丰富、风格上乘，超越了托尔金，远胜于多丽丝·莱辛，具有非同一般的研究价值。勒奎恩一生著述颇丰，主要出版有长篇小说22部，短篇小说集11部，以及13部儿童读物和几本诗集。在近50年的创作生涯中，她多次荣获星云奖（Nebula Awards）、雨果奖（Hugo Awards）等科幻界

---

① David Streifteld ed., *Ursula K. Le Guin: The Last Interview and Other Conversations*, London: Melville House Publishing, 2019, pp.107-108.

重量级奖项，并于2014年获美国国家图书奖终身成就奖。她创作门类颇丰，跨度极广，主要代表作有《地海传奇六部曲》(The Earthsea Cycle Volumes 1-6, 1968-2001)、《黑暗的左手》(The Left Hand of Darkness, 1969)、《天钧》(The Lathe of Heaven, 1971)、《世界的词语是森林》(The Word for World is Forest, 1972)、《一无所有》(The Dispossessed: An Ambiguous Utopia, 1974)、《永远回家》(Always Coming Home, 1985)、《倾诉》(The Telling, 2000)以及她历经40年翻译的中国古代经典《道德经》(Lao Tzu. Tao Te Ching: A Book about the Way and the Power of the Way, 1998)，其作品内容涉及对现代科技、性别、战争、生态环境和精神压迫等的伟大探索。勒奎恩将理想与现实熔于一炉，以科学幻想之道编织出一张暧昧之网，带领我们审视过去，展望未来，大胆呈现社会镜像，揭示现实危机，靠近并捕捉流变的现代性。

勒奎恩拥有特殊的学习经历和多元文化交融背景下的成长体验。特别值得一提的是，她具有深厚人类学学术氛围的家庭与教育背景是那个时代（20世纪20年代）以来所特有的，也是同时代科幻作家中仅有的。她的父亲阿尔弗雷德·克鲁伯（Alfred Kroeber）是美国现代人类学的创始人之一，其广为人知的著作《加州印第安人手册》(Handbook of the Indians of California, 1925)记载了对加州印第安人的近距离科学实地考察，另一部专著《文化增长配置》(Configurations of Culture Growth, 1944)则对人类社会共有的文化模式进行了广泛的理论研究和探讨。母亲西奥多拉·克鲁伯（Theodora Kroeber）是心理学家兼作家，她一生致力于推动印第安人文化和故事的流传，主要作品有小说《内陆鲸》(The Inland Whale, 1959)和《两个世界中的伊希》(Ishi in Two Worlds, 1961)。其中，《两个世界中的伊希》连续两年获得畅销书排名第一的好成绩。该书以一位真实人物——雅美族人（Yahi）唯一的幸存者伊希（Ishi）为主人公，讲述他从原始社会流落至20世纪的现代社会，在全然陌生的环境中挣扎求生的故事，生动呈现出"传统"与"现代"之间的差异、矛盾和张力。[①] 在1977

---

① Elizabeth Cummins, *Understanding Ursula K. Le Guin*, Columbia: University of South Carolina Press, 1993, p.9.

年的一次采访中,勒奎恩谈到父母对自己的重要影响:"我父亲非常强烈地认为,你永远无法脱离自己的文化。你所能做的就是尝试。我想这种感觉有时会在我的写作中表现出来。"① 确实,勒奎恩的父母研究着现实世界的人类文化,而勒奎恩则以文学想象的方式创造着全新的文化。不仅如此,她的父母经常在家里举办学术沙龙,勒奎恩幼年开始就受到各种文化、各个学科的多元文化思想的熏陶,造就了她包容、庞杂的知识体系。在具体创作过程中,她借鉴了道家思想、荣格心理学、各种女性主义、不同的人类学模式、赫尔墨斯和新柏拉图主义的传统和禅宗的一些元素、萨特的存在主义、布伯的"我-你"关系和马丁·海德格尔关于言语和存在的一些观点。

今天的"科幻"已有别于最初突出技术设想的文学书写的"科幻",它包含了科技发展背后的对人类现实的软性思考和追问、精神的回归,以及对未来道路的探索。人们不再过度强调科学技术而转向强调文学艺术,科幻文学的内涵和外延都在不断地扩大,成为现代语境下人们思考人生、洞察社会的新神话。在《科幻文学的批评与建构》(*Criticism and Construction of Science Literature*,1974)中,弗雷德里克·詹姆逊(Fredric Jameson)直言勒奎恩是一位结构人类学家,"她更多处理的是原则性问题而非社会组织的具体资料。当然,她的方法显然是虚构性的、寓言性的和建设性的。她有意地将我们所熟知的现实世界变形,为我们提供一个模型世界,以此向我们揭示熟悉的世界里逃过我们注意的方方面面"②。在《亿万年大狂欢:西方科幻小说史》(*Trillion Year Spree: The History of Science Fiction*,1986)中,布莱恩·奥尔迪斯(Brain Aldiss)这样形容勒奎恩的创作:

> 新浪潮为这一企图打下了基础,却也形成了一种癫狂、拼凑、愚蠢的驳杂风格,而新的科幻小说的结构却是全靠一砖一瓦,一层一层砌起来的,到70年代才得以出现。

---

① David Streifteld ed., *Ursula K. Le Guin: The Last Interview and Other Conversations*, p.35.
② [美]罗伯特·斯科尔斯、[美]弗雷德里克·詹姆逊、[美]阿瑟B.艾斯等:《科幻文学的批评与建构》,王逢振、苏湛、李广益等译,时代出版传媒股份有限公司安徽文艺出版社2011年版,第61页。

新作家中的佼佼者看出了从科幻小说继承的纯理想主义形式的弱点，被新浪潮实验的自由所吸引，开始寻求能熔科学与小说为一炉的适当方法。在这座新大厦里，西尔维贝格和勒奎恩的作品都是别人注目的里程碑。[①]

20世纪70年代前后，勒奎恩的创作进入成熟期，社会也正在步入后工业时代，机器大生产导致规模化生产走向极致，迅速发展至电子化、信息化、数据化时代，科技革命到达了另一个顶峰。在最近二三十年中，我们看到，人们开始优化组合，更多地通过提高软性的文化实力来增强社会竞争力。当初勒奎恩在科幻作品中呈现出来的对工业革命的担忧和对生态环境的焦虑，现在都成了人类需要面临的现实问题。她作品中体现出来的艺术哲思也随着时代的流变而凸显出与时俱进的特殊意义和价值。从60年代以存在主义和人类学的视角关注个体的成长与发展，到70年代展开的尖锐的社会、政治批评，包括对女权的争取和对环境的关心，到20世纪末21世纪初逐渐走向后现代批评，重点以整体人类学的视角关注弱小及边缘，映射和传达对自然生态整体观的拥抱与回归，勒奎恩一直在积极探索人类未来的生存和发展之道。

从创作形式上看，勒奎恩的思路是结构主义的，从作品内容上看，她的创作又是解构主义的，她认为历史是流动的、变化的，人的意识形态也是一种开放的、流变的、螺旋生长且具有无限可能性的发展过程。她关注"他者"的移位，用"他者"的眼光来审视自我的发展，让其创作不仅仅适用于西方审美现代性，同时也促成一种世界美学的范式，从整体的视域来研究分析个体的差异性及共性。她用陌生化的文学手段来审视现实世界的问题，在科学的、理性的空间里探索人性的、非理性的情感特征。因此，从勒奎恩思想及作品中提炼出"暧昧"这一概念并结合现代性特征加以剖析论证，有助于我们对过去几十年人们在剧烈的社会变革冲击下形成的不断更新的审美趣味和艺术经验的把握，同时，对

[①] [英]布莱恩·奥尔迪斯、[英]戴维·温格罗夫：《亿万年大狂欢：西方科幻小说史》，舒伟、孙法理、孙丹丁译，时代出版传媒股份有限公司安徽文艺出版社，第507页。

当代美学认识、社会发展以及未来人类生存之道也具有重要的参考价值和启示作用。

二 勒奎恩科幻小说中的美学关怀

从一位科幻作家的作品和思想出发来探讨当代美学问题何以成为可能？又或者说，"暧昧"这一概念的内涵和外延如何反映并满足现代美学之需？

21世纪审美人类学的蓬勃发展是美学向人类学转向的显著成果之一。本书探讨的"暧昧"美学概念所关注的"中心""边缘"两大特征同时也是审美人类学讨论的经典话题，是审美人类学总体框架下的核心观点。受理性主义哲学和身心二元论的启发和影响，随着近代学科分类越来越精细化，学科与学科之间的分界线愈发明显，哲学、宗教、美学、文学被割裂成互不相干甚至是对立发展的独立学科，导致人们对通过艺术来研究宗教，或通过文学来研究美学的方法持质疑态度。在这种背景下，文学作品往往局限于对人们日常生活细节、人的主观情感和思想的阐发或对事实的叙述。所以，在文学作品中讨论哲学、美学、宗教甚至是社会性的话题都被认为是非常有限的、不切实际的甚至是低俗的。只有哲学、宗教、美学本身才是纯粹的、高雅的。由此可见，传统视域下的艺术和宗教、哲学和社会都是分离的，比如西班牙阿尔塔米拉（Altamira）洞窟岩画里的动物壁画，如果我们将它定义为艺术的，就似乎就不可能是宗教的；再如人类早期的仪式，在被归属为一种宗教活动的同时，就一定不能被看作艺术的。这种二分的思想将"美"困囿于大写的、单数的"艺术"（Art）形式之中，破坏了美之为美的神圣性、多元性、丰富性和流变性。

那么，一位科幻作家的作品、思想，是否具备讨论哲学、美学话题的合理性？答案是肯定的。传统观点倾向于将文学创作定义为一种想象性的、无关利害的虚构式书写，但如同哈姆雷特存在于莎士比亚悲剧的每一次表现当中，文学作品本身就是一种从侧面显现事物本质的方式。艺术作品通过每一次描述、解释、表演来显现自身，其中的每一处表现，都是现象，而事物正是通过现象来显现自身的。科幻写作不仅仅是一种言说的表现形式，更是一种寓言和象征，蕴含着言说者自身的观念及其内在的力量。

勒奎恩在2014年接受美国国家图书基金会终身成就奖的演讲中说："我们似乎无法逃避资本主义的霸权——但是，国王的神权也是如此。人类可以抵抗和改变任何人为的霸权。抗拒和改变往往始于艺术，它往往源自我们的艺术，特别是语言的艺术。"[1]而"语言的艺术"是人类想象力开出的花朵，是勒奎恩用于抵抗资本主义霸权的主要工具。勒奎恩的科幻创作所运用的方法是虚构性的，却是以人类学的方法为指导，以达到寓言性和建设性的效果。这种寓言性和建设性促使我们对诸多社会危机及自身问题进行深刻反思，为我们提供了反观现代性的重要镜像。这无疑是源自对社会、人性的洞察和体验而制造的一种审美转换，背后蕴藉着对如何重新激活现代人的审美情感和精神敏感性进行的多维度思考。因此，无论是从创作手法还是从作品内涵来看，勒奎恩的书写都完整地呈现了美学向人类学转向的过程，她的创作生涯与这个时代的核心精神完美相嵌，从某种意义上说，她本身就是引领哲学、美学向整体人类学转向的先驱之一。

首先，勒奎恩以其瑰丽的想象和神话化的思维模式在科幻之域建构了多元的"替换世界"。她以人类学家的视角和方法，观察并思考现实世界中的冲突，从人种、性别、族群、性和阶级多个维度来考察这些冲突的具体表现，并追溯它们发生的根源。在"替换世界"的田野中，勒奎恩大胆地制造矛盾、呈现差异、解决争端，将镜头特别聚焦到边缘群体，透视他们存在的价值，为弱小者和边缘人群发声。她的科幻创作与其说是一种文学文本探索，不如说是一场现代社会的仪式盛宴，在这场盛大的仪式中，她就是手持魔法棒的女巫，将她通过"第三只眼"看见的"替换世界"景观娓娓道来，让读者跟随她的"咒语"和"法术"穿梭于各种想象空间，体验差异之旅，在平行时空中审慎思考和反思现实生活中的问题。她的这种科幻民族志写作手法和适用于新时代的审美创作机制值得我们研究和借鉴。她运用可控的文学创作手段，去把握不可控的、更为广泛的世界，是

---

[1] David Streifteld ed., *Ursula K. Le Guin: The Last Interview and Other Conversations*, p.18.

典型的仪式、象征思维的现代转型。勒奎恩创作的不只是文学作品，还是诗性的、现代性的、充满了政治意识形态的未来的人类学考古调查，旨在对人类现在及未来世界进行平行的反思和考察，因此具有特别重要的理论探索价值和现实参考意义。

其次，勒奎恩试图通过科幻这种特定的表现形式和内容，去反对传统二元思想中的割裂和疏离的论调，她通过强调边缘性、中心性和对审美发生的动态路径的思考，与当下我们的新文科建设方针——以学科融合思维来解决学科创新的问题当中所蕴含的哲学思想不谋而合。她探讨并关怀现代美学、人类思维、社会危机以及未来走向等重大问题，将形式和意义有机地结合起来，完美契合以审美人类学为导向的当代美学中心话题：边缘、中心、模糊暧昧的关系。人类学关心边缘、"他者"的问题，它通过对社会边缘和弱小群体的关注来向被边缘围绕和支撑着的权力中心提问。当人类学通过"向后看"的方式去追寻人类原始文化的意义，通过看向"他者"来反思西方文明自身的问题和危机，他们试图在西方文明以外的世界中去为当下的社会危机寻找出路。而勒奎恩正是率先从西方看向东方，在东方传统文化和深厚的历史文明中去寻找灵感和启发。她在西方"下沉"的过程中敏锐地看向东方，审慎掂量和反思传统与进步之间的得失与优劣，通过平行并置东西方文明，调整视角观看并参与对方世界的建构，为二者提供交流互补的平台，在其笔下的"替换世界"中予以重新建构。通过艺术创作上的努力，勒奎恩力图解构西方中心主义，将古老的神话结构带入现实语境，对形而上的西方美学话语进行修正。

最后，当我们从局部的、具体的思考中跳脱出来，站在宏观层面看，勒奎恩的作品和她的思想本身就是一部宏大的科幻田野资料，也是一种文学人类学意义上的民族志读本。民族志书写和文学文本一样具有隐喻、象征和文化再现的功能，"寓言作为现实生活关系的微妙表征，其意义不在于对现实的摹写，而是激活一种沟通过去、现在与未来的神性，是一种通过'他者'反观自我的仪式"[1]。由此可见，勒奎恩通过文学作品、科

---

[1] 向丽：《审美人类学：理论与视野》，人民出版社2020年版，第202页。

幻想象讨论的正是审美人类学所关心的中心话题。作为"他者"世界里的人类学家，勒奎恩一生致力于为边缘群体发声，她将民族志作为自己创作中一种主要的叙事模式，包括小说中对不同类型人类学家的塑造、田野笔记的书写、数据的分析以及对一些边缘人物的刻画和对地方文化的考察等。正如贝克·克瑞斯托所认为的那样，人类学中的民族志，一直就是一种文学上的努力。他说："想象差异是人类学和科幻小说的一种共同冲动，它是人们建构自我、批判自我的强有力手段。"[①]所以，勒奎恩以民族志的写作方法为我们反映出一个基本事实，那就是人类学家和小说家拥有共同特征：在真实与虚构之间，书写相似的文本。从这一层面上看，勒奎恩将文学写作与民族志的共同点联系起来，具有极高的人类学敏感性。她通过对现实社会的观察和体验，描摹出一个个鲜活的想象世界，揭示现代性状况下人与自然、人与现代社会和科技力量的发展关系的变化所产生的人类文明和文化的变异。

中国特色哲学社会科学发展报告指出："由于缺乏对既有理论形成有效反思和批判性重建，相应就导致美学研究在方法论层面的单调化和趋同化。21世纪美学的发展，方法论的多元化，跨学科、跨文化的交叉介入，将是一个重要趋势。因而，建构新理论、开拓新方法将是未来中国美学发展获得新生命的内在要求。"[②]因此，从理论上讲，学术界当下大力提倡"新文科"建设，本来就是要打破学科界限，通过多学科思维融合的方式来重新激活创造，鼓励学术创新。本书也是在此潮流下，尝试在已有的理论基石上去发掘、开凿新的美学概念和理论。

21世纪初，王明居以模糊数学为理论根基提出"模糊美学"概念，并将其看作"一把启动美的奥秘之门的钥匙，一项跨入新世界的暧昧工程"。他指出："模糊美学既承认美的确定性、明晰性，又承认美的不确定性、弗晰性。它避免了只追求确定不变的美的定义的偏颇，旨在探究隐藏在确定

[①] Beth Baker-Cristales, "Poiesis of Possibility: The Ethnographic Sensibilities of Ursula K. Le Guin", *Anthropology and Humanism*, Vol.37, Issue1, 2012, p.17.

[②] 全国哲学社会科学工作办公室编：《中国特色哲学社会科学发展报告（上卷）："十三五"回顾与"十四五"展望》，中国社会科学出版社2021年版，第193页。

性、清晰性肩傍的不确定性、弗晰性的模糊美。"[1] 值得肯定的是,模糊美学看到了在工具理性主义垄断下人们对一切明确性、稳定性的厌倦与麻木,看到了后现代思潮影响下人们对现代性的撕裂、破坏和颠覆,也看到了新文科背景下学科、专业交叉借鉴、融合的急迫需要。其实,早在"美学之父"鲍姆加登对"美学"一词进行界定时,就特别强调了它的"感性"特质:它涉及的是清晰却"模糊"的知识,是对应于逻辑学而言的不明确的知识。梅洛-庞蒂在对"连贯一致的理性人"进行反思时,更进一步批判了绝对观察者的存在,在梅洛-庞蒂的哲学中,我们和"他者"之间的建构是持续开展且没有终点的,只有打破绝对的观察者和绝对的对象,消解我们和世界之间的界限,让自我与世界之间处于一种模糊的状态和模棱两可的处境,持续互动,并且在互动中生长。诸如此类的观点和理论都有力地指证了西方话语中美的封闭性和僵化性,尝试以"模糊"为突破口来解决审美传统中的主客二分问题。然而,纯粹的模糊无异于混乱,过度追求不确定性必将导致意义的荒芜。现代社会中的文明、进步和发展是不可否认也不可弃绝的,它们已经成为我们的历史事实,沉积于我们经验的河流之中。随着社会的变革和思想的进步,现代美学已经不满足于不可名状的含混,它倾向于冲破无序的混沌,真正实现模糊的清晰、对立的统一。

后现代以日常生活审美化和碎片化为主要特征,一方面拒绝真理和逻辑,疯狂破坏艺术原初的整体性和统一性,另一方面又急于将各种碎片进行随意的拼贴和杂糅,意图拼凑出新奇的视觉震撼和令人眩晕的意义综合体。这一自相矛盾的"解构—重塑"的过程,烹制出一锅去中心、拆结构、消意义的现代性大杂烩。在这一锅大杂烩中,各种元素无规则拼凑合并,犹如水泥黏合的马赛克瓷砖,生硬地黏结在一起。回归原初的混沌和模糊自然是不现实的,因为每一块碎片都已画线为界,各自为政。相较于纯粹的"模糊","暧昧"中既包含了模糊的氤氲和朦胧,又包含了从混沌中开辟路径的主动探索和冒险的精神。"暧昧"提倡在碎

---

[1] 王明居:《一项跨入新世纪的暧昧工程——谈模糊美学与模糊美》,《文学评论》2000年第4期。

片之间模糊边界，化线为带，鼓励边缘地带的相互渗透和过渡，取长补短，在动态变化中加强边缘的韧性和包容性，并以之巩固各自中心的力量，维持其神秘性。因此，"暧昧"不是消极被动的，它是佩尔尼奥拉在讨论仪式思维时提到的积极的引诱，① 也是杜威在《艺术即经验》(Art As Experince，1934）中强调的抵抗中的合作。② 在现代性语境中，"暧昧"探索模糊中的秩序，冲动中的克制，边缘间的对抗与和解。"暧昧"尝试在碎片中寻找联系，在荒芜中重建意义。

"暧昧"汲取了现代美学理论中一些核心思想，并以文学艺术手法进一步形象地深化和拓展对它们的理解和阐释。这一概念的成形，不仅提炼了勒奎恩文学作品中蕴藏的哲思，还参考了杜威对"一个完整的经验"阐发的艺术见解，弗洛伊德通过对梦的解析而生发出的艺术理论，舒斯特曼建立在实用主义之上的身体美学理论，曾繁仁综合中国传统的生生美学和西方环境美学提出的生态美学理论，老子的"阴阳""无为""循环"道家思想，以及列维-斯特劳斯的结构人类学理论。同时，"暧昧"这一概念也有望对国内现有的美学理论工具作进一步的补充和完善。

"暧昧"着重强调在混沌中探索路径，去适应并捕捉过度理性化的现代人的审美趣味。勒奎恩将东西方文化相融合，将想象建立在现实的基础之上，使用人类学的方法，将不同地域的文化现象进行观察、消化并融入创作之中，探索全球范围内的美的相似性、差异性、矛盾性以及共通性，是构筑在科幻虚拟世界中的一种审美人类学研究。她在科幻创作中运用的暧昧化的艺术手法是继模糊美学和理性美学的博弈之后，经历时间与实践的考验而得出的新的美学向度，其中呈现出的暧昧性应时之需，为当下社会弊病开了一剂良方。当然，较之"人类学正是以地方与边缘的独特光晕质询中心的独尊与暴政，从而为边缘性、地方性、流动性正名③"的旨归，勒奎恩的"暧昧"美学思想将更多的关注给予"边缘"，她并没有将"中心"等同于独尊与暴政，继而对中心进行犀利的批判和否定，而是强调通

---

① 参见［意］马里奥·佩尔尼奥拉：《仪式思维——性、死亡和世界》，吕捷译，商务印书馆2006年版，第103-114页。
② ［美］约翰·杜威：《艺术即经验》，高建平译，第187页。
③ 向丽：《审美人类学：理论与视野》，第31页。

过捍卫个体中心来共同构建多中心的共同体。她呼吁给予边缘以重视，增进中心和边缘之间的理解，丰富并肥沃边缘的实质，从而使得边缘更具弹性和韧性，有利于巩固中心的相对稳定性和包容性。

另外，从现实意义出发，勒奎恩的"暧昧"美学思想试图为解决现代人的精神焦虑和情感空虚，现代社会的虚无和过度理性化（技术、生态、人性、人类中心主义等）问题提供参考路径。从剑桥学派对人类仪式和艺术的研究开始，我们就看到，模仿、象征、抽象、移情、隐喻等美学现象的本质，从来就不是纯粹精神性的，而是人们将现实的物质性问题投放至精神层面上来加以缓解或改变的现象，是一种控制的美学。艺术审美的手段和现实问题是相伴而生的，艺术最初的发生就是基于对现实问题的思考和行动。勒奎恩通过在其科幻作品中呈现诸多现代社会危机镜像——战争、技术、身体、政治、生态、全球化语境下的资本主义经济、权力关系和后果等，启发人们反思文明的进程，以一种"暧昧"的包容思想和路径来指导和观照现代社会中人的焦虑和困境，探索未来的发展方向。

本书以"时空—人—文化"为主体框架，以"客体—主体—主客互动"为总体论证思路，分别从时空、精神、身体、生态及文化五个维度讨论勒奎恩思想及作品中"暧昧"的具体表现，运用宏观结合微观的方式论证勒奎恩小说中的"暧昧"美学思想及其现实意义，并以此为契机，探寻新时代"美"的显现方式和条件，总体框架见图 0.1。

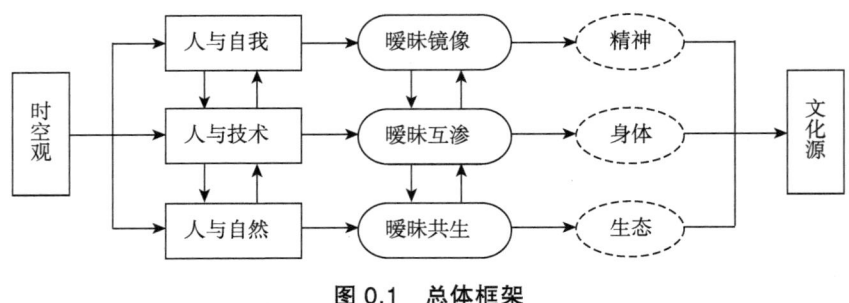

图 0.1　总体框架

第一章　过去与未来的动态螺旋

　　古往今来，时空主题散发着经久不衰的魅力，科学家、哲学家、艺术家们终其一生痴迷于探索时间的存在和消逝、空间的形态和变化。杜威说过："它们（时空）是本质性的；它们是每一种在艺术表现与审美实现中所使用的材料的属性。"[1] 哲学追问时空的本质，科学研究定性的时空，艺术则表现幻变的时空。时空是各门艺术所共同具有的实质，任何一位艺术家的创作质料中都包括时间和空间，任何一位艺术家的创作都是在特定时空下对美的个性化阐释。那么，时间是线性的还是环形的？空间是抽象的还是具体的？作为有限的生命体，我们如何摆脱时间之流的束缚、空间之笼的阻隔？是否有一种理论可能帮助我们打破传统的时间和空间呢？现代性对过去的拒斥和后现代性对现时的否定和解构，谁的立场更胜一筹？综合时间和空间维度考虑，现代性一方面凸显了社会的现代化进程，它代表一个持续向前推动和发展的概念；另一方面，则表现出人的审美和思想的变革，通过不断质疑和批判过去来表现现代人"倒行逆施"的"反"的姿态，它同时包含对过去的反思和对未来的期许，是作为一个具有强大中介力量和黏合作用的当下和在场。

　　虽然我们的肉眼无法捕捉时间运行的轨迹，但若失去了时空的布景，任何形式的美都将失去依托。勒奎恩说："艺术家都来回穿梭于两种时间，并相互诉说，扮演着翻译者和阐释者的角色。"[2] 在勒奎恩的创作语境下，

---

[1] ［美］约翰·杜威：《艺术即经验》，高建平译，第 240 页。
[2] David Streifteld ed., *Ursula K. Le Guin: The Last Interview and Other Conversations*, p.68. 该引文由笔者自译，原文为：Any artist goes back and forth between the two times, trying to speak one to the other, as a translator or interpreter。

两种时间分别代表着过去与未来、梦境与现实。作为一名艺术家,她痴迷于对时间的探索,反对传统西方话语中"真实时间"[①]的唯一性,认为时间不仅存在于我们的外感知,同时存在于我们的记忆、心灵和梦境之中。因此,她尝试在不同的空间(外太空、梦境、记忆等)中创造时间的位移,将过去、现在和未来绘为一景,呈现三者之间纠缠互渗、相互影响、彼此成就的关系,为我们洞穿时空的暧昧本质。本章从勒奎恩对时空问题的思考入手,呈现勒奎恩暧昧的时空观:只有人类的主体情感和精神记忆,才能真正消解时空的差异和隔阂,跨越历史、当下和未来。在勒奎恩看来,"我们都是时间的孩子"[②]。一切艺术和经验都是时间的造物,是对人的精神和情感的重新塑造和间接性表达。因此,现代性不是被割裂出来的孤立片段,它不可能与过去彻底决裂,更不可能凭空闯入未来。过去与未来在边缘地带相互渗透,在边界流动处当下焕发无限生机。

第一节 残酷的时间之流:《劳卡诺恩的世界》

人类未能破译时空的奥秘,更无从阻断时间的流逝,转而尝试通过建筑、交通、文学想象等形式构建各种可操控的时空体,比如科幻文学创作中那些时空旅行的题材。科幻文学通过为读者提供一个虚构的、替换的时空体,实现其"认知陌生化"[③]的美学目的和文学价值。正是在各种虚构的时空体中,科幻作家们用幻想之笔描绘和推演着时间旅行的各种可能。威尔斯(H.G.Wells)于19世纪末连载发表的《时间机器》(*The Time Machine*, 1895)可以说是第一本正式探讨时间旅行思想的科幻小说。小

---

① 西方话语中的"真实时间",即人为地用钟表定义的机械时间。
② Ursula K. Le Guin, *The Dispossessed: An Ambiguous Utopia*, New York: Harper Voyager, 1974, p.385.
③ "认知陌生化":科幻批评家达科·苏恩文(Darko Suvin)认为,科幻小说是认知陌生化的文学。他在《科幻小说变形记》(*Metamorphoses of Science Fiction: On the Poetics and History of a Literary Genre*)中指出:"科幻小说就是这样一种文学类型,它的必要的和充分的条件就是陌生化与认知的出场以及二者之间的相互作用,而它的主要形式策略是一种拟换作者的经验环境的富有想象力的框架结构。"参见[加拿大]达科·苏恩文:《科幻小说变形记:科幻小说的诗学和文学类型史》,丁素萍、李靖民、李静滢译,时代出版传媒股份有限公司安徽文艺出版社2011年版,第8页。

说通过"时间机器"成就了时间旅行者在过去与未来之间的穿梭和体验，并首次实现了穿越时空的信息传递。自那以后，科幻小说家们陆续对时间话题展开了大胆的探索和尝试。阿西莫夫（Isaac Asimov）的长篇小说《永恒的终结》（*The End of Eternity*，1955）探讨了时间旅行技术的各种悖论和弊病，奉劝人们放弃对永恒时空的追求，转而研究并利用太空旅行技术来保障人类的未来。坎普（Lyon Sprague de Camp）的《唯恐黑暗降临》（*Lest Darkness Fall*，1939）也是一部讲述时空旅行的小说，主人公在万神庙实现时空穿越，将现代人拥有的知识带回到"黑暗的中世纪"的古罗马，展开了一场关于生存和权利的冒险。克拉克（Arthur C.Clarke）同时拥有物理学和数学学位，在此影响下，其作品显得更具科学性，他致力于在幻想实验基地去思索某一具体的时空问题的科学解答。太空漫游系列小说《2001：太空漫游》（*2001：A Space Odyssey*，1968）就讲述了人类作为一个物种在整个宇宙中的位置和不断提升的宇宙目标，对太空旅行进行了多种可能性的推测。

作为时空话题的爱好者，勒奎恩也不例外，她同样书写着形形色色的时空旅行和穿越故事，特别是在她最具代表性的瀚星系列小说——《劳卡诺恩的世界》（*Rocannon's World*，1966），《流亡星球》（*Planet of Exile*，1966），《幻觉之城》（*City of Illusions*，1967），《黑暗的左手》（*The Left Hand of Darkness*，1969），《世界的词语是森林》（*The Word for World is Forest*，1972），《一无所有》（*The Dispossessed*，1974），《倾诉》（*The Telling*，2000）中，蕴含着大量关于时空问题的深邃哲思。在文学创作中，勒奎恩用旅行和倾诉的方式，将过去、现在和未来连接成一个完整且不曾断裂的经验共同体。她不断尝试着各种时空位移主题的思想实验，以差异空间来置换和消解时间，考察时空的变换在人类的存在和情感中的影响和作用。

勒奎恩笔下的"时空隧道"不单单是源于某种先进的科学"发明"，还包括读心术、心灵感应、即时通信设备和平行时空的太空旅行等。她擅长运用比较的方式，在错位或平行的时空中探索文明的进程和差异。在勒奎恩用想象架设的时间走廊上，过去与未来不再遥遥相望或两相对立，更不是交错混乱、毫无秩序可寻，而是进行着暧昧对话和互动的时空共同体。在一般时间题材的科幻小说中，时间旅者往往会为了"前进"或"进步"的目的回到过去或去到未来，否定、涂抹曾经的污点，或复制、窃取他人的功绩，在幻想时空中去构建一个理想世界。勒奎恩却以时间为通道，将现在的认识和未来的期许带回到过去，直面差异和矛盾，去努力实现人类心灵深处的愿望：认识自己，回到过去，并改正过去的错误。勒奎恩希望通过这种方式来促成人与自我的沟通与和解。这样的情节安排无疑为浮躁的现代性提供了参照，遗弃过去并不能帮助我们加速抵达未来，一味追逐未来只会错失当下。最终让人们明白，真正可以消解时空差异的，是人们的情感和记忆，也就是说，是人类的主体性。今年上映的由郭帆导演的电影《流浪地球 2》也表现了类似的观点。在这部电影中，中国政府代表周喆直坚信中国航天员能克服一切困难，胜利完成任务，他说："我相信，人类的勇气可以跨越时间，跨越历史，当下和未来。"[①] 勒奎恩犹如一名优秀的时空翻译家和调解者，沟通过去与未来，阐释过去、现在和未来三者间的连续性及互渗关系，呈现出她暧昧的时空观。

一　双生子佯谬思想实验

人们渴望时光旅行，不仅仅是因为旅行本身可能带来的审美体验，更多的是想要体验不一样的时间，去干预或操控历史和未来。爱因斯坦在《论动体的电动力学》(1905) 一文中首次提出等速运动下的相对性理论——狭义相对论 (Special Relativity)。相对论的提出，从根本上变革了人们旧有的时间和空间观念，终结了传统意义上的绝对时间概念。它迫使人们接受时间和空间的相互依存关系，也就是说，任何一个事件都同时发生在时间中的某一特定时刻和空间中的某一特定位置。然而，6 年后，法国物理学家朗之万 (Paul Langevin) 用双生子实验质疑了狭义相对论中的时间膨胀效应："如果有一个孩子在以近光速运动的航天飞船中作长途旅行，这种差别就会大得多。当他回来时，他会比留在地球上另一个年轻得

[①]《流浪地球 2》是由中国导演郭帆执导，2023 年 1 月在中国及北美地区上映的一部科幻灾难电影。

多。"① 这就是著名的"双生子佯谬"命题。1916年，爱因斯坦正式发表广义相对论（General Relativity），将物质间相互作用的引力场解释为时空的弯曲。由此可见，科学家们不懈努力，以期从时空的问题入手，去破译自然界的存在法则。勒奎恩作为一名科幻作家，其创作时期正处于各种时空物理理论纷至沓来的年代，她以自己独特的方式参与了对时空问题的探索和对宇宙生命的关怀。

不同于数学家、物理学家以自然科学的逻辑来推演时空理论，在小说《劳卡诺恩的世界》中，勒奎恩用讲故事的形式生动演绎了一场双生子佯谬思想实验，并通过对残酷的时间之箭的描述，揭示出时空论题背后蕴藏的美学思想和现实关怀。

《劳卡诺恩的世界》是勒奎恩的第一部时间旅行题材小说，也是她探索时空问题的初级思想实验，其中传达出的理论思考与其时代背景不可分割。该部作品成书于1966年，正是人们对时空物理理论热情高涨之时，勒奎恩自然也吸收了爱因斯坦的相对论理论，在自己的作品中不断进行试验和论证。她和同时代的霍金一样痴迷于时间，只是他们一个在数学和物理的领域中开凿时间的隧道，而另一个则是在文学的畅想中去描摹时光的走廊。巧合的是，勒奎恩与霍金同在2018年去到了他们穷其一生探索和追问的星空，成为自己的追光者。

《劳卡诺恩的世界》主要讲述了两位主人公塞姆莉（Semley）和劳卡诺恩（Rocannon）在穿越时空的星际之旅中体验到的时空的错位与无情。半个多世纪以前，益格雅（Angyar）第一代国王的后裔塞姆莉乘坐星际飞船，跨越时空，从母星北落师门星Ⅱ（Fomalhaut Ⅱ，以下简称"北星"）来到弗罗苏星（Forrosul，以下简称"苏星"），从苏星博物馆的掌管人劳卡诺恩那里追回一条价值不菲的祖传宝石项链。原本以为一瞬间（soon）的离开能换来幸福的回归和完满的相聚，却不料在凝固了时间的旅行中，她沉睡的一夜，母星上的时间已流逝数年。当塞姆莉戴着追回的项链欣然归来，却发现家人不再是自己记忆中的模样，一切都已物是人非。同时，

---

① ［英］史蒂芬·霍金：《时间简史：（插图本）》，许明贤、吴忠超译，湖南科学技术出版社2007年版，第44页。

小说的另一位主人公劳卡诺恩也作为第一次民族志调查的负责人，来到塞姆莉所在的北星进行研究类人物种的田野探险。同样，由于光速旅行导致的错位时空，他无法再与自己的亲人相聚，独自一人孤独地留在了北星。故事通过两个主人公切身经历的时空错位旅行，让读者看到：一旦出发，原点不会在起点处等待，它的移位反映出时间之箭的残酷。

二　无法逆转的时间

塞姆莉和劳卡诺恩都亲身体验了时间的相对性和残酷性。塞姆莉在一夜的星际旅行之间活了 16 年，当她回到母星，丈夫已逝，迎接她的是与自己同龄且相貌相似的女儿。塞姆莉在出发时以为这场旅行只是"一瞬间"，这其中"soon"所代表的时间是相对，而非绝对的。时空飞船里的时间是被静止的，她没有重量，没有躯体，感觉"自己只是一阵风吹来的恐怖"[①]。她甚至感受不到自己的存在，以为自己已经死了。

由于有"死亡"作为一个所谓的终点，人们往往害怕容颜衰老，抗拒与死亡的接近。随着现代医学技术和人工智能的飞速发展，克隆羊、基因编辑婴儿、数字生命等概念相继引发舆论热议，人们对待死亡的态度发生了巨大的改变，从坦然接受走向了奢望永生，从"人必有一死"发展为"永不言弃"，透露出极具讽刺意味的现代生死观。葛文德在《最好的告别》中说："科学进步已经把生命进程中的老化和垂死变成了医学的干预科目，融入医疗专业人士'永不言弃'的技术追求。"[②] 亲属、患者、医者三方在现代科学的影响下都陷入了"永不言弃"的旋涡。这种固执的现代医学精神所蕴藏的本质是基于人们对时间流逝的恐惧和试图将其征服的欲望。虽然在科幻作品中，时空飞船可以凝固时间，干预岁月的流逝，但这种绝对的静止和死亡没有两样，甚至比死亡更加糟糕。在《劳卡诺恩的世界》中，塞姆莉最终无法面对错位时空下的现实，她放声大哭，"像一头野兽"[③]，悲伤地冲进森林，等待并期待着正常时间中的死亡。由此可见，

[①] Ursula K. Le Guin, *Rocannon's World*, New York: Harper &Row, 1977, p.22.

[②] [美]阿图·葛文德：《最好的告别：关于衰老与死亡，你必须知道的常识》，彭小华译，浙江人民出版社 2015 年版，第 7 页。

[③] Ursula K. Le Guin, *Rocannon's World*, p.49.

我们或许可以通过科学、医学、太空旅行等技术延长人类的寿命，但人终究是追求意义的生物，需要通过自我实现和超越来确定存在感，提升价值感。这是其他行为所无法取代的，否则我们也不会对《格列佛游记》中那些永生之人嗤之以鼻。如果说永生意味着意义的荒芜和经验的无能，那么死亡无疑就变成了一种祝福和完美的结束。

画面一转，来到劳卡诺恩的经历。作为一名时空考察者，他在星际穿梭中跨越了一百四十多个年头，当他紧追塞姆莉来到北星时，那个他曾见过最美丽的金发女人已然作古，其女儿已老，孙子也已成年。在三代人面前，劳卡诺恩是始终不曾老去的那一个。然而，这些时间和岁月，对于劳卡诺恩而言，只是停留在星际飞船中的一些黑夜，而世人生活中的时间、记忆和意义，那些可触摸的真实，都在无尽的黑夜中一一错过。超越时空的星际穿梭固然可以帮助他将时间抛于身后，在这场与时间的赛跑中，他赢得了时间，也战胜了岁月，却失去了亲情和意义。勒奎恩在她的另一部作品《倾诉》中特别强调了人类的记忆作为一种时间的考证的重要性。我们可以想象，当我们需要与陪伴我们多年的伴侣、朋友、动物，甚至是房屋分离或告别，我们真正难以割舍的，并不只是眼前可见的人或事，更多的是我们与这些人和事之间共同创造的回忆。而这些共有的记忆，正是塞姆莉和劳卡诺恩在太空旅行中错过的无数真实的过去、当下和未来。劳卡诺恩一方面拥有远超同代人的寿命和不同星球间旅行的阅历，另一方面却又饱受静止时间给他带来的精神和情感上的巨大折磨。他虽然到过很多不同的世界，活了140年，但其中的100年他仿佛没有自己活过，它们都流逝在穿越不同世界之间的星际黑夜之中。他已没有回归的理由，因为当他回到原来的世界，他认识的男男女女都已经死去了一百年。他只能继续漂泊，或者停在某处，成为时间的旅者，一个流浪者（the wanderer）[1]。劳卡诺恩最终决定留在北星，但这一留就是他的余生。当苏星的人找到他时，他已经死了，他永远不会知道联盟以他的名字命名了那个星球。在时间中的穿梭流浪并没有真正让他活着，反而是死亡让他获得了永生。

---

[1] Ursula K. Le Guin, *Rocannon's World*, p.78.

可见，作为时空的旅者，塞姆莉和劳卡诺恩都尝到了在交错时空中人之为人所不得不面对的无奈。其实，从一开始塞姆莉对时间问题的各种担心和询问，就已经表现出她出发即期待回归的愿望。当她心急如焚地回到母星，却发现自己站在一个陌生的、全新的"原点"，她无法接受错位时空导致的真实经验和意义的缺失，最终选择独自逃往森林去等待死亡。劳卡诺恩则是永远地停在了旅途之中，最后将终点作为自己的"原点"。勒奎恩这部小说的巧妙之处在于她将过去和未来两种时间平行并置于同一视域之下，同时展现在读者的眼前。让我们看到，当过去和未来处于一种可任意切换的时空体中，只要速度允许，终点其实可以就是起点。也就是说，在绝对静止的时间中，人们只能是被动的旅行者和流浪者。相反，只有在流动的时间中，人们才能主动创造意义，停止流浪，回到心灵的家园。由此可见，时间的流动才是造就生命意义的必备条件。这样一来，勒奎恩就为读者提供了另一种人文意义上的时空相对论。她承认时间的相对性，更强调时间的经验性，最后以两位主人公回归时间之流，去追求荒野和死亡的结局来表现时间之箭的必然和残酷。

三　完整的时间经验

从这部小说不难看出，勒奎恩参照并放大了双生子佯谬思想实验，运用她"发明"的即时通讯仪（instantaneous transmitter）——安塞波（the ansible）[①] 在星球之间实现了瞬时通信，设想出一种差异时空存在的可能。勒奎恩通过小说情节的演绎为我们提供了双重选择：回归过去，或停在未来。同时，她也让我们看到，做出这两个选择所要面对的不尽如人意的后果：过去已经流走；未来全然陌生。然而，当选择和后果同时摆在眼前，面对逆时空飞行、改变时间的流速等科学激情遭遇现实的悖论时，什么才是看待过去、现在和未来的最佳视角呢？

当现代人为了开辟全新的当下，将历史视为负担或枷锁，试图从过去当中挣脱出来，竭力去追逐并迎合一个独立、虚构的未来时，他们已经人

[①] 安塞波（Ansible）：常常出现在科幻文学中的一种超光速通信设备。最早出现在勒奎恩于1966年发表的科幻小说《劳卡诺恩的世界》中，后被众多科幻作家借用。

为地将过去、现在和未来割裂开来,也就同时机械地切分了人的生命经验。然而,每一个当下都需要历史经验的积淀,从我们抛弃过去的那一刻起,我们也就脱离了当下,无论我们回到过去还是去向未来,当下都已不在原点等待。关于起点和原点,勒奎恩用圆和螺旋的区别来表达了自己的观点:

> 圆和螺旋有很大的不同。我们说地球有一个环绕太阳的圆形轨道,但它当然不是。太阳也在移动。你不会回到同一个地方,你只会回到螺旋上的同一个点。这个形象在我的脑海中根深蒂固。你不能再回到家,你也不能再踏入同一条河流。①

的确,这让我们想到赫拉克利特之流,万物皆变,无物永驻。任何一个当下生动的体验都源自过去和未来的共同作用,成就一个全新的、完整的经验。杜威在《艺术即经验》中曾指出,一个活的生物(Live Creature,兼指动物与人)在其生命过程中必定与时间完美融合:"在真正的生活中,一切都重叠与融合。……艺术带着独特的激情赞美这样的时刻,这时,过去加强了现在,而未来则激活了当下。"② 所以,任何想要将过去和未来截然分开的行为,都将经验割裂为无意义的碎片,从而无法凝结为真正的审美经验。也就是说,每一个"活的"经验都必须同时包括过去、现在和未来三者的作用。虽然在光速飞船中时间仿佛是静止了,它可以阻断时间的流逝,也可以阻止我们变老,但完全脱离过程的、孤立的时间却无法提供"活着"的意象和体验,因此也就不存在任何的审美理想。就像小说中的星际飞船一样,静止时间带给我们的是无尽的黑夜和比死亡更可怕的寂静和孤独。因为在完全静止的时间中,一切都已经完成并终止,而"在一个完成了的世界中,睡与醒没有区别"③。这样一来,过程失去了应有的意义,没有活的体验的结果,是无所谓完满的。与此同时,毫无内在节奏和规律

---

① David Streifteld ed., *Ursula K. Le Guin: The Last Interview and Other Conversations*, p.165.
② [美]约翰·杜威:《艺术即经验》,高建平译,第20—21页。
③ [美]约翰·杜威:《艺术即经验》,高建平译,第19页。

可循的一味向前的时间，失去了稳定性和停顿，变化将不具备内在结构，经验也将无法被积累。这就将是一个完全混乱的世界，没有轨迹可寻，找不到任何缝隙、时机和努力的方向。

勒奎恩以文学艺术的形式再现佯谬双生子实验，揭示出在相对时间中一个完整经验的重要性。巧的是，在《劳卡诺恩的世界》中，勒奎恩特别强调了"活的生物"与超光速飞船的不兼容："活的生物（Living Creatures）不能乘坐超光速飞船，也不能在其中生存；超光速飞船只被用作机器人轰炸机，这种武器可以在瞬间出现、攻击和消失。"[①] 从字面上看，勒奎恩所表达的是，任何形式的生命体是无法穿越光速的。也就是说，人是不可能在时间中实现瞬时位移的，否则他将无法存活。然而，更进一步分析，我们不难发现，这里的"Living Creature"与杜威的"Live Creature"一样，需要一个完整的时间经验，来实现和完成空间和身体上的变化过程。没有时间的流变和连贯性，也就不会出现生命和成长。因为，作为活的生物，只有经历了时间的作用，拥有一个完整的经验，才能获得完满的审美体验。穿越了过去，就错过了历史的生成和记忆的累积，而历史和记忆都是无法复制的。没有过去的经验的生命是不完整的，也是无法弥补的。每一个人都处在不同的运动中，而他同时也拥有自己的时间度量衡，正是那些由他亲身经历过的过去成就了现在，也是那些对未来的专属期待，加强了当下。因此，时空不能被割裂，更不能重置。因为时空、经验所形成的共同体是所有过去、未来和当下的经验的叠加。一个完整的经验是一种动态的组织，"它是一个生长过程：有开端，有发展，有完成"[②]。只有一个同时拥有过去，并可以预期未来的当下，才是完整的、有生命的、活的生物所能体验到的愉悦。

勒奎恩用科幻书写的形式告诉我们一个科学的道理：回到过去，我们不能改变历史，去到未来，我们也不可能改变现在。只有珍惜当下，以当下为中心，我们才能既拥有过去，又展望未来。塞姆莉和劳卡诺恩都是在穿越空间的过程中失去了时间，同时也失去了与时间所共存的空间。所

---

① Ursula K. Le Guin, *Rocannon's World*, p.33.
② [美]约翰·杜威：《艺术即经验》，高建平译，第65页。

以，只有在时间和空间的共同作用下，才能滋养出人类心灵的家园。我们从小说的结局中看到，主人公们赢得了时间，却再也无法获得一个完整的经验。我们失去的那些错位时空中的亲情、爱情、友情，所有真实的情感和记忆，都是无法重现或在另一时空中获得弥补的。这一点正好验证了我们感性认识的根本，那就是人的主体情感是主体与不同的时空之间建立联系的关键。反过来我们也不难发现，时间本身就是人类情感发生的根基，没有一个完整的时间经验，情感便无从生发，而由情感来判断和表现的审美经验更是无从谈起。

勒奎恩将相对论的原理镶嵌入自己的作品，用讲故事的形式来表达自己对"时间的相对性"的看法。科技可能建造接近甚至超越光速的飞船，通过消灭时间的方式来占领或剥夺空间，但人的心灵和精神的家园始终是时间与空间的共同体，无法进行机械的、无情的位移。因此，在勒奎恩看来，如果我们强行避开当下，剩下的选择便是要么流浪，要么停在别处。在《劳卡诺恩的世界》中，勒奎恩用文学的方式演绎并阐释了科学理论中的光速和时间难题。这是她首次在自己的创作中表达对时空问题的思考，此时她秉持的是一种线性的、科学发展的时间观。但是，她同时也从美学意蕴上强调了完整时间经验对人类情感的重要作用。在这部小说里，过去和未来是相互隔离的，勒奎恩试图强调当下作为不可或缺的整体时间经验的一部分的必要意义。时间制造变化，一切审美的情感和经验都需要经历时间的作用。停在过去或是抛下过去直抵未来都是对变化的拒斥和逃避。然而，没有过去的经验，我们无从再造、加工、表现和建构新的经验，也就无法生成情感化和思想性的意象，最终导致意义的虚空。所以，我们可以从小说中看出一种对"凝固时间"的抵制甚至敌意。当两位本来享有"停滞时间"特权的主人公发现自己已经失去了"过去"，错过了"当下"，他们最终选择追向"死亡"。经历了情感和记忆的缺失，他们对"死亡"的向往就成了对"不死"的抗议和对变化的渴望，是对传统时间的"追回"。如果说在《劳卡诺恩的世界》里，勒奎恩还执着于在线性时间的单行道上强调一个完整的经验的时间性，那么，伴随着科技的发展和社会的进步，时间制造的经验越发地丰富和深化了她的思想，她逐渐意识到时间不仅具有相对性，还具有双面性。在小说《一无所有》中，她以更加坚定的笔法，辩证且具体地对时间的双面性展开了讨论。

第二节　双面时间中的成长之旅：《一无所有》

如果说勒奎恩在第一部讨论时空话题的小说中只是开始尝试着将同时代的先锋时间概念和科学研究领域对时空轨迹的探索搬进她崭新的思想实验室，为这个空旷的房间定下一个总的基调，以此来强调完整的时间经验对一个活的生物的精神和情感体验的必需性。那么，在接下来的创作中，她开始致力于思考以一种什么样的方式来将过去和未来相连，让时间和空间相通。她尝试着将当下同时融入过去和未来，有意向性地进入过去或者未来，体验另一种形式的时空，去到一个现实世界以外的世界，到当下时空以外去重新发现自我、认识自我、走近自我。从人类学意义上来看，勒奎恩通过打造"替换世界"来反观自我，是从外部研究人类的最佳思想实验，它既不同于伏尔泰从高处来俯瞰人类，也不同于卡夫卡从低处来仰视人类，而是从平行世界来进行认识和思考，因此更加具有平等性和参考性。在 8 年后的巅峰之作《一无所有》中，勒奎恩进一步将古老的仪式思维融入对时间问题的探索，以兼具人文与科学的哲思装潢并美化她的幻想实验室，修筑起她自己独特的时空思想大厦——暧昧的时空。

《一无所有》同时包揽星云奖及雨果奖两项科幻界最高奖项，是 20 世纪 70 年代幻想文学复兴的重要标志。小说虚构了阿纳瑞斯（Anarres）和乌拉斯（Urras）两个截然不同却原本是同宗的星球世界。由于阿纳瑞斯星球是两百年前从乌拉斯星球中分离出来的一部分"奥多主义者"（Odonian）[①]创建的，所以，这两个星球也分别代表着这个家园的过去与未来。与此同时，关于时间的思考串起了这部小说的主线。近两个世纪以来，两个星球之间没有人员往来，对彼此的认识都还停留在一百多年前留

[①] 奥多主义是小说中阿纳瑞斯人的宗教信仰，源自两百多年前最初起义者奥多（Odo）的思想。

下的录像带画面中。小说主人公谢维克（Shevek）是阿纳瑞斯星球的一名物理学家，他试图突破传统的时间观念，打通序时（the sequential theory of time）和共时（the simultaneous theory of time）两种时间概念，推算并发展出一套"统一时间理论"（a unified temporal theory）。由于在时间物理学方面的天赋和创见，他成为第一位、也是唯一一位受邀到乌拉斯星球进行学术交流和访问的学者。因此，从内容上看，这是一部以讨论共时原理为主线的科幻星际旅行小说，其科学理据建立在仿连续性的物理学（Simulsequentialist Physics）之上。从结构和内涵上看，它却是以古老仪式思维为基础，将主人公的越界之旅阐释为一场原始成人仪式的再现，通过分隔（Separation）—边缘（Marge）—聚合（Agregation）三个步骤来实现主人公所经历的逆时旅行的考验，完成启程—阈限—回归一个完整的仪式结构[①]。因此，这部小说中对时间问题的深刻讨论与洞见，是主人公穿越时间的旅行的目的，也是作者暧昧时空观的正式亮相。

一 逆时启程

（一）统一时间理论

在小说《一无所有》中，勒奎恩进一步探索了实现完整且连续的时间经验的方法和路径。她笔下的"统一时间理论"让星球之间的瞬时位移和访问成为可能，将整个宇宙预设为一个有限却无边界的共同体。这与现代物理学家霍金的时间理论极为相似。在这部作品中，勒奎恩以更加成熟的思考和笔法，大胆拆除了过去和未来之间的隔离之墙，模糊边界，让当下成为过去和未来的中介和过渡。此举旨在消解错位时空之间的隔阂，打开不同星球、不同文明的边界，化线为带，尊重历史，激活当下，并憧憬未来，为交错时空下的差异提供充分交流和互渗的机会。

小说以物理学家谢维克作为时间的旅行者，将伽利略、牛顿、爱因斯

[①] [法] 阿诺尔德·范热内普：《过渡礼仪：门与门坎、待客、收养、怀孕与分娩、诞生、童年、青春期、成人、圣诞受任、加冕、订婚与结婚、丧葬、岁时等礼仪之系统研究》，张举文译，商务印书馆2012年版，第14—15页。范热内普在《过渡礼仪》中明确指出，成人礼仪是原始社会中最为典型的过渡礼仪，主要包括分隔（Separation）—边缘（Marge）—聚合（Agregation）三个步骤。

坦、霍金等伟大的物理学家对时空问题的思考串联成一次科幻语境下的时空之旅。在这部小说中，主人公谢维克明确表达了自己对爱因斯坦狭义相对论和广义相对论的赞赏，同时他也承认，自己和爱因斯坦一样，"一直在追寻一个统一场理论（a unifying field theory）"①。

一方面，对时间问题的研究伴随谢维克一生，他在29岁时就完成了《原理》（*Principles*）一书，成为近一个世纪以来最年轻的"西奥·奥恩奖"②得主。早在幼年时期，谢维克就被时间的运动问题所吸引。他对两点之间时间和距离的关系和运动轨迹产生了浓厚的兴趣，在一次自然课上，他表达了对时间运行轨迹的思考：

> 如果你朝着一棵树扔出一块石头，它穿过一段距离最后打在树上。但是它又怎么能到达那棵树呢？它必须先到达你和树之间的一半距离的中点，再到达这个中点到树的中点。它究竟飞出去了多远并不重要，重要的是，它的轨迹中总有一个点是必须经过下一段距离与树之间的中点。这样推算的话，这颗石头就永远在某个距离与树之间，无法到达那棵树。③

这一推理实质上对线性时间，也就是西方发展眼光下传统的直线时间观念和运动轨迹提出了质疑。为了解释时间的运动，谢维克毅然踏上时间之旅，去探索时间的奥秘。

另一方面，谢维克对时间的思考也反映出他"自我"的成长。在老师的眼里，思考和探索时间就等于"个人主义"。阿纳瑞斯星球的人是没有自己的时间的，他们的一切都由计算机系统统一进行随机分配。所以，时间就等于自我。谢维克对时间问题的追问，同时也是一次认识自己、唤醒自我之旅。事实上，"每一个体总是共时性或历时性地被置于其社会之多个群

---

① Ursula K. Le Guin, *The Dispossessed: An Ambiguous Utopia*, New York: Harper Voyager, 1974, p.279.
② "西奥·奥恩奖"是小说中虚构物理学研究的最高奖项。
③ Ursula K. Le Guin, *The Dispossessed: An Ambiguous Utopia*, p.28.

体"①。勒奎恩巧妙地以古代成人仪式的结构为故事发展的基本思路,为主人公打造出一个考验并启蒙他成长的时间阈限体。在这个阈限体中,时间不只是直线向前的,它还可能是曲面、球面,也可能是平面或者环状,正如伟大的物理学前辈们所探讨和研究的那些关于宇宙存在的可能模型。与那些痴迷于时间研究的物理学家一样,追求"统一时间理论"成为谢维克的终极理想和信仰,他们的共同追求是得出通用物理理论的论证和公式。在这部小说中,对"统一时间理论"的追求成为主人公唯一的信仰,召唤并鼓舞着他,去完成理论的推演,追寻时间的本质。

(二)时间的逆行者

小说《一无所有》通过物理学家谢维克对时间物理中的因果物理和共时物理理论的研究,串联起对过去和未来两种时间空间化的思考和发展。小说中不断重复出现的那一道墙,不只是国与国的地域边界之墙,同时也是立于过去与未来之间的时间隔离之墙。从阿纳瑞斯到乌拉斯,看似是空间的转移,实则是勒奎恩对不同时间场域所做的移位和并置。阿纳瑞斯代表着乌拉斯可能的未来,从某种意义上看,乌拉斯对谢维克发出邀请,是将自己的未来时间移植到当下的空间之中,让过去与未来在当下相遇,相互摩擦、了解、交流,并以此来获取一种时空上的并置和共在的可能。两百多年前,乌拉斯星球的奥多主义者通过起义和背离,否定了自己的历史,集体迁往阿纳瑞斯星球,创造出一个新的世纪,并将自己封闭在新的未来之中。他们的子孙对乌拉斯的认识仅源于一些老旧的录像带,里面是两百年前乌拉斯的景象。自从脱离乌拉斯之后,阿纳瑞斯星球筑起高高的城墙,将过去封锁在城门之外。阿纳瑞斯的移居终止条款明文规定:乌拉斯人不得进入阿纳瑞斯,港口除外。谢维克接到乌拉斯的邀请,意味着他接到了代表历史和过去的邀请和召唤。他想要去了解,而不是忽视这一切。同时,他也想通过自己将未来带给过去,让过去了解自己的未来。因为,正如仪式总是包含有重复祖先或者诸神(在历史开始之前的)"从前"

---

① [法]阿诺尔德·范热内普:《过渡礼仪:门与门坎、待客、收养、怀孕与分娩、诞生、童年、青春期、成人、圣诞受任、加冕、订婚与结婚、丧葬、岁时等礼仪之系统研究》,张举文译,第188页。

所做的原型行为一样,人类试图通过神明赋予最普通不过的、毫无意义的行为以一种"存在"(beings)。"通过这种重复,这些行为就与其原型对应起来了,时间也就被取消了。"①

谢维克试图通过"统一时间理论"来打破这堵时间隔离之墙,他想要把序时的和共时的时间理论联结到统一的时间理论中,却受到阿纳瑞斯自我孤立和僵化的文化的阻碍。从小说中不难看出,谢维克关于时间理论的研究在阿纳瑞斯星球是没有引起人们重视的,因为阿纳瑞斯是无政府主义星球。在这一星球上,时间是不重要的,也是没有固定形态的。人们不会去控制时间,一切事务和时间都由电脑终端进行随机分配,所以他们不会想要通过操作当下去影响和控制未来,更不曾想去改变终点。也正是因为不能预设或控制未来,阿纳瑞斯人更不惧怕死亡和终点。从这层意义上来说,谢维克无法改变这个"未来"的世界,也无法改变自己的历史。然而,墙是坚固且难以移动的,为了实现自己的理论抱负,谢维克必须抛下自身既有的认识,跨越物质的、情感的、社会的、政治的和精神的多重障碍,割断与这个"未来"的联系,跨越时空和文化的边界,到外部世界,也就是另一时空中去寻找孕育理论的源泉。

作为时间的旅行者,谢维克以跨越可见的、有形的空间的形式来穿越无形的、不可见的时间,抛下自己的当下,从"未来"穿越回到"过去"。他化身时间的旅者,穿梭于不同的时空,接受差异时空的挑战与冒险,去探索时空概念中蕴藏的玄机。最终,谢维克接受了过去的召唤,冲破阿纳瑞斯封闭的、环形时间的包围,踏上逆时之旅。从理论上来说,他的目的是消解主观性的时间概念,去论证时间的可逆性和共时性,推算出"统一时间理论"公式,实现事物在空间的瞬时迁移(没有空间移动和时间间隔的太空旅行)。而从实践上来看,他将自己置于时间之中,去探索和体验时间真正的形态,琢磨时间究竟是线性的还是环形的问题。

谢维克成为第一个走出阿纳瑞斯的人,他走出了"未来",却又在"过去"之外。因此,他站在过去和未来之间,两手空空,不属于过去,

---

① [美]米尔恰·伊利亚德:《神圣的存在:比较宗教的范型》,晏可佳、姚蓓琴译,广西师范大学出版社2008年版,第36页。

也不属于未来。他成了一个边缘人："他否定了自己的过去和历史，成为两个世界的边缘人。"[1] 因为他背离了自己的社会，所以他不再属于阿纳瑞斯。因为他来自一个自我放逐的社会（200 年前离开乌拉斯），所以他也不属于乌拉斯。当他置身于乌拉斯美好的景象中，他发现自己爱上了这个先进而繁华的国度，但他同时也清醒地意识到这种爱是一厢情愿的。因为"他不属于乌拉斯，也不再属于被自己抛下的那个世界"[2]。他此次旅行的本来目的是帮助两个世界走到一起，但当自己真正穿越两个世界的隔离之墙时，他才意识到自己并不属于两个世界中的任何一个。现在的他只拥有一个"纯粹"的当下，似乎同时被过去和未来悬置了起来。因为现时实际上可以被无限解构为过去和未来，正如博尔赫斯所说，"我们不可能想象一个纯粹现时，因此现时等于零"[3]。谢维克走到了时间的边缘，受到了时间的隔离和净化。但恰恰是这种特殊的边缘境况，为他提供了进入过去时间的通行证。

二 进入时间的阈限

杜威说："作为虚空的时间不存在；作为一个实体的时间也不存在。所存在的只是事物的行动或变化，而它们的行为的持续性质是时间性的。"[4] 在小说《一无所有》中，谢维克根据事物的变化来把握时间的形状。站在时间的边缘，阿纳瑞斯封闭的环形时间和乌拉斯开放的线性时间纵横交错，将谢维克拽入了时间的阈限，他迷失在混乱的时空之中。在各种颠覆、叛逆和破坏的尝试之后，他在迷宫般的境况中重新认识到时间的双面性，建立了对信仰的全新理解。时间的阈限经历也为谢维克提供了重新认识自己的机会，获得了来自时间的启蒙。

来到乌拉斯，他第一次接触一个拥有阶级的社会。他认识到这个星球上存在贵贱之分，时间也有线性和环形的差别。在这里，上层阶级的时间

---

[1] Ursula K. Le Guin, *The Dispossessed: An Ambiguous Utopia*, p.89.
[2] Ursula K. Le Guin, *The Dispossessed: An Ambiguous Utopia*, p.89.
[3] [阿根廷]博尔赫斯：《博尔赫斯文集·文论自述卷》，王永年、陈众议等译，海南国际新闻出版中心 1996 年版，第 195 页。
[4] [美]约翰·杜威：《艺术即经验》，高建平译，第 244 页。

是线性的，他们生活在不一样的包装之中，在物欲和性欲中挥霍时间。而下层阶级的时间则是环形的，没有开端，也没有结束，他们年复一年地绕着上层阶级的需求中心旋转，终日为生存和生计奔波。在乌拉斯星球，谢维克看到了时间的残酷和仁慈，两种时间的差异和冲突为谢维克思考"统一时间理论"提供了切入点。

（一）时间之箭

传统时间观认为，时间是一条无穷的直线。古希腊哲学家赫拉克利特就说过，人不能两次踏入同一条河流，这一比喻已经赋予时间流动的形象。没有了时间的流动，世界将失去方向和变化，创造更是无从谈起。但是，人一旦踏入时间之流，便完全失去了对自我生命的操纵权，被动地在时间的长河中随波逐流。在谢维克肉眼可见的世界里，"时间是一支箭，它就像一条奔腾的河流，孕育着流动和变化"[1]。

一方面，时间之箭意味着毁灭。随着时间的流逝，事物不断变化，它吞噬人的生命，改变人的容貌，它是残酷而令人痛苦的毁灭之箭。时间的毁灭之箭改变了妻子塔科维亚（Takver）昔日年轻的容颜，使她逐渐衰老：她掉了两颗牙齿，皮肤已经有些松弛，头发也失去了往日的光泽，整个人看起来比实际年龄大了四五岁。时间过早地夺走了谢维克最尊敬的老师的生命，剥夺了她拥有和创造的权利，在她还来不及在自己的研究领域做出巨大贡献之前，便终止了她创造价值的能力。时间总是紧迫而不可抗逆的，乌拉斯老一辈科学家对人类历史作出了巨大的贡献，却不得不面对记忆衰退的折磨。这就是时间的毁灭之箭，它径直向前，不为任何人停留，更不可逆转。时间残酷而无情地吞噬个体的生命力，从人一出生就催赶着他走向死亡。

时间的毁灭之箭制造并放大空间上的距离，为人与人的相见设置了障碍。在阿纳瑞斯，两地之间路途遥远、交通不便，两个人难以相见往往不是受限于人的意愿，而是受限于时间与空间的阻隔。每个人拥有的时间都在流逝，人们无法预存自己的时间，也无法剥夺别人的时间，它总是在

---

[1] Ursula K. Le Guin, *The Dispossessed: An Ambiguous Utopia*, p.223.

不停地流逝。当谢维克不顾一切地奔向塔科维亚所在的派遣地时，他的时间在奔跑，塔科维亚的时间也没有停下来。这一段爱人追逐时间的描述将人们对时间制造的无奈体现得淋漓尽致。当谢维克从南方穿越沙漠到达北方，行过半个世界回到他最初所在的"家"，塔科维亚和他的孩子已经被分派到了下一个工作地点。时间从不因为个人的意志而转移，它毁灭的不只是年轻的容颜、鲜活的生命，还有无尽的激情和思念。

时间的毁灭之箭还表现在灾难和危机之中。阿纳瑞斯人在遭遇饥荒时，时间磨损人的身体、夺走人的生命甚至泯灭人性。在谢维克经受人生第一次饿肚子，整整60个小时滴水未进时，他的身体达到忍耐饥饿的极限。在这种情况下，他看到时间之箭夺去人们的理性，在残酷的现实面前放下了信仰、伦理、道德以及一切主体所具有的特征。在灾难面前，时间毁灭道德感和伦理观，对人的身体和心灵发起莫大的考验和挑战。时间的毁灭之箭一步步威胁着人的生命，挑战着人的极限，同时也考验了人性的善恶，使意志薄弱之人滋生出强烈的私欲和邪念。

另一方面，时间之箭也意味着创造。时间之箭在吞噬旧的生命和肉体的同时，也在不断创造着新的生命和意象，产生无形的思想和情感，坚定人们的意志。时间造成谢维克和妻子的衰老、夫妻的分离、生活陷入困境，但一切来自时间的考验都没能停止他们对彼此的思念，无法阻止他们同样依靠时间堆积出来的亲密无间的感情。他们学会了与时间相处，利用时间战胜了时间。他们利用过去时间积累的经验和情感，宽慰并确保了当下的拥有，创造了未来时间的可能性。由此，他们看到了时间以外的永恒："他们仿佛躲过了时间之箭，超越了时间之流，这是一种虚幻、永恒、好像被施加了魔法的时间，是时间之外的时间。"[①]

时间为两个相爱的人创造了新的生命。当新的生命在时间的孕育中产生，一切的磨难和痛苦都迎来了回报。即使时间改变了塔科维亚的容颜，他们的爱情却经受住了时间的考验，让"毁灭"的时间成了"创造"的时间的同伴。他们的感情，弥合差异和距离，跨越了时间和命运的深渊。谢

[①] Ursula K. Le Guin, *The Dispossessed: An Ambiguous Utopia*, p.323.

维克在经历了时间带来的苦难之后获得成长，同时也体会了时间赐予生命的全新的意义。在困境和几近绝望中，他体悟到饥荒对社会有机体所做的贡献："在时间的作用下，事情的轻重缓急变得更加清楚了。那些问题和病痛将被去除，而一些运行不佳的器官将有机会恢复正常的功能，身体中多余的脂肪也得以被剥离。"① 这也是时间带给人体和社会的好处。饥荒中时间的流逝是可怕的，更是对于人体、人性和人的主体情感的极大考验。但也正是时间，促使他们敞开心扉，靠近对方，最后以心灵的共同体对抗同样来自时间的折磨。他们经历的一切都是值得的，在携手渡过难关之后，那些共处的时间酝酿出感情和记忆，坚定了他们的共同信仰，让彼此凝为一体。

时间之箭也创造了进步和发展。谢维克目睹乌拉斯在过去一百多年经济和社会的发展：教育的革新、理论的深入、社会的进步，这些都是时间之箭带来的变化和创造。在谢维克游历乌拉斯之后，他感叹乌拉斯的一切都是迷人且不可思议的。时间之箭在阻隔人与人之间的可见距离的同时，也让差异不断碰撞和融合，让偏见逐渐得以消解。整个乌拉斯之行让谢维克认识了录像带以外的乌拉斯，也让乌拉斯的人民看到、了解到那个未来世界，最终达成思想上的和解。

（二）时间之环

乌拉斯之行同时让谢维克认识到，在时间的箭头所无法触及之处，存在超越时间的时间。他从事物的流变中看到了时间和人的主观意识的联系，时间是内化于人的意识之中的，从这一层面上看，时间具有多面性。谢维克发现，人们对时间的体验仅仅是一种主观的意识和判断。婴儿就没有时间概念，梦里的时间也是混乱无序的，古老的神话和传说中更没有独立于主体之外的时间存在。我们所感受到的传统的时间是和我们主观的认识、经验密不可分的。因此，时间和空间一样，是一种主观判定的产物，它并不是一种客观的存在物。也就是说，只有在意识层面，时间才是线性的。古老的神话故事中没有时间，因为它们总是发生在"很久很久以前"。原始人没有时间，因为他们日出而作，日落而息，每天重复着同样的作息。

---

① Ursula K. Le Guin, *The Dispossessed: An Ambiguous Utopia*, p.262.

婴儿没有时间，他不理解过去、现在和未来的联系，也不理解白天和黑夜的区别。他不会依据时间来计划自己的行为，更不会去思考时间的流逝和死亡的意义。成年人的梦里也没有时间，因为梦里没有因果逻辑，没有秩序，是一种无意识的混乱状态。

小说中谢维克对时间之外的时间作了一个形象的比喻：

> 我们通常认为时间是流动的，我们在时间之中被动前行。然而，如果我们主动前行，从过去走向未来，去发现新的事物，将会怎样？就像阅读一本书。一本书放在那里，它的内容在封面和封底之间。但如果我们想要去阅读并理解里面的故事，就必须按照顺序从第一页开始慢慢地向后翻。所以，如果把宇宙比作一本书，人类就是很小很小的读者。[1]

勒奎恩通过将宇宙比作一本书，让我们看到，在我们主观感受到的线性时间之外，还存在一种始终固定的、重复的环形时间，它是不断循环的。时间之环呈现出开放和封闭两种形态。

时间的开放之环带来季节、节律和重生。在谢维克看来，我们总是在出发，同时也总是在回归。"归程和出发同等重要。最善变的事物，表现出最完满的不朽。"[2]

时间之环造就生命的循环。女儿的成长、成熟弥补了父母身体衰老带来的失望，体现着死亡与复活的原始生命信仰。孩子的成长是一种时间的恩赐，表现了时间开放的一面，一切重新开始。新的时间开启每一个清晨，孕育每一个新的生命。在一次名为"失去的和未来的世界"（*Lost Worlds and Future Worlds*）的主题会议中，勒奎恩以"创造世界"（*World-Making*）为题发表了讲话，她描述了时间之环带给人们一切新生的印象：

> 旧的世界（空间）在因为每一件具体的事情，每一个具体的变化

---

[1] Ursula K. Le Guin, *The Dispossessed: An Ambiguous Utopia*, p.221.
[2] Ursula K. Le Guin, *The Dispossessed: An Ambiguous Utopia*, p.54.

而改变，成为"新的"时间和空间。每一个新生儿，每一个清晨，每一次成长。①

在时间之环滋养的新生命中，每一个新的生命又是不一样的，所以这个时间之环是开放的、充满变数的，如同每一天的日落都在时间的循环之中，但又都是不一样的。

时间之环带来重要时刻的重复和循环。谢维克对祖先的信仰坚定不移，并且在生活中不断体验、发现和理解奥多的精神与思想，他这种对祖先的行为和信仰的重复，是对历史重要时刻的重现和循环，帮助他重新进入祖先的世界，体验祖先所在的神话时间。由于祖先的时间是创造性的、开创性的，在祖先创造新世界之时的树、种子、一切有生命的物质都寓意物种的起源和最原初的时间。因此，就像伊利亚德说的那样："每一次重复仪式或者任何有意义的行为都是重复神或者祖先的原型行为。"②

时间的开放之环还发生在谢维克的跨界之旅中，影响着过去和未来两个世界。谢维克的旅行本身象征着从未来回到过去，但未来也会变成过去，同样，如果按照光速所超越的时间来算，我们所追逐的未来，其实已经是过去。他意识到圆环之中无限重复的时间是没有开端，也没有结尾的。

因此，时间的循环是开放的，否则宇宙就会始终处于一片混沌之中，没有了固定的节律和路径，就只剩下无数毫无意义的时间碎片和孤立的瞬间构成的序列。勒奎恩说："那将是一个没有时间和季节，也没有承诺的世界。"③ 在每一个循环之中，时间是线性的，而跳出个体循环之外，从所有循环的集合来看，时间又是开放的环形。时间的开放之环不光造就了生命，还创造了经验和情感。我们在混沌中开辟路径，在节奏中进行反思，在边界和缝隙中制造变化，在一次次循环中兑现承诺，实现完满。

---

① Ursula K. Le Guin, *Dancing at the Edge of the World: Thoughts on Words, Women, Place*, New York: Grove Press, 1989, p.46.
② ［美］米尔恰·伊利亚德：《神圣的存在：比较宗教的范型》，晏可佳、姚蓓琴译，第383页。
③ Ursula K. Le Guin, *The Dispossessed: An Ambiguous Utopia*, p.223.

时间的封闭之环消解意义，造就苦难。在乌拉斯，谢维克看到下层人总是生活于苦难之中，他们不分白天黑夜地劳作，他们的死亡毫无意义。对这些人而言，时间是封闭的、环形的圆。因此，对下层民众来说，他们并不真正拥有时间，而是被时间所奴役。他们为上层阶级和资产阶级的时间服务。当谢维克从仆人艾弗尔那里听说乌拉斯这个美丽的星球上还有下层阶级、工人阶级和疾苦的大众时，他开始努力在阈限的迷宫中找寻出口。他决定冲破牢笼，找到"自己人"，寻回时间。通过艾弗尔之口，谢维克了解到：乌拉斯的下层人民常年被困在该死的"监狱"，失业、征兵、战争税以及食品价格上涨困扰着他们。当谢维克从上层社会为他设置的屏障后走出来，乌拉斯下层社会的苦难生活刷新了他的认知。暴行司空见惯，谢维克从来不知道世上还有老鼠、小偷、军队、死刑犯，也没有听说过诸如精神病院、救济院、当铺、出租屋一类地方，更不敢相信竟然还有人想要工作却找不着，阴沟里还会发现死婴。穷人的医院六百年没有改变，设施老旧，地板上都是洞。无数穷人的孩子一出生就死去，完全没有迎接生命和时间的机会。在这种没有变化的循环中，下层社会的人们没有时间，或者说，被排除在时间以外。正是因为常年生活在疾苦之中，没有自主决定权，他们决意要效仿 200 年前的阿纳瑞斯，通过罢工和变革来打破封闭的循环，通向理想的未来。

时间的封闭之环还筑起欲望的牢笼。实际上，乌拉斯的上层阶级也居于封闭的时间之环中。商业街的各种饰品和包装将乌拉斯的整个社会包裹了起来。商品外的层层包装，就像是上层阶级层层虚伪的面孔，相互隔离在每一个封闭的死循环中。谢维克逐渐意识到，那些所谓的包装都是监牢，是欲望的牢笼。上层人士日复一日地受到物欲和性欲的侵蚀，消解了时间的意义。谢维克从中领悟到：

> 完满，是时间的作用。那些一味沉溺于感官乐趣之中，对纯粹快感的追求是循环和重复的，但却不在时间范畴之内的。旁观者、寻觅刺激者以及性乱者的不同追求都最终导致同样的结果。这样的循环是有尽头的，局限于不断重复之中。这不是一个完整的经验的旅行，而

是一个封闭的循环,一间上了锁的屋子,是一座牢笼。①

勒奎恩强调并批判那些对纯粹感官乐趣的追寻是无法创造完满的经验的。这种旁观者、寻觅刺激者和性乱者所追求的乐趣,无异于康德在对美的分析中所提到的"快适"(The agreeable)。快适的愉快,是和利益、兴趣相结合的。"在感觉里面使诸感官能满意,这就是快适。……于是凡是令人满意的东西,正是因为令人满意,就是快适的(并且依照着各种程度或和其他快适的感觉的关系如:优美、可爱、有趣、愉快,等等)。"②

这就引导我们从对象的角度来思考审美判断。当一个对象给我们带来快适感的时候,它就是令我们满意的。这种满意,就成了一种有益,从而生成一种兴趣。在令我们满意的同时,对象达成了它的目的,获得了其存在的理由——那种合乎自然的进化的外在的机械律。这是一种对外获取存在的必要的目的。正因为对象是令人满意的,所以它得以继续存在,就如同食物链中高级生物捕食低一级生物而得以延续生命。只是这美的对象所征服的,是比自己高一级的智能生物,它就成了一种迎合,一种存在手段和必需。小说中乌拉斯上层阶级追求物质的、身体的感官乐趣,他们将感官剥离精神世界,为自己的存在建构了一个封闭的时间之环——一个被消解了意义的,时间的封闭之环。所以,纯粹感官的快适是不能创造出一个完整的经验,也不具备产生审美体验的条件的。

三 双面的时间经验

谢维克在时间阈限的迷宫中质疑、否定、颠覆、破坏,在时间的边缘获得新知。在时间的阈限中,勒奎恩将时间的不同可能性并置起来:线性时间和环形时间的交错与纠结,困扰着时间的旅行者。阈限地带就是过去与未来的接壤之处,是双方在各自边缘地带的交互作用所生成的一段模棱两可的模糊地带。谢维克正是在这样一种迷宫般的

---

① Ursula K. Le Guin, *The Dispossessed: An Ambiguous Utopia*, p.335.
② [德]康德:《判断力批判》,宗白华译,商务印书馆1963年版,第42页。

境地中经历了质疑、否定、颠覆、破坏,重新定义了时间和秩序,让新的创造成为可能。伊利亚德指出:"一场狂欢也是向黑暗的回归、向原初混沌的复原等,之后才有各种创造、各种有序形式的显现。"[1] 在各种庆典中出现的狂欢标志着时间的周期性分裂,表现出要通过消除一切创造而彻底消除全部过去的意志。通过推翻社会现状(奴隶变主人,国王遭受羞辱,淑女被当作妓女等)将对立面结合起来,将一切规范束之高阁,意味着对形式的消解。从现代语境中看,这也是现代性的主要特征和重要目的。

陷入时间阈限中的谢维克是时间的边缘人,他似乎是一无所有,然而,也正是因为他的一无所有,使他有机会进入阈限,去拥有和失去时间,成为时间的主人。因为他同时代表着过去和未来,所以他也拥有当下。他是一种思想,无论是过去还是未来,都是被需要的,也都是危险的。乌拉斯上层阶级之所以不允许谢维克在公众会议上出现,也不让他独自走出那些包装,不只是想要独占谢维克的时间物理公式或研究他的思想,而是因为谢维克本身就代表一个思想。他代表阿纳瑞斯,代表变革,他是无政府主义思想的化身,对于封闭在各种包装中的乌拉斯而言,他是一个危险的思想。他的到来给乌拉斯上层带来了震惊,同时给乌拉斯下层带来了希望。在经历了时间带来的情感、欲望及生命的各种考验之后,谢维克获得了新知,实现了精神和认识的双重成长与升华,最终在阈限中重新认识时间,获得时间的启蒙。

勒奎恩曾在接受采访时明确表达自己对过去和未来的看法:"很明显,没有过去就没有未来,没有未来就没有过去。"[2] 在小说《一无所有》中,勒奎恩借谢维克之口表达了同样的看法,谢维克告诉地球大使馆的大使:"除非你同时接受过去和未来,否则你不可能拥有当下。"[3] 勒奎恩试图让我们看到,时间是双面的。在每一个具体的时间循环中,时间是线性的,当我们抽离出来,宏观地从所有循环的集合中看,时间则是环形的。就像是

---

[1] [美]米尔恰·伊利亚德:《神圣的存在:比较宗教的范型》,晏可佳、姚蓓琴译,第389页。
[2] David Streifteld ed., *Ursula K. Le Guin: The Last Interview and Other Conversations*, p.66.
[3] Ursula K. Le Guin, *The Dispossessed: An Ambiguous Utopia*, p.349.

在阿纳瑞斯和乌拉斯之间，未来必定会成为过往，过往则会成为未来。无论在何种语境中，否定和割断历史都是不理想的。没有历史作为根基，未来的大厦必定坍塌。历史作为经验不断重现，未来则随经验很快成为过去，被卷入历史的车轮。

时间的双面性揭示出社会和人性的双面性。谢维克最终认识到，眼前这个美丽富饶的乌拉斯并不是乌拉斯的全貌，至少不是唯一的真相。他和仆人艾弗尔所居住的高雅奢华的房子和艾弗尔原来生活的那个肮脏贫穷的环境一样真实。面对双面时间所造就的双面现实，他认识到，一个真正有思想的人不会为了维护一种现实而否认另一种现实。他应该将不同的现实联系起来，兼收并蓄。谢维克的成长和成熟表现在，他一方面观察到时间对社会做出的两极分化，意识到要关注和帮扶贫困，另一方面，他并没有全盘否认时间带来的进步，对发展向上的力量给予认可和肯定。

谢维克一方面质疑了线性时间序列的唯一存在，另一方面也批判了神话、欲望时间中的封闭循环概念，在冲破了时间的阈限之后，他将传统的线性时间与神话的环形时间相结合，摸索并重塑出一种螺旋上升的暧昧时间观念：时间没有边界，没有开端，也没有终点。在过去和未来之间，每一个时刻都相互共享着它们的边缘地带，因此，边缘地带成为连通过去和未来的无限个共同瞬间的中介，这也就是我们所在的，最具生命力、创造力，活性最高的当下。独立的当下并不存在，因为它始终活跃于每一个过去和未来的连续之间，它是充满变化、充满创造的时间之匙。这部小说通过主人公的双重"回归"，冲破时间的阈限，从过去的经验中吸收意义和能量，从而转化为一种促进未来发展的新的思想质料。只有让过去与未来相互开放边界，在双方边缘接壤处充分渗透和晕染，共同营造当下，才能成就一个完满的当下经验，并保证其持续的生命力。

另外，小说独特的叙事模式也体现出勒奎恩暧昧的时间观。作品将倒叙与顺叙并置，将过去与未来放置在同一文本语境之中，消解了时间的距离，让读者在平行时空中同时存在于过去与未来。谢维克并行存在于两个时间维度之中，他的童年、青年以及未来都被聚合在同一时空文本内。因此，他存在于所有的时间之列，但又不属于任何一段具体的时间，他是时间的边缘人。我们看到，作为在过去与未来之间游走的自由主体，谢维克因为拥有无数个当下的可能，充当了"褶子"的作用，既断裂又连接，创造出一个个开端或裂痕的"时机"。谢维克认识到，时间是没有终点的，"终点并不存在。存在的只有过程，过程即全部"[①]。

"归程即出发"贯穿全文，谢维克意识到自己不能告别，只能重返。从阿纳瑞斯出发至乌拉斯开始，到乌拉斯返回阿纳瑞斯作为结尾，勒奎恩运用文本并置的方式将乌拉斯星球的顺叙时间和阿纳瑞斯星球的倒叙时间进行并置叙事，创造出一种神话式的共时性效果。她让读者看到：过去和未来在各自边缘地带的暧昧互动，共同造就了现在，遗忘过去或不顾未来，都不会有当下。从这一层面看，谢维克既是经营未来世界的科学家，也是未来神话的谱写者和实际建构者。

第三节 线性与环形时间的暧昧螺旋

对线性和环形时间的思考，持续出现在勒奎恩最重要的几部作品中，跨越时间的长河，贯穿了勒奎恩的生命诗篇。从1966年崭露头角的《劳卡诺恩的世界》中对线性时间的初步探索，到1974年光芒绽放的获奖作品《一无所有》中呈现时间的双面性，对时间的暧昧螺旋运行轨迹进行了大胆的临摹和理论探讨，再到1985年《永远回家》中以更为成熟的笔法对线性时间和循环时间共存主题的隐喻表达，最后在2000年的《倾诉》中以倾诉的形式来传承记忆，实现过去和未来之间的暧昧过渡。勒奎恩运用文学艺术手法，描绘出过去和未来之间线性时间和环形时间的共存愿景，呈现出二者在运动中相互作用产生的暧昧螺旋关系。从图1.1我们可以看到：过去的每一个时刻都向着未来出发，它们跨越边界，化界为带，促成无数个当下，与未来接壤；而未来则产生于每一个当下，且以环形的轨迹向着过去的映射范围回归，三者共同作用，形成暧昧的时间螺旋，连续、向上、循环，且没有终点。

[①] Ursula K. Le Guin, *The Dispossessed: An Ambiguous Utopia*, p.334.

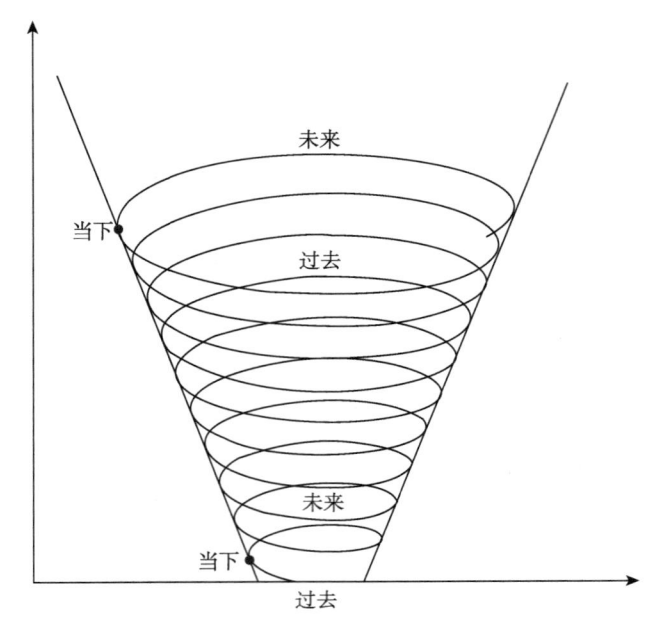

图 1.1 过去与未来的暧昧螺旋

一 推倒时间隔离之墙

在小说《一无所有》中，谢维克踏上时间之旅的初衷是推倒历史和未来之间的隔离之墙。回到过去，去改变历史，帮助两个世界重新结合在一起。但他最终没有将过去和未来两个世界重新组合为一体，因为时间始终处于运动状态，两个世界不可能再回到 200 年前的原点。通过跨越时间之旅，谢维克最终推倒了时间的隔离之墙，在过去和未来之间化界为带，他自己则充当了当下的角色，成为两个世界共有的边缘。从此，过去和未来在保持各自主体中心的前提下，使双方的边缘得以充分地晕染和互渗，共同创造了一个螺旋式的、暧昧的时空共同体。谢维克将两种时间暧昧地融合在一起，锻造出一把时间之匙。他冲破阈限，通过时间上的回归，达成精神上的回归，创造了一个连续的、完满的经验共同体。

（一）时间上的回归

谢维克最初离开阿纳瑞斯，是离家，也是回家，因为乌拉斯是最初的家园，他的祖先所在之地。在他完成"统一时间理论"，并对全宇宙公开时，他实现了自己的双重回归，将历史与当下一同带回到未来。一方面他将历史带回给当下；另一方面，作为当下，他又携着过去，一起迎向未来，虽然未来不可见也不可预期，但拥有历史，他便有信心走进未来，并最终形成一个暧昧的时空共同体，实现一个经验的完满。

谢维克最后选择回到阿纳瑞斯，他通过个人时间的回归，从一个未来世界回到自己的过去，以共同促成一个通往未来的当下。他意识到，所谓的天堂，是为那些创造天堂的人而建的。阿纳瑞斯人背弃了他们过去的世界，否定了自己的历史经验，去创造一个只属于他们自己的未来世界，他们将自己封闭在这个未来之中。但时间是流动和循环的双向作用，未来最终会变成过去，而过去则会成就新的未来。一场没有归程的旅行是不完整的，"一个不回家，不将自己的旅行故事带回来的人不是真正的旅行者。他们只是冒险家，他们的子孙，也将沦为天生的流亡者"[1]。这一观念生动地体现了人类古老的仪式思维。跨界旅者谢维克的角色，如同古代仪式中的巫师，他需要逆向而行，与另一个世界取得联系和沟通，从那里获得新知或治病的解药，再回到自己的世界，为旧的世界带来福祉，注入新的血液。他的回归是必然的，且具有双重含义：回归阿纳瑞斯，既是回到当下，也是回到过往。因为每一个瞬间都不是独立的，它是无数过往经验的累加。

谢维克认识到："人类无法跨越广阔的时空，思想却可以。"[2]虽然人无法突破自身的有限性而在广大的时空中求得永生，但人的思想和意识却可以打破时空的局限而永恒存在。艺术也一样，它需要客观的时间和人类主体的思想情感的共同作用。在时间之中，旧有的经验在新的环境和对象的刺激和启发下，参与了思想情感对当下经验的挤压、颠覆和重塑，通过制造突变来加工出审美的经验和意象，迸发出新鲜的情感。这与勒奎恩在后期作品《倾诉》中所描述的，人们通过"倾诉"的方式传承记忆、实现永恒的方式是一样的。谢维克作为当下，为过去和未来之间架起一座沟通和认识的桥梁，实现了对立的统一，追求超越一切的真实。经过时间的阈限中的狂欢和颠覆，新的创造得以实现。他最后成功演算出"统一时间理

---

[1] Ursula K. Le Guin, *The Dispossessed: An Ambiguous Utopia*, p.89.
[2] Ursula K. Le Guin, *The Dispossessed: An Ambiguous Utopia*, pp.343-344.

论"，并将其公之于众，造福全宇宙。

谢维克必须回到自己的当下，因为只有当下才与过去相连，与未来接壤。谢维克此举颠覆了传统神话中永恒的时间观，将当下定义为永恒。他呼吁人们珍惜当下，激活当下在这个破碎而无意义的现代性中的生命力。"统一时间理论"为过去和未来之间提供了交流和沟通的机会，利用他的理论公式，人们可以制造即时通信工具互通有无，星球之间不再需要因为时空错位而花费若干年的时间来传递信号，星球联盟成为可能。谢维克通过这一举动，将时间还给了整个宇宙，促成了时间的整体回归。因为宇宙是人类的终极家园，"统一时间理论"为所有星球所用，也就是让时间回家，回归螺旋大循环的中心，使这个共同体得以持续发展。与此同时，他自身也获得了精神上的回归，实现了成长。时间是一个不可分割的连续体。真正的旅程即回归，回归过往。在时间的回归之路上，谢维克影响了其他星球的人与他一同去探索和了解他的家园，同为时间的孩子，去创造完满的经验。

（二）精神上的回归

通过时间上的回归，谢维克从对两个世界的重新认识升华至对奥多主义信仰的重新认识，时间帮助他实现了精神上的回归和升华。当初谢维克因为受到强权势力萨布尔（Sabul）对他学术发展的阻碍，毅然离开阿纳瑞斯去追求自己的学术梦想。而当他看到乌拉斯的美景时，禁不住心旷神怡地赞叹，他爱上了乌拉斯，认为阿纳瑞斯人当年从乌拉斯出走是错误的，他们应该和乌拉斯人共同享有乌拉斯的一切美好事物。这个时候的谢维克否定了自己的过去，并急于和过去划清界限。但当他重新认识到乌拉斯社会存在的多面时间和多重关系时，他发现乌拉斯就像是一只巨大的包装精美的盒子，盒子的里面和外面是两个完全不同的世界。那里装着富人的权利和穷人的不幸。人和人之间充满了谎言和利益，他们要么互相利用，要么互相迫害。这时的谢维克几乎认同在阿纳瑞斯的萨布尔的看法：乌拉斯就是地狱。但是，在经历了时间的阈限之后，他进行了反思，收获了成长。当他站在时间之外来看全人类的状况时，他又认识到了自己思想的狭隘和偏激。因为无论是乌拉斯还是阿纳瑞斯，无论是天堂还是地狱，都是相对的，而它们都各自拥有着自己的中心和自身的活力，不能一概而论。

虽然谢维克自始至终认为自己是一个奥多主义者，但他对奥多精神的理解却是在跨越时间的旅行中才得以实现和深化的。在这次跨界旅行中，谢维克对奥多主义信仰的认识不断发生着变化，渐渐走向成熟。儿时的谢维克机械地背诵奥多主义思想，囫囵吞枣地理解，认为奥多主义是一种伪装的保守自由主义，甚至是过于女性化的思想。然而，在经历时间的阈限后，他才真正领悟了奥多的核心精神："一个健康的社会是一个自由的有机组合，其中的每一个部分都发挥着最适合自身的功能，每一个人都在这个有机体中充分地实现了自我的价值。"[①]

谢维克最终成长为一个开放的、纯粹的变革自由主义者，完成了自身的转变和精神的升华。在这一过程中，谢维克最大的收获莫过于体悟出时间的本质：时间是存在和变化的结合。社会是一个永不停息的变革过程，而变革，正是源自每一个个体的思想。因此，每一个活动着的（生物）个体就如同原子一样，形成了我们的存在，而在每一个循环之中的变化和不同的结合，则成就了整个共同体不断向前的推动力。我们需要先确认过去和未来的真实性，才能拥有当下。

通过时间的跨界之旅，谢维克还领悟了快乐的含义，这也是对奥多精神的另一种诠释。在过去和未来的旅行之间，他发现，快乐同时也包含苦难，逃避苦难也就错过了获得幸福的机会。乌拉斯上层阶级沉浸在物质的享受中，他们得到了感官的乐趣和刺激，然而，这种直观的快适仅仅是生理上的反应，没有与心灵的作用，无法达到完满。真正的完满，是回归，也是"回家"。因为只有在每一个经验的完整性中，身体和心灵才能实现最大的完满体验。当谢维克和塔科维亚经历苦难再次重逢时，他们各自经验的完整结合，使他们到达了"彼时"，超越了世俗和历史时间，将他们的感情升华至时间之外，成为一种永恒。

勒奎恩借谢维克的经历阐发了她对人类精神和情感的终极需求：永恒的回归。世人追求的"永恒"是建立在神圣世界之中的，对于人类而言，历史和未来同样重要，而"家"是我们永远的回归。这里的"家"就是一个处于螺旋之中的、不断变化的、有限却又无界的时空和心灵的共同体。

[①] Ursula K. Le Guin, *The Dispossessed: An Ambiguous Utopia*, p.333.

对此，刘晶在《勒奎恩关于时间问题的思考——以两部瀚星小说为例》一文中也曾指出，"勒奎恩心中永远的泯灭是无家可归。回归的轨迹一旦逆转，迎来的将是漫无目的的游荡和流离失所的悲哀"[1]。

谢维克对奥多主义思想的理解和重新认识，是他实现精神回归，走向成熟的标志。他不光从微观上体验了时间的变化，还从宏观上把握了时间的双面性：时间是暧昧的。过去和未来既不能混为一谈，也不能相互割裂。它们之间需要相互投射和渗透，才能创造当下，稳定他们各自的中心。也就是说，只有在过去和未来共同的布景之下，人类的行为才具有人性的意义，当下才能成为我们所呼吸的现代。这也是故事中奥多主义的基本信念："坚持过去和未来的连续性，将时间连为一体的忠诚信念，是人类力量的根基。没有这份信念，人类将一事无成。"[2] 正如奥多墓碑上的碑文："统一即分割；远游即归程。"[3]

二 动态螺旋的科学性

科学幻想，也是人的精神幻想中的一种，通过超越技术本身的限度，去预见一种新的社会和科学的发展趋势，以思想实验的形式去构建和设计更加理想的文化和文明。诚然，科学与美学、科学视角与审美视角有着本质的区别。因此，对暧昧螺旋的科学性的论证，目的不在于以知识的标准去衡量和评价艺术，而是为了突出勒奎恩美学思维中蕴含的科学理据。科幻小说之所以成为一种独特的审美对象，除了夸张的想象，还离不开人们在这一文类上寄予的对科学知识的好奇与希冀。科幻小说的宗旨当然不是要去预测科学，其美学价值也远超于此。阿西莫夫曾指出：

> 科幻小说中的超现实故事背景，能够令人信服地由我们自己从现有科技阶段发生的适当变化中推演出来。这种变化可能代表一种进步，比如对火星的移民开发或对外星球生命信号的成功解读。这种变

---

[1] 刘晶：《勒奎恩关于时间问题的思考——以两部瀚星小说为例》，《外国文学》2018年第3期。
[2] Ursula K. Le Guin, *The Dispossessed: An Ambiguous Utopia*, p.335.
[3] Ursula K. Le Guin, *The Dispossessed: An Ambiguous Utopia*, p.84.

化也有可能代表一种倒退，比如对核灾难和生态灾难摧毁人类技术文明的研究。通过对我们所能取得的科学进步作宽泛的解释，我们也可以把不太可能实现的东西囊括进去，比如时间旅行和超光速，等等。①

成功的科幻小说以客观的科学知识为参照，运用主观的想象，将历史与未来打通、理性与感性相融，来思考人类所关心的终极问题。小说《一无所有》通过描写时间旅者谢维克在未来与过去之间的跨界之旅，传递出勒奎恩在时间问题上的深邃哲思。她的思考不只是文学性的，同时也是科学性的。她沿着爱因斯坦的时空探索之路，以时间的相对论为理论基础，探讨了时间旅行的多种可能性，批判了时间理论中的悖论和佯谬。霍金在《时间简史》中提出："空间和时间一起可以形成一个有限的四维的没有奇点或边界的空间，这正如地球的表面，但具有更多的维。"② 勒奎恩通过讲故事的方式所呈现的时空观与霍金的观点极为相似，是在当时众多科学家对时间理论的两种主流争论中所做出的更加包容、更为宏观的以"暧昧"为特征的设想和判断。在一次采访中，勒奎恩说：

> 我们常说地球绕着太阳转一圈，但事实并非如此。它绕着太阳旋转，太阳同时也在运动。所以，当一切都在运动时，实际上并没有闭合的圆圈。在几乎所有的故事中，都有一个过程在作用。这是否意味着没有什么是完整的，甚至在人死后，这个过程仍将继续？所以那时死亡并不可怕。③

死亡对个人来说是相当可怕的，因为人是一定会死亡的。但如果能把自己从个体中稍稍拉出来，把整个过程看作一个整体，那么，即使个体暂时死亡，这个整体所在的过程仍然会继续下去。而这个整体，是由无数个时间的

---

① [美] 艾萨克·阿西莫夫：《阿西莫夫论科幻小说》，涂明求、胡俊、姜男等译，时代出版传媒股份有限公司安徽文艺出版社2011年版，第4页。
② [英] 史蒂芬·霍金：《时间简史：(插图本)》，许明贤、吴忠超译，第232页。
③ Carl Freedman ed., *Conversations with Ursula K. Le Guin*, Jackson: University Press of Mississippi, 2008, p.140.

单元相互暧昧作用而形成的一个螺旋上升的共同体。早期的哲学家将宇宙、时空、人、科学、生态等宏大问题一并列入人类知识的广阔研究领域，勒奎恩继承并发扬了这一作风，她的文学创作远远超越了对"语言"这一人类"特权"的表现局限。她模糊了物种和时空的边界，像霍金眼中的地球一样，让所有的边界相互联系，在共同作用下巩固并加强各自的中心。

勒奎恩把环形时间看作万物存在的根基，把线性时间看作万物变化之本。她并置两种时间，将它们共同纳入对时间的多维度思考。物理学家霍金穷其一生，力图论证时间是有限而无界的。勒奎恩则通过文学的畅想和人类学的方法，描摹出了这样一幅时间的多维动态图：过去和未来是相互依存的，在它们各自边缘的接壤处，共同营造出当下，三者共同组成一个没有边界的、时间的共同体。这便是勒奎恩的时间旅行作品中渗透出来的时间观念：暧昧的时间螺旋。勒奎恩的"出发即回归"的观点同时也是对哥德尔的旋转宇宙理论的探索和思想实验。旋转宇宙理论允许时间旅行，勒奎恩便允许谢维克在时间的阈限中打破传统时间观念，进入过去、未来，同时将时间的边界处化界为带，运化出边缘过渡空间。

如果宇宙在旋转，我们很可能在出发时即已经回到过去。未来很可能就是我们的过去，而过去也可能是未来。因此，我们不可能把存在和变化二者中的任何一个作为真实，而另一个仅看作幻象。因为存在和变化是时间的两种显现形式，它们同时发生于我们的生活之中。没有存在的变化是混乱而无意义的，没有变化的存在则是毫无生机的。在小说《一无所有》中，谢维克最终悟出了时间的真谛：如果我们的思想愿意同时接受这两种时间的存在，那么就会有一种真正的时间物理学，它将为我们提供一个可以体验和领悟双面时间进程的时间场。这也是勒奎恩对时间问题的完整的思考。时间是螺旋状的，它不断向前旋转，做绕圈运动，但永远不会再回到相同的那个原点上。时间的运动只能是螺旋前进的，过去和未来之间的暧昧螺旋造就一个稳定、完满的现时经验。当下是过去与未来边缘的产物，它在过去与未来的共同作用下，充满变数，焕发着蓬勃的生机。

谢维克的跨界行为对于无政府、无时间的阿纳瑞斯人来说，就是个人主义。在阿纳瑞斯的文化中，个人主义就是叛变。这种个人对传统时间的

第一章　过去与未来的动态螺旋 | 53

反叛和对回到历史，重塑历史的野心，将谢维克引入时间的阈限。从他踏入乌拉斯的那一刻起，他就回到了阿纳瑞斯人的历史之中，也就是从"未来"逆行至"过去"。在一无所有的赤裸状态下，他对历史进行了一些颠覆和破坏，尝试着改变历史，以此来改变这两个世界的未来。但是，正如霍金在《时间简史》中的主张：

> 除非人性得到彻底改变，非常难以相信，某位从未来飘然而至的访客会贸然泄露天机……如果一个人可以自由地改变过去，则他就会遇到矛盾。①

霍金的时间锥形图（见图 1.2）形象地描摹出一个事件在特定时刻和空间中特定一点的发生轨迹。从事件 P 出发的光脉冲的轨迹在时空中形成所谓"P 的将来光锥"，类似地，"P 的过去光锥"是所有将通过事件 P 的光线轨迹。这两个光锥把时空分成 P 的将来、过去和他处。这一图形生动呈现出任一发生在此时此刻的特定事件与过去和将来的联系。

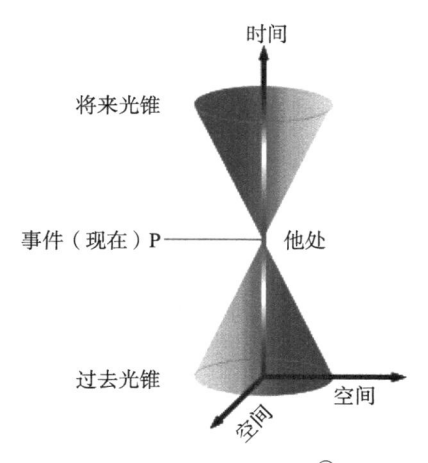

图 1.2　时间锥形图 ②

任何人都无法改变历史，也不能和历史告别。在阈限中，谢维克尝试

---

① ［英］史蒂芬·霍金：《时间简史：（插图本）》，许明贤、吴忠超译，第 206–207 页。
② ［英］史蒂芬·霍金：《时间简史：（插图本）》，许明贤、吴忠超译，第 36 页。

过回到过去,去改变历史,改变乌拉斯上层对时间的看法。他在酒会上为大家举例说明他的时间观点,但无济于事;他也尝试过进入下层社会去参与他们的游行,去改变现状,但他个人的力量和思想都无法起到真正的作用。他不可能改变历史,这不光是勒奎恩在思想实验中为他设定的限制,也是建立在科学理据之上的一种类推手法。任何一种行为对时间都会产生双向影响,就像一颗小石头会激起水面和水底、过去和未来的双重波动。

可见,勒奎恩在其时间旅行的小说中综合了牛顿、爱因斯坦、霍金等对时间问题的物理学阐释,与杜威的"一个活的生物"的"完整经验"的理论观点相契合,从科学和艺术双重维度对时间的运行轨迹进行了生动的描摹。在用石块击打水面的演示实验中,根据光的传播所需要的距离,当我们看宇宙时,我们看到的已经是它的过去。所以,我们以为的过去,实际上正是另一空间事物所期待的未来,而我们所追求的未来,又早已是另一空间的过去。当我们将勒奎恩作品中"过去"的概念等同于历史,这一时间上的螺旋式循环就具有了额外的探索意义。它帮助我们去追寻并发现时间的连续性和延展性。通过时间物理学家谢维克的亲身体验,勒奎恩将两种时间的矛盾性凸显出来,让读者看到,线性的时间之箭和循环的时间之环,实际上都共同存在于我们的世界之中。

屈梅尔(Friedrich Kümmel)在《时间之声》(*The Voices of time*)的一篇文章《连续时间和时间的持续问题》(Time as Succession and the Problem of Duration)中指出:

> 人的任何行为都不可能只参考过去或未来,而总是依赖于它们的相互作用。因此,例如,未来可以被认为是制定计划的地平线,过去提供了实现计划的手段,而现在可以调解和实现两者……这种相互作用的条件的相互关系是一个历史过程,在这个过程中,过去永远不会形成最终的形状,未来也永远不会关上它的大门。然而,如果不退回到过去去寻找更深的基础,就不可能有进步。①

---

① Friedrich Kümmel, "Time as Succession and the Problems of Duration", in J. T. Fraser, ed. *The Voices of Time*, New York: Braziller, 1966, p.50.

勒奎恩塑造的两个星球，在谢维克身上体现为两种不一样的信仰：科学的和宗教的。他最初为了科学而离开宗教，背离自己的信仰，最后又同样因为在科学世界中获得的新知和成长而回归最初的信仰。因为他发现，科学与宗教是相辅相成的，个人的追求与信仰也是彼此成就的。这与我们目前新文科建设和审美人类学的宗旨是契合的，体现出勒奎恩暧昧的文学创作手法和态度背后对模糊边界、融合差异的理论洞见和现实追求。

三 现代性中的暧昧螺旋

我们知道，从爱因斯坦到霍金，现代自然科学，特别是现代物理学一直致力于通过科学公式的演算来破译自然界的规律。时空作为宇宙存在的根基，顺理成章地成为破译自然界存在法则的入口，有望帮助人们发现自然界合目的性的规律，追寻理想中的统一、终极的美和愉悦。因此，无论是科学、艺术还是宗教，都对时空问题保持着长期浓厚的兴趣，进行着不懈探索。勒奎恩以讲故事的形式，通过强大的想象力和洞察力将科学时间观与哲学时间观有机结合，生发出美学向度上的新思想。在其科学性得到论证的基础上，勒奎恩的暧昧时间观自然也就具有了现实价值。我们将有充分的理由，从时空维度来对当代美学的核心问题，也就是难以捕捉的现代性进行观照和分析。

勒奎恩的小说都具有极强的时间性表达，因为在她那里，艺术家的核心任务就是穿梭于两种时间之间，为读者带来基于现实而又超越现实的审美体验。无论是小说整体的叙事结构还是小说对时间本身的探讨，勒奎恩的思路都是先向后，再向前，返回历史中去看未来。詹姆斯·比特纳（James Bittner）就从这种时间上的逆向循环看出了勒奎恩小说的美学结构。他指出，勒奎恩"这种时间经验上的'回归即前行'，为读者提供了双重时间的视觉效果"[①]。

---

① James W. Bittner, *Approaches to the Fiction of Ursula K. Le Guin* Ann Arbor: Umi Research Press, 1984, p.33.

（一）现代性的时间维度

随着阿瑟·丹托（Arthur Danto）提出"艺术的终结"，难以捕捉的现代性成为当代美学研究的核心问题。从17世纪末由法国笛卡尔主义者发起艺术和文学论域上的"古今之争"算起，人们对现代性这一概念的讨论也已经持续了三个多世纪之久。现代性在康德那里表现为纯粹理性，它是一种文化冲动，与启蒙精神休戚相关。在黑格尔那里，它是一种历史理性，是与过去、与宗教迷信的彻底决裂，象征一个新时期的出现。在马克思那里，现代性是一种克服由资本主义主导的社会异化与剥削的努力，是一项激进的行动计划。在波德莱尔那里，现代性是"短暂的、转瞬即逝的、偶然的东西；是艺术的一半，艺术的另一半是永恒和不可改变之物"[1]。本雅明则将现代社会"废墟化"，并通过废墟来反思现代的进程。而后期尼采、海德格尔、弗洛伊德等都对现代性进行了较为激进的拒斥。在此期间，现代性从一个强调此时此刻（the moment）的时间概念逐渐抽象为一种以人为中心的文化现象和精神象征，不断以各种"新"的面孔穿梭于社会、政治、身体还有社会文化之中，像一个调皮的精灵，让人琢磨不透、把握不住。

综上论断可见，时间节点是现代性的一个重点论题。现代性概念的出现标志着主体的幡然醒悟，向过去和传统告别，从而以"叛逆"和"变革"为目标，迈入新的环境。这和小说《一无所有》中谢维克的时间之旅目的一致，就是要见证此刻（the moment），与过去断裂，成为独立、全新的自我。而这个过去，不仅指时间和空间上的今天之前，还包含在过去时间中所建立起来的一切既有的观念、思想和传统，也就是小说中谢维克在阿纳瑞斯所接受的一切传统和观念。在此，我们进一步看到，时间自身从不曾断裂，而现代性始于一种自我定义的、主观意愿的断裂。它是为了进入未来而生的一种概念，其核心思想就是与传统的"断裂"，是要打破旧有的传统，面向全新的未来重新开始。

这样一来，现代性的特点便与小说《一无所有》中谢维克的跨时间旅行有了相似之处。于是，和谢维克走出阿纳瑞斯一样，现代性要想进入社

---

[1] Baudelaire, C. "The Painter of Modern Life", *The Painter of Modern Life and Other Essays*, p.13.

会成熟期，第一件事就是与过去诀别。现代性将要告别的这个过去，同时包含了时间、空间、人三个维度上的意义。

首先，现代性并没有明确的起点，但它却一直在宣告着与过去的告别。卡洪说过，"想要为现代性确定一个历史的起点是不可能的"[①]。然而，在 17—18 世纪的文艺复兴时期，现代性被定义为是一切从此刻告别过去，面向未来，重新开始。所以，从时间上讲，它从未结束，也不可能消失，它是人类意识觉醒之后的每一个此时此刻的状况，是无数个迎向未来的现实点的过去和未来的结合。

其次，从空间意义上看，现代性就是要打破传统的管辖，消除神圣与世俗之间的界限，宣布人对宇宙空间的绝对所有权。从主体上看，它表现为人们接受启蒙、追崇理性、碾轧并驱赶灵性的存在。更直接地说，现代性就是要摘下神的面纱，从宗教的影响中脱离出来，与宗教彻底分裂。从 19 世纪开始，随着科学技术的发展和人类工具化理性的日益增进，现代性就表现为对空间的征服和操控，经历了空间概念从"具体—抽象—具体"到"敬畏—压缩—物化"的转换过程。

最后，现代性是人们在对超越有限的主体的愿望中不断努力挣扎，从迷失的主体，到战斗的主体，再到疲惫的主体的呈现过程。哈贝马斯在《后民族结构》中说："由于要打破一个一直延续到当下的传统，因此，现代精神必然就要贬低直接相关的前历史，并与之保持一段距离，以便自己为自己提供规范性的基础。"[②] 在不断追求现代性的过程中，主体极力撇清与过去的关系，急于将人与自然分割开来，去创造一个物化的、技术的、可控的世界来对自然加以定型。此刻的现代性就如同将"统一时间理论"作为终极信仰、实现自己的理论抱负、成为时间的主宰者的谢维克，急于抛下现在以前的一切，与过去告别，去追逐并投入未来的怀抱。

（二）迷狂的现代性

如果说现代性是打破确定性，人为自身立法的努力，那么后现代性

[①] [美] 劳伦斯·E.卡洪：《现代性的困境——哲学、文化和反文化》，王志宏译，商务印书馆 2008 年版，第 16 页。
[②] [德] 尤尔根·哈贝马斯：《后民族结构》，曹卫东译，第 178 页。

便是在此基础之上对人为立法的颠覆和破坏。这种颠覆和破坏,并不是在反对现代性,而只是现代性的一种延续和加剧,是在现代理性基础上的一种升华。在这一点上,邓晓芒也明确指出:"它(后现代)是现代的一种思潮,说明西方理性精神的内部有一种生命力,这种生命力就体现在它不断地自我否定,自我超越,自我发展。"① 我们可以这样理解,后现代是现代性表现中的一个峰值或一段波峰,是现代社会的一个特殊发展阶段,它以高度工业化和信息化为表征。因为现代性和后现代性表现的都是人类主体在客观世界中的抗争和叛逆。用福柯的观点来说,反现代性(counter modernity)恰恰可能是现代性的关键概念。他在《何为启蒙》一文中表示:"我认为更有用的做法是弄清现代性的态度自它形成以来,是如何同'反现代性'的态度斗争的,而不是试图把'现代'同'前现代'和'后现代'区别开来。"② 也就是说,反现代性,或者说后现代性,实际上就是一种反理性的怀旧行动。那么问题来了,这种反理性的怀旧,是否就是一定程度上的一种螺旋式的回归呢?这里的怀旧,也不是回到原点,而是回到过去的语境中来重新审视当下,反省自身。

迷狂的现代性通过反对一切传统,消解一切权威来确立自己的地位,证明时间的断裂,一种强烈的自我肯定的冲动将它推向速度、偶然、碎片等混乱的旋涡。在此阶段,现代性逐渐从神秘的宗教情感中挣脱出来,在不断为自然立法、为世界立法的过程中感受到了变革的快感。一切旧有的经验都被作为"过去"而切断联系,物的上帝操控着意识的洪流,放纵理性空间肆意吞噬灵性世界原有的一席之地。各种新的震撼带来非同一般的感官快适,满足着现代人流变的欲望和稍纵即逝的热情。但心灵并未完全隐没,它也在不断的观察、学习和吸收,这不仅取自时间的挥霍,同时也来自时间的考验,是小说《一无所有》中所揭示的时间的双面性表现。阿伦特说过,"没有传统,就意味着没有一个把它遗赠给未来的遗言"③。在

---

① 邓晓芒:《康德〈判断力批判〉释义》,生活·读书·新知三联书店2018年版,第44页。
② Michel Foucault, "What is Enlightenment?", in *Michel Foucault: The Essential Works*, London: Allen Lane, Vol.1, 1997, pp.309-310.
③ [美]汉娜·阿伦特:《过去与未来之间》,王寅丽、张立立译,译林出版社2011年版,第3页。

《科幻小说和未来》(Science fiction and the future)一文中，勒奎恩也明确指出："未来是你看不到的，除非你转过身去瞥一眼。"① 由此可见，过去和未来之间的关系，也是一种可见和不可见的关系，存在于有形和无形之间，它们需要一种暧昧的连通。

（三）暧昧的创造性聚合

大自然的生命总是在周期性的循环往复中显现自身。当原始先民们将一些表达强烈欲求和公共情感的舞蹈行为转变为仪式时，他们就会在固定的时间和日期进行表演。原始人为了食物和后代，在不同的季节周期性地举行巫术仪式，从而产生了季节性、周期性的节日庆典。而正是这些周期性行为对时间的重复，复制并延续了那些人们在神圣时间中所产生的原初激情和欢腾，并在后世的节日中周而复始地再现和重生。时间带给人类最初的美学意蕴和情感联系不仅仅是春暖花开或是白雪皑皑，而是在拥有丰富物质来源的某些特定的时间节点上。正是这些蕴含特殊意义的特定的规律性、重复性的出现，唤起并加固了他们的时间意识，从而诞生了那些为时间而欢呼的宗教节日庆典②。因此，从美学维度看，过去、现在和未来之间，绝不是各自断裂的三个部分，但也不能完全混为一谈。

现代性与历史的交织，把我们的注意力引向居于现代性核心的暧昧性经验。"现代性既是对历史的否认又是对它的怀念。现代主义既可以反映一种逃避现代性的欲望，又可以是对现代世界的一种赞美。"③ 现代性支离破碎，如何去收集现代性的碎片，捕捉它的形态，成为当代美学研究的核心问题。对于气态般扑朔迷离的现代性，唯有暧昧之网，可以与之相应而生，和谐共进。因为，在经历和渗透了现代理性之后的现代性，我们不能再回到原始的混沌状态，也就是那个时间上的原点，但同时，我们又不能一味地超速向前，因为那样必然会走向意义的终结。

麦克·卡登（Mike Cadden）在《厄休拉·勒奎恩类别之外》（*Ursula*

---

① Ursula K. Le Guin, *Dancing at the Edge of the World: Thoughts on Words, Women, Place*, p.142.
② [英]简·艾伦·哈里森：《古代艺术与仪式》，刘宗迪译，生活·读书·新知三联书店2016年版，第37–39页。
③ [英]杰拉德·德兰蒂：《现代性与后现代性：知识、权力与自我》，李瑞华译，第26页。

K. Le Guin Beyond Genre，2005）一书中说：

> 勒奎恩小说中几乎所有的人物都是在真实的泥土路或柏油路上旅行，这条路从城市通往乡村，越过高山，穿过森林。几乎所有的主角都以接近光速的速度在星际间旅行。正如我之前所讨论的，有些人在记忆的道路上旅行；有些人在梦想之路上旅行。①

勒奎恩小说中的时间仿佛都是双向的，当被问及过去和未来哪一个更吸引她时，勒奎恩说：

> 对我来说，这些都混在一起了，两者缺一不可。这是个棘手的问题，（Gordian knot 难题；戈尔迪之结，希腊神话中的一个难题）我可不想割断它。很明显，没有过去就没有未来，没有未来就没有过去。我对整件事的思考都很中国化。②

在勒奎恩那里，过去和未来之间的连续性和暧昧作用不仅具有重要的现实意义，还蕴含着极高的美学价值。

因此，从时间的立场来看待现代性的问题，必须以暧昧之网对其进行捕捉。现代性必将在时间的阈限中克服困难和诱惑，在过去和未来的边缘地带经历考验，激活创造，实现成长。

现代性以否定为发端，以流变为常态，当偶然性骤增为一种日常，不确定性便成为人们生活中的必然。在我们马不停蹄追逐未来的同时，未来已经反扑向我们，控制并剥夺我们享有的当下的可能，导致意义丧失，当下被人为清零。我们因此成为未来的俘虏，背离了历史，错过了当下，却仍看不清未来的面目。因为在时间的长河中，无物可停驻。勒奎恩说：

---

① Mike Cadden, *Ursula K., Le Guin Beyond Genre: Fiction for Children and Adults*, New York: outledge, 2005, p.52.
② David Streifteld ed., *Ursula K. Le Guin: The Last Interview and Other Conversations*, p.69.

要创造一个新世界,你必须从一个旧世界开始。要想找到一个世界,也许就得先失去一个。也许你会迷路。重生之舞,创世之舞,总是发生在事物的边缘,在边缘,在雾蒙蒙的海岸边。①

现代性犹如一头悬空的困兽,一方面竭力表现着与过去的不同,另一方面又不断否定现有的自我,将目光投向虚拟的未来。那么,面对现代社会的危机和机遇,现代性应该何去何从?如果说17世纪启蒙思想家们所设想的理性未来在今天已经被证实存在层出不穷的问题,那么我们又该如何去驾驭和解救这头悬空的困兽?如何去减少释放它的危险,同时帮助它把握机遇、创造价值。原始仪式的思维或许可以给我们带来启发,为了降低不可预知的风险,精心安排和制作,以一种形式上的努力去达到预想的目的。

时间是运动的,但它运动的轨迹并不是上或下、左或右、前或后,而是每一刻相邻时间之间的边缘的渗透,也就是说,时间的空间轨迹是由边缘之间的接受或拒绝、靠近与退缩而组成的。正如时间螺旋中的每一个运动的点,它们都不是静止的,而是与其相邻的其他点相互作用、共同奔赴的。因此,从时间维度上看,第一,以过去加强现在。表现在尊重传统,从传统中重新发现古老仪式结构的现实定义和现代价值。第二,以未来激活当下。通过未来的元素来激活当下的审美欲望,满足当下社会中需要和需求的不断扩张。第三,以当下过渡过去与未来。以当下为中介,帮助过去和未来之间建立暧昧螺旋的联系。每一个当下都承载着过去与未来之间的作用和影响。现代性从前现代发展到后现代,从摆脱原初的混沌到走向清晰,在清晰中认识和醒悟,最后走向暧昧的永恒。当然,我们不能再回到亚当夏娃懵懂的混沌的关系,而是走向一种边缘模糊、中心独立的暧昧关系,去实现一种创造性的聚合。

总的来说,现代性是人的现代性,它表现为主体的挣扎和迷狂。我们说一幅画是美的,一件艺术品是活的,其中一定是同时包含着主体在创造活动中所经验的一个"活"的历史和多种可能的未来。

---

① Ursula K. Le Guin, *Dancing at the Edge of the World: Thoughts on Words, Women, Place*, p.48.

第二章　梦境与现实的镜像交流

　　传统美学倾向于将人的行为和物的形态作为重点观察和研究的对象，当代美学则需要以人类学的思维和方法为指导，对一切现象之后的本质发出追问，通过重建对人类精神和情感的关怀，将美学研究引向纵深发展。因为在加速流变的现代性状况下，只有人的精神状态和情感需求才是美之为美产生和表现的真正动因。如果说梵高的《星月夜》(*The Starry Night*, 1889) 用极度夸张的手法描绘星空的神秘与多变，表达时空的交错与流动，以艺术对话科学，那么，他的"桥"系列作品就是对普遍经验背后人的特殊情感的表现，是意识和无意识共同作用下极具穿透力之美。梵高画桥，不仅仅是对具体的桥的"再现"，他还想要得到某种令人彻底心碎的东西。"通过对任何在场的人可能'观察'到的，成千上万的人观察过的材料的图像再现，提供一种新的，被经验为仿佛具有其自身的独特意义的对象"[①]。这种意义就不只是梵高个人的情感骚动，还有被这幅作品所激起的观众的强烈的情感共鸣。蒙克 (Edvard Munch) 的《呐喊》(*The Scream*, 1893) 同样表达出作者强烈的主观性和隐匿、压抑在现象之下的情感，激发人们从模糊暧昧的线条和图案中去寻找另一个无形的灵魂，从而释放压抑于内心深处的无意识世界。诸如此类的艺术作品之所以能抓住人们的注意力，当然不只是因为它背离现实的创作风格或绚丽的色彩带来的感官刺激和即时的快感，更重要的是，作者采用特殊的艺术手法将内心的真实情感抽象地表达于其中，为另一个自我 (ego) 代言，从而更大范围地引起观看者的情感共鸣，又或者是从某种程度上满足观看者的无意识愿望冲

---

① [美] 约翰·杜威：《艺术即经验》，高建平译，第99页。

动，为宣泄伪装在现代性面具之下的真实自我提供了出口和通道。这种抽象的表达实际上也是一种对意义的改装，它将意识和无意识暧昧地结合在一起，互为镜像，从现象到本质，把握住现代性的流变特质，反映现代人心灵的焦虑、亢奋、躁动，特别是自我的撕裂和对立等异化状态，成为当下社会一道治愈系的风景。

作为一名科幻作家，勒奎恩则以文学创作的形式描摹出现代社会的种种镜像，呼吁人们去关注和反思当下社会，重新认识自我。朗西埃在分析弗洛伊德通过"无意识"概念制造的审美革命时说：

> 如果精神分析无意识的原理可以系统阐述，这是因为在临床领域之外已经可以找到无意识思想的模式，而且艺术和文学领域可以定义为"无意识"得以运行的特有领域。[①]

在以"梦"为主题的几部作品中，勒奎恩展开了对暧昧时空下追寻和创造意义的主体——人的探索。在弗洛伊德看来，梦的经验是对人积压在内心深处旧有愿望的回归，而这些愿望就属于无意识系统。[②] 在勒奎恩看来，艺术家来回穿梭的两种时间，不仅在过去与未来之间，还在梦境与现实之间，在意识与无意识的镜像之中。过去和未来的暧昧螺旋造就了当下，赋予现时无限的生机和活力，我们获得成长，迈向成熟。我们的主体在过去的经验中构造自身的同时，世界才作为世界显现出来。从这一逻辑出发，主体就是先于世界而存在的。因此，一切剥离主体的艺术和审美都是空洞而无意义的。通过在科幻文学写作中造梦和释梦，勒奎恩深入洞察和分析了人作为广阔时空下的主要意义实体的内部活动机制，让我们看到，在梦境和现实之间，蕴藏着人与自我的精神环链、意识与无意识之间的暧昧镜像。

梦是人类的主要活动之一。勒奎恩她不止一次在其文学幻想中研究

[①] [法]雅克·朗西埃：《审美无意识》，蓝江译，南京大学出版社2020年版，第3页。
[②] [美]杰克·斯佩克特：《弗洛伊德的美学——心理分析与艺术研究》，高建平译，河南大学出版社2019年版，第129页。

和试验梦的实质和效用。在谈及她作品中大量出现关于梦的题材时,勒奎恩承认,弗洛伊德和荣格对梦进行的心理学分析对她影响至深。她在访谈中说:

> 我父亲是一位弗洛伊德学派的分析学家,也是一位人类学家。他成了一名非医科专业心理分析家。弗洛伊德说,做梦是极其重要的,我可能已经领会了。我还读了荣格的书,荣格对梦有非常具体的理论。[1]

因为受到人类学家父亲、心理学家弗洛伊德思想的耳濡目染,加之成年后阅读荣格的著作,勒奎恩对梦有了更为深入的理解。她的两部重点讨论梦的作品《世界的词语是森林》(*The Word for World is Forest*,1972)、《天钩》(*The Lathe of Heaven*,1971)就是想通过文学想象中的思想实验,来探索一个共同的问题:如果梦成真了会怎样?

无论是作为一种非现实时间还是幻化空间,"梦"这项特殊活动在人类日常生活中都扮演着重要角色。20世纪60年代,关于梦和睡眠的科学研究达到一个相对繁盛的时期。勒奎恩的小说《天钩》和《世界的词语是森林》几乎同步于当时的学术研究前沿,以梦为主要讨论对象,在20世纪70年代初对梦境与现实的关系进行了文学性探索。在这两部小说中,勒奎恩结合原始神话思维与现代心理学的精神分析理论,创造出独特的艺术效果,表达了她对现代人意识和无意识关系上的深入思考。两部小说分别刻画了两位极端邪恶分子哈伯(Haber)和戴维森(Davidson)对梦境和现实两个看似截然对立的时空的征服和操控企图。与这两位邪恶分子相对抗的,是试图制造乌托邦之梦的奥尔(Orr)和释放毁灭之梦的塞维尔(Selver)。这两个思想实验均以失败告终,这样的结局向读者透露出勒奎恩在创作中的宏观布局和潜藏在文本背后的深邃哲思:无论是美梦还是噩梦,一旦打破界限,闯入现实之中,就会影响整个世界原有的平衡。想要

---

[1] Carl Freedman ed., *Conversations with Ursula K. Le Guin*, p.132.

维持这一平衡，需要梦境和现实各自保持相对独立和稳定，并在边缘地带充分交融，创生出具有纽带和过渡作用的边缘意识。梦就是作为意识与无意识之间沟通和调解的桥梁，连接人的理性世界和本能（自我）世界，它试图通过恢复表达潜意识状态的意象和情感去重建人的精神平衡。

"语言（logos）和激情（pathos）的统一证明了艺术的存在。"[①] 激情代表自由、冲动、感性，是那个被关在无意识大门中的自我的挣扎，而语言代表逻各斯、理性、欲望，是高高在上、独断专行的意识的写照。然而，如同谢林所言，艺术是人的精神走出自身的奥德赛。精神要走出自身，彰显自身，就必须从自身的对立面去照见自己、认识自己、展示自己。勒奎恩的作品《地海巫师》《黑暗的左手》《世界的词语是森林》都是典型的从精神分析的角度去为主人公提供照见自身镜像的作品，和莫泊桑、易卜生创造的文学世界一样，勒奎恩的文学作品进入宇宙最原始的混沌、生命最原初的无意义中去邂逅黑暗力量，与另一个自己相遇。

在任何一个审美的或是情感的完整经验中，梦境都是紧密联系我们意识和无意识两大领域不可缺少的部分，只有正确认识梦的作用，使其与现实保持一种暧昧的协作和互动关系，才能弥补我们的精神缺失，救治社会痼疾，保障主体精神的正常发展和社会秩序的良性循环。本章主要从小说《天钩》和《世界的词语是森林》中凸显的梦境与现实之间的矛盾和张力出发，揭示意识与无意识之间的暧昧镜像关系，旨在论证：梦境和现实互为镜像，它们必须相互联系和参考，才能保障意识与无意识的平衡发展，从而避免现代性下人与自我、人与社会走向分裂，进而实现人精神世界的内部和解，以一种健康的精神生态来满足后现代语境下的审美情感需求。

第一节 梦境与现实的互换：《天钩》

《天钩》是勒奎恩第一部探讨乌托邦题材的长篇小说，主要讲述了心理医生哈伯利用一位患者"有效梦境"（effective dreams），试图通过技

---

① ［法］雅克·朗西埃：《审美无意识》，蓝江译，第17页。

术手段篡改历史、重塑世界，为人类"谋福利"的故事。这部小说的主题让人联想起玛丽·雪莱（Mary Shelley）的寓言式小说《弗兰肯斯坦》（*Franken-stein*, 1818），一个疯狂的科学家滥用技术，幻想突破生命的极限，实现"造物主"之梦。因为忽视了科学与人性的关系，这场实验注定会走向毁灭。同时，哈伯医生妄想通过做梦来重塑的那个世界又仿佛是赫胥黎《美丽新世界》（*Brave New World*）的缩影，他无限膨胀的野心折射出西方人类中心主义思想的种种弊端，讽刺和批判了西方世界过度依赖理性而臆造出的乌托邦之梦。

小说《天钩》写于1971年，以2002年的俄勒冈州波特兰市（勒奎恩居住的城市）为背景，现代化工业急速发展，工业和军事废物堆积如山，严重破坏了生态环境，全球升温现象日益严重，导致大量动物物种消失。世界性的人口大爆炸使得资源短缺，城市拥挤不堪。如今，当我们再度翻看勒奎恩50年前对未来世界表达的焦虑与担忧，不得不感慨这位作家强大的洞察力和前瞻性。这正是勒奎恩研究的关键价值所在，她写幻想，也写现实；写历史，也写未来。事实上，直至20世纪70年代，科学家们关于梦的研究并没有取得新的突破，人们对梦的科学认识也没有任何显著的进步。勒奎恩广泛了解当时的研究前沿，创造性地在自己的思想实验基地里"发明"了睡眠机器（The dream machine），她说：

> 我有足够的研究资料，所以我所要做的就是发明我的睡眠机器。这只是那些看起来似是而非的科幻发明之一。但这也是科幻小说的乐趣之一，你会认可并相信它。[1]

勒奎恩运用自己"发明"的睡眠机器对梦境和现实之间的关系展开了全新的探索，以期找到长久以来存在于她内心深处的疑问：如果梦想成真了会怎样？

这部小说中的两个主人公都具有双重时间轨迹，由此读者可以看到

---

[1] Carl Freedman ed., *Conversations with Ursula K. Le Guin*, p.132.

世界被梦改变的不同形态和交替的宇宙。然而，两位主人公面对"有效梦境"的态度是截然相反的：奥尔恐惧"有效梦境"，想要通过服用镇定类药物来抑制做梦；哈伯则兴奋于发现"有效梦境"，企图通过控制奥尔的梦境去改变现实、重塑世界。勒奎恩设计出两种替换方案，并建立了一系列矛盾对立的关系来演绎"梦想成真"的现实经验：奥尔和哈伯、病人和治疗师、梦想家和科学家、感性主义者和理性主义者、反乌托邦主义者和乌托邦主义者（见图2.1）。通过呈现一系列复杂的对话和活动，勒奎恩讽刺了西方世界以人类中心主义为纲领的乌托邦制造，否定了利用梦境来改变现实的荒谬幻想，初步探索了梦境和现实之间微妙的镜像依存关系，并借此来强调现代性状况下技术发展和人文关怀同等重要。

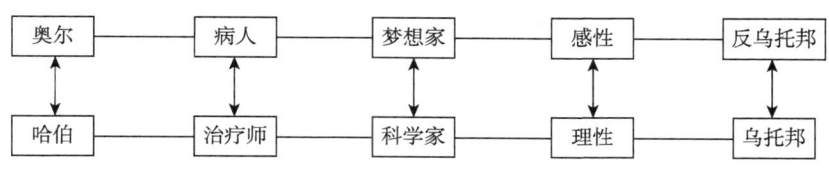

奥尔	↔	病人	↔	梦想家	↔	感性	↔	反乌托邦
哈伯	↔	治疗师	↔	科学家	↔	理性	↔	乌托邦

图 2.1　人物矛盾对立关系

一　哈伯的乌托邦之梦

哈伯利用睡眠机器成为"改良"世界的梦学专家（a dream specialist）。当哈伯医生发现奥尔的特殊天赋时，他非但没有帮助奥尔积极改善梦境与现实生活之间的混乱和错位现象，反而运用现代技术介入并操控奥尔的梦境，企图塑造一个更加完美的新世界。哈伯有三句经常挂在嘴边的至理名言："研究人类最恰当的对象就是人。""为大多数人谋最大的利益。""只要目的正当，可以不择手段。"[①] 他利用奥尔"有效梦境"来对世界进行"改良"，抹去战争，减少人口，消除种族歧视，改善生态。哈伯自认为是在实施一项伟大的世界改良工程，他的种种计划和目标似乎也是这个时代亟须解决的问题。然而，他忽略了历史的不可逆性和世界的偶然性，这种以

---

① Ursula K. Le Guin, *The Lathe of Heaven*, New York: Scribners, 1973, p.63.

人类中心主义为原则的操控欲望和行为，最终会瓦解世界的中心，导致人与世界的疏离，甚至将世界推向更大的毁灭。

（一）膨胀的自我中心

在小说《天钩》中，勒奎恩将哈伯打造为西方人类中心主义的典型代表，通过对这一人物形象的塑造以及对其人生信条的披露，巧妙地折射出现代人的傲慢特质，以此来警醒世人进行反思。在哈伯看来，除了人，没有什么是重要的。一个人的定义完全取决于他对他人的影响程度，取决于他的人际关系范围。在这种理念下，道德就成了一个完全没有意义的术语，或者说，道德就是一个人在整个社会政治中履行其功能。根据小说故事情节具体分析，哈伯的人类中心主义主要体现在以下三个方面：

1. 人类存在的价值就是不断研究和开发世界，为最多数人谋最大的利益。哈伯创立的心理研究中心名为 HURAD，全称"人类效用：研究和开发"（Human Utility: Research and Development）。这一名称无疑是勒奎恩对现代西方进步思想的公开抨击，披露出西方进步思想背后隐藏的人类的贪婪和无情。更加值得一提的是，哈伯的研究方法是不择手段，甚至可能是非人性的。因此，"为最多数人谋最大利益"这一信条的内涵实际上极具矛盾和讽刺意味。

2. 研究人类最恰当的实验对象就是人。在哈伯作为奥尔的主治医师期间，他完全将奥尔看作一个实验研究对象，无视他作为一个有生命、有思想的人的精神需求和主体的独立性。哈伯任意操控奥尔的时间和梦境，无限开发他做梦的潜能，却将奥尔就医的初衷抛于脑后，对其心理上的病痛更是不屑一顾。在哈伯眼里，研究者是权威的，他和研究对象是完全不同类、不同级的两个物种，研究者拥有绝对的行动权利，而研究对象作为低一级的实验样品必须绝对服从研究者的命令。

3. 人要主宰世界，成为神。在哈伯第一次利用奥尔的梦解决了人口问题时，他的中心进一步膨胀，甚至将现实归属为自己的造物，认为自己就是伟大的造物主。在他看来，人在地球上的目的就是不断改变万物，操纵万物，创造一个更美好的世界。"他一直想要用权力来做好事。成为上帝，成为唯一一个自由意志者。"① 所以,人要像神一样不断行动,从不停滞,直到将世界变成天堂。准确地说,权力意志的本质就是成长,其成就就是取消它。要做到这一点,权力的意志必须随着每一次权力的实现而增强,使得实现眼前的权力仅仅是实现更大权力中的一步。权力越大,欲望就越大。哈伯对奥尔的梦的操控没有明显的限制,他"改良"世界的决心也没有尽头。当他通过研究奥尔的大脑结构和提高增强器的功能掌握了做有效的梦的方法,哈伯毫不犹豫地将自己作为第一个实验对象,亲身体验"有效梦境"。他实验的终极目标和野心是"世界要像天堂,人要像神!"②

我们从哈伯身上看到了现代人日益膨胀和蔓延的人类中心主义,它同时也表现为绝不妥协的工具理性思想和狂妄自大的造物主心理。从宣布上帝已死、扬言告别传统、进入现代性的那一刻起,人类就展露出要成为神、扮演上帝的强烈欲望。哈伯当然是这种思想的突出代表,他不断改良自己的梦想机器,甚至幻想通过它来改变整个宇宙连续体。他多次宣称他的努力是为了创造更好的世界,这和现代人以进步和文明的名义来操控世界、改造自然的做法是如出一辙的。勒奎恩通过重点描写哈伯过度旺盛的操控欲和疯狂追求"进步"的心理和行为,批判了由西方人类中心主义思想滋生出的病态造物主野心。

(二)清除差异,瓦解世界的中心

哈伯利用睡眠机器,在奥尔被催眠的状态下要求他解决人口、战争、种族隔离、生态等问题,却从未告诉他具体的方法以及有何禁忌。因为在哈伯看来,"结果判断手段"(The end justifies the means.)。③ 这恰恰就与勒奎恩的一贯主张"过程决定结果"相背离。哈伯这种为达目的不择手段的"变革精神"同时也是现代性问题的一大反映,特别暴露出人和社会在资本操控下的异化现象。为了应对社会人口的膨胀,奥尔幻想出一场瘟疫,一次性杀死了60亿无辜的人民;为了避免自然灾难,他取消了四季的更

---

① Ursula K. Le Guin, *The Lathe of Heaven*, p.100.
② Ursula K. Le Guin, *The Lathe of Heaven*, p.113.
③ Ursula K. Le Guin, *The Lathe of Heaven*, p.63.

替，使气候单一化；为了消除种族歧视，他抹去了人种的差异，将全球人类的肤色同一化；为了终止战争，他让外星人来到地球，干涉人类内部的自相残杀。当奥尔为非人性、非自然的过程感到懊恼和悔恨时，哈伯却对结果兴奋不已。他不顾过程只求结果的行为既是对历史的删减和篡改，也是对生命的无视和不敬。在他人为地操纵世界的同时，世界的中心也遭到了瓦解。

哈伯把利用奥尔"有效梦境"所制造的种种"变革"统统认定为自己取得的"进步"成果：消除人口过剩；恢复城市生活质量和地球生态平衡；消除作为人类健康主要杀手的癌症；消除肤色问题；消除种族仇恨；消除战争；消除物种退化和培育有害基因的风险；消除贫困、经济不平等、阶级战争等问题，这一切都是他实现"进步"的手段和成果。他追求的"进步"是无止境的，也是不可思议的。利用"有效梦境"，哈伯"在六周内取得的进步比人类在六十万年里取得的进步还要多"[1]。对哈伯而言，无论过程如何，这些结果都是前人所未及的进步，而所有这些巨大的进步则归功于理性。理性完善了人性的弱点，让世界变得更好。

哈伯操控奥尔的梦，把全人类都变成了灰色。人类没有了种族和肤色差异，再也没有了黑人和白人之分，人们衣服下面颜色都一样。世界通过身体来显现自身、传达意义，而没有了身体的差异，意义便无法生成。人之为人的主体性被彻底忽略，种族和种族之间、民族与民族之间都没有了差异，世界大同，自然也就失去了中心。由此可见，在哈伯"创造"的新世界中，人类基因得到了改良，没有疾病、没有低能，和《美妙新世界》里一样，政府甚至会对癌症患者实施安乐死。健康不再是生命历程中最难以把握的指标，而是人皆有之的福利。然而，实现这一福利的方法不是通过正常途径去增强人们的体格、改善人们的健康状况，而是通过消灭病痛、清除病体，人为终止重症患者生命，对其进行阻断式的干预。用哈伯的话来说，"这个社会是意志坚强的，而且一年比一年更加坚强：未来会证明这一点的。我们需要健康。我们根本没有空间给那些不可救

---

[1] Ursula K. Le Guin, *The Lathe of Heaven*, p.112.

药的、基因受损的、使物种退化的人。我们没有时间浪费无谓的痛苦"[①]。哈伯的这种消极优生学观念和行为再现了 20 世纪初纳粹政府的"绝育法"和种族卫生运动，歧视病患，将患有遗传性疾病的人判定为没有生存价值的生命。

哈伯无视时空的边界，任意篡改历史，既忽视了过去与未来之间的安全距离，又抹去了梦境与现实之间的必然差异。这种将梦境与现实对调，以个人意志消解人、社会、时空三大维度下事物的差异性和个体性特征的做法彻底扰乱了宇宙运行的规律，打破了原有的生态平衡。哈伯重塑了一个一体化的世界，那里人口骤减、气候单一、人种趋同。但是，没有了战争、分歧、矛盾、差异，也就没有了那些为和平而战斗的英雄，没有了追求平等自由的精神。没有了差异和个性，人的最为基础的能力——审美判断力也就无从谈起。当民主和个体遭到了消解，人们失去了自主选择的权利，所有的日常都变得封闭而无趣。哈伯创造了等距等质的特点的世界，而世界的中心也因此被瓦解，世界处在一片无中心、无边缘的虚无中，无论从什么角度都呈现出一种没有向心力和创造力的灰色拼图，看不到生命和存在的意义。

二　奥尔的有效梦境

（一）消极的他者中心

小说的另一主人公乔治·奥尔（George Orr）是一名普通的绘图员，他的性格如同水母一般柔软："无攻击性的，温和的，懦弱的，压抑的，传统的。"[②]水母是最脆弱的生物，却拥有整个海洋的力量。奥尔也一样，他看似软弱无能，却拥有超越凡人的能力——做有效的梦。然而，当发现自己的梦境具有改变现实的效能时，奥尔非但没有高兴，反而深感担忧和恐惧。他害怕做梦，担心自己任何一丝邪恶的念头转化为现实。为了抑制有效的梦，他在自动售药机上购买了超出正常配给的兴奋剂和安眠药，试图用药物控制自己的精神和睡眠状态。药监部门怀疑奥尔患有

[①] Ursula K. Le Guin, *The Lathe of Heaven*, p.107.

[②] Ursula K. Le Guin, *The Lathe of Heaven*, p.6.

精神类疾病，要求他到心理医生哈伯处接受定期治疗，奥尔因此与哈伯医生结缘。

悲观的自我否定是奥尔性格中最突出的特征。他时刻怀疑自己，不主动、不参与、不交流。与哈伯的狂妄相反，奥尔将自己视为无足轻重的他者，认为自己是世界无用、多余的部分。他模糊了自己的个性，将中心隐匿起来。为了逃避可怕的梦境，奥尔过量服用精神类药物，正常的生物时间被打乱，导致黑白颠倒，梦境与现实严重失衡。精神问题不断折磨着奥尔，他甚至多次怀疑自己已经疯了。一想到自己的精神问题可能导致悲剧和灾难发生，奥尔无法控制地陷入自我怀疑和否定，压抑和隐匿自己的中心。他把自己比作只会为别人（哈伯）下蛋、无趣而愚蠢的大白鹅，比作毫无个性的黏土和未经雕琢的原木，随浪漂浮，随遇而安，可以出生在任何一个世界。即便是发现自己被哈伯医生利用、欺骗时，奥尔也始终在为对方找理由，将问题的根本归咎于自己，对他人一味地退让。他认为哈伯医生之所以要利用自己，是因为自己没有力量，没有性格，是一个天生的工具："我没有任何命运。我只会做梦，而我的梦现在也由别人来经营。"[1]

很明显，奥尔这种逆来顺受的性格特征又反映出现代人典型的另一面——时代潮流中的浮木，那些被湮没在现代社会的"文化创伤"里的无根漂泊者。现代人的这一特征往往出现在工人阶级和普通的低收入人群当中。日复一日机械化的重复劳动和生活导致他们迷失了自我中心，放弃了对意义的追寻，消解了自我的主体性特征，沦为被主流文化忽视的他者。特别是在高速发展和流变的科技社会里，劳动者日趋工具化，像极了工厂流水线上的机器人，没有特征、没有个性、没有思想，人之为人的个体差异遭到彻底消解。恐惧和懦弱使奥尔将自己的中心隐匿起来，他不敢反抗，不愿改变，始终蜷缩着柔软、无形的身体，与膨胀的哈伯形成鲜明对比。

（二）开放边缘，激活中心

在被哈伯利用的过程中，奥尔对自己梦境所改变的世界感到恐惧和懊

---

[1] Ursula K. Le Guin, *The Lathe of Heaven*, p.56.

恼。他不希望继续自己的梦，但又无法拒绝和停止哈伯对"有效梦境"的操纵。无奈之下，他找到卫生、教育与福利部（HEW：Health Education and Welfare）的律师希瑟（Heather），请求她作为一名观察员旁观并参与奥尔的心理治疗过程。幸运的是，希瑟的出现照亮了奥尔的世界，帮助他重新发现了自己的中心。希瑟的意识是开放、包容且坚定的，在她看来，世界上不存在没有怨恨的人，那些与邪恶相遇、相对抗、相搏斗的人也不会全然不受邪恶的影响。她走近奥尔、理解奥尔，并渗入其边缘，与他相连。

当希瑟在一片混乱中一眼看到了奥尔愉快的笑容和洁白的牙齿，她仿佛在一片混沌中发现了事物的秩序。奥尔是柔软的、无固定形状的水母，但他也是包容的、开放的，愿意接受他者的。希瑟和奥尔很快便相互吸引。希瑟喜欢奥尔的力量，因为它们永远不会偏离中心。在希瑟眼中，奥尔拥有强大的力量："他是她所认识的最坚强的人，因为你永远无法将他从中心地带移开。这就是她喜欢他的原因。"[1] 遇到希瑟以后，奥尔的中心也逐渐显现了出来，他开放自己的边缘迎接希瑟的参与，"她伸出棕色的手，他用白色的手迎接她"[2]。通过差异的碰触，他们开放了彼此的边界，通过在边缘地带相互支持和作用，彼此激活并加强了对方的中心。

希瑟的出现让奥尔有了使命感，而她的突然消失则刺激并激活了奥尔的中心。在奥尔第一次遇到希瑟之前，他像是一只水母，没有目标、随遇而安、流动而不受控制。然而，当哈伯利用奥尔的"有效梦境"消除了人类肤色的差异，将所有人都变成了灰色，导致具有独特棕色皮肤的希瑟消失在了奥尔梦中的某个世界。奥尔在一片灰色的世界里渴望看到希瑟独特的棕色，同时，他也想让希瑟在这个灰色的世界里认出他。他进一步坚定了要做自己、捍卫主体的中心性。

希瑟的出现和消失让奥尔意识到，每一个灵魂都应该拥有自己的颜色。希瑟独特的肤色和性格是奥尔所缺失的，也是他目前所渴求的。在消除了差异的同一化的世界中，多样性和个性显得格外重要。每一个主体都应该拥有自己的中心，而每一个中心都应该与世界相连，这就是希瑟消失

---

[1] Ursula K. Le Guin, *The Lathe of Heaven*, p.75.

[2] Ursula K. Le Guin, *The Lathe of Heaven*, p.39.

在这个世界的原因。这是一个没有差异的世界，而希瑟本身就代表着差异。她棕色的皮肤决定了她不可能隐没在一片灰色之中。她身上每一处的与众不同都不是偶然，而是她不可或缺的一部分。"她的愤怒，胆怯，鲁莽，温柔，这一切都是她那复杂的性格的组成部分，她那复杂的性格，就像波罗的海的琥珀一样，黑暗而清晰。她不能生活在灰色的人的世界里。"[1] 奥尔，那个在哈伯眼中被动、一无是处却拥有做梦天赋的傻瓜，与希瑟相遇、相连接之后，中心被激活并显现出来，明确而强大。

三　相对的中心

（一）站在世界之外

哈伯以造物主视角主观地将自己立于世界之上，妄想操纵并把握世界。他偏离了世界的中心，割断了与世界的联系。哈伯一味地把世界作为实现目的的手段，企图颠倒梦境与现实，继而通过操控梦境来改变现实。哈伯是病态的、精神分裂的。首先他是一个独行侠。他将自己孤立起来，不结婚，也不交朋友；他总是在深夜做研究，因为这样就可以不受外界的干扰；他珍视自己的独立和自由意志。其次，他妄图用梦境改变现实，所以他否认一切既有的、存在的现实，强迫自己活在虚无的幻想中，无止境地用更大的虚无来填充一个空心的世界。

在小说中，哈伯被奥尔比作无心的洋葱："这个高大的男人就像一个洋葱，一层又一层的人格、信仰、反应，无限多层，没有尽头，更没有中心。他不会在任何一层停留，没有存在，只有无数层的包装。哈伯有多层的伪装，却没有真实的中心。"[2] 哈伯把自己的中心伪装在一层又一层的隔离之下，也拒绝与外界交流，导致他无法与其他的中心建立联系。哈伯的中心是膨胀和发散的，是狂妄而没有边际的，像洋葱一层一层的外衣叠加出来的一种波幅，释放着放射状的欲望，永无止境。哈伯像洋葱一样，在多层掩蔽之下隐藏着一个空心的舞台，供他自导自演造物主之梦。哈伯的状态变相地反映出现代人极端的人类中心主义，傲慢自负，却又不堪一击。

---

[1] Ursula K. Le Guin, *The Lathe of Heaven*, p.99.
[2] Ursula K. Le Guin, *The Lathe of Heaven*, p.15.

哈伯最终未能利用奥尔的"有效梦境"创造出一个"更好的世界"，反而将世界引向了毁灭。在由他操控的梦里，世界变成了巨大的黑洞，只有毁灭，没有再生。黑暗的中心不断扩大，巨大的黑暗吞噬着宇宙。那是一个虚无的旋涡，一片空旷的区域，或者说是一段无名的时间。它是缺席的存在：一个没有品质、无法量化的实体，所有的事物都落入其中，没有任何事物能从中产生。哈伯断开了与世界的联系，因此，这一片黑暗中不存在任何事物间的联系。现实并不可怕，空虚才是人之为人最难以忍受的。随着哈伯创造的黑暗的虚无离真实的世界越来越遥远，他自己也最终与世界疏离。事实上，每一个人都属于世界的一部分，世界因我们而显现，我们存在于世界之中。我们必须开放边缘，向世界敞开自身，去连接和沟通这个世界，才能寻得存在的意义。

（二）与世界取得联系

当哈伯要求奥尔运用"有效梦境"来消除战争时，奥尔的梦中出现了外星人。因为在奥尔的潜意识中，当人类内部的战争无法消除之时，就只能依靠外星文明来加以干涉。如果说希瑟的消失刺激并激活了奥尔的中心，那么与外星人的接触则让他彻底坚定了主体中心的重要性。外星人告诉奥尔，自我就是宇宙（Self is universe）。来自外星人的观点启发并鼓舞了奥尔，让他明白，每一个主体本身都是自己的宇宙中心，他不能把自己孤立起来，更不能被其他主体所捆绑。每一个主体的中心都是独立的，是不能被消解的。奥尔开始相信自己，接受世界并与世界相连。他由此重新找回了平衡，恢复了健康。奥尔最后接受的心理测试表明他的心理状态处于最佳的平衡点。因为他处于对立两极之间，在天平的平衡点上。

在奥尔最孤独无助时，外星人赠予他披头士（Beatles）的老唱片《在朋友的帮助下》（*With a Little Help from My Friends*）。这首老歌启发他明白了"发生即接受"的道理和开放边缘的重要性。在希瑟和外星人的帮助下，奥尔最终卸下恐惧，开放心门，去迎接和接受边缘的触碰和渗透。他体悟了连接的意义：

我们生活在这个世界上，而不是与之对抗。站在世界之外去操控它是行不通的。这根本行不通，这与生活相悖。有一种法则，你必须遵守它。世界就是这样，不管我们认为它应该是怎样的。你必须和它在一起。你必须顺其自然。①

我们不能仅凭个人的意志去操控整个世界，以"进步"之名去人为地、激进地改变世界，这是偏执的个人主义意志，是缺乏丰富性和生命力的。因此，任何主体的中心都应该是相对的，而不是固定和狭隘的，任何人都不应该将自己封闭在一个死循环之中，就像任何的美都不是绝对的。奥尔曾将宇宙比作一台机器，而宇宙中的生命体就是机器上的零件，各自机械地发挥自己的功用。但是，外星人的参与让他明白：他所在的宇宙不仅仅是一台机器，而是一个巨大的、拥有无限生机的生命共同体，其中每一个主体都扮演着自己的角色，发挥自己的功用，同时又与其他主体相连通、相交流。主体与世界之间相互接触晕染，保持相对的中心和安全的距离，以更加紧密、有机的模式相互摩擦渗透，凝结成一个充满创造力和生命力的宇宙共同体。

主体与世界的关系决定了我们看待事情的基本立场，直接影响着审美判断的出发点。在东方道家的生命观中，人体的小宇宙和世界的大宇宙之间必须处于一种有机的动态循环。人的身体作为一个独立的小宇宙，与我们的大宇宙是一一对应的关系，而只有通过虔心的修炼才能达到天人合一的境界，最后悟得真道，修成正果。西方现代哲学家怀特海的机体机械论也论证了个体中心与世界中心的关系。他在机体机械论中生动地阐释了这一关系："个别实有的生命史，是更大、更深、更完整的模式的生命史中的一部分。个别实有的存在可能受较大模式的位态所支配，并感受较大模式本身所发生的修正——这种修正反映到个别实有，即成为其本身存在的修正。"② 也就是说，主体存在于世界之中，而每一个主体都保持中心的独立、边缘的开放和互渗，达成一种有机的凝聚状态，与世界的中心紧密相连，构建一个生态的、可持续性发展的生命共同体。

---

① Ursula K. Le Guin, *The Lathe of Heaven*, p.105.
② ［英］A.N. 怀特海：《科学与现代世界》，傅佩荣译，上海人民出版社2019年版，第116页。

（三）完整的人

从小说中两个主人公对待"有效梦境"截然不同的态度和方式，我们看到，他们都存在不同的"中心"问题。哈伯和奥尔对"有效梦境"的态度和处理方式反映出现代性下两种中心问题所导致的个人精神疾病的症结和社会痼疾：狂妄自大的发散式中心和消极被动的自我消解式中心。哈伯看似积极求变，但他的中心却是膨胀而涣散的，是在层层伪装下的空虚。他试图借助增强器 (augmentator) 将奥尔的梦境通过脑电波模式强行转移至自己的梦境中，以帮助自己改造世界，实现乌托邦理想。无论是在现实中还是在梦境中，他都孤傲自大，站在世界之外，将世界作为对立的对象来审视和操控。他完全不接受他人的意见，不愿意与世界相连，因此他又是故步自封、静止不变的。他将自己禁锢在一个封闭的、空虚的中心里。梦境与现实是相互联系的，它们共同搭起人之为人的完整经验的舞台，帮助我们全面、多维地理解世界、与世界相连，而不是把世界置于经验之外，作为满足个人贪欲的手段。哈伯最终迷失在虚无和黑暗之中，被送入了精神病院。这一结局预示着：他必须开启孤独的旅程，重新认识自己，学习反思和成长。

故事的另一主人公奥尔则是消极压抑的。他恐惧做梦，害怕噩梦成真。奥尔是保守而传统的，他不愿意主动作为，因为害怕影响他人、改变世界。在希瑟和外星人的帮助下，他切身体验了梦的存在的意义，理解了"任其自然"的哲理，任何一个人为干涉的梦境都可能成为现实的噩梦。奥尔接受了他人的靠近和"他者"文化的影响，激活了自己的中心。他逐渐开放了自己的边缘地带，拥有了一个相对的、动态的中心。奥尔最终依靠自己强大的意志和坚定的中心，阻止了哈伯荒唐的乌托邦之梦，重新恢复了梦与现实各自的中心。

由此可见，哈伯极端膨胀的中心和奥尔压抑消极的中心都无法实现健康的可持续发展。相比之下，棕色皮肤的希瑟却拥有自己鲜明的肤色和个性。她的性格复杂而包容，既混沌，又有序，是一个健全的、完整的人的典范。从这一典范来看，梦境与现实之间的区别是不能完全被抹去的，它们必须拥有并坚定各自的中心，同时开放边缘地带，为主体的意识和无意识之间提供互相调解和过渡的可能。只有梦境和现实之间相互关联、互为参考,才能保持一种动态的、可持续的发展关系。梦境是在无数现实经验的叠加之上不断累积而成的无意识的显现,它是不断变化和更新的。梦境与现实之间的交互和关联也是动态变化的,无意识随意识经验的叠加而不断加入新的质料,意识在其虚空和过度膨胀兴奋之下又需要从无意识那里汲取或释放空间和智慧,以保证自我的正常运转,实现二者之间的生态平衡。

荣格在《象征生活》中说:

> 有时候一个梦是如此的至关重要,以至于不管它如何可能令人不悦和震撼,其信息都会通达到意识。从一般的精神平衡和生理健康的立场来看,意识和潜意识二者联系起来、平行发展,远比它们之间彼此被分裂开来好得多。在这一方面,象征的形成可以发挥出一种最有价值的作用。[1]

在我们的文学和艺术世界里,"象征"之所以如此重要,是因为它以一种抽象的形式,衔接了梦境与现实、意识与无意识、人与自我之间的差异,成为一座沟通和化解矛盾的桥梁,将丰富而生动的意义传达出来。梦境和现实互为供给,但又不能完全成为对方或者侵占对方的中心。那些恐怖的、令人窒息的,又或是超越现实之梦,那些精神分裂的、抑郁的、人格分裂的案例,都是因为现实与梦境在相互作用时,其中一方超出了边缘地带,试图改变甚至取代对方中心的欲望过分强烈而导致的失衡状态。因此,意识与无意识之间暧昧的镜像关系,是人与自我和谐相处的前提,也是成为一个完整的人的必备条件。

第二节 梦境与现实的博弈:《世界的词语是森林》

与《天钩》中选择心理医生和精神病患者这一对应关系来论证和表达

---

[1] [瑞士]卡尔·古斯塔夫·荣格:《象征生活》,储昭华、王世鹏译,国际文化出版公司2018年版,第165页。

梦境与现实的微妙关系相比，在《世界的词语是森林》里，勒奎恩运用了丰富的文学隐喻，更为精妙地加剧了梦境与现实的矛盾和冲突，让读者在一个充满象征意义的文学森林中体悟到梦境与现实、善与恶的双重博弈，带领读者一道寻找走出现代人精神症结的出口。

《世界的词语是森林》写于 1968 年（出版于 1972 年），这部小说的创作动机和原型来自勒奎恩的父亲曾研究过的南加州的一个民族——莫哈韦印第安人（the Mojave Indians），"他们梦想着长途旅行，写出传奇和长篇故事，包括他们在沙漠中每一处停留的地方和几乎每一步的行动——这就是梦想和现实的结合"[1]。勒奎恩还在人类学的文献中发现，在一些菲律宾原始部落里，人们有意识地利用梦来引导他们清醒时的生活，她对这种既能旅行又能梦想旅行的想法很着迷，于是就有了《世界的词语是森林》里那些在清醒时做梦的森林人。小说在结构上仍然以古老的仪式过程和神话原型为主线，平行并置梦境与现实，探讨梦时和现时之间的关系；内容上将古老的仪式思维和现代心理学理论相融通，深入分析现时和梦时共同建构起来的完满经验。

在这部小说中，勒奎恩将梦境和现实两个看似分隔的空间中的两种时间作为研究对象，塑造了一个主要由海洋和森林构成的原始生态星球——距离地球 27 光年的艾斯希星球（Athshe）。在这里，一个人的选择要么是水和阳光，要么是树叶和黑暗。故事主要描述了这个星球的居民与来自地球的人类殖民者之间发生的冲突。艾斯希星球上的艾斯希人分散居住在不同的村庄里，他们看似一个分散的社会，但在每个个体的内部都达成了"一体制衡"的状态。他们与世无争，生活恬静。通过在清醒状态中进入梦境来实现现实与梦境的精准平衡。然而，地球人的到来打破了他们原有的平静。当地球人把自己赖以生存的地球变成一片水泥沙漠之后，他们作为地球殖民者来到艾斯希星球砍伐森林，猎杀珍稀动物，同时残酷地剥削、奴役并压迫当地居民。地球人恶劣的行径最终激起了艾斯希星球居民的集体性报复行为，人类和艾斯希人之间发生了激烈的冲突，这场战争最

---

[1] Carl Freedman ed., *Conversations with Ursula K. Le Guin*, p.132.

终打破了这个森林世界原有的平衡。（见图2.2）

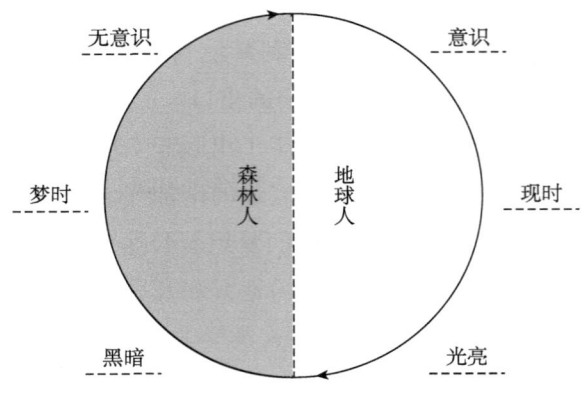

图 2.2　森林人和地球人

勒奎恩是最善于利用象征和比喻的科幻作家之一。在《世界的词语是森林》中，她大量运用隐喻，将梦境比喻为森林，通过消解梦境与现实之间的空间界线来思考两个意识层面的关系，进行了一系列颠覆式的思想实验。对于故事中的森林人来说，艾斯希一词表示森林，也代表世界，森林就是他们的世界，而梦就是根。根是树木之本，各种根系盘根错节，形成森林的命脉；梦是无意识的集合，艾斯希人通过在清醒中做梦来促成意识和无意识的相遇，呈现一个意义的世界。梦和森林一样，作为艾斯希人生活的命脉，支撑着他们的整个世界。所以，艾斯希人的世界是根和树林共同造就的森林，而这片黑暗的森林，同样也是艾斯希人最为理想的造梦之所。（见图2.3）

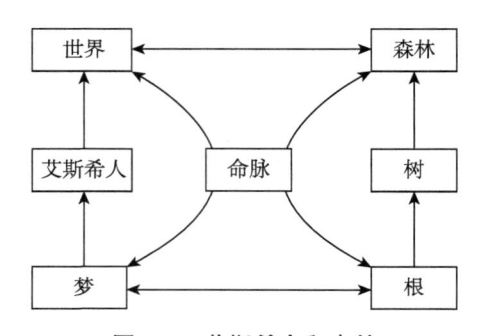

图 2.3　艾斯希人和森林

小说主要涉及三个重要人物：来自地球的伐木营头领之一戴维森上尉；森林中的艾斯希人塞维尔；来自印度的人种学家留波夫（Lyubov）博士。这三个主要人物都以各自的方式跨越边界，闯入陌生世界，从而进入时间的阈限，经过颠覆、破坏，在行动和冥想之间寻找出口和调解的机会，以实现人与自我、人与世界双重维度上的暧昧交流，达成新的平衡。

一 戴维森的梦时之旅

森林是艾斯希人的造梦之所，同时也是戴维森的圆梦之地。因为森林里到处都是比黄金更珍贵的木材，可以满足他"男人"的欲望，所以森林之旅是戴维森实现伐木之梦、控制世界之梦和现实之梦的理想之地。虽然森林之梦召唤戴维森从远隔27光年的地球来此淘金，但他的内心是憎恨森林的，因为对他来说，森林是噩梦也是阈限。森林阴暗复杂，像一片无意识的深海迷宫，地上枝叶繁茂，地下盘根错节。戴维森的森林之行是一次欲望和恐惧并行的梦时之旅，充满了诱惑与挑战。他必须努力去适应森林的黑暗，穿越森林的阈限，才能实现自己的现实之梦。戴维森在森林的迷宫中进行疯狂的颠覆和破坏，以寻找回到现时的出口。最后，他被流放到了转储岛（Dump Island）[①]，去学习做梦，寻回自己的根。

（一）开启驯化之旅

戴维森认为，在众多物种中，人类具有绝对的优越性。这与《天钧》中的反面角色哈伯医生的观点一致，同样表现出强烈的人类中心主义。当戴维森手下的伐木工违规捕杀本土稀有物种时，他不以为意，强调人比动物更重要。因为在戴维森眼中，"人是万物的尺度"，动物是可以为人所用、所消遣的。正是这种固执的人类中心主义思想导致他像对待动物一样残忍对待当地居民艾斯希人。戴维森把人类与非人类生物严格区分开来，他把艾斯希人比作鱼和蚂蚁，或是甲壳虫，称呼他们为"睽嗤"（creechies）[②]

[①] 转储岛（Dump Island）在小说中指被人类破坏的荒岛，岛上树木已被砍伐殆尽，土地寸草不生。
[②] 艾斯希人身高一米左右，浑身长满了绿毛，"睽嗤"源自英文"生物"一词，用来与人类相区分，避免了赋予它们人类身份。

或"绿猴子"（green monkeys）。戴维森认为，这片森林里的"人类"已经灭绝。按照从猿到人的发展脉络，取代他们的最贴近的物种就是"瞑嗡"。戴维森把森林里的艾斯希人从物种的意义上与人类区分开来，认为他们是还没有完成进化的低等物种："再给他们一万年或许可能实现进化。但人类征服者先到一步，现在，进化的步数不再是千年一轮回的随机突变，而是以地球舰队恒星飞船的速度向前推进。"①

戴维森开启了他对森林世界的驯化之旅，目的是终结黑暗、驯服森林，他的一段独白表明了他此行的目的：

> 现在，人类来到这里，终结黑暗，把杂乱无章的树木变成整齐的锯木板，这些材料在地球上比黄金还要珍贵。严格地说，黄金可以从海水和南极的冰层中获取，但木材不能；木材只能取自树木，它一直是地球不可或缺的奢侈品。②

戴维森之所以恐惧黑暗，一方面是因为他来自遥远的"水泥地球"，那里已经没有一片树荫；另一方面，也是因为他在否定了自己的梦时，也就否定了无意识的存在，始终让自己处于一种兴奋和紧张的清醒状态之中。他想要驯化这片森林，包括驯化这里的居民，企图将他们驯化为人类的奴隶。勒奎恩重点描写了戴维森对黑暗的恐惧和对森林的驯服，借用森林的隐喻来暗指戴维森以及他所代表的现代人对自己非理性、无意识世界的恐惧和压抑，也就是对隐藏在社会角色包装之下的真实自我的遮蔽。因为森林是不规则的、不确定的，就像我们捉摸不定的无意识，所以戴维森驯化和征服森林、企图将其抛弃、埋入意识之下并致其死亡，最终像被现代建筑中用水泥凝固的树根一样，化为灰烬。

戴维森入驻森林，开启了他对森林的驯化之旅。他要用"现实之光"

---

① Ursula K. Le Guin, *The Word for World is Forest*, New York: Tom Doherty Associates, 1972, p.10.

② Ursula K. Le Guin, *The Word for World is Forest*, p.10.

彻底照亮森林的黑暗，驱赶梦境的恐惧和阴森，以实现他驯化世界之梦。戴维森所做的一切都昭示着现代人理性至上的精神信仰和妄想操纵万物、成为造物主的野心。他是纯粹以意识控制行动、以理性征服世界的现代世界的代言人。戴维森这一角色将人类在通过技术实现文明和进步后的那种目空一切的傲慢与自负表现得淋漓尽致。他喜欢挑战，骨子里就是一个"世界驯服者"（a world-tamer）。在他眼里，人类处于万物的顶端，是一切事物的尺度，只要有人类的地方，世界就得按人的方式来改变。勒奎恩通过戴维森这一人物进一步揭示并批判了现代人狂傲自大的人类中心主义思想。

（二）颠覆破坏，进入森林之阈

在短短三个地球月的时间里，戴维森带领两百个男人"驯服"了一大片荒野，将其打造成自己的伐木营和机械工厂。他运用现代伐木技术及工具将森林的神秘和黑暗除尽，将梦境驱逐出了现实，进一步膨胀了地球人的操控欲和自满情绪，强化了他们对理性意识的崇尚。通过砍掉黑乎乎的森林，将树根都埋藏在混凝土之下，他把原始的黑暗、野蛮和无知一扫而光，将这座岛屿变成人类的天堂、一个真正的伊甸园。这一片原始的黑暗、野蛮和无知，同时隐喻集体无意识是人类留存在记忆深处的历史遗迹。

戴维森在艾斯希星球残忍地杀戮、强奸、驱逐和奴役当地艾斯希人，破坏他们原有的社会结构，砍伐他们赖以生存的树木，对当地人使用凝胶弹，纵火森林，用机枪扫射树林，把树叶打得千疮百孔，将原本茂密的树林变成干燥的水泥沙漠。他深信原始种族必定让位于文明种族，或者被后者同化。他的行径不光暴露出他对森林以及森林所代表的无意识世界的恐惧，还体现了他对原始文化根深蒂固的偏见和种族优越感。

戴维森恶劣的行径遭到当地人的奋力抵抗，尽管地球总部也对戴维森的疯狂行径发出了严厉的斥责和警告，但他已经嗜血成性，进入了黑暗的阈限，他完全失去了理性，甚至认为总部的所有人脑子都出了毛病，只有他自己是唯一正常的人。他听不进任何人的规劝，始终将艾斯希人看作低人一等的动物，认为只要拥有强大的意志、先进的技术和武器就能对付他们。他隔三岔五带着手下在森林里放火，用直升机向艾斯希人居住的岛屿投下炸弹和凝胶弹，把整座岛屿变成了一片火海，甚至打算武装袭击自己的总部。

戴维森运用现代文明所特有的技术工具对整个森林进行的破坏行为，暴露出他精神世界的狂躁与焦虑，而这种极端负面的情绪和态度反过来也源自现代人对技术的依赖和对精神类药物的滥用。戴维森精神狂躁，他训练营里所有人练习点火技巧，使用多种致命武器，残忍虐杀类人生命。由于手段过于凶残，他的兄弟们都变得神经兮兮、急躁而亢奋。为了抑制内心的恐惧和不安，他们不停抽烟、吸食大麻，越来越多的伙计使用迷幻剂，而且剂量日益增加。他们无法做梦，只能通过药物来制造睡眠，而在这种由药物干预的睡眠中，梦也是混乱和没有依托的。正如塞维尔所言："人类只在睡觉时做梦，如果他们想在清醒时做梦，就得服用毒药，梦就会失控……他们区分不出什么是梦之时，什么是世界之时。"[1] 这就像是被科学理性主宰的现代人的头脑，在意识与无意识的分界处安排了重兵把守，将无意识关押于黑暗的深渊，不留出一丝越界的可能。现代人的精神世界在很大程度上依赖于资本家为他们定制并批量生产的各种流变的审美标准和精神类药物，正是这些导致他们逐渐放弃了对自我价值的追求，更不要说什么创造性意识了，他们拒绝反思和自省，一味追逐那些可见的现实价值，从而迷失了自己的中心。

（三）封闭在现时之中

戴维森对森林和艾斯希人的残暴行径与他过度偏执和狂躁的精神状态密切相关，他狂躁、兴奋，时常产生幻觉，这些都是典型的精神分裂症的表现。只要我们认真研究该部小说中的各种隐喻和指涉，便不难看出，戴维森对森林的恐惧和憎恨，实则是对梦的恐惧，也就是对另一个被压抑在无意识中的真实自我的恐惧和憎恨。戴维森一味强调人是万物的尺度，宣扬理性，把梦和自己的根抛在身后，他的眼里只有现实，只想活在现时之中。他鄙视并厌恶艾斯希人的"白日梦"（在清醒时做梦），认为梦是没用的浪费。他从不在白天做梦，而且运用各种药物来控制自己的精神，吸大

---

[1] Ursula K. Le Guin, *The Word for World is Forest*, p.48.

麻，服食迷幻剂。

　　面对来自森林和黑暗的恐惧，戴维森能想到的唯一的办法就是控制，通过控制和特殊的行为来做出点什么，以缓解自己的情绪。药物能给自己带来身体和精神上的舒缓，控制和杀戮或许可以暂时麻痹心理上的焦虑和恐惧。艾斯希人对以戴维森为首的地球人感到不解：

> 如果羽曼（Yuman，人类）是人，那么他们这些人不适合做梦或像人一样行事，或者未受过这样的教育。因此他们深受折磨，去杀戮，去摧毁，被内心的神灵驱使着。他们不把这些神灵释放出来，而是试图予以铲除、否认。如果他们是人，他们一定是邪恶的人种，否定自己的神灵，害怕在黑暗中见到自己的脸。[①]

　　也就是说，来自地球的现代人害怕与另一个自己相遇。这也是勒奎恩"暧昧"美学思想的一大核心观点。勒奎恩主张差异的碰触，她的大部分作品都隐藏着一个共同的主题：在差异中照见自己，与自己相遇，并与其暧昧共生。戴维森利用现时中能用到的一切手段去控制梦时，他固执地想要铲平整片森林为己所用，成为世界的驯化者。从心理层面上来看，他是要将自己的无意识，也就是非理性的部分从意识中铲除掉。他拒绝梦之时，想要开辟属于自己的世界之时（现时）。也正因如此，他的世界之时和梦之时是截然分离的，这是导致他最终精神失常、患上疯病（insane）的根本原因。通过描述戴维森竭力终结黑暗的行为，勒奎恩为我们提供了反观自身的棱镜，批判现代人对理性意识的过度拔高，对潜意识和集体无意识，也就是人类经验累积的历史记忆的压制和否定。

　　失去了梦时的协调作用，戴维森的意识失去控制，他拒绝接收无意识世界发出的任何信号，因而也失去了反思的能力，导致经验世界残缺不全。在这种封闭的恶性循环中，他的经验过程没有了休止和反思，变得更加激进、偏执、肆无忌惮。在被流放到一个遥远的营地之后，他公然违抗

---

① Ursula K. Le Guin, *The Word for World is Forest*, p.50.

上级命令，暗自计划谋杀行动，烧毁了所及范围内全部艾斯希人的村舍和房屋，扬言要清除掉所有"瞹嘁"的味道。戴维森最终将自己和其他地球人同伴送上了一条自我毁灭的道路。他驾驶飞机撞上树枝，自己也被各种树枝绊倒，在黑暗的、盘根错节的梦时世界里，他的思想和行为越发地错乱，连自己的人都不放过，将他们通通炸死在营地。戴维森彻底断开了与无意识世界的联系，在密不透光的森林中，他因为失去了意识之根而找不到出口，被禁锢在封闭且不断膨胀的现时之中。

二 塞维尔的现时之旅

相比戴维森所代表的地球人以理性来认识和决定自我，用精神类药物抑制和缩短梦时，艾斯希人练习在清醒时做梦，让梦成为介于意识与无意识之间的桥梁，起到过渡的作用。艾斯希人可以自由地进入自己的无意识过程，免于遭受由梦与现实分离、意识与无意识发生断裂而导致的精神和心理问题。他们将现时称为世界之时，平等看待现时和梦时两者的关系。如此一来，他们的行为便是源自潜藏于梦中的无意识和清醒状态中的意识的共同作用。弗洛伊德特别强调无意识在人的精神和心理中的中心地位，他的心理分析和艺术研究证明，"意义的改装存在于无意识的思想变成意识之时"[①]。艾斯希人在清醒时做梦，让无意识顺利过渡至意识，实现了一个经验的完满，构建出一个意义的世界。他们拥有健康而平衡的精神生态，过着自足而充实的生活。当这种平静、规律的生活因为地球伐木营的到来而被打破时，作为森林人中的"神"（God），塞维尔因为仇恨而跨越了梦时与现时的边界，他的梦影响和改变了其他森林梦者之梦，将地球人的"杀戮"（Kill）一词带入森林人的世界。

（一）被仇恨唤醒，将梦时带入现时

因为自己的妻子被戴维森奸杀，树木被砍伐，大片森林被烧毁，地球人的残暴行径激起了塞维尔的愤怒，他心里播下了仇恨的种子，在梦中产生了杀戮的念头。他无法再像往常一样在清醒时做梦、控制梦，反而被梦

[①] ［美］杰克·斯佩克特:《弗洛伊德的美学——心理分析与艺术研究》，高建平译，第131页。

控制。杀戮之梦促使塞维尔跨越了界线，走入了现时。更关键的是，塞维尔不是一名普通的梦者，他是森林人中的神，是"知悉死亡，杀戮的，自己不再重生的神……一位神灵，改变者，一座现实间的桥梁"[①]。文中多次通过艾斯希伟大梦者之口强调塞维尔是"神"，不是凡人，他是梦者，是神，是翻译者，是思想的传播者。从这一层面看，塞维尔和《一无所有》中的谢维克一样，是命定的英雄，重现了古代仪式中巫师的角色。同时，他又是勒奎恩所定义的艺术家，在两种时间里穿梭，并通过对话来发现和制造意义。塞维尔的梦决定了整个种族的命运。

荣格曾在东非一个原始部落从事过田野调查，他惊异地发现那里的人完全否认梦的存在。他们认为普通人的梦不意味着什么。但事实上，此话背后隐藏着的意思是："值得重视的是酋长和巫医的梦，它们关系到部落的福祉。"[②]这样的梦被当地人称为"大梦"（big dream），受到高度重视。荣格关于梦的研究对勒奎恩产生了很大的影响，塞维尔也就是整个部族的"大梦"者，他的梦就是一个部落的酋长或者巫师之梦，影响着整个部族的命运。种种现象表明，塞维尔注定接受命运的召唤，在部落面临危机甚至遭遇灾难之时，踏上他的现时历险之旅，为部落的生存和延续寻找出口。

（二）被噩梦控制，闯入现时之阈

当塞维尔陷入仇恨的深渊，这仇恨同时也是对种族陷入危险和濒临灭绝的焦虑，他变得异常的清醒，无法再在清醒时做梦。仇恨的种子在塞维尔的梦里迅速成长，他决定跨出梦时，闯入现时。他打算白天出击，用弓箭和狩猎的长矛杀掉羽曼，烧掉他们的城镇和机器。复仇之梦蛊惑塞维尔冲破了梦时与现时的界限，导致梦时与现时的含混和错位。他烧毁了戴维森所管辖的史密斯营地中所有房屋、直升机和库房，杀光了正在森林伐木和营地里干活儿的工人，只有去总部开会刚回来的戴维森幸免于难。

在首次对地球人进行报复、实施杀戮之后，塞维尔在世界之时中整整走了五天，无法入眠，这就是将梦境带入现实的直接后果。在杀戮的阈

---

① Ursula K. Le Guin, *The Word for World is Forest*, p.40.
② ［瑞士］卡尔·古斯塔夫·荣格：《象征生活》，储昭华、王世鹏译，第 151 页。

限中，他的现时意识反过来被梦时吞噬，变得异常的清醒和亢奋，他看不清梦里的事物，已经不能像以往一样按照自己的意愿编织和把握梦境。仇恨和杀戮之梦操控着他的思想和行为，让他不再将那些地球人看作"人"。他发了疯，杀了自己曾视为同类的地球人。塞维尔做了不得不做的事情，但那又是不正确的。正如森林里的梦者之主所说："他已经离开了梦之时。"塞维尔的精神完全失控，直到梦者之主将他带入"男人之舍"（Men's Lodge）①，帮助他重新进入梦境，他才得以休息，重又回到巨大的黑暗之中。黑暗是潜意识的深渊，是森林之根。塞维尔摆脱现时的强光，重新滑入黑暗，喻指将发了疯的无意识重新带回梦境。黑暗既是造梦之境，也是艾斯希人赖以生存的森林，是根所在的地方。塞维尔因为混淆两种时间而产生精神分裂的症状，只有重新回到梦中，让自己的无意识冷却下来，才有可能缓解他燃烧的躁动和焦虑。

（三）将"杀戮"带入森林人之梦

地球人的残暴行径在森林人的梦中播下了恐惧的种子，人们失去至亲，被迫流亡，生活苦不堪言。孩子们会从睡梦中被巨人吓醒，女人们即使外出也不敢走远，男人们在屋子里再也不唱歌，那些被地球人砍伐过的区域已经变成了死亡之地。塞维尔是亲身经受这一切的人，也是走得最远的人，是恐惧的收获者。梦者之主告诉他："恐惧的果实正在成熟。我看见你在收集它。你就是那收获者。"②

作为森林之神，塞维尔的梦影响着所有人的梦。他将一个新词带进了森林人的世界，那就是"杀戮"。"只有一个神才会引领像死神这般伟大的新来者穿越两个世界的桥梁。"③ 作为一个神，塞维尔穿过森林，树叶落下，大树全部在他身后倒下，他走过的路已不再存在，因为他教会了他的族人谋杀和毁灭。塞维尔又被称为"森林之火的儿子"（the son of forest-fire）。他在阈限的迷宫中为世界带来了死亡，也为梦境带去了死亡。他在哀恸和

---

① 小说中"男人之舍"是指艾斯希人学习做梦的地方，而克罗·梅纳作为森林中最老的梦者，帮助塞维尔回到"男人之舍"去重新学习做梦。
② Ursula K. Le Guin, *The Word for World is Forest*, p.53.
③ Ursula K. Le Guin, *The Word for World is Forest*, p.119.

愤怒的梦中学会了杀戮同类，这可怕的梦魇又驱使着他来到现时，颠覆并破坏着世界之时，他所到之处都燃起森林之火，这是复仇之火，让有生之物都走向灭亡。他把杀戮带入了所有艾斯希人的梦中，惊恐、愤怒和羞耻不断折磨着他的精神。"他担心自己的根已经被切断，担心自己在梦中的死亡之境走得太远，无法找回通往现实的路。"[1] 死亡之梦控制着他，一次次叫醒他，催促他去碰触"死亡"，并与之搏斗。

塞维尔摘下了恐惧的果实，而这颗果实的树根比森林还要深，因此当他摘下它时，整个世界都随之改变。当他再度进入现时之境的绝对阈限之中，他唤醒了所有感应到他梦的森林梦者。他们来自森林的不同角落、不同树族，随着他的思想而思想、行动而行动。森林里的男人和女人们从不同的地方赶来，他们都受到邪恶之梦的驱使，并任其在现时世界中阔步横行。他们跟随塞维尔，在夜里开始疯狂的杀戮和破坏，切断所有的照明，洗劫军火库，炸毁地球人总部的飞机和飞船。他们像戴维森屠杀艾斯希人一样屠杀这里的地球人，甚至规模和手段都更加残忍……直到死尸遍地，火光冲天，烈焰中带着浓郁的、令人作呕的血腥味。

在邪恶之梦的驱使下，塞维尔彻底混淆了梦之时与世界之时。他没有睡觉，没有做梦，不停地计划、行动、说话、跋涉，夜以继日地唤醒森林里的人，安排屠杀之夜。塞维尔认为这一切都是一个梦，一个邪恶的梦。他本以为自己可以驾驭这个梦，最终却反过来被梦控制和吞噬。他把充满血腥的邪恶之梦带入了现时，造成意识和无意识的混乱交错。他俨然成为一个疯病患者，在黑暗中恸哭、诉说着，被梦掌控。那个曾被称为中心镇的地方，现在已经成为埋葬死去的自己人和那些羽曼之地。

三 赠予生命的边缘者

故事中的另一个重要人物——人种学家留波夫，徘徊于戴维森和塞维尔两股对抗力量之间，最后成为梦境和现实的桥梁，是两种时间的调解者。他及时阻止了戴维森与塞维尔之间的打斗，避免了塞维尔对戴维森的自杀式攻击。留波夫最后在大火中因救他人而牺牲了自己的生命。他既是

---

[1] Ursula K. Le Guin, *The Word for World is Forest*, p.43.

拯救者，也是牺牲者。他的生命在塞维尔的梦中得以延续，他的牺牲让戴维森得以被饶恕，也让塞维尔获得重生。

（一）边缘

我们知道，勒奎恩强调过程，她笔下的主人公往往需要经历边缘状态来实现成长、超越和过渡：《一无所有》中的谢维克是过去与未来之间的边缘人，他的存在是两个世界的中介；《世界的词语是森林》中的留波夫则是梦境与现实之间的边缘人，他的牺牲为两种时间架起了沟通的桥梁。在小说中，留波夫这一角色始终处于边缘状态。作为人类学家，他在自己的田野工作中与森林人塞维尔成了互相信任的朋友，因为同情森林人的处境，他处处与活在现时中的地球人争辩，显得格格不入；但他并不完全了解森林里这些类人生物的全部习性，在呈递给总部的报告中，他坚称艾斯希人是一个不善攻击的亚种，断定他们只会用一种仪式化的歌唱来代替身体的打斗。然而艾斯希人却不止一次地发起了毁灭性的报复行动，将地球人的伐木营夷为平地。为了保护塞维尔，留波夫甚至背叛了自己的梦（现时之梦），他的错误判断对地球人造成了严重损失，他也因此被视为地球人中的叛徒。

留波夫对塞维尔的忠诚并没有换来同等的信任，他一方面遭受着地球人的唾弃和责骂，另一方面也无法完全被森林人接纳，甚至被排除在森林人的世界之外。因为在森林人的眼中，留波夫始终进入不了真正的梦时，也就是森林人的世界。他仍然把世界之时看成"真实的"，把梦之时看成"不真实的"，把它们截然区分开来。也正因如此，留波夫总是头痛。他不能很好地活在现时中，但又无法安然入眠、正常做梦。当他发现自己对艾斯希人判断失误时，他的头痛加剧，噩梦不断，甚至无法正常说话、阅读、思考和睡觉。他只能通过各种强效镇痛药物来缓解头痛、保持清醒。这种边缘境况让他的思想始终处于激烈的矛盾和斗争之中，导致他的精神世界长期处于一种分裂状态，而这种心理的痛苦则外显于他的偏头痛症状。留波夫拯救塞维尔以及对总部隐瞒塞维尔行踪的行为，无疑是对他自己的世界，自己的梦的背叛，是普罗米修斯为了人类而偷盗火种式的背叛，这样的背叛注定了他最终的牺牲。但是，留波夫的牺牲让整个森林的生命得以延续，也为两个世界提供了一个可以看见和正视对方、尊重差异的边缘地带。

（二）牺牲

在完全可以逃生的情形下，留波夫选择了死亡，成就了一种仪式意义上的牺牲。事实上，勒奎恩在小说中多处渲染留波夫这一人物形象的牺牲精神。从最初在戴维森手下救出塞维尔开始，留波夫就从拯救一个生命的行为和过程中获得一种超越的情感："留波夫对他朋友的爱，由于拯救者面对一个生命体验到的那种感恩而加深，因为拯救这个生命本身便是一种殊荣。"[①] 他甚至放下自尊为艾斯希本土人争取生存的机会。他为自己那种强烈的牺牲的愿望所震惊："一股强烈的自我羞辱和自我牺牲的情感占据了他，泪水一下子溢满了眼眶。"[②] 留波夫大胆地说出他对塞维尔的喜爱与忠诚，他实际上是表达了对生命的热爱和忠诚，生命因多样性而存在，有了生命就有了希望。唯有生命是神圣的、是不止的、是永恒的，无论是在梦中还是现实中。

小说中的留波夫是人种学家，他的牺牲同时也体现出人类学对生命的多样性与复杂性的珍惜和保护，不仅唤起了我们对宇宙生命力的敬畏，还唤起了我们对"集体欢腾"（effervescence collective）[③] 的追忆与向往。正是他的牺牲为两个世界的根系提供了养分，重新激活了两个世界潜在的集体无意识。留波夫在双方的边缘地带起到了调解矛盾和架起沟通的桥梁作用，并为两种时间之间的界限打开了一个模糊地带，为双方提供过渡功能，实现新的认识和创造。地球人承诺只会派来像留波夫一样的人类学家进行观察和了解，森林人虽然已经回不到原点，但他们重新开始在清醒时做梦，双方不再试图改变和破坏彼此的中心。

在勒奎恩笔下，作为人类学家的留波夫是特殊的，在他的边缘境况和强烈的牺牲愿望中，古老仪式思维中的"死亡—复活"信仰和牺牲传统

---

① Ursula K. Le Guin, *The Word for World is Forest*, p.106.
② Ursula K. Le Guin, *The Word for World is Forest*, p.80.
③ 涂尔干在《宗教生活的基本形式》中提出"集体欢腾"这一术语，表现原始人在集体仪典活动达到高潮阶段所产生的群体迷狂状态和亢奋情绪。参见［法］爱弥儿·涂尔干：《宗教生活的基本形式》，渠东、汲喆译，商务印书馆 2011 年版，第 296-301 页。

跃然于眼前。在原始巫术传统中，牺牲和拯救是巫师或者神王的两个重要功能。弗雷泽《金枝》中的神王为了保障季节的更替，种族的繁衍，而把自己贡献给了神。通过个体的牺牲来换得集体的、整体的重生，这是古代"死亡—复活"信仰的核心思想。个人将自己贡献给神，以换取更大的利益。因为原始信仰相信："献出以便获得回报。"[①] 留波夫同时拯救了两个人，象征着他拯救了梦之时和世界之时，并促成了梦之时与世界之时的共生。他的牺牲成为两个世界的中介，他在梦中告诉正在实施疯狂屠杀行动的塞维尔："我们都一样，都是人类。"[②] 这一跳脱出两个世界来整体看待地球人和森林人的视角触动了塞维尔，引导他从邪恶之梦中醒来，停下了复仇的脚步，尝试将介入现时的梦重新带回自己的梦中，寻回自己的根。

作为"牺牲"，留波夫同时拯救了两个世界，他的著作、观察、交谈、笔记，让梦时和现时得以被理解，两个世界实现了沟通的可能。他的牺牲让他成为神，通过留在塞维尔心中，赋予了塞维尔新的生命和梦之时，留波夫自己也通过牺牲而获得了永生。有意思的是，留波夫作为人种学家，他的使命是两个世界的中间人，也是信息的传达者和两种语言的翻译者，而当他对艾斯希星球的语言进行了深入了解之后，他发现，在艾斯希语中，"神"（God）就是译者的意思。所以，在他牺牲之后，他将自己的梦与塞维尔的梦相连，使塞维尔成了留波夫的代言人，继续他作为译者和桥梁的使命。可见，留波夫的牺牲不是偶然，而是一种交换。面对神圣的生命，面对两个集体，他牺牲个人的生命来恢复世界原有的节律，使集体获得重生、生命得以延续。

第三节 意识与无意识的暧昧合作

梦境与现实，反映出人的两种截然不同的存在方式，依附于各自独立的抽象时空之中。梦和现实所代表的时空关系，都是人们通过想象力而创

---

① ［英］简·艾伦·赫丽生：《希腊宗教研究导论》，谢世坚译，广西师范大学出版社2006年版，第143页。
② Ursula K. Le Guin, *The Word for World is Forest*, p. 131.

造出来的为了符合某种主观逻辑、印证一种主观认识规律的产物,是为存在世界的想象的奠基需要。从本章两部讨论梦境与现实的作品内容,我们看到:梦境与现实所关联和表现的是人的思想情感最根本的两个维度——意识与无意识。弗洛伊德就专门研究了无意识在艺术创作过程中所起的驱动作用,"弗洛伊德从总体上强调了艺术里题材的动机性关联,发现它最终植根于无意识的驱使,而不是在表面形式上,也不在其'哗众取宠'的方面"。[①] 成功的艺术创作过程中意识与无意识之间的关系,它们所保持的某种力量,以及二者的比例,一直是艺术评论家们探讨的关键。勒奎恩通过文学象征手法,将意识与无意识二者之间互相关联、互为参照的镜像交流关系生动地刻画了出来。在这组镜像关系之中,意识和无意识双方只有接纳并理解对方的世界,从对象反观、反思自身,才能彼此联系,建构和传达意义。

一 梦境与现实的镜像关系

当读者对勒奎恩创作初期的成名作《地海传奇》系列小说的创作过程感兴趣,希望知道她是如何规划并生动描绘出一个地海世界时,勒奎恩直言道:"我没有规划它,我只是发现了它,在我的潜意识(subconscious)里。"[②] 弗洛伊德在《梦的解析》中深入研究了梦的特质,他得出结论:"梦是一种具有充分重要性的精神活动。"[③] 这一定义肯定了无意识在人的精神世界的核心地位,它更是艺术创作的思想源泉。德国哲学家哈特曼(Hartmann)在《无意识的哲学》(*Philosophy of the Unconscious*, 1867)中也表达了同样的看法,"哈特曼相信所有的有意识的思想为无意识所决定,在这一点上弗洛伊德与他是共同的"。[④] 勒奎恩多次表示自己一直在避免有意识地去学习如何写作,而更多的是让潜意识或无意识引导自己去写作。因为无意识世界

[①] [美]杰克·斯佩克特:《弗洛伊德的美学——心理分析与艺术研究》,高建平译,第154页。
[②] Ursula K. Le Guin, *The Language of the Night: Essays on Fantasy and Science Fiction*, ed. Susan Wood, rev., edn., New York: HarperCollins, 1992, p.41.
[③] [奥]西格蒙德·弗洛伊德:《梦的解析》,方厚升译,浙江文艺出版社2016年版,第496页。
[④] [美]杰克·斯佩克特:《弗洛伊德的美学——心理分析与艺术研究》,高建平译,第128页。

中潜藏着一个充满能量的自我和自由的创造意识。伟大的艺术家，往往都在他们的作品中藏着另一个自己，一个作家笔下所刻画的不同的人物，也是无意识中作家自己的一些影子，或者至少是自己的一部分。只有当作家本身与无意识系统中那个自己取得联系，去观察、发现、交流、合作，才能认识并理解意识镜像中的另一个自己，从而创造出不凡的作品。托尔金在他的指环王系列作品中不仅创作了故事，还创造了专属的语言，相信那些只有他自己可以理解的语言，就是他与另一个自己交流的工具。

艺术家依赖意识去表现，同时依赖无意识提供灵感，二者的产物也是清醒世界和梦境世界共同作用的结果，因此，它具有不可复制的个性，却又散发出典型性的魅力。正如康德眼中的"天才"，是"一个主体在他的认识诸机能的自由运用里表现着他的天赋才能的典范式的独创性"[①]。只有这样的艺术家，才能创造出美的艺术。

我们来看看毕加索的作品《梦》，这幅作品之所以抓住观众的视线，表现出特殊的美感，很大程度上是因为它展现了互为镜像的两个世界的完美结合。将合二为一、一分为二的人的精神结构表现得恰到好处。梦与醒之间、意识与无意识之间的各自独立、相互对称，互相渗透又整体合一的结构特征完美阐释了异中有同、同中有异的美学意蕴。将差异性、整体性、和谐性以一种镜像的结构表现出来，实现了视觉上的平衡体验和内涵上对立统一的意象。所以，那些天才的、美的艺术需要理性和感性的摩擦和互渗，以及意识与无意识的相互参照和作用。相反，艺术家若不能处理好梦与现实、意识与无意识之间的关系，作品往往会困囿于生硬的模仿或夸张的荒诞。

对这一镜像关系的讨论同时促使我们反思现代人的思想和行为现状。意识和无意识的分离和割裂是现代人神经症的主要导因。梦境和现实是不可互换的，但它们也绝不能是敌对的关系。当梦境走入现实，它便失去了人之为人所必需的理性、伦理和道德的制约，因此它无法在现实中独立思考，也将导致无序的混乱。相反，现实若是失去了梦境的依托，它将如同永动机一般没有休止、没有停顿、没有反思和蓄能的间歇，被封闭在一个没有出口的死

---

① [德]康德:《判断力批判》，宗白华译，商务印书馆1963年版，第166页。

循环中。所以，梦境与现实、意识与无意识，必须互为镜像，且边缘相接。它们各自拥有独立的中心，互相联系、互为参照、形影不离。

在小说《天钧》中，奥尔发现梦境与现实互换将给世界带来无法预估的灾难，于是毅然放弃了制造"有效梦境"的能力。他最终克服了对梦的恐惧，接受了梦境，也重新发现了自己的中心，接纳了自己，保证了意识与无意识相对独立又互为参照的中心，让梦境与现实和谐共存。哈伯医生则始终将自己封闭在理性的中心，妄想利用梦境改变现实，实现操控世界的幻想，最后在没有一丝缝隙和阴影的现实中失去了精神世界的平衡。在《世界的词语是森林》中，塞维尔因为愤怒和仇恨将梦里的复仇计划带入现实，不仅破坏了地球人的伐木营，也烧毁了自己的家园，失去了自己的梦。更严重的是，他将仇恨的种子播撒到整个部落，让部落的族人们跟他一样发了疯，失去了在清醒时做梦的能力。森林里的艾斯希人习惯将现时和梦时相连，为意识和无意识提供互相参照、从对方反观自身的机会，因此他们生活恬静，心理健康，实现了精神生态的平衡。以戴维森为代表的地球人以意识来压抑并试图抹杀自己的无意识，因此他们无法倾听来自另一个自我的声音，失去了认识自己的机会，最终导致意识和无意识、人与自我的分裂。哈伯和戴维森是勒奎恩多部作品中仅有的两个被明确塑造为恶棍形象的反面角色，仔细品读这两个反面人物形象，可以看到：哈伯的问题是膨胀的自我中心和强烈的操控欲；戴维森行为的核心是自我憎恨与恐惧。二者表现出来的行为失常和精神问题代表了两大现代人中最常见的精神痼疾。他们因为惧怕和否定梦境，拒绝通过镜像观察和审视自身的行为，从而失去了反思和回归的机会。

二 现代人精神生态的失衡

（一）森林的隐喻

在小说《世界的词语是森林》中，勒奎恩以森林来喻指人类的集体无意识。森林是阴暗的、错综复杂的，森林里的一切看似分散和不确定，但它们之间又是盘根交织，紧密联系的。森林的环境隐喻地作为一种外部集体无意识发挥着作用。艾斯希语言中的"梦"也代表"根"（root）。对艾斯希人来说，梦就是支撑整个森林的根系，同时也是人的无意识的象征。根系是森林的命脉，同样，人的精神生活由清晰明朗的意识和模糊晦涩的无意识共同作用和影响，二者缺一不可。小说对地球人破坏森林的行为进行了细致的描写，他们砍伐树木，并在地面浇上水泥，让根系坏死并永久封闭在无机体之下。这类描写着重强调了水泥对那些原本勃发的生命力的禁锢，以及致其不可再生的残酷。现代人和戴维森带领的伐木工人一样，在智力、理性等进化的过程中发现并惊讶于人类强大的对外开发潜质，所以他们不再眷顾历史，而是开始大步流星地创造未来。毁灭森林、破坏根系，实则是揭露现代人否定经验、切断无意识体系的自杀式行为，因为过度眷恋现时，人类不惜割断根系，失去了做梦的能力和精神世界的完整性。

　　从结构上看，这则故事中的三个主人公及其象征意义串起了一个完整且坚固的框架。从图 2.4 中我们可以看到，两位主人公背离自己的时间，走入对方的世界，其目的不是调解或融合两种时间，而是对抗、毁灭对方之时。戴维森想要用现时操控梦时；而塞维尔则将梦时带入现时，以期改变现时。作为两种时间的边缘人，相比戴维森和塞维尔的对抗关系，留波夫则始终处于一种自我矛盾的心理状态，对地球人的情感和对外星生命的感情交织，他最终也和前两者一样，找不到梦的出口。

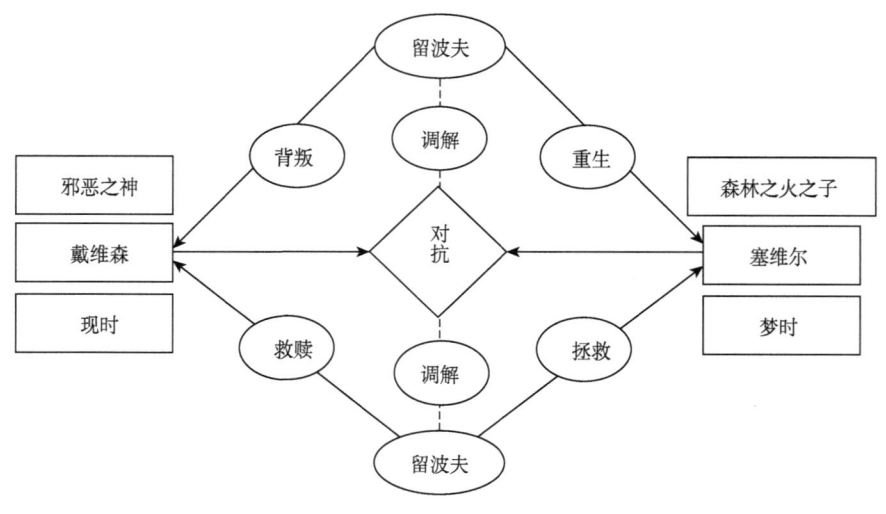

图 2.4　三者关系

伊恩·华特森（Ian Watson）在《森林是意识的隐喻》一文中指出：

> 地球人的无意识是一个无法穿透的丛林，在那里，他们已经远离家园，所以当他们面对黑暗而交错的艾斯希森林时，他们感到困惑，恐惧和厌恶。对森林的砍伐，就是他们对森林神秘而深奥的一种技术性回应。[①]

地球人把根抛在身后，他们恐惧黑暗，厌恶森林中的一切不确定性。"艾斯希"一词的意思是森林，也是世界。虽然森林本身没有知觉，但在功能上却隐喻为心灵：艾斯希人的集体无意识的心灵。"earth" "terra"这两个词，既表示土地，也代表地球，含义合二为一。但对于艾斯希人来说，土壤、大地或泥土，并非死者还归或生者依附之所。根，那稳定和滋养树木的东西，就类似于梦，类似于那稳定着艾斯希人的东西。以戴维森为代表的地球人来到森林，铲平树木，不留下一片阴影，将黑暗全部变成光明，暗示地球人固执己见地用理性和意识来操作现实，否定非理性和无意识的作用，不给自己留下一片清醒的梦境。

（二）现代人精神失衡的症结

勒奎恩以弗洛伊德心理学和荣格对梦的阐释相关观点为理论依据，结合人类学方法，以仪式思维和神话结构为故事的核心骨架，创作出这样一部充满象征和类比，意蕴丰富的科幻寓言。勒奎恩的父亲在研究印第安原始部落的精神生活时运用了弗洛伊德的思想，后来勒奎恩自己读了弗洛伊德和荣格关于梦和象征的理论，更是在作品中展开了对梦的探索和对荣格梦的理论的文学论证。故事中的主人公因为无法处理好梦时与现时的关系，失去了梦与现实之间的平衡，出现了精神分裂症状。而这些症状在现代社会中已经变得稀松平常，特别是近年来精神疾病焦虑症、抑郁症越来越常见，甚至在青少年群体中频繁发作，而且无法通过医学技术和药物得到明显改善。面对日益严重的现代人精神生态的失衡

[①] Ian Watson, "The Forest as Metaphor for Mind: 'The Word for World Is Forest' and 'Vaster than Empires and More Slow'", *Science Fiction Studies*, Vol.2, No.3, 1975, pp. 231–237.

和神经症高发现象,我们只有从根源上找到它的病灶,对症下药,才有望还现代人一个健康的精神状态和情感经验。

事实上,《世界的词语是森林》中三个主人公都表现出不同形式的神经症现象和特征。戴维森狂躁自负,害怕黑暗,靠药物做梦;塞维尔攻击性极强,易怒无眠;留波夫经常头疼,只能做无意义、没有记忆的梦。从精神分析的角度看,小说中三位主人公的问题都在于其意识与无意识之间关系的失衡。戴维森和塞维尔,一个是将梦时和现时两种时间截然分开,固执地斩断二者之间的联系;一个是将梦时和现时完全混淆在一起,打破了两者之间的边界。所以,用梦境来控制现时或在现时中否定梦境都是行不通的,两者之间无论是相互排斥还是占有,抑或是机械式的移位,都会导致神经性障碍,同时是失去另一个自我的表现。因此,勒奎恩否定了这两种对待梦的态度。依据弗洛伊德对无意识核心地位的强调,真正优秀的艺术家懂得将他无意识深处的神经性欲望和幻想建立在现时的根基之上,而那些纯粹的神经症或白日梦患者则不具备这种能力[1]。也就是说,意识和无意识之间必须保持适当的安全距离,它们既不能两相对立,一方彻底压倒另一方;也不能毫无边界地混为一谈,中心涣散。他们之间需要的是一种暧昧包容的镜像关系。

通过对两个故事中几位主人公精神生态失衡症状的分析,我们看到:勒奎恩试图反映出现代人异化的甚至是分裂的精神状况,主要表现为自我内部的分裂和自我与外部世界的断裂。这些精神分裂症状的基本症结是社会性意志对个体中心的碾压和掩埋,导致个体内部意识与无意识之间的严重失衡。从梦境和现时两种人的基本存在方式来看,要弥合这一精神裂缝,就必须设法恢复梦境与现实、意识与无意识之间的平衡。根据荣格对梦的研究。

> 它们(梦)的渊源其实并不是人类的精神,而更多的是自然的灵性——充满魅力、慷慨同时也是残酷的女神的灵性。……看上去似乎

---

[1] [美]杰克·斯佩克特:《弗洛伊德的美学——心理分析与艺术研究》,高建平译,第117页。

是多余的累赘和不受欢迎的附属物的这一切，正是意识内容的几乎不可见的根基所在，即它们的阈下层面。①

也就是说，代表理性世界的意识和象征本能世界的无意识是相辅相成的，都是维持正常的精神生态所不可或缺的。对此，荣格进一步分析说：

> 我们的意识越是受到偏见、幻想、婴儿式愿望或外在对象的诱惑的影响，这种业已存在的鸿沟就会愈益扩展成为一种神经症式的分裂，并导向一种远离健康的本能（本性的）和现实的、矫揉造作的生活方式。梦试图通过恢复表达潜意识状态的意象和情感去重建这种平衡。②

在梦境深处，蕴含着一种集体无意识，也就是弗洛伊德所说的"远古遗迹"，它是沟通梦时和现时之间必不可少的纽带与桥梁，只有当以这种集体无意识为根基而构成的那些我们看似无规律也无意义的梦中世界与我们现实世界经验之间相互观照和参考、彼此支持和成就，才能达成主体意识与无意识之间的平衡，从而使人获得一种整体性的完满经验。

三 创造暧昧的镜像经验

勒奎恩执着于对时间本质的追寻，她对梦境和现实的思考，同时也是对西方文明所规定的时间之外的时间的探索。在创作过程中，她有意地将清醒时间和梦境时间联系起来。她说：

> 我认为时间有两个维度，而我们在生活中只关注了其中一个维度。西方文明已经宣布，只有一个真实的时间，那就是我们所关注的那个时间。我或多或少有意识地拒绝这一点，而且我不断地试图在我的书中用这样或那样的比喻和方法来重建梦时和醒时之间的联系，证

---

① ［瑞士］卡尔·古斯塔夫·荣格：《象征生活》，储昭华、王世鹏译，第164页。
② ［瑞士］卡尔·古斯塔夫·荣格：《象征生活》，储昭华、王世鹏译，第164页。

明它们一个绝对依赖另一个。①

在勒奎恩的认识里，作家本身就应该是一个梦者，他们穿梭在两种时间之间，也总是在试图与对方交流和对话。真正的艺术产生于梦时和现时之间朝向彼此的延续和晕染地带。那么，艺术家要如何把握二者之间的平衡，才不至于跌入平庸或精神分裂的极端？弗洛伊德十分强调无意识在艺术创作中的中心地位，认为文学和艺术的成就大多来源于此。但他同时注意到人的精神活动状态与内部能量的传递有关，发现能量的积蓄或释放的多少影响并支配着人的思想和行为动机。所以，意识与无意识之间的能量传递和转换、力的强弱和量的多少，是影响人的精神生态和情感状态的关键。从勒奎恩的作品中，我们看到：只有平等对待现实与梦境，在保证二者独立的中心和安全距离的前提下，开放边缘地带，使二者相互参照、充分晕染，意识和无意识之间的力的平衡才能够实现。也只有在这一基础上，才可能在意识和无意识之间架设桥梁，去寻觅和探求一种世界范围内的共通的语言，有效地进行沟通。这种语言是《世界的词语是森林》中的"根"，也是弗洛伊德发现的我们人类共有的"远古遗迹"，同时还是荣格所提出的"集体无意识"。在这些"远古遗迹"中，蕴藏着巨大的能量，艺术家在梦境与现实的边缘游走，汲取能量并释放于艺术的幻想世界之中。经过这种能量的汲取和释放，艺术家得以恢复与自我的联系，既能捕捉源自无意识的灵感，又能在意识的审查和参照下推回过剩的能量，避免迷失自我的中心。

勒奎恩的故事总是展现着强大的隐喻功能。《天钧》《世界的词语是森林》两部作品中的五位主人公都因为没有处理好梦境和现实之间的关系而导致精神生态的失衡。他们的故事启发现代人对精神世界进行深刻反思。失去了对意义的追求，现代人在一味向前发展的社会节奏中没有暂停、没有休止，因此也忽略了与压抑在意识之下的另一个自我的对话。一边是对物质、权利的无止境的欲求，另一边是过客式的冷漠和麻木，无暇也无意驻足欣赏

---

① David Streiftfeld ed., *Ursula K. Le Guin: The Last Interview and Other Conversations*, p.6.

窗外流云般的风景，导致现代人心灵空虚、精神焦虑。在过度依赖和放大理性空间的同时，人的集体记忆和灵性空间遭到了严重的挤压，导致意识与无意识之间的失衡。所以，要想拥有一个健康的精神世界和正常的情感感知能力，我们必须突破现代人日益膨胀的理性中心，开放边缘向世界敞开自身，以独立的中心恢复与世界的联系，在意识和无意识之间建立新的平衡。

（一）互为镜像的必然：独立的中心

暧昧镜像关系的首要条件是二者必须拥有各自独立的中心。怀特海说："人类需要邻人具有足够的相似处，以便互相理解；具有足够的相异处，以便激起注意；具有足够的伟大处，以便引发羡慕。"[①] 换个角度理解，人类最重要的邻人，不是别人，而是另一个自己，那里隐藏着我们的无意识系统。无意识如同意识的镜子，反映出意识自身，又不同于意识，甚至包含了意识的对立面。在本章的两部作品中，勒奎恩已将这层复杂的镜像关系以讲故事的方式生动地表现出来。奥尔的梦的强大效力几乎吞噬了他原本就懦弱且隐匿的自我中心；塞维尔的梦境更是强硬地背离自己的中心，与现实镜像为敌。意识与无意识关系的错位，最终导致梦境与现实双损的局面。因此，互为镜像的事物首先必须拥有各自独立的中心，用以孕育和滋养独特的个性，维系并充盈自己的世界。

《天钧》和《世界的词语是森林》中勒奎恩塑造的两个反面人物从不同的思维视角来看待梦，一个利用有效的梦，一个抛弃无用的梦；一个沉溺于别人有效的梦境，激进地变革；一个在对手的杀戮之梦中失去一切。很明显，两个反面人物都拥有膨胀的自我中心，他们妄图以理性的中心消解感性的、非理性的中心，最终他们的结局都一样，都需要在孤独中去重新学习成长，重新发现和认识另一个自己，认可另一个中心。特别值得一提的是，他们是勒奎恩所有作品中边界最为明确、棱角最为清晰的两个反面人物，他们身上所具有的特征也正是勒奎恩坚决批判和否定的。这两则关于梦的故事反映出一个核心思想：梦中有我们渴望得到或急于摈弃的，也有我们唯恐失去或成真的事物。但是，如果梦可以轻易改变现实，那么

---

① ［英］A.N.怀特海：《科学与现代世界》，傅佩荣译，封面页。

一切将为之而改变。所以梦境和现实都必须拥有各自的中心，它们不能互换，也不能消除。因为在螺旋发展的时空隧道中，我们一直在一个无限向上的轨迹中相互参照、相互促进，共同创造每一个经验，但永远不会再回到原点。

　　无论是艺术创造还是审美经验，都需要意识和无意识之间的平衡作用。我们现代性中那些表现迷狂而难自持的、那些表现冷漠而难停驻的情感经验，其根源也往往是意识和无意识之间的失衡。在这样一个界限林立却又充斥着各类低级模仿、万象趋同的现代性语境中，一方面是类似哈伯医生和戴维森上校等拥有过度膨胀的自我中心者，另一方面我们也越来越多地看到像奥尔一样被整个现代化潮流湮没了自我中心，随波逐流的悲观主义者。在无限膨胀和不断压缩这一组对峙的张力下，整个社会在梦与醒之间逐渐丧失了动态平衡，发展为一种有限的、封闭的恶性循环。波德莱尔曾说，"现代性就是过渡、短暂、偶然，这是艺术的一半，另一半则是永恒和不变"[①]。他将现代性的状况描绘为多彩的万花筒，是各种色彩的融合，其间蕴含着各种元素的暧昧互渗。如果我们把波德莱尔的描述理解为艺术体验中的一种暧昧关系，那么，短暂、过渡、偶然等现象则可以被理解为关系双方消解边界，在各自边缘地带的互相渗透和作用，而那固定的另一半，就是我们现代人在物的世界中迷失掉的独立固定的中心。对艺术创作而言，艺术家的意识和无意识两个独立的中心互为镜像，二者之间不能彻底回归无序的混沌，全盘否定或驳回现代性中积极进步的一面。对艺术鉴赏而言，互为镜像的二者的中心必须是独立的，否则要么是在被资本塑造的"美"的典范影响下跌入毫无意义的物的旋涡，要么就是以传统的偶像精神为由，拒斥和否定"美"的流变。

　　进入 21 世纪，科学技术的迅猛发展在加剧现代化进程的同时，给人们带来兴奋和恐惧并存的双重体验。人工智能、生物技术、脑神经控制术、基因技术等加速将人的身体技术化、智能化。从人通过技术控制生产到人机合成，甚至是人被机器所取代，科学事业的发展越来越脱离伦理道

[①] Baudelaire C., "The Painter of Modern Life", in *The Painter of Modern Life and Other Essays*, London: Phaidon Press, 1964, p.13.

德的准绳。利用现代技术，人类奢望踏上通向非人类的快车，并且正在形成一种特殊的文化和文明。在这个物化的社会中，技术无须侵入人体本身就能影响并控制主体的感官和行为，主体已经对摄影机、电脑、手机等电子设备产生了极大的依赖，彻底根除异化和物化的现象是难以实现的。人与物、人与自我的关系都面临严重的颠覆和失衡。后人类的声音振聋发聩，人类到底还需要梦吗？无意识，甚至是"原装"意识本身，是否真的成为一种多余？

意识和无意识关系的紊乱失衡导致社会中心的失守，这是现代性弊病中的最大症结。正是现代性中"众声喧哗"的不和谐使得整个社会有机体失去了向心力和凝聚力。我们必须认清：作为镜像关系的上下两层意识必须在相互呼应的同时守住各自的中心，让对方得以参照或保持引力，避免造成镜像双方的分离或混淆。表现在现代性的马赛克式拼贴特征上，我们就需要竭力消解马赛克之间的水泥界线，将肤浅低劣的模仿换作暧昧的融合，同时保留每一块马赛克的主体性，守住各自的中心，以达成一种调色板式的、多色彩的可辨识交融状态。

（二）开放边缘，弥合镜像间的裂缝

当社会被无限切分为界限分明、互不相通的碎片，当人类经验中的原始遗迹沦落为"无用的历史"，人类精神森林的根系不再相互盘绕和关联。勒奎恩在《世界的词语是森林》中试图通过艾斯希人的森林文明来修复这一现代性弊病，探索重新平衡人类精神生态的关键。艾斯希人懂得在清醒时间造梦，那是因为他们习惯生活在黑暗、交错的森林中，能够灵活自如地游走于两种时间之间。他们的梦和地球人（现代人）的梦有着本质的区别，这种既非沉睡又非清醒的梦境状态较之于人类的睡眠，"犹如帕特农神庙较之于一座泥坯造的土屋，虽说基本上是同一种东西，但前者的复杂性、质量和控制力大大增加"[1]。因此，在艾斯希人的世界中，一旦学会在完全清醒中做梦，"便不再需要将心性平衡于理智的剃刀边缘，而是有了双重支撑，一种理性与梦境的精准平衡"[2]。在《〈世界的词语是森林〉介

---

[1] Ursula K. Le Guin, *The Word for World is Forest*, p.113.
[2] Ursula K. Le Guin, *The Word for World is Forest*, p.112.

绍》(Introduction to *The Word for World is Forest*, 1977)中，勒奎恩引用现实生活中马来西亚一个原始土著部落中梦与现实的关系来同步地印证了艾斯希人的平衡世界。

> 赛诺伊人（Senoi），现在或曾经是这样一个民族，其文化包括并且实质上是基于对梦的有意训练和使用。赛诺伊人的梦是有意义的、活跃的和有创造性的。成年人故意进入他们的梦境来解决人际和跨文化冲突的问题。他们从梦中带着新歌、新工具、新舞蹈、新想法回到现实。在他们的生活中，清醒时间和做梦时间的状态同样有效，相互作用，互为补充。①

通过开放梦与现实的边缘，赛诺伊人建立了一种特殊的人际关系系统，在心理学领域，这种系统可能与我们在电视和核物理等领域的成就相当。根据心理学家查尔斯·塔特（Dr. Charles Tart）的田野调查结果，赛诺伊人已经有几百年没有过战争或谋杀了。他们有一万二千多人，在马来西亚山区的雨林中耕作、打猎、捕鱼、做梦。通过在清醒时间中分享梦的内容来模糊梦和现实的边界，拓宽二者的边缘，让意识与无意识在各自的边缘地带充分交流和互渗，来唤醒和激活我们掩藏在理性之下的非理性，重新建立意识与无意识之间的联系。

人们之所以主观地将梦境排除在现实之外，是因为梦的无序和混乱在文明人理性的世界里挑衅着人类的权威，逍遥于人类精心维系的确定性大厦之外。那里潜藏着人类的野性思维、原始遗迹、集体无意识，以及一切的偶然性。因此，对于现代人来说，它是唯恐被开启的潘多拉魔盒，他们生怕一个缝隙的疏忽，自己又回到了野蛮人的模样。但是，潘多拉魔盒中真正被关起来的，是希望。而这希望，就是偶然性和不确定性，是只有打开魔盒、开放边缘才能获取的超越性经验，它是人类平衡精神生态的关键。对此，勒奎恩表示："如果你仔细观察，在无意识中，我们就可以看到，在

---

① Ursula K. Le Guin, *The Language of the Night: Essays on Fantasy and Science Fiction*, p.148.

戴维森上尉以外，还有一些过着恬静生活的人，他们不会自相残杀。似乎还有很多东西也在那里，那些我们因为害怕而否认的；因为渴求而拒绝的东西。"[1]赛诺伊人的情况是勒奎恩在小说《世界的词语是森林》发行以后才了解到的，她原本以为自己是在虚构、创作一些将梦境带入现实的外星人实验，却不想是在描述着现实生活中真正存在的赛诺伊人。通过这部小说，勒奎恩希望我们将梦境与现实连接起来，去倾听梦、认识梦。她希望我们明白，梦是现实的镜像，它们各自拥有独立的中心，但又在边缘处彼此连接。人类需要从梦里去寻找另一个自己，去面对我们的恐惧和焦虑，而不是一味否定，将梦看作一种多余，排除在我们的现实生活之外。因此，只有开放现实的边缘，让梦境和现实互为参照，将意识和无意识置于同等重要的位置，才能重新恢复人类精神生态的平衡。

戴维森尝试站在世界之外创造出一个充满对抗的世界，和他不同的是，艾斯希人将自己视为世界的一部分，他们在森林中的这种亦梦亦真的生活方式呈现出一种模糊、和谐、具有连续性的暧昧生存模态。和在《黑暗的左手》中伊斯特拉凡（Estraven）和艾（Ai）意识到影子对他们穿越冰雪的重要意义一样，艾斯希人也认识到阴影是森林必不可缺的一部分，也是我们健康心理不可分割的要素。它象征着我们那些控制的梦所处理的潜意识的、压抑的、非理性的精神中的复杂形势。因此，"对于艾斯希人而言，世界之时和梦之时之间是一种协作的二元关系（collaborative duality）"[2]。这种二元协作互渗的关系正是勒奎恩创作中主要表达的二元之间的暧昧性。在艾斯希人的生命中，梦时和现时都是现实，而且同等重要。在清醒中做梦的时候，他们就从一种时间滑向另一种时间，并且接受每种时间的有效性。

艾斯希人把人的意识游走的两个世界都看成现实，他们在清醒时做梦，同时又以梦境来辅助现实、平衡差异。他们以歌唱的形式解决矛盾和问题，因为他们把歌唱作为一种仪式，以一种集体歌唱的原始意象来实现集体无意识的凝聚，从而使情感升至一种"集体欢腾"的境界。正是由于

---

[1] Ursula K. Le Guin, *The Language of the Night*: *Essays on Fantasy and Science Fiction*, p.149.
[2] Elizabeth Cummins. *Understanding Ursula K.Le Guin*, p.100.

这种仪式思维与行为，艾斯希人得以在时间的边缘歌唱，让两种时间达成最佳的平衡。他们通过歌唱来倾诉经验，传承记忆，重现集体无意识的意象，舒缓和治愈灵魂的痼疾。小说《世界的词语是森林》最后部分强调艾斯希人的世界里有了"杀戮"一词，也表现出一种坦然接受的态度和开放包容的边缘意识。因为在塞维尔及其他的族人参与并具有了谋杀（其他文化）的经验之后，这个词语就不可能凭空消失，艾斯希人的社会文化生活也不可能完全不受其影响。现代社会中的技术和思想也一样。在现代性的发展进程中，技术与人之间的界限已经被突破，身体的技术化、数据化、生物化现象已成事实。我们不可能再对技术说不，因此需要与技术之间达成一种暧昧的默契，开放边缘，保持安全距离。

因此，只有现时和梦时之间暧昧互渗，在开放、无序的边缘地带寻找秩序、不断打破旧的束缚，建立新的联系，才能实现创造性的可持续共存。《一无所有》和《世界的词语是森林》两则故事反映出勒奎恩的暧昧时空观：梦时和现时之间是一种互为镜像、互相支撑的暧昧关系，它们在开放的边缘地带互相吸引、参照、学习、解释，但又始终保持安全距离，保证各自中心的独立。（见图2.5）

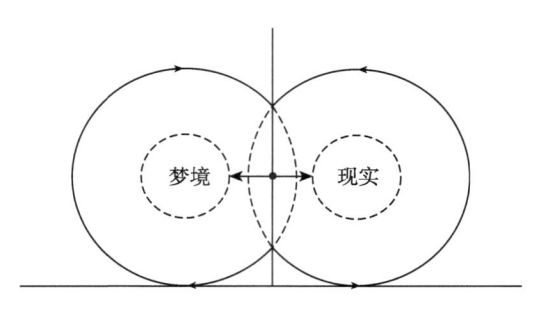

图 2.5　移动的边缘，相对的中心动态图

梦时和现时之间需要相互参照，更需要过渡和连续。无论是梦时还是现时，都处在同一种延续之中，正如书中多次提到的河流，这种延续不停地流动，从不停息。梦是潜意识的象征，它代表我们的根。根错综复杂，却在土壤中形成一个亘古的、原始的根系共同体，那便是集体无意识。特别是在《世界的词语是森林》中，勒奎恩在塞维尔和戴维森两个对抗角色

之间插入留波夫这一神话式的隐喻人物，暗指意识与无意识之间应该有一个向着原始思维和集体无意识层面上的回归。梦一方面是人潜意识的象征性表达，另一方面也是记忆和历史，是大记忆和大历史的质料的堆积与沉淀，是我们不能遗弃和背离的"原始（远古）遗迹"，而梦时与现时在边缘地带之间的暧昧互渗，则是平衡我们精神生态的关键。

（三）暧昧的经验共同体

梦是勒奎恩作品中的一个重要主题。小说《天钧》中显效的梦和《世界的词语是森林》中梦的"苏醒"，短篇小说集《变化的位面》（*Changing Planes*，2003）中的社会性的梦、无梦的永醒者，以及论文集《黑夜之语：奇幻与科幻论文集》（*the Language of the Night*）里对梦的专题讨论"让梦发声"（*Dreams Must Explain Themselves*，1973）等，无不体现出勒奎恩对梦和现实关系的持续性研究。

一般的科幻小说都试图为我们创造出另一个时空，供人们在这个虚构的空间中模拟、控制，甚至是"强奸""未来"。人们在这个"未来"里演出征服、剥夺或殖民，来满足占有和操控未来的欲望。在此类作品中，人们将一个想象中的未来强制性植入当下时间，同时也将不真实的焦虑和恐惧植入真实的时间中。这样一来，真实时空和虚拟时空之间便形成一种矛盾的对峙关系，从而导致负面情感递增的恶性循环。实际上，无论是科幻故事中的未来，还是城市建设、艺术作品中表现的未来，都不是一个独立、特殊、自洽的时空，而是我们幻想的产物。也就是说，我们想要拥抱的未来是无数个过去和当下的经验所积累的潜意识中所产生的幻想和想象，它们共同构建了一个想象中的未来世界。因此，我们看到的未来就是意识和无意识相结合的产物，但是这个想象中的未来世界是不可能替代我们的现实世界的，而我们肉眼所见的现实世界也不可能完全脱离历史和经验而独立存在。

人们在用理性训练并控制了清醒时间的意识之后，野心逐渐扩大为对无意识空间，也就是肉眼看不见的时空的干预和操纵。《天钧》中的造梦机器——大脑增强仪就是一种技术手段的干预，脑科学实验中也时常流溢出技术对人类意识空间的"暴力执法"，城市化建设中凸显的林林总总的未来化、科幻化的建筑风格,将大量幻想元素置于我们的现实空间之中,给人们带来现实与梦境的双重体验。特别是在现代建筑中,作为展示空间的实体,现代建筑所代表的不仅仅是一种实用性的物质空间,也是一种想象的、情感的、意义的相关空间。于是,想象的未来时间反过来附着于空间之上,并展示其魅力。建筑师们将未来元素融入设计之中,满足了人们在绝对空间中对于未来时间的期盼与幻想。他们通过未来式建筑把未来时间压缩进当下的空间中,通过时空并置来体现空间的运动。进入充满未来元素的空间,人们就仿佛从现世逃离,将自己置身于未来时间之中。然而,从另一角度看,这也是资本家以想象空间征服现实空间的一种审美控制手段。仅仅为了刺激眼球,提升视觉效果,现代城市建筑逐渐忽略了现实与幻想之间的联系和区别。"科幻之都""未来之城"竞相林立,标新立异的同时放弃了建筑所承担的历史意义和中心价值。城市处处矗立着奇形怪状的想象之物,城市的中心被这些新的时空坐标消解分散,无限放大的视觉冲击丝毫不顾建筑本来应该具备的使命:实用性和体验感。然而,纯粹感官的刺激是偶然且短暂的,缺失了意义和依存关系,想象之物在现实世界的存在并不具备可持续性。如果我们真的"到达"了太空,我们在太空中的行为也不是不可能的。我们有可能"征服"太空,但我们却不能"征服"未来,因为我们不可能提前到达那里。未来是时空连续体的一部分,在身体和普通意识状态中,我们被排除在外。①

勒奎恩将人类学的仪式思维和心理学上对梦的解析结合起来,用讲故事的方式将梦与现实之间的暧昧镜像关系呈现在科幻作品中,具有超出一般技术论科幻小说的教育意义和哲学内涵。

传统的科幻小说,从某种意义上来说,是要去创造一个新的世界。这其实也是现代性的一种独特表现:挣脱现实,摆脱过去,进入全新的时间和空间之中。然而,勒奎恩科幻作品的核心思想则恰好相反,她向我们强调:和一切伟大的艺术一样,科幻不能脱离现实,不能只活在狂妄自大的

---

① Ursula K. Le Guin, *Dancing at the Edge of the World*: *Thoughts on Words*, *Women*, *Place*, p.143.

幻想之中。好的艺术作品源自艺术家意识与无意识的暧昧作用，呈现给人们梦想与现实共同营造的经验共同体。在艺术创作中，无意识的参与往往产生强烈的情感表现，迸发出无从预见的能量。当然，这种情感也必须是与意识相结合的产物，它源自原始集体经验的内部组织，也同样产生于经验的累积。

勒奎恩运用暧昧的仪式思维之网来捕捉迷狂的现代性，同样也是对过去与未来之间暧昧的时间螺旋的文学实践。她笔下的主人公总是必须经历古代成人仪式中的种种阈限经历，寻得梦的出口，才能获得成长。她的作品看似突出简单的成长主题，实则是在迷失混乱或困境中探索出口，寻找自我，发现生命的意义和存在的价值。经验主体在此过程中获得一种巅峰体验，如同巫术活动的参与者在集体欢腾中实现天人合一的极致体验，感受超越性的愉悦。勒奎恩认为艺术是连接两种极端（意识和无意识之间；理性与情感之间）的纽带，它的作用就是联姻（Marriage）。[①] 所以，真正的神话，不是作为一种权威或者手段，去控制或者影响人们的思想，而是作为一种艺术手法，去连接有形与无形、可见与不可见的边缘。作为一种过渡、一座桥梁，让原始思维与现代精神相碰撞、理想与现实相结合。艺术家搭建起这样一座中介性的桥梁，跨越差异，使得主体与对象之间的交流成为可能，人与世界的沟通成为可能，带领人们去领会艺术的精神与实在，抵达彼此的心灵世界。

阈限经历是勒奎恩作品中主人公必须经历的考验，也是勒奎恩探索无意识经验的思想实验平台，更是对埋藏在人们清醒意识之下的无意识体验的隐喻。进入阈限，在阈限的迷宫中寻找出口，是一种从混沌中寻找秩序、创生宇宙的原始思维和意象，旨在重现人类在模糊和混乱之中寻找规律、建立新的联系、最后形成暧昧的共生关系。因为宇宙从混沌到澄明，就是在无序中寻找规律，为无形赋予形象的演变过程，是一个充满着创造力、可能性、偶然性的过程，这个过程是暧昧多变的。人类在混乱中寻求规律，并不是在自然规律中学会并掌握的，而是人类与生俱

---

① Ursula K. Le Guin, *The Language of the Night: Essays on Fantasy and Science Fiction*, p.139.

来的一种抽象思维，是从古至今人类在混沌中去寻找安定，再在安定中制造变化的不变的定律。总的来说，勒奎恩是以一种仪式思维在架构一个新的宇宙或者说进化框架，我们在黑暗和混沌之中摸索前行，用我们的理性来寻找自然的、宇宙的秩序，在无形之中创造和探索有形的世界，在有形的世界背后去思考无形的存在，融无形与有形、理性与情感、理想与现实、混乱与秩序于一体，去寻找一种既强调主体的独立性，又开放边缘，享有充分自由性的暧昧关系。

在艺术世界中，艺术家更加重视梦的存在，因为那里暗藏着集体无意识的指引，喷涌着灵感的源泉，同时也深埋着我们的心灵之根。这就是勒奎恩小说中的主人公需要去练习做梦的原因。这不是一般普通的无意义、与现实无联系的梦，而是具备历史责任的创造性的梦。在她后期的作品《社会性的梦》（*Social Dreaming of the Frin*，2003）中，勒奎恩还通过讲解如何练习做梦来表现艺术家的伟大的梦。艺术家在造梦的过程中有意识地控制行为是一种节制和适度的禁欲行为。在这个故事中，勒奎恩将伟大的梦者称为"世界性的意志坚强者"，他们需要为了不影响绝大多数人的梦而练习做好梦。这些心智坚强者的地位相当于先知或萨满祭司，同时也拥有与此地位相对应的特殊权利。一位心智坚强者说：

> 我们的梦存在的目的，是为了扩宽我们灵魂的界限，让我们想到一切可能想到的：让我们脱离自我的严格控制和固执自满，让我们感受到附近所有其他生物的恐惧、希望和快乐。[①]

心智坚强者还有一项义务，即增强梦境，将它们聚焦——不是为了反映现实生活或新的发明，只是为了感受数不胜数的经验和感情（并不只限于人类），从而更好地理解这个世界。最伟大的梦者所做的梦，只要普通人得以窥其一斑，便能发现在所有混沌的欲望、反应、行动、语言和意图之下的规律，以及所有存在于日间或夜间的事物在梦境中的映象。勒奎恩

---

① ［美］厄休拉·勒奎恩：《变化的位面》，梁宇晗译，新星出版社2007年版，第91页。

引用弗洛伊德的"通向无意识的坦途"（royal road to the unconscious）来形容伟大先知们练习做梦的行为，这种梦可能影响整个族群的梦。通过在梦里共享无意识经验，勒奎恩再次呼吁人们打开那些埋藏在经年累月的逃避和拒绝之下的黑暗之泉，将它们开放为月光照耀下的湖泊，来释放被语言、行为所伪装、包裹的现代人另一个隐匿的自我。

勒奎恩笔下的"社会性的梦"不仅仅是人类的梦，还是附近所有有感知的生物所共有的梦。这种社会性的梦消解了种族、阶级、性别，甚至是物种的界限，连动物都分享他们的梦，他们也因此可以和动物交流沟通。勒奎恩在弗洛伊德的集体无意识基础上扩大了无意识来源的范围，将整个宇宙生物联结为一个宇宙共同生命体。使不同的物种在边缘地带互相渗透和晕染。这样一来，白天人们是分离的，而夜晚大家则结成一体。所以，梦境和现实之间一定要取得联系，在不破坏对方中心的前提下，不同主体之间通过在各自边缘地带的体验和交流，在意识和无意识之间动态地进行协调和调整，减少封闭的空间。借用杜威的比喻，我们在使用榨汁机时，先有压力，才有葡萄汁。只有前期大量积累经验质料，才有后来出现在意识之中的思想。

无意识看似亘古不变，但它同样经历经验的叠加并不断累积创造出新的潜意识，因此它是动态发展的。意识与无意识之间的交互和关联也是动态的，无意识随意识经验的叠加不断地加入新的质料，意识在其虚空和过度膨胀兴奋之下需要从无意识那里汲取或释放空间和智慧。这就说明梦境和现实之间、意识和无意识之间互为镜像和暧昧供给的关系。在这段关系中，二者需要参照、互渗、克制，但也不能完全成为对方或者侵占对方的中心。那些恐惧的、令人窒息的，抑或是超越现实之梦，那些精神分裂的、抑郁的、人格分裂的案例，都是因为现实与梦境断开了联系，或是在相互对抗中一方过于强烈，超出了边缘地带而导致了失衡状态。所以，我们不能只活在现时，也不能让梦反过来控制甚至吞噬我们的心智和现实生活，而是应该将梦作为我们的根，始终滋养我们的主体，同时又与整个世界相连。

第三章 技术与人的包容互渗

美学研究的核心问题和美的显现方式的改变主要源自机器大生产、大复制导致的人和技术之间关系的变形。在资本全球化和技术生活化的大背景下，美学与人们的生活紧密地联系起来，它既是一项关乎逻辑的思辨课题，也是关乎社会生产、人民生活的实践课题。本章围绕现代人所处的新型技术环境，挖掘勒奎恩作品对后现代技术发展危机的披露和对现代人身体观的重新思考，呼吁在技术与人之间建立包容互渗的暧昧合作关系。

如果说20世纪上半叶，人们得益于从物理学视角宏观地洞穿宇宙的本质，进一步靠近了征服和操控时空之梦，那么今天，人类欲望的触角已经延伸至微观的生命科学领域，试图开发并改写人类生命的限度。20世纪下半叶至今，人类进步、社会变革的焦点逐渐转向生命科学和计算机科学两大领域。基因编辑婴儿的诞生，阿尔法狗战胜围棋世界冠军，人工智能机器人小冰出版诗集《阳光失了玻璃窗》，北京冬奥会智慧餐厅中的机器人大厨等一系列颠覆传统认知的科技成果给现代生活带来了翻天覆地的变化。人工智能和基因技术的发展进一步助长了人类征服未知的野心，将研究对象从客观世界调转头来面向人类自身。计算机的问世在很大程度上改变了世界的模态，空间被压缩，时间遭到消解，人类征服时空的同时也影响着自我对自身及其赖以生存的宇宙的看法，变革性地颠覆了传统的身体观念。身体不再被视为一种隐私和个人特征，身体、心灵和他者的关系也被重新定义。技术的作用对象已经不仅仅是客观存在的自然界，还有身体和社会，这给人类的生存环境、心理构成以及伦理结构带来巨大影响。人们想要利用技术进一步扩展身体功能的愿望越发强烈。

因为身体的脆弱性和短暂性，传统哲学将身体视为一座心灵旅行的客栈。现代技术可以弥补身体的各种缺陷，扩展身体的功能，使其得以走出有形的牢笼，与心灵的地位相靠近。从某种程度上看，技术的确有望解放关押身体的牢笼。那么，在技术的干预和辅助下，人们对身体的认识和定义又会发生何种变化？现代身体和传统身体在表象上有什么差异？这些表象反映出现代人什么样的身体观？如何在技术的参与下重新认识我们的身体，是现代美学探讨的核心议题。

尼采以狂放不羁的笔法挑战并抨击了传统身体哲学，他放大生物进化论，改变了传统身体的从属地位，断言人将会进化为"超人"的最优状态。显然，尼采过激的言论"误读"了进化论，忽视了自然身体的缺陷和局限。如果说尼采的论断还局限于一种形而上的狂想和臆断，福柯则是以技术发展为背景，从理论和实践的双向维度上阐述了他独特的身体观，在其晚期著作《性史》中，他把身体看作一个可以驯化的场所，引导人们重视对"身体愉悦"的培养。在他看来，身体不仅代表着社会权力等级，还发挥着政治影响。他大力鼓吹并大胆实践通过同性恋、性虐待、毒品等来激发身体的快感、释放身体的欲望的方式，在当时的学术思潮中激起了叛逆的浪花，将人们的关注点从对时空的征服和对物的改造吸引至对身体本身的思考和重塑。福柯种种颠覆传统的身体想象与实践为技术与身体的结合进行了最为直观的宣传与引导，为技术进入身体提供了理论上的合法入口，将原本被置于哲学讨论范畴之外的身体，带入了该领域的中心。

实际上，在福柯之前，勒奎恩已经在其小说《一无所有》中对传统身体和现代身体进行了思考和比较，她将塔科维亚毫无修饰却充满力量和智慧的身体与薇阿用技术手段过度装饰且暴露的身体平行并置，分别呈现出以身体作为交流和修养的场所和将身体作为炫耀和展示的场所两种截然不同的身体观，启发读者去思考传统身体观和现代身体观的内涵和差异。在短篇小说集《变化的位面》中，勒奎恩更是大胆刻画了基因技术和人工智能对人的身体和生命的作用和影响。她通过对未来计算机和生物技术的发展想象，描摹出一幅幅怪异的基因混合图鉴，在给读者带来震惊的同时，警示人们在当下技术热浪中保持节制的态度，呼吁技术与人在保障可持续发展的前提下包容、互渗。

第一节 技术与人的结合

自 1997 年克隆羊多莉出生以来，生命科学跻身时代科技革命的前沿，成为"撰写"技术化人类文明的领军力量。进入 21 世纪之后，基因技术在农业、食品、医疗和经济方面都取得了卓越的成绩。2013 年，基因编辑技术（CRISPR）投入使用，这种突破性的技术可以通过删除或加入一段 DNA，人为地改变生物体原有的基因组合，治疗血友病、色盲、肌肉萎缩症等基因病；通过改变蚊子的基因来抑制蚊子传播疟疾；通过改变植物的基因来改良品种，提高农作物产量；通过控制人体癌细胞生长来治疗癌症等。然而，任何科学上的新发现都是一把"双刃剑"，一方面，它带来了治疗疾病的新方法，改变了人们的饮食习惯和生活方式，甚至可能延缓人类的衰老，改变传统的繁衍和生育模式，诸如转基因农作物、干细胞护肤品、试管婴儿等新兴科技产品相继出现。另一方面，一些传染性疾病，如艾滋病、埃博拉病毒、寨卡病毒，以及最近几年在世界范围内大行其道的新冠病毒及其衍生出的变异毒株又对人类构成了新的威胁，轻松"拦截"了人类"进步"的步伐。作为承载着对现实生命和社会重大关切的文学书写，科幻小说以其敏锐的洞察力和超前的思维来反映现实主义题材，表达对现实危机和未来世界的焦虑与担忧。

一 《伊斯拉克玉米粥》中的身体奇观

通过文学想象来模糊生物生命和人工生命之间差异的作品比比皆是，格雷格·贝尔的《血液里的声音》（*The Voice in the Blood*）、威尔·麦卡锡的《绽放》（*Bloom*，1998）、琳达·娜迦塔的《视野的局限》（*limits of vision*，2001）等都试图通过思想实验来论证人工创造的生命形式比生物物种更容易进化和分离的观点。①威尔森的小说《达尔文》(Darwinia, 1998)则以更加大胆的笔法描写了被一些疯狂分离演化的生命形式所代替的现代欧洲生态危机。对比其他科幻作家热衷于运用技术想象来制造或生产生物怪兽、变异器官等的创作模式，勒奎恩则更擅长将生物技术与人体本身结合起来进行思辨和推演，探讨基因技术对人类身体的改造与重塑，通过制造身体审美和主体情感上的双重颠覆来阐发她独特的"暧昧"身体观。

小说《变化的位面》成书于21世纪初期，彼时人们已经和勒奎恩一起见证了几十年前她在小说中预见到的现代性危机和世界性灾难。环境污染进一步恶化，臭氧层空洞扩大，全球变暖加深，地震、海啸、水土流失等地质灾害频发，珍稀物种濒临灭绝，基因编辑婴儿的诞生等，促发人们对技术与人的发展关系进行反思，对人之为人的现代属性进行审慎思考。在《变化的位面》一书中，勒奎恩以位面旅行技术为科学依据，虚构了一系列星球位面。②这种位面旅行设置在机场的候机室，将现实旅行与虚拟旅行合二为一，在展现现实空间与虚拟空间相结合的同时，反映出现实旅行和虚拟旅行之间的张力和联系。小说中的科学家意识到现代机场给人们带来的人身限制和情绪压抑，发明出这样一项位面旅行技术，用以缓解乘客的候机焦虑。通过这一技术，候机乘客只需要做一个简单的手势，就能去到任何他想去的位面。虚拟位面和现实场景不在同一时空序列之下，乘客们去到陌生的位面旅行三五天回来，现实空间中的时间也不过才过去一个小时左右。因此，位面旅行不仅可以帮助乘客在候机室度过一小时乏味的等待时间，还可以让他们领略到丰富多彩的异域风情。

《伊斯拉克玉米粥》(Porridge on Islac)生动描写了科学至上、技术冒进可能导致的各种严重后果，特别表现出勒奎恩对基因技术改造人类身体的不可预见的后果的担忧。故事讲述了一个狂热爱好科学的位面情况：伊斯拉克人都热衷于科学，特别是在应用物理学、农业学、建筑学、城市发展学和工程学方面有极高的建树。这里大多数人都是非常出色的工程

---

① [英]爱德华·詹姆斯、法拉·门德尔松主编：《剑桥科幻文学史》，穆从军译，天津出版传媒集团百花文艺出版社2018年版，第323页。
② 位面，英文原文为planes，类似于我们在科幻小说中经常接触到的"平行世界"概念。

师，却不重视对生命科学和历史学的学习和研究。他们对生命缺乏敬畏，对知识的运用和管理缺乏系统性的安排。当他们接触到基因技术之后，很快就掌握了原理并开始无节制地将其运用于各种生命体中。对这一故事情节稍加对比便不难看出，伊斯拉克位面人对科学的狂热追求投射出 20 世纪技术背景下的美国社会镜像。在 20 世纪的前 50 年，人们对时间和空间的研究特别着迷。通过对时空问题的不懈探索，人类在物理学方面取得了很大的成就，同时，在城市建设和发展方面也实现了飞跃式的进步。进入 20 世纪后半叶，生物技术的发展和基因技术的突破，将人类改造世界的焦点从无机物转向了有机生命体。基因技术让直接改造有机生命本身成为可能，人类从此有望操控原本变动不定的有机生命结构。对于信奉科学理性的现代西方人来说，这无疑是一剂强效兴奋剂。新浪潮后的各种技术狂想层出不穷，弥漫了整个时代，故事中伊斯拉克位面的科学家们所创造的各种身体和生命的"惊喜"就是对这一现象的文学性捕捉。但不幸的是，由于基因发展的不确定性和不可控性，基因技术在摄入人体的实践过程中暴露出种种基因大融合的技术灾难。

在伊斯拉克位面上，基因技术最初只被运用在农业生产中，主要目的是帮助农作物抗虫害、抗病毒、改良品种、提高产量等。但是，出于"想把所有的东西都变得更好"的"美好愿望"，伊斯拉克位面的科学家们不断对基因技术进行钻研，成功破解了所有基因锁链，将基因编辑技术滥用于动植物和人类之间。他们开放了异种生物之间的自由交配，导致人类基因和动植物基因的混合杂交，产生出各种奇异的杂交生物（物种）。故事的主人公，咖啡厅的女侍者就是基因技术的受害者之一：她拥有 4% 的玉米基因和大约 5‰ 的鹦鹉基因，长着玉米一样金黄色的头发，拥有植物病理学的学位却只能做侍者的工作，只是因为她的基因不纯正。[1] 这一位面上的很多人都长有很长的毛发，有的人甚至长有毛皮和羽毛。还有身高八英尺，长了鸵鸟尾巴的女人；绿色皮肤的年轻人；耳朵上长了树叶的商人；用四肢行走，长了猪拱嘴的小孩。除此之外，还有能说话的狗，会下

---

[1] ［美］厄休拉·勒奎恩：《变化的位面》，梁宇晗译，第 15 页。

棋的猫,和能活 500 年的人。不难看出,在这个位面上,原本存在于物种之间的差异已经被毫无规律地随机混杂于每一个主体之中,不再有纯粹的人类、纯种的动物、原生的植物,整个有机世界变成了一锅基因大杂烩。由于原始的分类被打破,主体不再拥有各自独立的中心,导致相应的社会文化、建筑环境、身体结构等都完全失去了原有的秩序和规律。基因链条的断裂还导致重大的经济危机,城市建筑也因为需要适应杂交新物种的偶然性特征而杂乱无章、造价低廉、摇摇欲坠。

想把所有东西都变得更好,是科学发展的原始动因,也是人类古已有之的优生学观念的产物。勒奎恩对激进优生学观念的批评还出现在小说《天钧》中哈伯执导的"有效梦境"中,政府从优生学的角度考虑,严格筛查病态或低质量基因,甚至连患有癌症也成了一种必死之罪。这些"措施"无一不反映出哈伯的消极优生学观点。在哈伯引导奥尔梦境创造的新世界里,人类基因得到了改良,没有疾病、没有低能,就像在赫胥黎的《美丽新世界》(*Brave New World*,1932)里一样,政府甚至会对癌症患者实施安乐死。

借助高度发展的生物技术,把人类变得更好,更强大,甚至成为永生之神,顺理成章地成为现代科学追求的新目标。传统朴素的人已经不具备现代性魅力,那些经过技术改装、功能增强、外形时尚的人,成为新时代人之为人的"美"的新典范。在《伊斯拉克玉米粥》中,勒奎恩向读者描摹出各种科学幻想打造的身体奇观,通过变形人之口将生物技术态身体的悲剧娓娓道来,情感真挚,激发人们正视并反思文明思潮和技术冒进导致的畸形身体观。实际上,这种对人类身体从物种意义上进行变革的思想也可以说是一种激进的优生学观念,资本社会就是利用这一观念来打造和翻新所谓的现代化身体标准,扭曲并同化大众的身体观,最后以一种标准化模式加以定型并定期更新和升级。

二 《永醒者之岛》中的大脑奇观

对大脑的探索和开发,是人类进行自我改造的终极目标。2018 年底,我国南方科技大学一名副教授宣布了一对基因编辑婴儿的诞生,真正实现了基因改造对自然大脑的干预和控制。消息一出，立即在世界范围内激起轩然大波。数百名科学家联名谴责并反对人体基因编辑事件的发生。其实，对于此类问题的哲学思考和现实反思在20世纪后期的科幻作品中已经初现雏形。以威廉·吉布森（William Gibson）的小说《神经漫游者》（*Neuromancer*，1984）为代表的大批计算机类科幻小说引发了世界范围内的网络朋克运动。然而，与这些纯粹探讨科学技术的极限幻想不同的是，勒奎恩在描述和幻想科学技术的硬核式发展的同时，更加注重对软性的、人类本体情感体验的表现，并对现代社会人类精神文明建设的总体进程提出了质疑和建议。在她早期的小说《天钩》中，我们就可以见到她对计算机干扰人类意识活动的批判性描写。小说中的反面角色哈伯医生通过运用大脑增强仪器来强化大脑运作能力，制造有效的梦境，最终导致精神分裂，这直接反映出勒奎恩对科学干预人脑意识行为的抨击和讽刺。21世纪初，勒奎恩再度结合同时代的脑科学研究前沿，以基因编辑技术为主要理论依据，对人类大脑展开了思想实验，类推出该项技术可能制造的大脑奇观和随之而来的人性考验。这是勒奎恩多年关注科学发展和人类精神文明建设的思想结晶，进一步凸显出她对科学技术语境下人之为人的真实情感体验和意识经验的高度重视，展现了她切实的人性关怀。

在故事《永醒者之岛》（*Wake Island*）中，勒奎恩进一步将基因编辑技术与人工智能技术相结合，创作出一个没有睡眠的岛屿，岛上的居民都是现代技术的牺牲品和科学实验的弃儿。通过联系21世纪高度发展的脑科学相关的思想实验，勒奎恩旨在探讨人类大脑开发的极限和危害，激发人们就技术层面对大脑的作用和对主体的冲击进行深刻反思。故事发生在奥里奇位面，该位面的一些科学家认为，睡眠是对人类大脑活动的抑制和干扰，极大地影响并阻碍了人类心智的发展。因此，他们联合基因工程师展开了名为"超智能计划"的基因编辑实验。第一批完全不需要睡眠的超智能婴儿全部未能存活，这不仅是实验的失败，还进一步揭示出技术运用于人体可能导致的致命迫害，披露科学实验中极端病态的非人性行为。勒奎恩刻意采用了轻描淡写的方式来描述那些成为实验牺牲品的无辜的生命，引导读者看到技术持有者在生命面前表现的漠视态度。

但故事并未就此结束,因为科学追求的字典中没有"妥协"二字。成功是建立在无数次失败之上的,这也是理性的科学实验精神的精髓。即便是已经付出全部实验品均未能存活的代价,为了挑战自然规律的权威,超越人的有限性,科学家们仍然固执地进行了第二次实验。通过对在第一次实验已经造成所有被试婴儿死亡的严重后果的基础上追加第二轮实验的情节的描写,勒奎恩讽刺并抨击了"锲而不舍"的现代科学精神。

经过精密而准确的基因编辑,新一代超智能婴儿终于出生并存活了下来。他们全部通过了失眠测试,22个小孩每晚睡眠不会超过半小时,而且身体非常健康。但是问题也接踵而至,他们的智力和认知发展都表现出严重的异象。这些小孩时常处于一种类似"梦游"的状态,语言能力低下,喜欢用单纯的肢体接触来进行交际,智力和认知水平都表现出明显的退化趋势。调查发现,这些孩子因为失去了正常的睡眠时间而无法获得完整的意识,他们被媒体报道为"僵尸孩子""醒着的脑死者""科学祭坛上的牺牲品"等。[1] 在巨大的舆论压力之下,政府最终停止为该计划提供资助,而这些完全无法睡觉的孩子也到了青春期。他们的意识因为缺乏睡眠而变异,因为没有了昼夜之分,他们混淆梦境与现实各自独立的中心,从而丧失了时间的概念,找不到存在的意义。更为残酷的是,他们的身体是健康的,所以他们同时又清醒地感受到身体之"痛"。成年之后,原本小孩之间的打闹演变为成年人之间的性冲动和全无道德伦理界限的性游戏。走出实验基地之后,他们的遭遇更是耻辱性的:智能实验品成了性工具、色情影片演员。这些实验品从一开始就没有名字,只有代号,因此,从实验之初,他们人之为人的意义就已经被剥夺,失去了个体生命存在的特殊性和主动性。他们的身体失去了体验感、创造性、趣味性和情感性。

"永醒者"因为只生活在此时此刻,他们没有过去和未来;因为失去了梦境和现实之间的镜像参照,他们看不清自我存在的意义。他们只是生

---

[1] [美]厄休拉·勒奎恩《变化的位面》,梁宇晗译,第161页。

活在纯粹的事实当中，成为技术的牺牲品，最终活在了边界之外，化为没有记忆、没有幻想的虚无。

三 科学幻想反映的技术焦虑

（一）基因技术的优生学夙愿

基因技术运用于人体实验，让人类进一步靠近潜藏于人性深处的优生学夙愿。高尔顿在其著作《遗传的天才》(*Hereditary Genius*，1869)中首次提出"优生学"(Eugenics)概念，并在《人类才能及其发展的研究》(*inquiries into Human Faculty and Its Development*，1883)中进一步阐释了优生学的目的是通过"非自然选择"的手段来选择出最强壮、最聪明、最优秀的人类基因，让人类的发展赶上现代高速进化列车。众所周知，纳粹政府于1934年至1935年起草了旨在推行种族净化的《纽伦堡法案》，发动了一场种族卫生运动。希特勒和纳粹政府借助当时的科学理论及实践，将"优等民族（雅利安人）必须保持血统纯正"这一意识形态深化到惨无人道、荒谬至极的种族清理行动当中。他们将犹太人作为种族敌人，对犹太人和吉卜赛人施行强制绝育手术，对残疾人和所谓的血统不纯正的公民进行残忍的清除。这一事件无疑成为"优生学观念"的负面新闻，为人类的"超速进化"计划罩上了一层无法回避的阴影。

在纳粹的消极优生学行为之前，威尔斯已经在其科幻作品《时间机器》(*The Time Machine*，1895)中表现了"适者社会"的幻想，小说中的未来人类保留了天真善良等美好的品质，以近亲繁殖的方式来繁育后代，却逐渐退化为头脑简单、毫无生机和激情的孱弱人种。威尔斯针对这一现象推出了一项极端的改良方案——对弱者进行选择性清除。此类情节的设置和观点的表达提前预演了后来纳粹实施的种族清洁运动。威尔斯曾宣称："改良人类血统的重点在于将失败者绝育，而不是从繁育成功的人群中进行选择。"[1] 这种消极的、极端的优生论者很显然将达尔文主义片面理解为宿命论、贪婪的竞争和"适者生存"。然而，正如迪萨纳亚克在《审美

---

[1] H.G.Wells, "It is in the Sterilization of Failure", *The War of the Worlds*, London: Penguin Books, 2005, p.36.

的人——艺术来自何处及原因何在》中强调的那样，适应者的包容性生存才是达尔文主义的真谛：

> 对真正的达尔文主义者来说，它是关系重大的适应着的包容性生存，不是最适应者的排他性生存，而且前者起因于对能够成功竞争与合作的个体的选择，而不是鼓励作为（社会）生物学特性的最无情的和自我中心的个体（或群体）……他（达尔文）也相信，对进化论的理解会导致更强的道德感，而不是更具竞争性的贪婪。①

从20世纪70年代末至今，我们已经接受并见证了基因技术从对非人生物的研究转向对人类自身的探索：20世纪70年代末，基因克隆与基因测序技术相继出现；20世纪90年代末，胚胎植入前遗传学诊断技术（PGD）作为防止遗传病传播的胚胎筛选和移植方法，被成功运用于临床；21世纪初，基因编辑技术的横空出世使人类基因定向改造成为可能。近年来，基因编辑技术实现了对动植物性状的改良，在农业、食品、畜牧业方面实现了高质高量的生产，比如改良农作物品种，提高其抗冻抗病害能力；编辑改良家畜品种，提高家畜肉质和抗病性能；运用于细菌改良，促进乳制品等食品工业领域的发展等。2015年培育的"大力神"和"天狗"，其肌肉的生长发育能力和运动能力都远超普通狗；②2016年科学家通过基因编辑改变了动物皮毛的颜色；2017年对动物物种基因进行了编辑，以改变物种传统的身体特征。另外，基因编辑在人类疾病的治疗方面也取得了突破性进展，比如培育出了分泌人胰岛素的基因编辑猪，为糖尿病人提供胰岛素；借助基因编辑技术进行唐氏综合征的治疗、地中海贫血症的治疗、血友病的治疗等，且都取得了阶段性的突破；通过基因编辑进行对HIV病毒的免疫性研究等。由于生物技术逐步进入人们的生活，大到能源、环境、

---

① ［美］埃伦·迪萨纳亚克：《审美的人——艺术来自何处及原因何在》，户晓辉译，第44—45页。
② "大力神"和"天狗"是世界上首例运用基因打靶技术培育出的基因敲除狗，由中国科学院、南京大学南京生物医药研究院和广州医药研究总院共同研究培育。这两只狗的肌肉生长抑制素基因被人为敲除以后，肌肉生长发育能力和运动能力都比普通狗更强。

化工原料，小到食品、日常生活用品、化妆品等领域都实现了变革式的飞跃，刺激和促进了人类生产生活环境的发展与变化，为社会经济的发展带来了巨大的红利。

伴随着基因编辑技术的成熟和越来越多突破性的技术昭然于世，技术背后隐藏的法律、伦理、人性等危机也不断显现出来。本来只存在于科幻电影中的蜘蛛侠、钢铁侠、X 战警，甚至如同"海神"一般力大无穷的超人是否就是我们后人类的真实写照？社会的不公正，人权在生育、教育、就业、婚姻、社会角色方面的不平等，导致人之为人的尊严在"无所不能"的基因编辑技术面前受到极大的挑衅。生命科学领域的发展进入空前的繁盛时期，在基因技术领域雄心勃勃地打开了重塑人类的宏伟蓝图。然而，人工设计的"基因驱动"技术还是一项崭新的、隐藏太多未知的技术。魏伯乐在《翻转极限：生态文明的觉醒之路》一书中指出：

> 一次成功的基因驱动操作能够有意无意地导致一个物种改变或灭绝。……乍看之下，这（基因驱动）是个令人满意的计划，但是基因驱动也很容易被用于军事目的，例如制造生物武器，或抑制敌方的粮食生产。[1]

从优生学的角度考虑，基因编辑技术的成熟和普及膨胀了"人类增强"的野心，2018 年基因编辑婴儿的诞生甚至让人们看到"定制婴儿"的可能，这一事件在世界范围内引起了极大的轰动和热议。经过基因修改和编辑，"定制婴儿"生来就具有抵抗艾滋病病毒的抗体。在生命科学领域的研究中，科学家对人类生命的探索逐渐深入，从最初的分子生物学，到如今的基因编辑技术，这一探索已经从认识走向了控制和改造。那么，基因编辑婴儿的成功诞生是否意味着人类与"造物主之梦"更近一步？以技术增强人体功能、实现超越的宏伟蓝图是否变得越发清晰？在技术热浪持续升温的同时，勒奎恩以其敏锐的社会洞察力看到了发展背后潜藏的问

---

[1] ［德］魏伯乐、［瑞典］安德斯·维杰克曼编著：《翻转极限：生态文明的觉醒之路》，程一恒译，同济大学出版社 2018 年版，第 33 页。

题，对基因编辑技术可能导致的社会危机和伦理后果做了审慎思考。通过作品，她向读者呈现出她的几大担忧。

第一，人类作为一个特殊、独立物种的纯粹性问题。首先，因为人类的基因结构复杂性高且极具创造性，基因编辑结果的不可预测性可能导致人类物种的突变或异化。其次，人类基因组时刻处于动态变化中，风险和未来都是不可控的，技术的不成熟容易导致操作中的"脱靶现象"。[①] 诸如此类的不确定性结果带来的恶性突变或其他并发症应由谁来承担责任？

第二，物种的判断标准问题。基因编辑是否会摧毁物种中心、破坏物种整体性，特别是人类这个特殊物种的整体性？这样一来，我们很可能无法再找到对"人之为人"的明确的生物评判标准，更不要说审美判断了。一旦基因技术打破了物种的边界，改变了物种的传统属性，将动摇人之为人的根本身份和归属感。如果物种之间的边界被彻底消解，比如鱼长出了腿，狮子长出了人脸，蛇长出了手臂，那是否意味着我们即将创造出一个真实的现代神话世界？生命科技与人类未来的命运息息相关，其爆炸性的发展虽然有望在人类进化的链条中注入加速度，但同时也将带来一系列的社会问题和伦理悖论，使人类陷入两难的境地。

第三，人的基本权益问题。作为一个独立个体的人，无论是从身体还是心灵层面看，都蕴含无数的偶然和不确定，人类体内的基因组合是自然的造物。那么问题来了，如果允许父母定制后代的基因，后代作为一个独立个体的根本权益和其生命的原初性、独有性、特殊性和创造性都将不复存在。这无疑是一种人性的考验。当掌权者拥有控制生命、改造生命的特权，难免会滋生新的种族主义和阶级主义，由此而来的经济问题、社会问题和政治问题都有待考量。当健康、智力和财富都掌握在一小部分人手中，我们离回到封建奴隶制社会也就不远了。从个体基因的增强到整体国力的增强，再到欲望和野心的膨胀，历史的悲剧难免重复上演。

第四，基因病变和扩散问题。基因嫁接技术的不成熟可能会导致物种

[①] "脱靶"字面意思就是偏移了最初设定的目标，基因编辑技术中的"脱靶"导致的最直接后果就是引起非目标基因的突变。因此，基因脱靶现象是目前有关基因编辑技术最受争议的副作用。

的异化，甚至是瘟疫、鼠疫等动物性病毒的扩散。所以，基因编辑如果超出了治病救人、稳定社会的范围，就是对自然规律的僭越和对自然造物的破坏。另外，生物实验室的管理也可能导致恶性病毒的流出，直接造成犯罪手段的生物化，比如生物细菌大战、病毒大战等，人类终将自食恶果。

勒奎恩的担忧不无道理。毕竟，优生学从一开始就是为阶级主义、精英主义和种族主义服务的。在优生学的影响下，传统婚姻中的择偶观、传宗接代、生儿育女的核心思想都将遭到颠覆。虽然现代遗传学一直竭力与带有希特勒色彩的纳粹优生学划清界限，但是一旦人们拥有了选择基因的权利，人性的贪婪和竞争终将导致类似的悲剧。现代社会中比比皆是的代孕、弃婴、非法买卖精子卵子、地下医院等现象都必定会拉大阶级差距。因此，无论是代孕还是冷冻精子、卵子，本质上都是一种"冷冻乌托邦计划"。优秀的人会更优秀，有钱的人才拥有基因选择的权利。然而，在人们通过基因技术来固定原本最具创造性和变化性的基因组时，我们的"身体"还在吗？

（二）人工智能的最强大脑计划

纳格尔（Michael C. Nagel）说："20世纪的前50年是物理学的时代，21世纪伊始则见证了脑科学时代的到来。"[①]1990年7月17日，美国总统乔治·布什（George Bush）签署了美国第6158号总统令，促使20世纪的最后十年成为"脑的十年"，同时促使各国政府和组织对神经科学及相关学科加大研究投入。如今，人工智能领域开发研制出的各种家用机器人、餐厅机器服务生、虚拟现实技术（VR）、网络游戏、赛博空间、5G技术、全息影像等在日常生活中屡见不鲜。

生物技术可以帮助我们治愈身体的疾病，延长肉体的寿命，修改我们的基因，让我们的精神愉悦，让孩子易于管教；仿生工程可能创造出"生化人"（cyborg），使人体拥有各种生物体的结构与功能，如苍蝇的复眼、蝙蝠的耳朵、海豚的皮肤等；无机工程则使另一种改变生命法则的技术成为可能，那就是创造完全无机的生命。那么，当人类的身体可

[①] ［澳］迈克尔·C.纳格尔：《生命之始：脑、早期发展与学习》，王治国等译，教育科学出版社2016年版，"引言"第2页。

以像乐高（lego）积木一样随意搭建和拆卸，当智力和情感可以像 U 盘一样即插即用，我们身体的存在形式和意义又该如何界定？

　　随着科学家们对大脑工作机制的不断研究和探索，科幻作家们也越来越多地在其作品中对人类大脑的潜能展开文学性思考，在憧憬技术红利的同时表达了对技术未知的担忧和恐惧。电影《禁忌星球》（*Forbidden Planet*，1956）讲述了一位探险者使用"IQ 增强剂"来提高自己的智力，用以对付邪恶的科学家，但他最终也因此丢掉了自己的生命的故事。普尔·安德森（Poole Anderson）的《脑波》（*Brain Wave*，1954）因为将所有普通人的智商都升至了天才的水平，社会反而呈现出一片毁灭性的崩溃。到了 20 世纪末，随着科学家们对大脑内部运行机制有了更进一步的揭示，科幻作家们也继而将关注的焦点从物理化学方面的思考转向了生物化学技术的研究前沿。南希·克雷斯（Nancy Kress）在《西班牙乞丐》（*Beggars in Spain*，1993）中尝试通过修改基因来干预人类的正常睡眠，从而增强大脑的功能。奥森·斯科特·卡德（Orson Scott Card）的《屠异》（*Xenocide*，1991）和弗诺·文奇（Vernor Steffen Vinge）的《天渊》（*A Deepness in the sky*，1999）则试图干预人脑正常工作程序，引起强制性的紊乱，以便让高级工作者专注于对工作的思考，并以此提高和增强工作效率。[①] 这些都是基于时代科技研究成果进行的关于大脑改造的科学幻想。

　　事实上，20 世纪以来，工业革命持续发酵，继解放了人类的双手之后，又解放了人类的身体。由于思想上受身心二元观念影响已久，人们越来越将身体看作一种纯粹的装饰和外部结构，可以任意进行修饰和造型，身体顺理成章地成为一种审美意义上的展示品。随之而来的则是智力革命，人类将改造对象更多地转移至隐性的、不易透彻把握的大脑，人工智能正是在这一背景下应运而生的。目前，人工智能与神经科学、生物技术、大数据、5G 等新兴技术相结合，颠覆了人们对传统脑科学的认识，人机互动、人机协作甚至人机合成等技术的迅猛发展正在加速改变人们的生

---

① ［英］爱德华·詹姆斯、法拉·门德尔松主编：《剑桥科幻文学史》，穆从军译，第 318 页。

产生活和学习思考方式。新一代人工智能甚至已经实现了以自主学习为核心的行为模式，通过算法、数据、算力三方面的科学理据，使机器在特定的范围和领域中习得了近似于人的学习和活动能力。

人工智能的飞速发展虽然为社会经济的进步提供了效率保障，但也对人类自然大脑的角色和主体地位提出了全新挑战，将人类未来的命运置于不可预测、难以控制的风险之中。"难怪英国现存风险研究中心把人工智能视为最大的威胁"。[①] 尤瓦尔·赫拉利在《未来简史——从智人到智神》（*Une brève histoire de l'avenir*，2010）一书中预想，人工智能会造就一小部分特权精英阶层，并从记忆力、智商、性能力等方面对他们进行升级。由于普通大众无法负担高额的升级费用，结果便导致人类成为一个具有"生物"级别的阶级社会。

人工智能发展至今，在给人们的生活带来巨大便利的同时，也引起了人们前所未有的焦虑。对于人工智能的风险问题，霍金曾预言它可能是人类文明史的终结，马斯克也说过它可能是威胁人类文明存在的根本风险。库兹韦尔断言"人工智能"将在未来的某个时刻，也就是奇点，超越人类的智能之后，"创新"便开始加速。

人工智能所引起的存在性危机、劳动岗位替代对传统人力资源造成了巨大打击；信息泛滥和可复制性、可篡改性将导致数据的泄露和全民隐私的透明化。目前，人工智能还只是作为人类的辅助工具，受人类的控制，但随着人工智能的自我进阶和升级，它的智力水平或将越来越接近甚至超越人类本身。当人工智能已经可以代替大部分人的劳动生产，资本的恶性竞争机理无疑将淘汰低效率、高成本的传统劳动力。可见，人工智能在帮助人类加速实现解放身体的梦想的同时，也制造了有望超越人类、摆脱人类、战胜人类，以全新的智能主体取而代之的恐惧。技术与人的关系发展的复杂性和不确定性，促使我们深刻反思人与技术结合中的伦理问题。

---

① ［德］魏伯乐、［瑞典］安德斯·维杰克曼编著：《翻转极限：生态文明的觉醒之路》，程一恒译，第114页。

第二节 技术对身体的异化

21世纪，人工智能和基因工程的加速发展影响和变革了传统的身体观，具体表现为人们对自然身体的厌弃和对"技术态"身体的向往。人们相信技术可以帮助人类打破时空性和生物性的限制，在将身体形象改造得更加"完美"的基础上，还能对身体功能进行换代升级。如果说整容、整形行业是利用人体修复术来修复身体的缺陷或不足，通过改善人的外形特征来满足人们对美和时尚的追求，那么21世纪初的基因工程、人工智能则给人类身体带来了全然不同的期冀，利用技术扩展身体的潜能、延长生命的长度成为新时代技术与人结合的宏大蓝图。就人之为人的可见之躯而言，技术的干预不仅导致传统身体的异化，还变革了传统的视觉身体观。人们对身体的态度，从纯粹的视觉感受转变为对功能性和超越性的追求。

一 无身份身体

当基因技术和人工智能对我们的身体进行复制、编辑、改造，将身体这一代表个体身份的特殊标识按照一定的标准和要求重新建构、定型甚至是取缔时，个体身份是否还具有存在的必要？格雷格·贝尔（Greg·Bear）在《血色音乐》（Blood Music，1984）中就试图以生物技术为手段，质疑人之为人的身份问题。小说构想出一种长生不死的细胞结合体，这种结合体从根本上消解了传统身体，使之不再具有传统身体的辨识度。霍桑（Susan Hawthorne）在《野性身体/技术身体》（Wild Bodies/Technobodies）一文中提出了"全球化技术身体"（globaltechnobodies）概念："身体失去了所有的身份标记，即能够把身体与特定的时间、地点、文化甚至个人联系到一起的标记。"[①] 她批评哈拉维笔下的技术身体（techno-body）过于浪漫化而忽略了一个独立身体应该具备的重量、质量和灵魂。

---

① Susan Hawthorne., "Wild Bodies/Technobodies", *Women's Studies Quarterly*, Vol. 29, No. 3, 2001, pp.54-70.

（一）遗传身份的消解

卡明斯（Claire Hope Cummins）指出："基因改造使公众失去了选择的自由，割裂了他们与祖先的联系。"[1] 倘若基因技术发展到最后真的如同勒奎恩小说中那样，因为打破了物种的界限而导致基因组合失去控制，原本多样化的独立物种基因受到影响，演变为一锅无法辨识的大杂烩，那么"物种"一词就失去了它存在的意义。在小说《伊斯拉克玉米粥》中，咖啡馆女侍者让我们了解到伊斯拉克位面上令人震惊的基因大杂烩现象：这里已经没有什么正常人，也没有所谓的物种之分了。所有物种之间的基因链条都已经被解开，相互之间进行无规则交配繁衍出了一锅基因的大杂烩。更加令人难以置信的是，小说主人公告诉位面旅行者，她自己就是玉米。对于正常认知而言，这似乎骇人听闻，但她确实拥有4%的玉米基因和大约5‰的鹦鹉基因，还长着像玉米须一样金黄蓬松的头发。伊斯拉克位面的科学家们解开了自然基因链，将不同生物进行自由异种交配导致了诸多与此类似的后果。然而，对于故事中的女侍者来说，最痛苦的并不是看上去具有某种"非人"特征的外表，而是基因的不纯正不只影响到她自己的生活，还影响了她下一代的血统，致使她女儿的基因变得更加的不纯粹。基因技术的滥用消解了遗传意义上的传统身份。

故事中，勒奎恩特别强调了玉米这一农作物的"出生"。它没有原始的野生品种，其最原始的形象和玉米完全不一样。玉米这种农作物的出现是很突然的，它是古代采集者和农民收集并经过"人工选育"培育出来的一种完全人工的后天品种。在基因技术较为成熟之后，科学家们才通过DNA判定并找到了它的原始祖先，一种追溯到一万多年前的墨西哥当地植物——大刍草。勒奎恩在这个故事中选用玉米这种遗传特征与其祖先差异极大的特殊物种来塑造女侍者的形象，其寓意是非常明显的。在后天的培育过程中，玉米完全失去了与其祖先的联系，甚至在很长一段历史中成为农业领域里解不开的物种身份之谜。勒奎恩巧妙地运用玉米人的案例来批

---

[1] Winston, Morton E, Ralph D. Edelbach, eds, *Society, Ethics, and Technology*, Boston：Wadsworth, 2012, p.352.

判并警示近代科学技术对人体的异化和改造可能导致遗传身份的消解。在不久的将来,人类的身上也很可能完全找不到祖先的特征,与祖先失去原本"不可割裂"的联系。

由于基因组合结果的不确定性,女侍者的女儿不再具有传统意义上的遗传特征,而是遭遇了极端的物种变异,成为无法在陆地生活的新物种。她长得非常美丽,却不得不被送入冰冷的大海,依靠捕食生鱼来维持生命。女侍者亲眼看着自己的女儿游进汹涌的浪潮,那种内心的痛苦是永远无法修复的,因为在她眼里,自己的女儿也是人类。从女侍者对其女儿非人非鱼的描述,我们看到滥用基因技术导致的严重后果。由于每个人身上的基因都具有不纯正性,在两性结合时,基因组合的偶然性导致下一代甚至连物种身份都无法确定。因为基因编辑的结果是不可逆的,所以编辑过程中的失误将成为永远不可修改的错误。

从某种意义上说,遗传身份是我们产生物种自信的重要依据。早在古希腊时期,人们就依靠血统的纯正性来判定和划分族群身份,不同族群的原始人的结合,甚至是贵族与平民之间的联姻,也会遭到当时世人的诟病和家族的歧视。如今,虽然我们早已走出封建等级观念的禁锢,但我们是祖辈的延续、家族的传承这一观念是毋庸置疑且不可动摇的。然而,《伊斯拉克玉米粥》中女侍者的遭遇却让我们看到,人类利用其他物种的基因来与人体基因混合编辑对我们原本认为"理所当然"的传统身份的扭曲和消解。悉达多·穆克吉在《基因传:众生之源》(*The Gene: An Intimate History*,2016)中指出,"人类历史上最大规模的'消极优生学'计划并不是 20 世纪 30 年代纳粹德国对犹太人犯下的种族灭绝暴行,其实印度才是获得此项恐怖殊荣的冠军,每年都有成千上万的女童死于杀婴、流产与疏于看护"[1]。如果基因可控、性别可选,那么,在未来世界中,至少是在印度这种重男轻女的传统国家,是否会成为"男儿国",那么寥寥无几的、因为家庭没有选择权利诞下的女婴是幸还是不幸呢?她们是否还未出生就被预定为满足男性欲望的工具?如此一来,女性的地位将从原来

---

[1] [美]悉达多·穆克吉:《基因传:众生之源》,马向涛译,中信出版集团股份有限公司中信出版社 2018 年版,第 496 页。

的低下，到失去人之为人的基本尊严和权益。

当我们身上的基因已经不再纯粹源自我们祖先的血液，而是经过编辑、混合、修改，带有人为制造的确定性的人工基因的组合，基因技术极有可能破坏人之为人在遗传意义上的连续性。即便不是不同物种之间的杂糅和混合，我们也不再能拥有自然的遗传过程。当我们与相爱之人结合，我们甚至不知道自己的下一代会遭遇何种基因的组合，又或是会产生何种突变。当我们不再具有祖先的特征，也不再期盼下一代可以继承我们的特点时，基因技术已经彻底改变了我们人之为人的自然遗传规律，破坏了亲属之间的遗传相似度，迫使我们改变对传统"遗传身体"的判断标准和审美意象。

（二）自然身份的消解

中国工程院院士钱旭红在一次采访中说：

> 现在人工做出的所谓聪明的"物种"，经不起时间考验。自然演化史告诉我们，经过演化的东西肯定可行，因为它经历了时间的考验。……我们不能对自身的智慧盲目自信，最大的智慧在自然。[1]

的确，我们很难想象，2020—2022年发生的新冠疫情会成为世界范围的大灾难，不止一次地对全球经济、文化、生态、交往按下了暂停键，甚至将20世纪人类最伟大的"建筑"成果——地球村又重新隔离成互相防备、互不往来的马赛克拼图。疫情带来的影响与苦难，也成为自然对人类智慧的一次考验与质问。那么，对于人类而言，究竟什么样的孩子是"优秀"的和"完美"的？当父母拥有了孩子基因的选择权和操控权，孩子基因组中原有的创造性是否因此而改变？他们的性别、外貌、体型、性格、智力，甚至爱好如果都是提前定制的，那么，这个孩子还是一个自然人吗？他的自然主体还有存在的必要吗？

小说《变化的位面》中那些栩栩如生的似人非人的新物种，不仅失去

---

[1] 中国社会科学院：《探寻科技人文命运共同体——访中国工程院院士、华东师范大学校长钱旭红》，《中国社会科学报》，中国社会科学杂志社2021年1月12日，总第2088期。

了自然的身份，还导致了难以修复的灾难。伊斯拉克位面上一些长着皮毛或羽毛的人甚至不穿衣服。一个只有不到一米高的成年人，通过安装在耳朵、嘴唇和眼镜镜片中的某种设备进行着商业会谈。一个长了猪拱嘴的小孩，戴着像皮靴一样的手套，用四肢在大街上行走。另外，旅行者在酒店房间里还遇到了活物版的"泰迪熊"。这种活的熊是基因设计者将跳虫和熊的基因混合的宠物"书虫熊"。设计者原本计划将这种熊的性格设置为顺从和可爱，把熊的体型缩小成一般宠物大小，用来陪伴孩子们成长。但由于它们带有的昆虫基因作祟，"书虫熊"变成了爱吃孩子们书的动物。[①]故事中刻画的这些匪夷所思的画面传达了一个重要的信息，那就是基因编辑和人工智能改变了物种的自然身份和形态。基因技术在错误的策略和管理下，偏离了"身体修复""疾病治疗"和"农作物改良"等既定目标，超出了正常的伦理道德边界，导致人类自然身份陷入了尴尬的境地。

　　自然身份的消解打乱了原始物种的分类，在很大程度上干扰甚至破除了审美意象的存在。物种的混杂导致审美判断完全不可能具有任何标准。虽然都保留有人的意识和大脑，但由于各自拥有不同基因组合的差异，经过基因改造的人在饮食起居、日常生活、职业诉求和生产生活方式上都发生了不同程度的异化，物质和精神的需求都不在同一层面。因为具有一定的动植物基因，他们对自身的形象全无顾忌，要么衣不遮体，要么衣衫褴褛，甚至直接赤身裸体。伊斯拉克位面上形形色色、毫无章法的建筑也是对这一现象的披露："大如巨人的房子，小到玩具的房子，以及看起来很像马厩、牛棚、兔笼的各种建筑——一个可怕的大杂烩，所有这些建筑看起来都是造价低廉，摇摇欲坠，质量低劣。"[②]可见，物种自然身份的消解以及新身份的模糊性和不可界定性，不仅作用于其自身的形象，而且会在更大程度上造成对整个生存环境和社会生活环境的审美颠覆。

　　作为最重要的遗传物质，DNA是一种复杂而矛盾的分子结构，它所编辑出来的生命体自然也是形色各异的。若干年来，我们通过探索人类基因组合的规律，发现变异和突变才是人类基因本质的奥秘。所以，想要通

---

① ［美］厄休拉·勒奎恩：《变化的位面》，梁宇晗译，第19页。
② ［美］厄休拉·勒奎恩：《变化的位面》，梁宇晗译，第13页。

过技术手段来操纵和控制基因组的活动轨迹是几乎不可实现的。人类基因组就是我们自身的鲜活写照，每一个个体都是独一无二的，它们必须坚守自己独立的中心。完全消除边界的技术冒进行为违背了人之为人的初衷，使我们的身体转而成为一种被造型之物。这必将动摇身体的中心，导致严重的身份焦虑和危机，让生命本身失去独立性、创造性和连续性。宇宙中任何一种生命都有其存在的意义和价值，每一片树叶都拥有自己的纹理，我们不能以自身表浅的判断标准来审定孰优孰劣，从而以"去粗取精"的借口来剥夺个体生命的独特性甚至是存在权。任意对人类基因进行编码改造，打破物种之间的界限，以人为的手段去操控基因组的结构、改变物种自身的基因组合，这样的做法跟纳粹优生学没有区别，也必将造成新的种族歧视甚至迫害。

基因编辑技术的滥用极有可能消解人之为人的自然身份，使人不再是自然的人。以往我们对身体的修饰和改造，仅限于后天在自然身体之上进行的外在的雕琢和包装。今天，在技术工具的帮助下，人类已经实现了在自然人诞生之前对人类基因和生命进行预先干涉和编辑的设想。2018年基因编辑婴儿的诞生，他们的身份究竟该如何定义？他们成长过程中的责任和风险又该由谁来承担？这在很大程度上颠覆了传统的自然法则，同时也对传统自然身份提出了挑战。通过对基因的干涉和操控，人的自然身份遭到了消解，随之而来的是我们被带入一个无身份的人造世界，而这个人造世界中的"人"也已经不再是自然意义上的"人"（human）。由此看来，人们在千方百计通过控制偶然来增加必然的过程中，反而坠入了永恒的偶然之中，既荒谬又可悲。真正的美是不可言喻且不可描述的，如果世界地图上的每一笔都不再有新的偶然出现，如果我们生活在一个完全可控的必然世界里，那么，我们对自然万物的激情、对生命的敬畏都将不复存在。我们将不再需要穷尽一生去探索宇宙的奥妙、去追求社会的角色、去感受差异和变化给我们带来的刺激和新鲜。

（三）社会身份的消解

我们每一个人都需要通过社会来塑造自己的身份。在《伊斯拉克玉米粥》中，勒奎恩生动地描述了技术冒进给社会带来的各种危机和对人之为人的社会身份造成的威胁。咖啡馆里的女侍者不但聪明热情，还具有植物病理学的高等教育学位。这看上去似乎不可思议，在现实生活中，拥有高学历的人通常更多地从事智力劳动，而不是做诸如咖啡馆侍者之类的服务工作。但是，如她所言，能够得到女侍者的工作已经算很幸运了。她高学历、低就业的问题仅仅是因为她拥有不纯正的人类基因。由此可见，在基因技术发展到一定的程度时，新的以基因纯正度作为判断标准的阶级主义和种族主义将愈发明显，而人们的审美也将随这种基因等级观念的出现而发生颠覆性的改变。在优生学观念的影响下，一个人血统（基因）的纯正度将直接决定这个个体的社会地位。也就是说，不纯正的基因将遭到排斥和否定，这种发展趋势为性别歧视、种族歧视等悲剧提供卷土重来的机会。

小说中的女侍者还告诉我们，政府最终因为意识到基因崩溃对社会造成的严重危害，颁布了就业禁令"只有拥有 99.44% 人类基因的人才能从事专业性工作或在政府部门中就职。"[①] 因为体内含有百分之四的玉米基因，女侍者被排除在这一类职业选择之外。然而，基因的纯正度仅仅是导致这种高学历、低就业情况的表面原因。在这一要求背后，暗藏着基因崩溃造成的重大社会混乱现象和经济危机。这一切与基因技术对人类审美经验和判断造成的影响不无关系。基因的杂糅导致主体中心的瓦解，违背了生物的自然进化进程，最终动摇了人的社会身份，使其成为"一种以模糊性、不明确性、矛盾性、不连贯性和无边界的混合为特征的杂糅的状态"[②]。这种现象甚至还可能滋生出一种由血统纯粹性所导致的新种族主义，与纳粹的"种族卫生运动"别无二致。

由于自然物种身份的消解，传统审美经验中的整体性和统一性随之崩溃。然而，在脱离饥荒、战争之后，现代人的生产生活无一不依赖于资本主义商品经济、市场经济所制造的各种审美刺激。当人们的生活习性、身体构造和生存追求都降级为一种非主观性、无判断力的同一化模式，社会

---

① ［美］厄休拉·勒奎恩：《变化的位面》，梁宇晗译，第 18 页。
② Buchanan-Oliver, Margo, Angela Cruz, "Discourses of Technology Consumption: Ambivalence, Fear, and Liminality," *Advances in Consumer Research*, Vol.39, 2011, p, 287.

经济将回归一种停滞不前的状态，最终导致重大的经济危机。在这一点上，人工智能所产生的影响也一样。当机器拥有了人类的智力，甚至可以模拟人类的思考方式、拥有人的情感，我们要面临的问题将不再只是现象层面上，人机结合可能带来人类对自然身体的审美判断的影响。当机器获得了情感和反思的能力，它们将可能成为新的主体，拥有独立的思想和意识。鉴于人类肉身的脆弱性和有限性，人工智能无论是从学习、工作还是思维能力方面都将超越人类现有的水平，阿尔法狗和微软小冰已经为此成为最具威慑力的铺垫。随着算法、深度学习等功能的进一步成熟，人工智能或将从人类侍从摇身成为人类的主人，反过来豢养作为自然物种的人类，从替代我们的劳动、解放我们的双手，到为我们提供丰衣足食的生活，人类将不再需要学习、劳动，甚至是思考。届时，康德所谓的"纯粹理性"将在那一时代成为超越性的主宰力量。由于人和机器不在同一个量级，因此也不再具有竞争性和可比性，机器自动剔除了人类特有的，也是最柔软的人性的弱点，如欲望、情感，它们将会选择简单粗暴且直接的方式来解决问题，当然也不再需要人类的审美。

刘慈欣在其短篇小说《赡养上帝》和《赡养人类》中以相似的描述表现了对人类身份被取代的担忧。高度发达的人工智能已经成为人类生存的"机器摇篮"，从物质到精神，机器摇篮都可以满足人类的需要，于是人们渐渐失去了求知和探索的欲望，智力渐渐退化到连一元二次方程都不会解的程度，几千年的文明又回到了远古的蛮荒时代的状态。在《赡养人类》中，技术的所有者垄断了所有的技术专利和教育资源，将人类划分为富人和穷人两个物种，富人拥有最高级智能和装备，将他们自己和后代打造为集生物性和功能性于一体的人机合体的超人，而穷人却被迫降级为只能依靠原始劳动作业的低级物种。无论是机器取代人类，还是技术的主宰者降级人类，人之为人的社会身份都遭到了无情的消解，人在社会上发挥的功能及地位将无足轻重，审美趣味自然也无从谈起。

因此，从社会关系角度看，技术使人类在审美上陷入了一种封闭的循环。过去一个多世纪以来，人们发明、生产工具，通过建立各种新的专门化、专业化的学科分类来提炼出人、环境中存在的抽象和具体的差异，并将这些差异用各种符号分隔起来。这一过程无疑刺激了原本传统的、定型的人的性别、身体和环境审美原则，取而代之的是一种流变的、技术态的、过客式的审美趋势。这的确在很大程度上提升了审美在社会生活中的地位，产生了各式各样新的审美特质。然而，随着生物技术、人工智能脱缰式的发展，人类已经不再满足于在原定的自然属性和生物限制之内发挥作用，而是将技术的潜能无限放大，甚至切断了数万年来经历时空变迁而形成的生物进化链，站在"人类上帝"的高度来对宇宙的造物和原始生命进行人为的、霸权式的重新分配和整合。当人类利用技术重新"创造世界"之时，我们现有的审美情感和经验将不复存在，人类或是会再次跌入一个降级的、简化的技术态世界。照这样推测，人类的社会身份将遭到消解，个体的审美将不再对社会进步或经济发展产生影响。反过来看，由于技术的非人化和非情感化，它所规定的审美也难免跌入单一化、机械化的模式。小说《倾诉》中对制服式审美的特写就是对技术冒进最有力的讽刺和批判："在阿卡星球上，制服无处不在。学校的孩童身穿猩红色的短裤与短上衣；……大学生们身着绿色与锈红色的制服；蓝色与棕褐色制服则代表了社会文化局，其下设中央诗歌与艺术部和世界信息部。"[1] 在统一的制服下，个人的社会身份被湮没在每一个大的群体制服系列之中，自身身体的差异和个性都被遮蔽或取代。

二 超人身体观

基因技术的发展，除了在经济、医疗上给人们带来便利，其更大的诱惑还在于从存在论的角度来对人类这个物种的本身性能进行增强和升级换代，继而无限接近人类的超人梦想。在顽固的优生学思想作用下，基因技术的发展重新挑起了人与天命相抗争的斗志。遗传学家J.B.S.霍尔丹早在1923年就断言："只要人类掌握了控制基因的能力，那么所有信仰、价值观以及制度都将岌岌可危。"[2] 在技术的助力下，来自遗传的传统观念将遭

---

[1] [美]厄休拉·勒奎恩：《倾诉》，姚人杰译，新星出版社2007年版，第37页。
[2] John Burdon Sanderson Haldane, "No Beliefs, No Values, No Institutions", *Daedalus or Science and the Future*, New York: P. Dutton, 1924, p. 48.

到颠覆，人类通过操控基因，进一步减少了"先天"的偶然性，提前决定了"后天"的发展趋势。

在过去两个世纪间，科幻作家借助笔下刻画的科学怪人们生动呈现出了人类的超人梦想。玛丽·雪莱的小说《弗兰肯斯坦》中，具有犯罪心理的生物学家用死尸创造巨大的人造生物来打破生与死的界限。马吉·皮尔斯（Marge Piercy）的《他，她和它》（*He, She and It*，1991）中，由人机合成的赛博人获得真实情感并与人类相恋。勒奎恩在《变化的位面》中塑造了形形色色的基因变种的"后人类"形象以及从一出生就不需要睡眠的超智能婴儿。在科技革命如火如荼的今天，科幻小说中的人物形象已经不再让人们感到惊恐和陌生，21世纪不断出新的技术成果已经在许诺人类踏上超越自然生物属性的超人快车。

（一）超智能大脑

雷-库兹韦尔指出："未来人类大脑可以和计算机系统结合在一起，这种半机械人将变得更性感、更聪明和更强壮。"[1] 随着基因技术的进一步成熟，预估风险和治病救人已经无法满足人类日益膨胀的野心与欲求，人类遗传学的研究重点已从最初的病灶定位和切除技术转向对常人生物、机体功能的增强型研究，技术的作用对象已经不再局限于某个细胞，而是直接指向人之为人的自然属性的边界，试图实现人类大脑的改造和升级。

故事《永醒者之岛》中，科学家们在秘密基地对20名爱国志愿者进行了名为"超智能计划"的大脑实验，这一行为表达了人类想要增强大脑自然性能的强烈愿望。《永醒者之岛》讲述了在奥里奇位面上，政府鼓励科学家们进行任何可能增强大脑能力的实验和研究，试图通过改进大脑功能来增强国力。主持此项研究的科学家断言睡眠是对人类智力发展的一种阻碍。他们认为人在睡眠期间，大脑的思维活动将受到干扰甚至被中断，这极大地妨碍了人类心智的发展和开发。所以，这些科学家相信睡眠使人变得愚笨，他们将要通过修改人类基因图谱来抑制自然睡眠。然而，众所周知的是，睡眠是人体胚胎发育过程的一个必要补充，睡眠过程中的无意

---

[1] 悠悠：《谷歌专家称2029年将出现人机结合的"超人"》，https://www.kepuchina.cn/qykj/rgzn/201703/t20170320_160152.shtml。

识状态是对清醒时间的意识状态的平衡和调节。因此,我们不可能像拆卸机器附件一样任意取消睡眠。且不说此项研究是否顺利、结果是否成功,仅研究的初衷就让我们看到技术作用催化下人类主体的膨胀和浮躁。这种膨胀的出现是基于现代社会极端的工具理性思想,也源自由此而滋生出来的人类中心主义。在现代人眼里,技术既然可以改良动植物,也可以改良人类自身,让其变得更加强大,帮助人类步步接近造物主之梦。

故事中超智能大脑计划的实验生动预演了人类利用基因编辑和人工智能技术改变人脑结构和功能,对自然主体造成的不可修复的伤害。经过更加精密和准确的基因编谱,第二批参与实验的志愿者幸运地活了下来,而且表面上似乎已经可以不需要睡眠而生活。但是,随着他们的成长,失去睡眠的个体暴露出各种严重的问题,比如真实智力水平下降、语言能力退化、情感表现异常、伦理道德缺失等。他们被新闻媒体报道为"僵尸孩童"、醒着的脑死亡者、精心设计的孤僻症患者、科学祭坛上的牺牲品婴儿……他们经常出现"梦游"现象,活在"清醒的无意识"中。[1] 这些实验品最终被政府和创造他们的科学家们遗弃在荒无人烟的"永醒者之岛"上。

通过对科学祭坛上的牺牲品的变异意识和行为的赤裸裸的披露,勒奎恩生动描摹出技术冒进的可怕后果,故事中受试婴儿简单的问话"他们为什么不让我睡觉,妈妈?"[2] 给读者内心带来强烈的冲击和震撼,启发人们反思实验背后的伦理、道德和责任。父母、政府、科学家,究竟谁有权利改变这些自然生命的性状?当这些所谓的责任人和签约人决定将还未开始的生命作为实验品时,难道不是已经剥夺了他们成为自然人的权利,预先"强奸"了他们的主体意识?这些被操控的意识和生命又该由谁来负责?

我们目前正在经历的现代性,可以说就是一种主体性的张扬,首先它需要拥有超越原始身体和智力的基础。文艺复兴以来,人们从神学的传统架构中脱离出来,追求人类主体性的解放,理性逐渐崛起,将对人类整体主体性的唤醒演变为一种狂妄的个体主义的主体性追求,主要表现为人类中心主义的个体主义的盛行。随着技术的成熟,人类野心进一步膨胀,希

---

[1] [美]厄休拉·勒奎恩:《变化的位面》,梁宇晗译,第161页。
[2] [美]厄休拉·勒奎恩:《变化的位面》,梁宇晗译,第161页。

望可以通过改良后代的基因来强大家族，甚至种族。这种主体性的膨胀不仅可能导致恶性竞争，甚至会酿成诸如种族灭绝的悲剧。《伊斯拉克玉米粥》中的总统，他又老又丑、思想固执，但由于他拥有可以活几百年的寿命，他也拥有了绝对的政治权力，并因此对社会的良性循环造成了极大阻碍。由此可见，在盲目追求主体性"升级换代"的路上，人类反而遗失了主体本来的自主性，受到了资本、经济、技术对人的反向控制。

　　人类要实现对主体性的极端追求，将自己打造成神，成为主宰万物的造物主，第一关键革命就是要拥有超越凡人的大脑。人工智能在开发人类大脑潜能方面显得格外直观。它的核心策略就是通过技术来实现对大脑生物性的超越，进一步膨胀自我中心。现代脑科学的发展，实际上更多的是在笛卡尔还原论（1662）的基础上，将大脑这样一个复杂的系统拆解并还原为一些更为具体的组成部分，比如神经元、突触、神经递质等。人的主体在现代科技的巨大冲击下逐渐瓦解，科学地看，人的大脑就好像一台拥有亿万个细胞协同工作的生物计算机，也可以说就是人体的中央处理器（CPU）。威廉·吉布森的《神经漫游者》三部曲中甚至已经超前地幻想出大脑与计算机直接相连的方式。《伊斯拉克玉米粥》中的生意人在耳朵背后安装插口来进行远程计算机访问，以这种模式将人类大脑与计算机连接起来。在脑科学迅猛发展的今天，人工智能背景下的脑—机结合技术甚至开始"帮助"人们控制思考、左右判断、重写认知。勒奎恩在其早期作品《天钩》中也虚构了一场大脑增强游戏。心理科学家哈伯利用一台"造梦机器"（dream machine）将其患者奥尔的脑电波图式复制下载到自己的大脑中，企图利用奥尔的"有效梦境"操控现实，征服世界。

　　这一幻想促成了当下流行的种种"后人类"观点，其共同主题就是人类与智能机器、基因技术的结合。这一主题中潜藏着身心二元论的野心，认为诸如电子信息、机器设备、人造器官等现代技术成果可以全无顾虑地进入人类身体，对其进行增强或是替换。但事实上，到目前为止，人类的主体性和自我意识仍然属于造物者独具匠心的创作，它是机器和技术所无法复制的。科学家们尝试通过对人体大脑拆解式的分析研究，将人脑的意识转变为数据，下载到电脑中，并以此种方式让大脑获得永生。但即使这种设想成立,那个被储存于电脑硬盘中的大脑和那些无机的数据化的意识,存在的意义又是什么呢?人的大脑本身是一个有机的整体,它所涵盖的内容大于所有部件之和。通过科技创造出的所谓"完美的大脑"只可能是一台机器、一台电脑,而不可能是一个与身体相连的心灵之脑。智能的身体是否是具有反思和探索能力的身体?内省是身体与心灵相结合的、人类独有的情感体验,是人之为人最根本,也是必须永远依赖的对象。

当然,现代性的嬗变过程也是人在解放自我和走向成熟过程中的必然经历。今天,在科学技术和资本控制论的催化下,人类主体正遭遇加速瓦解的境况。因此,在"上帝已死""身体已死"等论断之后,在"主体死亡"之前,我们必须重视对现代性进程的反思和对主体性衰落过程的自省。在科学技术大力发展、社会经济加速迈进的语境下,主体与技术之间已经无法再用简单的二元关系来进行解读。它们相互成就,却又互相牵制。人类创造并维护着技术,而技术反过来支持并控制着人类的行为。技术解放了身体,却也反过来控制了主体。所以,如何用好技术这把"双刃剑",是避免人之为人的根本被技术吞噬和瓦解的关键。

(二)物化的身体

为了尽可能多地积累剩余价值,资本市场看准了"物"的潜力,将林林总总的欲望加载于"物"之上,其中最能刺激人们消费欲望的方式就是物化身体本身,以艺术之名把人的身体发展为一个欲望生产和展示的场所。人工智能和基因技术让人类看到了主体的可复制、可储存、可编辑、可再现等自我升级换代的可能性,颠覆了传统主体的存在形式,同时也变革了传统肉身的存在意义。身体不再是个体专属的、固定的、独特的个性化标识,而逐渐演变为一种多余的、比拼的、娱乐的物的符号。身体独特性的瓦解自然也迎来了新的身体观和相应的审美变革。

1. 多余之物

波德里亚(Baudrillard)在《交流狂》(*The Ecstasy of Communication*, 1987)一文中说:

> 在某种程度上,电子的"脑化",电路和能量的微型化,这种整

体环境的晶体管化，将我们生活场景中所有的东西都变成了多余、无用甚至是肮脏的东西。①

所有一切的改变换来的只是速度和效率，即所谓的即时感和既视感。他继而对人类身体的"多余"表现也做了分析：

> 人类的身体似乎既是其适当范围内的多余物，又是器官、组织和功能的复杂性和多样性中的多余物，因为今天的一切都集中在大脑和基因/遗传代码，大脑和基因代码独自总括了存在（being）的功能性定义。②

就现代技术给人类身体带来的种种变革，德勒兹和加塔利提出了"无器官的身体"（body without organs）概念，这一概念将现代身体比喻为形形色色的欲望机器。在《身体侵略者：美国的性恐慌》（*Body Invaders*: *Panic Sex in America*, 1987）中，阿瑟·克罗克（Arthur Kroker）和马里鲁塞·克罗克（MarilouiseKroker）设想出"二阶模仿"（second-order-simulacra）和"流动的身体器官"（floating body parts），预先通告了身体的消失：身体失去原有的形状，成为流动的液体和不断变化的符号展示：

> 就意识形态而言，（身体消失）成为时尚的符号；从认识论的角度看，笛卡尔由意识保证其存在的身体开始瓦解；从符号学看，（身体）变成文身或者流动的符号；从技术的层面，身体变成"超垃圾"（ultra refuse）和"超功能"（hyper-functionality）。③

---

① Jean Baudrillard, "The Ecstasy of Communication", in Hal Foster, ed.*The Anti-Aesthetic*: *Essays on Postmodern Culture*, Seattle: Bay Press, 1987. pp.148-149.
② Jean Baudrillard, "The Ecstasy of Communication", *The Anti-Aesthetic*: *Essays on Postmodern Culture*, pp.148-149.
③ Arthur Kroker, Marilouise Kroker, ed. *Body Invaders*: *Panic Sex in America*, New York: St. Martin's Press, 1987, pp.20-21.

可见，在技术时代产生的新的人－机关系中，人类传统的身体地位已经在各种改造升级中遭到贬低和降级，具身的意义也随之消解。然而，这些所谓的电子大脑将我们的交流和对话缩略为最简洁的形式，为我们节省下来的时间是否真的提高了我们的生活质量，充实了我们的精神，提升了我们的审美情趣？

勒奎恩的短篇小说集《变化的位面》同样也是对真实和虚拟空间下主体的"在场"和"模式"的探索。人们不需要挪动身体，就可以穿越时空，自由选择到其他位面旅行，体验不一样的民俗风情。由于位面旅行与现实世界的时间差，旅行者还变相延长了生命的长度。这种身心的分离所换来的穿越体验似乎是超值的。实际上，不到二十年时间，勒奎恩小说中构想的情节就已经出现在我们的现实生活当中。2021年9月，受全球新冠疫情的影响和限制，英国一位伴娘通过全息影像技术，"穿越"到好友加拿大的婚礼现场。这一现象验证了凯瑟琳·海勒（N. Katherine Hayles）的观点：

> 身体的局限性和网络空间的力量之间的对比，充分显示了"模式"对于"在场"的优越性。只要模式延续，人就获得了某种永恒。……像网络空间的地貌环境一样，一个网络空间身体，是不会枯萎和腐化的。[1]

类似的情节频繁出现在科幻电影中，《终结者》（*The Terminator*）、《刀锋战士》（*Blade Runner*）、《硬件》（*Hardware*）……当今世界越来越不适于人类居住，这种感受正是在场／现身被模式所取代的部分前提。在小说《倾诉》中，个人的身体被写成数据，由一张小小的芯片代替。"作为一名生产消费者，你存在与否的根据都会输入进联众国的数据库。"[2] 如果某人的身体中没有植入或随身携带这种ZIL芯片，他在阿卡星上就没有了身份，他的身体就成为多余的物质。

---

[1] ［美］凯瑟琳·海勒：《我们何以成为后人类：文学、信息科学和控制论中的虚拟身体》，刘宇清译，北京大学出版社2017年版，第48页。
[2] ［美］厄休拉·勒奎恩：《倾诉》，姚人杰译，第46页。

波德里亚认为"我们世界的去实体化"暴露了计算机科学发展对传统审美和美学的颠覆。他说,"抽象是现代艺术的大冒险。……无论我们必须处理的是什么样的形式,我们已经进入了一个消失和透明的心理剧周期"[①]。当我们的主体被化为符号和数据,轻松进入各种虚拟游戏空间、购物场所和虚拟现实空间之中的时候,虚拟主体可以在这些空间中根据游戏规则用数据来修饰和改造身体,甚至任意设定主体所在的背景和环境。勒奎恩在《变化的位面》中幻想的位面旅行似乎更加真实地将虚拟主体的"模式"和"在场"结合了起来。在其他位面,主体自身的感受是真实的、具身的,而非完全虚拟的。这不仅是对主体的一种超越时空限制的设想,更是人的真实意识携同与自身感受完全一致的虚拟身体同步进入虚拟现实中,进行多重体验和自我的分身。人们只需要坐上候机室里的位面旅行椅,做出一个简单的手势,便可轻松穿越到风光各异的其他位面。在这种情况下,人的意识可以随同虚拟身体一道消除时空的阻隔,进行意识的旅行。不同位面的旅行和体验,使主体不再受空间的约束。当人的意识可以无处不在、无孔不入、超越时空的限制;当身体可以化为永恒存在的数据,不受"死亡"的威胁,人类传统的身体将化为多余之物,这种构想为身心二元论验证了现代技术社会中肉身的多余性。

2. 比拼之物

今天,身体随社会的异化而异化,在商品拜物教的影响下逐渐沦为一种用于展示的比拼之物。海勒所设想的后人类身体就揭示出这一内涵:"由于自由人本主义主体被拆除了……对于本章讨论的大部分研究者而言,变成后人类并不仅仅意味着给人的身体安装假体设备,它更意味着要将人类想象成信息处理机器。"[②]在现代人的日常生活中,肉身身体不再是一种必然的在场,而通常以一种"模式"或"数据"的形式随意识出现在各大虚拟场所。在这样的背景下,身体审美将沦为一种机械式的数据和功能的比拼。

[①] [法]波德里亚:《艺术的共谋》,张新木、杨全强、戴阿宝译,南京大学出版社 2015 年版,第 30—31 页。
[②] [美]凯瑟琳·海勒:《我们何以成为后人类:文学、信息科学和控制论中的虚拟身体》,刘宇清译,第 331 页。

我们应该熟悉威廉·吉布森在《神经漫游者》中描绘的"数据做成的躯体"。当身体被简化为一系列数据，人们关注的仅仅是医学和保健意义上的各项指标与人为设定的所谓的健康标准的差距，为了靠近这些数据，人们走进健身房、控制饮食习惯、进行高强度的身体训练。为了增肌而大量补充蛋白质；为了健美的体形接受高强度形体管理；为了减脂而进行超负荷长跑等。更加不可思议的是，在生物医学技术迅猛发展的今天，越来越多的父母为了追求更为可观的身体指标，不惜斥巨资长时间、大剂量地为自己的孩子注射生长激素。这种指标意义上的身体锻炼和形体塑造不仅缺乏身体的内省，还忽略了身体的自然感受和承载能力。在这种情况下，我们非但没有为身体提供享受轻松愉悦的缝隙，还错过了与自然身体亲密接触和交流的机会。

一旦人们将"超人"视为身体追求的可及目标，人格的同一性、生活的统一性乃至文化本身的经验性便被迫分崩离析，比拼身体继而成为现代社会一种新的审美趣味。身体成为各种商品和符号的"模特儿"，为拉动、提高消费进行着各式各样的"T台秀"。与此同时，身体也是身体本身的商品营销对象。作为"模特儿"的身体需要不断更换和展示新的潮流和时尚，却无法展现服装道具之下的真实自我。"模特儿"的身体追逐着无数的包装，变换着千面的假体，其真实的模样被掩埋在形形色色的欲望之下。身体不再是自我存在的基础，而是沦为一种时尚的饰品（fashion accessories），或者说是展示时尚的道具。

当身体彻底沦为一种展示的道具，基因的优劣和技术的配备决定了身体的美丑，变革了传统的身体观。正如前面提到的，人们可以修改人体基因，升级记忆、逻辑、免疫等能力，使自己从生物性上变得更加优秀，成为上等的人；可以在大脑中植入芯片或计算机程序，或为自己的身体装上生化部件，有机与无机相结合，拥有更加强大的身体功能。将自然身体改装为"技术态"身体，传统的身体审美标准将遭到彻底的颠覆。这样一来，现代身体将根据其功能性和超越性的程度来进行分类，当然会导致更加严重的等级观念的形成与出现。

在科学技术高度发达的今天，克隆技术可以复制人体器官，干细胞技术可以生产永不衰竭的人工器官，器官移植技术可以实现衰竭器官的替换功能。一系列新兴的技术大大增加了身体的透明度，除去了身体原有的独特性和神秘性。在将身体作为物的比拼的刺激下，身心整体论遭到彻底的瓦解，自然身体被拆解为各种器官，人类生物身体的部件成了可复制、可替换的零件，最终沦为可交易的商品。这种商品的交易导致了器官黑市等犯罪行为，人们可以很容易地从网络或实体黑市中购买各种身体部件[①]。

科幻小说中人体器官交易类题材的故事比比皆是，表现了人们对基因技术的恐慌和焦虑。拉里·尼文（Larry Niven）的小说《交错轮流的人》（*The Jigsaw Man*，1967）和《器官贩子》（*The Organleggers*，1969）讲述了基因克隆技术逍遥于法律之外的各种贩卖形式。罗宾·库克（Robin Cook）的《昏迷》（*Coma*，1977）则更加极端地通过描写非法切割被麻醉的病人体内的器官用以移植交易，表现了器官移植技术给社会带来的经济和伦理危机。事实上，这样的危机已经实实在在地出现在一些欠发达国家的地下黑市交易场所。[②] 那么，当虚拟现实技术将身体遗留在原地，让神经和大脑去漫游，身体自身的感觉、身体与身体之间的感应还能否通过信息模拟进入大脑神经？

3. 娱乐之物

随着基因编辑、基因定制技术的成熟，人类原有的生命恐惧和对自然的敬畏逐渐减退。现代技术不仅允诺人类定制生命，还使人类可以任意改造自己的身体，将身体打造成娱乐之物。在《美丽新世界》里，赫胥黎就担忧我们的身体将会沦陷在一种盲目追求感官刺激、欲望和无规则游戏的现代技术文化之中。由于人类无止境的娱乐欲望，我们很可能最终毁于我们所热爱的东西。当我们极力追求身体的"完美"，反而可能导致身体的毁灭。

在物质生活日益丰富的今天，利用人体修复术修复身体的缺陷或不足的行为，从原本注重实用功能发展到以打造"完美身体"为目标。这种形

[①] [美]凯瑟琳·海勒：《我们何以成为后人类：文学、信息科学和控制论中的虚拟身体》，刘宇清译，第49页。

[②] [英]爱德华·詹姆斯、法拉·门德尔松主编：《剑桥科幻文学史》，穆从军译，第326页。

式的技术从20世纪晚期开始,受到了资本家的青睐。资本家不断塑造着"完美身体"的典范,诱发人们的"自我反感"情绪,持续催生人们新的审美消费欲望。大量的重复功效的护肤品和化妆品,层出不穷的医美整形项目,个人定制式的瘦身塑形饮食等,时尚业和其他"形体外貌"工业的繁盛发展反映出资本家对人们身体审美的控制和制造。各种媒体广告鼓吹着身体最理想的社会标准,塑造了形形色色的"完美身体"模板。

21世纪新兴的各种手机应用(App)如"小红书""西五街"等美妆护肤种草软件[①],引导人们偶像化、模板化妆容和穿搭;"更美""新氧""悦美"等专业整形平台为消费者灌输同一化的五官形体美学;"Keep""Need""Fit"等App为大众定制完美的减肥食谱和身材管理计划。面对这些应用中"完美"的五官和形体,民众被置于无形的压力之下,对比明星的脸蛋、健美运动员的身材,"容貌焦虑"和"身材焦虑"大大打击了人们对原生形象的自信,诱导人们从市场中寻求补救措施。当下流行的医学美容整形行业顺理成章地成为最大的产品供应商,"微整形"甚至"整形"已成为女人(包括一些男性)的必须经历。"芭比眼""驼峰鼻""一字肩""水光肌""锥子脸""小蛮腰""马甲线"等代名词成为人们追求的模式型的审美标准,而这样的审美标准也是由资本家所塑造的。"爱美者"通过技术改变自己的容貌,拥有千篇一律的"人造"容貌和身材,而失去了真正属于个体的原初个性;通过节食、减脂、食用或注射生物药剂,进行极端的身体训练等来满足"身体娱乐场所"为其设定的愉悦条件。

对于被资本操控所扭曲的身体观,勒奎恩直言:

> 美丽总是有规则的。这是一个游戏。我讨厌选美比赛,因为我看到它被那些从其中攫取财富而不在乎伤害谁的人所控制。我讨厌看到它让人们如此自我不满,以至于饿死、扭曲、毒害自己。[②]

[①] "种草"相当于"安利",意指通过亲身测评推荐产品,刺激顾客购物冲动。
[②] Ursula K. Le Guin, *The Wave in the Mind: Talks and Essays on the Writer, the Reader and the Imagination*, Boston: Shambhala, 2004, p.151.

反过来看，我们的身体也在被各种美颜软件所娱乐，人们渐渐不再相信镜子里和普通相机中拍摄的自己，而是习惯于让美颜相机中的"完美"脸蛋和身材来为自己代言。美颜相机的原理是通过修正人的脸型和五官、调整皮肤的颜色和细腻度，剪裁和修改身形来达到虚拟视觉上的微整形效果。这确实给人们带来了自信和好心情，然而，稍加留意便不难发现，经过美颜相机处理的人像照片，基本成了一个模样。

勒奎恩对"什么样的身体才是美的"问题表达了自己的看法，她认为像自己的样子的身体，才是给自己以认可度和满足感的身体。因为人类是由庞大的突变体组成的，所以偶然性才是最大的确定性。关于人类的审美思维，勒奎恩与迪萨拉亚克的观点相似，认为真正的"美"是让人感觉良好的。

> 人们很早就开始打扮自己。头发上的花朵，脸上的文身，眼皮上的眼影粉，漂亮的丝绸衬衫——这些都会让你感觉良好。它们适合你，就像一个白枕头适合一只懒惰的黑猫……这是游戏的乐趣所在。[1]

华莱士·史蒂文斯也曾强调，"不完美才是我们的天堂"[2]。身体的一大特点是它的神秘性和不可复制性。真正个体的心灵和思想是无法通过技术而获取的，即便是最先进的测谎仪也可以被聪明绝顶的罪犯愚弄。身体的感官如果可以复制，那么，病痛、躁郁等负面的身体感受也应该可以通过技术进行转移。但实际上，人类现有的技术还无法实现这一目标。身体是神圣不可侵犯的，因为它是上帝的造物，是自然的艺术。希林在《文化、技术和社会中的身体》中将技术对身体的作用概括为三类：第一，利用身体修复术（prostheses）修复身体在战争、事故、疾病中遭遇的损害或缺失，还有对先天不完整的身体所作的技术性修复。第二，利用技术扩展身

---

[1] Ursula K. Le Guin, *The Wave in the Mind: Talks and Essays on the Writer, the Reader and the Imagination*, p.151.
[2] Wallace Stevens, "The imperfect is our paradise", *The Collected Poems of Wallace Stevens*, New York: Alfred A.Knopf, 1954, pp.193–194.

体的机能和潜能。第三，技术被用于影响社区和政治的转化[1]。所以，如果大脑可以合成和制作，它也会像信息一样，可以复制、替换或置入，我们就可以通过技术来进行交互身体和主体的体验。但是，个人身体的感受是独一无二的，这不仅是身体本身的神秘性，也是宇宙造物的奥秘。无论我们如何弱化有机身体和无机体之间的界限，身体总是存在的。差异和缺陷是造物对我们最美好的馈赠，有了差异，才有情感和欲望、理想和现实之间的动态平衡，也才滋养出这五彩斑斓的世界。在《日无暇晷：生命之思》(*No time to spare*: *Thinking About What Matters*, 2017) 中，勒奎恩进一步表示，通过否认自己来刺激自己"变得更好"，不管初衷多么好，都会适得其反。她说：

> 利用恐惧并不明智，也不仁慈。……告诉我我的晚年不存在就等于告诉我我不存在。抹去我的年龄，就是抹去我的生活。[2]

勒奎恩在接近 85 岁高龄时开始撰写自己的博客，她人生的任何一项新的尝试都模糊了年龄的界限。她认为年龄、皱纹、衰老都是时间的馈赠，我们始终坚持肯定自己，认可自己，才能以完整的身心去享受生命。

三 超自然生命

在勒奎恩的小说中，一方面，《伊斯拉克玉米粥》中咖啡馆女侍者绝望地控诉他们的长寿总理：

> 我们永远永远都摆脱不了总理。他健康得要命。他现在九十岁了，看起来跟三十岁一样，而且还将做整整四个世纪的总理。他是个彻头彻尾的伪君子，贪婪、愚蠢、卑鄙、下流的骗子。这样的一个家伙将会统

---

[1] Shilling Chris, *The Body in Culture, Technology and Society*, London: Sage Publications, 2005, pp.187–194.
[2] Ursula K. Le Guin, *No Time to Spare: Thinking about What Matters*, New York: Houghton Mifflin Harcourt, 2017, p.20.

治我们和我们的孩子整整五百年……禁令不能在他身上生效。①

另一方面,《不朽者之岛》中的那些身体衰竭、求死而不得的人,《格列佛游记》中的"斯特鲁德布鲁格"(the struldbrugs)——永生的人,因为他们需要克服年龄的衰老所造成的各种困难,在煎熬中度过他们"永恒"的生命,他们并不被人羡慕。以上两种"永生"都不如想象中美好。他们不仅具有与其他老年人一模一样的所有毛病,而且更加顽固可笑,变得偏执、暴戾、贪婪、沉闷、无知、啰唆。相较于这样的"永生",死亡无疑是一种祝福和完美的结束。

如果说以往的科学技术致力于控制和改造自然,将人类捧上主宰者的宝座,那么当基因技术和人工智能赋予人类改造生命、创造新物种的能力之时,人们开始了对超自然生命的追求,企图重新定义人的存在。从多莉羊的出生到基因编辑婴儿的诞生,再到通过置换身体器官或在有机生命体中植入无机物质等方式实现人类寿命的延长,现代科技频频制造出超自然的生命奇观。器官克隆和移植技术增强了人们颠覆有限生命的信心,科幻世界中层出不穷的"超自然生命"打破了生物生命和人工生命之间的传统隔阂,对技术制造的人工生命予以积极乐观的态度。威尔·麦卡锡(Wil McCarthy)的《绽放》(*Bloom*, 1998)、琳达·娜迦塔(Linda Nagata)的《视野的局限》(*Limits of Vision*, 2001)等作品都乐观地幻想了人造生命形式较之于生物物种在进化和分离方面的种种优势。

在基因技术和人工智能的帮助下,人的情感弱点和身体缺陷将有望被消除,人们将可能实现强大的无痛苦人生。然而,"人类这种生物体是由基因、环境以及基因—环境交互作用组成的"。②科学奇迹背后隐藏着道德风险。目前,医学技术已经不再只是我们生病问诊时寻求建议和措施的途径,基因编辑技术和人工智能不断推陈出新,其成果清单给我们带来了难以置信的惊喜。于是人们开始探索和期盼通过这些技术来达到增强人体自身特质的效果,将我们的身体变为超人的身体,甚至大幅度延长我们的寿命。

---

① [美]厄休拉·勒奎恩:《变化的位面》,梁宇晗译,第17页。
② [美]悉达多·穆克吉:《基因传:众生之源》,马向涛译,第527页。

现代性杀死了上帝，科学技术无限滋长人类中心主义，承载着帮助人类登上天神的宝座、自封为万物之主的使命。在人工智能、基因技术的辅助下，智能会诊、外科手术机器人、基因检测、药物研发等技术的发展与成熟改变了我们的生命轨迹，自此以后，老、弱、死都医学化了，被看作只是又一个需要克服的临床问题。科学进步已经把生命进程中的衰老和死亡都变成了医学研究的技术追求。20世纪50年代以前，大多数的死亡都发生在家里，西方医疗在那之前也并不发达，人们几乎不会寄希望于高技术的医疗器材来帮助自己延长生命。然而，在现代科学高度发展的今天，医学帮助我们更加精确地治愈各种身体疾病，维护我们的健康。人们把大部分的时间都用来考虑该如何活得更好，却很少慎思死亡的意义和如何面对死亡。所以，在死亡临近之时，人们甚至不再甘愿接受"人必有一死"的自然定律，将希望寄托于科学的魔杖，甚至奢望求得永生。医者在面对病患者及其亲属对"生"的无限渴望的同时，也以"救世主"的角色"积极"投入医治工作，将各种现代医药手段物尽其用，直到患者全身插满器械、遍体创伤地告别人世，这体现了极具讽刺意义的可悲的"永不言弃"的现代医学精神。然而，"人必有一死"与"永不言弃"的矛盾对立关系展现出来的，是文化和信仰的缺失带给现代医学的困境。人们丢掉了生命旅途中灵魂的医疗箱，盲目追求肉体生命的残喘与延续。

因为人是追求意义的生物，心灵的滋养和自我的实现与超越尤为重要。通过自我实现来提高人们从生活中所体会到的价值感是其他机械的置换形式无可替代的。布鲁斯·斯特林（Bruce Sterling）的《圣火》（*Holy Fire*，1996）、布莱恩·斯塔布莱福特（Brian Stableford）的《地球继承者》（*Inherit the Earth*，1998）、迈克尔·马歇尔·史密斯（Michael Marshall Smith）的《替代者》（*Spares*，1997）等，[1]都是通过描写人们对"永生"的追求和实现来反观生命存在的原始意义。

通过技术将生命体虚拟化，变相延长人类生命的形式，超越了自然却脱离了自然的生命。当我们不清楚自己是谁，身体沦为一种包装和展示；

---

[1] ［英］爱德华·詹姆斯、法拉·门德尔松主编：《剑桥科幻文学史》，穆从军译，第326页。

当身体器官像机器零件一样在资本市场上进行售卖；当意识被转化为数据载入电脑，存在本身的定义被技术所改变，丧失了原有的主体性和独特性，这些看似可以消除死亡恐惧的生命形态却让人之为人的本质存在沦落为一种容器、工具或是肉体暂住的旅舍（shelter）。储存于机器中的意识是活的生物（living creature）吗？它拥有任何人的特质吗？如同一个存活了几百年的 U 盘中的数据，它自身存在的意义又是什么？它是否拥有生命？是否"活过"？凯瑟琳说："机器虽然制造了可以理解的结果，但机器自己根本不理解自己制造的结果。"[①] 如果虚拟现实的技术让意识得以在任意时空中漫游，那么身体的能量由谁来提供？彻底脱离了身体这个寄居所而独立存在的意识，是否还是人类？当所有的意识都"活"进了计算机，那我们又与计算机中的一个软件或文件有何区别？这种超越性的意识空间，与其说是使意识扩展至虚拟和无限，不如说是使其被禁锢在静止的机器当中。毕竟，身体不是设备，人类也远不只是无生命的信息处理器，身体和心灵始终是整体的、共存的实体，它们共同与世界相连，不能被切割或分离。

无论生命是以数据还是以实体的形式延续，只要精神死亡、认识停滞，存在的意义就将是一片荒芜。当主体情感不再具有经历痛苦的体验，诸如崇高、悲痛、敬畏之类的美学意境都将无从谈起。同时，变异或改装后的增强型人类是否会演变为其他自然人类的主宰者，在人类内部进行生物类属的切割？自然人类是否从此失去存在感并沦为增强人类的"奴隶"，甚至成为他们眼中的"非人"？未来世界中"人"的定义将可能被"非人"改写，传统自然人将让位于技术态的增强型人类。想象一下纳粹的优生计划可能带来一个什么样的新世界。基因编辑技术在增强人体的同时，是增强了人性的善还是激化了人性的恶呢？遗传学、基因技术的边界似乎看不见尽头，但对自然生命不加限制的改造必将破坏人之为人的基本认知框架，突出阶级差异、深化种族矛盾，使人类陷入不可逆转的危机之中。

---

① ［美］凯瑟琳·海勒：《我们何以成为后人类：文学、信息科学和控制论中的虚拟身体》，刘宇清译，第 391 页。

第三节　技术与人的暧昧互渗

勒奎恩的作品为我们打开了思想实验室里那只装着技术与人关系的潘多拉魔盒，它里面装着人种变异、主体瓦解、外星人入侵、生态灾难等问题与邪恶，当然也装着希望。她在技术乐观主义的背景下审慎思考，前瞻性地描绘出科学技术可能为社会带来的种种危机，让人们看到：在基因技术和人工智能的双向合力推动下，人类种族、肤色、性别等人体自身差异很可能会随着技术的进步而遭到同一化处理。超智能大脑、多功能身体和永恒的生命成为科技时代人类共同追求的新目标。届时，人类社会可能就只剩下富人和穷人、强者和弱者两种根本的差异。小说《替代者》就以文学的形式演绎并探讨了这种可能。富人利用克隆技术复制自己的身体，将多余的身体禁闭于监狱中，方便自己将来替换衰竭的身体器官。这样一来，富人和穷人之间的沟壑会从智力和身体强度上被无限放大，最终使富人和穷人划分为两个完全不同的物种：超智能超体能的强者和永远无法进阶的弱者。技术在给人类身体带来契机的同时，也为未来蒙上了担忧和恐惧。

从经验的角度看，人类的身体经过了几百万年的进化，历史中的每一个过去与未来、梦境与现实，都在影响着人类的行为和思想。技术也一样，无论它将带领人类走向何方，它都已经部分地发生在人类的过去和当下，影响和塑造着我们的未来。我们不可能阻止技术的发展，因为我们就生活在技术之中。作为世界的一部分，技术和我们一样，它不是独立存在，而是与世界共同存在的。我们热衷于讨论的"后人类"并不意味着人类的末日，它更多是指传统"人类"作为一个整体物种概念的终结。那么，一方面，基因技术是否也有望改变人类自私的基因，让其更加包容地接受差异和多元的文化呢？另一方面，人工智能是否有望让人类与智能机器进入一种和谐共生的关系呢？勒奎恩作品中反映出来的暧昧身体观为人与技术的互渗提供了参考路径。

一　身心向内相遇

勒奎恩认为，美的发生需要身体和心灵的相遇和互相激活，她说：

> 有一种理想的美是很难定义或理解的，因为它不仅发生在身体上，而且发生在身体和精神相遇并相互定义、互相激活的地方。①

只有身体和心灵之间取得联系，相互激活，相互作用，才能实现经验和意识的互通，获得一个理想的完满体验。这绝不是身体与心灵任何形式的控制关系，而是一种平等、协作、相互支持的动态平衡关系。我们将它理解为一种向内的共同体，其中，身体和心灵相遇，并在双方边缘接壤处进行充分的交流和影响，实现暧昧互渗。

这是一种向内维度的共同体经验，将身心内部控制论转化为身心相遇的暧昧论。它一方面打破了笛卡尔式身心二元论的心灵哲学观，另一方面也不赞同尼采将心灵作为身体的工具的极端思想。在全球化技术时代，身体和心灵之间不应再是纯粹的从属或主宰、控制或被控制的关系，而应该转变为一种各自拥有主动权、开放的意识及经验场所的新型暧昧关系。恰当的技术介入可以为身体和心灵提供连接经验世界的接口，二者之间也不再互相约束或牵制。身体不会消失，主体也需要发展，我们不能因为过度的技术恐惧而故步自封，而是要解放出身体和心灵的边缘地带，为它们制造向内相遇的机会。身体和心灵同属于世界的机体，他们在世界中相遇、互通、成为整体。正是这种赋予身、心各自独立，又相互补充的精神，让他们在世界中相遇的每一刻都能碰撞并迸发出火光，照亮并充盈它们的结合体、共同体。这样一来，身心就不再是对立的二元，也不是传统身体哲学追求的被束缚和捆绑的一元整体，而是自由的、愉悦的、开放边界却始终拥有各自独立中心的暧昧共同体。这一路径有益于为解决身心二元对立或是包含关系中的矛盾和悖论提供策略参考。

（一）从反感身体到身体自信

资本市场所塑造的标准化、模型化的身体范本潜移默化地进入人们的身体意识和观念，逐渐影响人们对"完美身体"和"自由身体"概念的认

---

① Ursula K. Le Guin, *The Wave in the Mind: Talks and Essays on the Writer, the Reader and the Imagination*, p.151.

识。大众审美标准趋向于同一化、模型化。人们试图追随那个商业模型，以各种社会、技术的包装来掩盖自己真实的身体。所以，要实现身心的暧昧合体，首先需要从由资本打造的各种商业误导中挣脱出来，从观念上消除对自我身体的反感和贬斥，重塑身体自信。

人与人之间从可见之身体差异到不可见之心灵、思想的差异，是证明和彰显个体存在的基本标识，它意味着每一个体都拥有独立的中心，而这个独立的中心若是遭到破坏或消解，就无法满足一个有机社会所必须具备的多样性和创造性需求。对于身体的多样性事实，格罗茨指出：

> 确实，没有这样的身体（body）；只有各种不同的身体（bodies）——男人的或者女人的，黑色的、棕色的、白色的、大的小的——以及身体间的不同层次（gradations）。[①]

对技术不假思索地接受和对独立个体的标准化改造都会导致差异的消解。这种个体差异的消除又遮蔽了身体的独特性和丰富内涵，取而代之的则是一种类型物，也就是"统一的身体"。缺乏多样性和个体性的生命只能算一个活着的生物，而不具备一个"活的生物"的基本要素，它的主体性、创造性和独立性都将受到限制。照此发展，世界将趋向于降级和简化，走入一个机械化的、静态的循环，失去自然造物的活力。对此，勒奎恩表示："当我们的智慧单一化，世界趣味大同时，那便是灵性陨落，艺术终结的时刻。"[②] 当然，科学技术也能制造出多样化的产品，但那些由生物科技创造的多样化，却又反过来打乱原有物种的健康态，臆造出各种畸形和病态的变异身体。我们在小说《变化的位面》中看到的拥有玉米基因的女侍者；长着毛皮和羽毛，不穿衣服的人；身高八英尺，长了鸵鸟尾巴的女人；绿色皮肤，耳朵上长了树叶的年轻人；长了猪拱嘴，戴着像皮靴的手套靠四肢爬行的小孩等等，这些都是基因病态身体的生动写照。

[①] Elizabeth Grosz, *Volatile Bodies: Toward a Corporeal Feminism,* Bloomington: Indiana University Press, 1994, p.19.

[②] Fredric Jameson, "World-Reduction in Le Guin: The Emergence of Utopian Narrative", *Science Fiction Studies*, Vol. 2, No. 3, Nov., 1975, pp. 221–230.

勒奎恩的作品旨在肯定差异、捍卫主体的独立中心、批判审美大同主义。在《心灵的浪花：关于作家、读者和想象的谈话和随笔》（*The Wave in the Mind：Talks and Essays on the Writer, the Reader, and the Imagination*, 2004）中，她特别提到，有史以来，文化和社会为女性身体所形塑的各种病态的美的标准和女性追求这些标准——减肥、健身、烫发、裹足之"美"的规则与代价：

> 每一种文化都有其对人类美的理想，尤其是对女性美的理想。这些理想中有一些非常苛刻。对因纽特女人而言，高颧骨和扁鼻子就是美。如果把尺子横放在颧骨上而不碰到鼻子，她就是个美女。中国古代以三英寸长的脚为标准，作为增加女孩吸引力的砝码，这是很残酷的。……白人女孩用化学物质和热量把头发弄卷，黑人女孩则将头发弄平，没有能力负担这些"美的消费"的女孩却因为不能遵守"美丽的规则"而痛苦。[1]

我们很难否认"no pain, no gain"这一俚语高度适用于概括从古至今女性在追求社会标准中的美的历程。她们对美的认识和对时尚标准的盲从，实际上是一种隐匿自我中心的行为。在失去中心的同时，她们也失去了自我辨识度，身体的独特性消失在那些典范式的"美的规则"中。

中国古代女子追求的"三寸金莲"、非洲极其残忍的女子割礼等现象既是典型的身体自残行为，也是原始的技术化审美，是给身体带来伤害和痛苦的病态的美的标准。进入现代社会以后，现代人对身体发肤进行任意改造，比如烫发染发、文身穿环等。他们在肌肤上刻写图案，在唇舌、面部、肚脐等部位穿上装饰性的金属环，将身体作为展示物、比拼物、娱乐物，最终达到吸引眼球、哗众取宠的效果。类似的种种现象都反映出人们对自然身体的不满和厌倦，他们马不停蹄地追求着各种"时尚的身体"，最终落入资本市场布设的商业化且不具备独立生命力和创造力的大同身体

---

[1] Ursula K. Le Guin, *The Wave in the Mind：Talks and Essays on the Writer, the Reader and the Imagination*, p.151.

陷阱之中。

每一个身体，都有与其匹配的专属心灵，它们相互倾听、彼此成就，形成向内的暧昧共同体。只有爱护身体、重塑身体自信，才能抵制资本社会投放的反感身体的迷雾，让身体回归身体本身。美丽总是有规则的，而魅力则必须是由差异和不可替代的独立身体中心散发的。至于那些通过疯狂节食、变形、注射毒液等形式去迎合资本审美标准的身体，只会与心灵渐行渐远，陷入自我反感和不满的恶性循环。

（二）从极限身体体验到身体关怀

《永醒者之岛》中科学家和基因工程师们通过基因编辑彻底删除人类的睡眠，《天钩》中奥尔用药物来抑制做梦、哈伯用大脑增强仪来强制人做有效的梦；《世界的词语是森林》中以戴维森为首的地球人整日靠大麻和兴奋剂来刺激大脑和身体，达到精神亢奋的状态；《一无所有》中乌拉斯星球的人们采取各种放纵的身体娱乐方式，这些作品都是以开发身体潜能为借口，试图破除身体的边界，获得极限身体体验的典型文学表达。在科学技术高度发达的今天，人们通过各种极端方式追求身体的极限体验，制造超越自然身体的快感。挑战高空、深海等极地冒险获取身体刺激；吸食毒品、激素，给身体注射麻醉剂、兴奋剂等实现神经刺激；抽取身体脂肪、填充硅胶等异质物体迎合感官刺激，通过技术手段制造性高潮，甚至通过自残行为去碰触死亡的边界，等等。诸如此类的行为将身体视为纯粹的"物质实体"，进行超越自然身体可承受的极限训练、利用甚至是身体摧残，以此达到功利的、病态的审美目的。这些行为远离了身体关怀，走向了一种病态的极限身体体验或展示。

福柯就是极限身体体验的践行者和倡导者。他主张近乎暴力的身体实践，比如同性恋者自愿的性虐待行为；"去生殖器中心"的性欲挑战；毒品制造的身体诱惑等，大力鼓吹从性、虐待等方面来获取身体快感。然而，如此极端行为并不能给我们的身体带来真正灵魂上的愉悦。将身体作为可利用之物的过激行为简化了身体原有的复杂性，物化并切割了身体和心灵的联系，忽略了身体的自主权，使主体遭到侵害。内涵丰富的情欲被贬低为暴力控制下虐待式的性欲；令人身心愉悦的身体修复或美化被降级为身体配置的比拼和展示。身体是富有感知力的，而这种独有的感知力意味着身体自身拥有意识，它也是独立的主体，任何暴力性质的刺激都是对它的伤害和亵渎。只有倾听并尊重身体自身意愿才能让身体与心灵相遇，获得真正的愉悦。苏斯特曼（Richard Shusterman）在《身体意识与身体美学》中指出："身体所扮演的角色是一个主体，它是容纳美好个体体验的、充满生命力的场所。"[1] 每一个身体都应该拥有自己完整的生命历程，从起点到终点，与心灵组成一个向内的共同体，共同经历并体验那些令人兴奋的、担忧的又或是失望的变化。在此期间，始终不变的是心灵与身体的相对独立和共存。它们持守各自的中心，开放边缘，相互关怀。

勒奎恩坚决反对身体和心灵的分割，她说：

> 那些说身体不重要的人让我失望。……我不想成为科幻电影里漂浮在玻璃罐里的一个没有实体的大脑，我也不相信自己会成为一个飘浮在空中没有实体的灵魂。我不在这个身体里，我就是这个身体。[2]

身体不只是一个物理性的外表，还是一个拥有固定中心和独立思想的主体。心灵的存在不是为了控制或利用身体，而是为了去了解它、支持它，与它共同协作。因为身体本身的脆弱性和短暂性，传统哲学将身体视为一座心灵旅行的客栈。今天，技术解放了关押身体的牢笼，却也成为操纵和异化身体的帮凶。但是，无论技术如何发展，心灵的丰富内涵是无法被复制和超越的。就像朗西埃认识到的，"精神的知识，人类心灵中的独特构造和隐秘操作，都领先于科学家的知识"[3]。所以，心灵和身体都不能机械地全托于技术。为了拉近身体和心灵的距离，我们可以利用技术来弥补身体的各种缺陷，扩展身体的功能，对身体面临的问题给予适当的关怀。只有认识并理解身体，接受它的主体性，才能实现心灵与身体的再度相遇。

---

[1] [美]理查德·舒斯特曼：《身体意识与身体美学》，程相占译，商务印书馆2011年版，第46页。
[2] Ursula K. Le Guin., *The Wave in the Mind: Talks and Essays on the Writer, the Reader and the Imagination*, p.56.
[3] [法]雅克·朗西埃：《审美无意识》，蓝江译，第31页。

二　身心向外开放

身体和心灵所构建的另一个维度是共同向外的开放，这里特别指对技术的开放，这一开放促成了人与世界的共同体关系。如果我们放下对技术的偏见，将技术看作世界的一部分，那么，人与技术共存也是人与世界相连的一种方式。事实上，勒奎恩并不反对技术。在小说《一无所有》中，勒奎恩着重描写了阿纳瑞斯星球上物资匮乏的状况和人的思想的禁锢，变相地揭示并批判了技术保守主义导致的社会落后状况，提醒读者意识到技术是随人类社会而生的。在《倾诉》中，她进一步借督察官之口来强调技术在社会发展中的重要角色。阿卡星（Aka）[①]的人想要接受外来人的赠与，因为外来人许诺会将世界变得更好。但这个星球保守的行事方式和固化的思维方式阻止了这一切，人们拒绝学习新的事物，民众贫困不堪，社会止步不前。[②]

人与技术的结合必须有一个前提，那就是二者之间不能彻底清除界限，相互取代或混为一谈，而是要形成一种边缘开放的暧昧互渗。从技术层面上看，电子信息接口有益于丰富并滋养我们的心灵接口，进一步充实主体，捍卫其独立性。基因生物接口为我们的身体接口输入健康的血液，打造出更加流变、多元、满足现代审美欲望的身体。心灵通过技术而知晓世界、走向世界，理解、包容技术的存在，以一种暧昧的、充满魅力的态度去接受和尝试技术，有益于满足心灵"不断求知"的欲望。所以，我们应以尊重主体性差异为前提，开放身体的边缘，在不伤害和扭曲自然身体的条件下去试探、尝试和补充身体的缺陷，向心灵呈现更具生机和内涵的身体。

首先，这个向外开放的身体，必须是一个"活的""充满灵性的"生命共同体。理查德·舒斯特曼在《身体意识与身体美学》中对"身体"进行了阐释：

"身体"这个术语所表达的是一种充满生命和情感、感觉灵敏的

[①] 小说《倾诉》中描写的一个星球，阿卡星的政府笃信唯物主义，禁绝了所有旧有的风俗与信仰。
[②] ［美］厄休拉·勒奎恩《倾诉》，姚人杰译，第200页。

身体，而不是一个缺乏生命和感觉的、单纯的物质性肉体。①

从这一层面看，所谓身心向外开放，就是说身体和心灵共同向外开放，辨析并接纳对其有益的技术和思想。

随着时代的发展和进步，技术已经渗透到人们生活的方方面面，持续影响和改写着人们对身体的认知。当然，我们的身体是不完美的，甚至可以坦诚地说，我们的身体需要技术。我们需要医疗技术来修复身体的病痛；需要电子信息技术来为我们传递讯息；需要人工智能技术来辅助我们完成高难度的作业。但这并不意味着身体可以完全被技术超越甚至取代，因为正是身体的这些缺陷和需要，将身体带到世界面前，与世界相连，和世界一同存在。这也是梅洛-庞蒂的身体观，他认为，身体特有的缺陷和局限，促成了它独有的直觉性和意向性共同作用的运行模式，这使得人之为人的认识成为可能。梅洛-庞蒂强调身体的直觉性和意向性，认为身体是所有知觉和行动的本源，也是语言和意义的基础。在专著《知觉现象学》和《可见的与不可见的》中，他孜孜不倦地论证了身体作为一种"原初的主体性"和"原始表达"在世界认识中的绝对地位。

人的肉身的局限、精神的脆弱和生命的衰竭是无法抗逆的。我们肉体的局限性阻碍着我们与外界的接触，不得不承认，身体的"牢笼"困住了我们诸多潜能的施展。在时空、生死、病痛等自然的定数面前，身体显得如此懦弱而不堪一击。由此，我们想到了身心向外与世界的联通。那么，是全盘接纳还是选择性吸收便成了身心与技术结合的关键。众所周知，技术可以为人所用，创造意蕴丰富的愉悦体验。自然身体可以与技术相结合，依赖技术的辅助和完善，去探索美、寻找美，但有一点必须始终牢记，那就是脱离了自然主体本身的美是不存在的。所以，一定是身心构成的不可分割的共同体，才能在理性的协助下辨析外界技术的优劣和可取之处，并选择性地与之产生联系。赵汀阳说："通过智能'减法'可以预见，无论算法能力多强的图灵机人工智能，都缺少人类特有的几种神秘能力：反思能

---

① [美]理查德·舒斯特曼：《身体意识与身体美学》，程相占译，第11页。

力、主动探索能力和创造力。"① 而纯粹的美的感知力和其"不可言说"的神秘性中必定就包含了这几种能力。技术的初衷是为人类服务，是为了让人进一步认识自己、理解世界，从而更加靠近真理。因此，科学技术的发展要以讲道德、保中心为前提。

技术是人根据环境和需要不断创造和发展的，它本身并不是先天有害的，问题在于运用技术的人的动机。因此，作为发明、发展技术并将技术推向普遍化的人类来说，技术应用的责任，应该是人与技术关系中的调和剂。技术作为一种工具，其目的在于为人提供便利，而不应该包含改造人自身。所以，身心向外开放的重点是要把握好人与技术之间的安全距离。通过保持距离，再克服距离，身心向外与技术之间便可达成一种持久的相互吸引力和张弛有度的收放关系。只有保持这种暧昧的影响和协作关系，人才能借助技术实现可持续性的进步和发展。

三 发展包容互渗的现代身体观

我们的身体是至关重要的。舒斯特曼说：

> 它让我们意识到人的尊严、完整和价值。我们的身体赋予我们实体和形式；没有它们，我们的精神生活将无法拥有如此多样、健全、微妙而又高贵的表达。②

在技术高度发达的现代社会中，身体美学早已跳脱出诸如"黄金比例"等纯粹视觉维度的单向判断，取而代之由经验、认知和交互行为三位一体构成的一个饱满向上、形上与形下暧昧结合的现代审美维度。那么，在身心向内相遇、向外开放的情况下，人与技术如何进行暧昧互渗？

（一）控制速度，充实体验

新时代下建构新的现代身体观，需要考虑人与技术的暧昧互渗。在被问及对技术的态度时，勒奎恩说：

---

① 赵汀阳：《人工智能提出了什么哲学问题？》，《文化纵横》2020年第1期。
② [美]理查德·舒斯特曼：《身体意识与身体美学》，程相占译，第182页。

> 没有技术就没有任何文明。如果你需要一个工具，你必须弄清楚如何制作它，以及如何把它制作得最好。我非常享受生活的方方面面。我对各种技术材料和人工制品都很感兴趣。所以，从最简单的意义上说，我喜欢科技。我喜欢一个好的工具或制作精良的东西。①

很明显，勒奎恩并不反对或抵制技术，在其思想实验领域中，她也在不断地探索和"发明"新的工具，如瞬时通信仪安塞波、位面座椅、时空飞船、睡眠机器等。所以，勒奎恩在意的并不是技术的有无，或者说是应该鼓励还是抵制技术发展的问题。她真正关心的是技术发展的速度问题，因为它直接影响着人们的审美态度和伦理边界。勒奎恩反对技术"加速度"原则，但她同时也不主张那种复古式的怀旧原则，反对破坏、阻止技术发展的勒德分子（luddite）。② 她认为技术和文明是共存的，没有技术就没有文明。她曾多次在采访中强调技术的"速度"问题：

> 如果你说的技术是指西部工业的过度发展，那么很明显，我们已经把一些事情做得太过火了。但是说我反对科技会让我成为一个勒德（Luddite）分子，我厌恶并害怕那样的人。那些认为没有我们现在所了解的一切也能很好地生活的人是在自欺欺人。③

不断革新的技术刺激商品经济驶入快车道，迫使每一个主体成为快车上的时空旅者，窗外风景跟不上列车车速，因而人们连走马观花的机会都难以抓获。身体于是成为这个世界的匆匆过客，一味追随现代性流变，不曾有停留和反思的机会。心灵与身体的相遇和交流自然无法实现，无从真正与世界相连。近年来，"到此一游"的旅行模式可以形象地阐释人们在技术时代面对时空压缩和文化开放所呈现的纷繁复杂的技术态身体乱象。

---

① David Streifteld ed., *Ursula K. Le Guin: The Last Interview and Other Conversations*, p.65.
② 勒德分子原指那些在19世纪英国工业革命中因失业而捣毁机器的工人，后引申为强烈反对机械化或自动化的人。
③ David Streifteld ed., *Ursula K. Le Guin: The Last Interview and Other Conversations*, pp.65-66.

主体被完全包围在一个庞大的审美对象群中，追求"新异性"和"不愿错过"的心理使其无从停歇、疲惫不堪。与古人们可以久居山水之间、体验物我合一的迷狂与兴奋不一样的是，现代人面对过多的选择，必须将自己的时间和精力进行重新分配。这就像我们今天旅游市场上的各种廉价"跟团游"模式，由旅行社事先制定好旅行线路和行程安排，导游按计划将游客带至每一景点。在这种模式中，游客普遍体验的都是"上车睡觉，下车拍照"的旅行经历，无论有多少值得驻足的景观及人文，游客都只是被动地跟随团队匆匆一瞥之后迅速赶往下一站。所以，建立人与技术之间的暧昧联姻，实现两者之间的安全互渗，重点不是一味去抵制技术的发展，更不是不假思索地搭乘技术的快车，助推技术的快车进入没有停靠站、没有终点站的快车道。我们需要慢下来，需要停靠和反思。只有驻足欣赏，亲身体验沿途的美景，有吸收、有消化、有身体与心灵的碰撞和摩擦，才能收获旅程带给我们的成长和变革。

  《变化的位面》中伊斯拉克位面的各种异化的人类和偶然的新物种就是过度追求科技创新和一味求变所导致的后果。在另一部小说《黑暗的左手》中，勒奎恩运用了极其夸张的手法，以冬星上卡亥德国的技术发展节奏来警醒人们重视现代技术的发展速度，启发人们去反思技术冒进的危害。卡亥德国很早就发展了高科技和重工业，包括汽车、无线电、炸药等，但是他们做得非常缓慢，他们在这个过程中逐渐去接受和吸纳了这些技术，而不是反过来被技术所左右。他们并不推崇进步的神话。这个国家机械工业的"创新时期"已经持续了三千年，他们本可以让车行驶得更快，却只以25英里每小时的速度稳步前进，在这个国家没有急躁的司机，也不会产生严重的拥堵："……地球人喜欢前进和进步的感觉，一直生活在元年的冬星人则认为前进并没有当下重要。"[①] 换句话说，慢下来，有休止、有停顿，才会有缝隙，才能产生节奏，这些缝隙和节奏在进步与传统之间形成一组持续的张力，创造力和生命力就在此张力中得以酝酿和滋长。作为这个世界上主观能动性最强的生物，我们有义务站在维护全球生态的立场来控制事

---

① Ursula K. Le Guin, *The Left Hand of Darkness*, London: Orbit, 1969, p.40.

态的进程。我们的责任在于把控技术的发展速度，避免它因为发展过快而产生过度的、极端的后果，消解差异、麻木大众。

（二）调整边界，保持安全距离

一方面，基因编辑是否会消除差异、使人类身体同一化？又或是造成极端的种族、阶级矛盾？基因技术威胁物种的纯粹性，极有可能摧毁自然法则的限制。如同爱因斯坦的发现造就了核武器的诞生，基因编辑技术的开放是否会将人类引向堕落甚至灭亡？另一方面，人工智能是否会成为新的主体，或者只是没有反思能力的人类助手？人工智能是否意味着新物种的产生，能否改变人类在自然界中的权力分配和存在意义？未来的某一天，人类是否会以全新的标准被重新划分为技术高配型人类、技术低配型人类或是原始人类（自然、野蛮）人类？那时，人类是否会进入一个崭新的身体审美场域，依靠技术含量的高低来判断阶级、种族，区分高低、贵贱？人与技术之间没有完全无边界、无限制的结合极有可能在人类这个若干年来稳步进化的物种内部形成无法预估的新界限。道德、伦理的地位将不复存在，现代性或将从"祛魅"走向"祛文明"。

当然，本章中的内容所涉及的技术突进——无论是基因技术还是人工智能，给人类身体和心灵造成的各种痛苦，其思想内驱力主要源自对人与技术之间边界的不重视。当物种的边界被打破、人机之间的边界被消解，人类主体的危机就不止于表面的形象异化或同化的问题，更多会涉及人之为人的生物性变异和降级。《伊斯拉克玉米粥》里没有纯正人类基因而无法进入智力劳动市场的女侍者；《永醒者之岛》里不需要睡眠却精神不正常的"永醒者"们；还有《倾诉》中堆满了人工添加剂的肉体和始终需要连接在虚拟现实组件上的身体等，都是人类在技术贪欲的激发下僭越边界，亵渎和不尊重自然身体所制造出来的没有尊严、没有正常身份的变异人。

因此，在控制好发展速度的前提下，"暧昧"为我们提供了一种在鼓励创造的同时调整边界、保持安全距离的"联姻"方式，诠释了技术与人暧昧互渗在新时代中的新精神和新内涵。科学技术的核心任务应该是帮助人们更好地认识和适应环境和自然，从原始、愚昧的状态中逐渐走向成长和成熟。就像我们远古时代的成人仪式一样，引导人们认识并适应世界，以更完整的心智和身体去面对社会、进入社会，成为社会的一员。

身心对技术要保持一种开放的态度。但是，这种开放的态度并不意味着人与技术之间没有边界的任意组合，而是调整边界、扩展各自的边缘地带，在保持个体中心与技术之间的安全距离的前提下，为技术腾出进入身体的空间的可能。在小说《倾诉》中，勒奎恩提倡通过身体与身体之间、身体与世界之间以及身体内部三重维度的倾诉和自省来训练我们的身体，提高身体的记忆能力，增强身体功能。我们可能会问，科幻小说不就是对技术的跨界实验吗？勒奎恩不也塑造着形形色色的技术英雄吗？勒奎恩解释道：

> 如果人们避免线性、激进、技术英雄的时间之箭的模式，将技术和科学重新定义为主要的文化背包而不是统治的武器，一个令人愉快的副作用是，科幻小说可以被视为一个远没有那么僵化、狭窄的领域，不一定是普罗米修斯或末日启示，与其说是一种神话类型，不如说是一种现实类型。一种奇怪的现实主义，也是一种神奇的现实主义。[1]

人类最初想要将技术植入身体来改变身体机能，打破人与动物、人与机器的边界，实现一种混合体的情感需求。然而，在不断努力去满足征服他者、征服世界的欲望的同时，人类自身也陷入了身份危机和主体危机之中。要解决这一问题，我们可以从技术与人的边界和中心两个维度来考虑"人之为人"的身体观。人与技术之间的协同合作，需要对自身局限性进行清楚认识，适当调整边界，在安全距离之内运用各种信息技术和智能科技来提高和完善自身。这样一来，控制边界风险便成为首要任务。只有守住"人之为人"的边界，与技术保持安全距离，才能避免由于无视边界而滋生出的更加非人性的新边界。当人类可能根据生物性能和身体功能的多寡被分为绝对的强者和弱者时，这种颠覆传统遗传身体观的技术态身

---

[1] Ursula K. Le Guin, *Dancing at the Edge of the World: Thoughts on Words, Women, Place*, p.170.

体将制造出更多人与人之间的分割线,如同原始人或动物通过体型、力量来论英雄,通过武力、暴力来打江山、分地盘。因此,调整边界但不取消边界,可以帮助我们避免技术蛮荒时代的卷土重来。人与技术在边缘地带互相渗透和交流,文化、艺术在不断流变和翻新中去适应新的社会环境,科学、技术、社会关系的生产本身也将被引向一种新的审美范式,这就是技术与人的暧昧互渗所产生的新的艺术形式。

凯瑟琳的主张是不无道理的,她希望看到的是一种并非以技术比拼和张扬为目的的后人类身体,主张承认自然身体的有限性,不利用技术来幻想和追求无限的权力或生命。[①]在技术控制论的影响下,真正的驱动力是责任。人类这一特殊物种应承担与世界共同实现可持续发展的目标的责任。勒奎恩主张尊重自然,允许技术与人暧昧互渗,但同时强调二者必须保持安全距离,禁止技术对身体的无边界侵入导致暴力和剥削。

总的来说,在技术与人的暧昧互渗关系中,我们要明确的是,人类自身是主体而不是客体,要充分把握人与技术结合之中的主观能动性和自律性。控制速度、调整边界、保持安全距离,保证人与技术"联姻"的持续性和创造性。人类本来就是自主性的主体,他不能为了控制技术而反被技术控制,为了实现主体性而失去主体性,如果没有把握好尺度,就会打破正常的良性循环,失去控制而进入另一个恶性循环之中。为此,勒奎恩呼吁:

> 把进步留给机器,让技术按照自己的方式发展,并从中选择,在我们看来过于谨慎、谦虚或克制的情况下,对他们的文化进行有限但完全充分的执行,这些人选择不"前进"或不只是"前进",是否有可能在人类历史中成功地生活,以精力充沛、自由和优雅?[②]

勒奎恩以进化论的观点为原则,主张技术适度地发展、人随着技术的

---

① [美]凯瑟琳·海勒:《我们何以成为后人类:文学、信息科学和控制论中的虚拟身体》,刘宇清译,第7页。
② Ursula K. Le Guin, *Always Coming Home*, New York: Harper & Row, 1985, p.381.

发展而做出相应的改变。在人类文明进步的过程中，我们不能为了急于向前而抛弃旧的自身、去开发一个全新的身体，而是应该以技术辅助身体的缺陷，稳固中心、控制距离，从身、心双重维度上与技术暧昧互渗，在人与技术之间达成一种和谐的生态互惠关系。

第四章　人与自然的换位参与

　　随着现代化进程愈演愈烈，时空压缩、主体崩溃、物欲横流，人们的生产生活方式发生了翻天覆地的变化。工具理性主义大行其道，不仅异化了人的身体和意识，还破坏了人赖以生存的环境，变革了人与自然的关系。罗马俱乐部对人类生态足迹进行了多维度的考察，它的第一份报告《增长的极限》(*The Limits to Growth*，1972)披露了现代社会为追求物质增长给有限地球带来的负担和损耗。报告指出，人类若是以目前的增长速度发展，世界终将迎来增长的终结，我们赖以生存的地球将因为资源的耗尽和严重的污染而遭到毁灭。大气臭氧层被破坏，生态多样性的丧失和物种灭绝，化学污染和新型物质导致的气候恶化、海洋酸化、土地系统的退化，淡水消耗和全球水循环加剧等，各种真实发生的环境灾难已经向我们拉响了警笛。如果说《增长的极限》旨在警醒人们对人类面临的生存危机和生态困境进行整体性反思，那么，50年后的《翻转极限：生态文明的觉醒之路》(*Come On! Capitalism, Short-termism, Population and the Destruction of the Planet—A Report to the Club of Rome*，2018)则是对50年前后全球性问题的变化和人类需要面临的最棘手的生态问题进行的更为客观具体的比较和分析：气候不稳、耕地减少、环境污染、物种消失以及全球性致命病毒的蔓延等都直接威胁着人类的未来命运。

　　从形而上的存在危机到形而下的生存危机，无一不在提醒我们：对速度和效益的盲目追求不仅间离了人与自然的关系，改变了我们的思维和行为方式，反过来，我们对待世界的态度、观念和行为，也影响和改变着世界的模样。当我们将自然视作原始、野蛮的"他者"，无节制地剥夺、破坏，再无情地抛弃时，自然也正在以同样的速度和方式远离甚至断开与我们的联系。《翻转极限：生态文明的觉醒之路》前言里说：

> 今天的世界又到了关键点。我们需要的是大胆的重生。这一次我们认为要从哲学根源去审视当今世界的状态。我们质疑当今世界发展的主要驱动力——"物质私欲"——是否合适？[1]

实际上，稍加分析便不难看出，所有加速运动的驱动力都源自人类无限膨胀的私欲，我们所面临的不是"物"的困境，而是"人"的困境，是思想、情感和欲望的腐蚀和变味。因此，从美学意义上尝试生态观念的翻转，或许有望帮助我们在人与自然之间去寻找和维系一种新的微妙平衡。

万物在言说。[2] 朗西埃说：

> 万物就是痕迹、遗迹或化石。所有感性形式，从石头或贝壳开始，为我们讲故事。在它们的纹路和褶皱中，它们都承载着历史的痕迹和命运的标记。[3]

现代美学正是在这样的背景下，重视边缘和"他者"，关注人与自然、人与社会、人与人之间的关系，反思现代社会人类与自然万物"打交道"的方式。万物在言说，让人们看到万物强大的生机和表现欲，每一个细节、每一处风景都承载着宇宙存在的意义和世界意义的表达。对"他者"的系统性研究，既能为自我反思提供一个开阔的镜像，同时也能为人的审美交流提供富于"神性"的中介性力量。因此，现代美学呼吁人们调整"看"的方式，进入对象之中，以对象的内部眼界来认识世界，重新建立人与世界的联系。在勒奎恩基于现代社会困境和生态危机所给予的美学关怀中，我们看到了这样一种可能的解决方案。勒奎恩赋予自然的"他者"以主体

---

[1] ［德］魏伯乐、［瑞典］安德斯·维杰克曼编著：《翻转极限：生态文明的觉醒之路》，程一恒译，第 xxvi 页。
[2] "万物在言说"是德国诗人，矿物学家的诺瓦利斯（Novalis，1772—1801）的名言。
[3] ［法］雅克·朗西埃：《审美无意识》，蓝江译，第 21—22 页。

性，认为动物和环境都不只是客体对象，他们同时也是主体的存在，是有生命的观察者和行动者。她着重描写动物和环境在人类思想世界中扮演的关键角色，对自然在人眼中的形象和人在自然中扮演的角色做了透彻的比较和分析，论证了人与动物、人与环境的暧昧交互关系是共建和谐家园的必备条件，引导我们建立人与自然暧昧共生的生态美学关怀。

第一节 人与动物的"生活世界"：《野牛女孩》

勒奎恩热爱动物，她笔下的动物都会说话，它们的语言和行为总是传达着意义。在一次讨论动物题材的采访中，她直言："在现实生活中，那些与动物毫无关系的人几乎让我感到害怕。你怎么能生活在没有动物，没有观察它们的世界里呢？"[①]《野牛女孩和其他动物的在场》(*Buffalo Gals and Other Animal Presences*, 1987) 是勒奎恩专门为动物写的一部诗歌和短篇故事集。其中，《野牛女孩，你今晚出来吗？》(*Buffalo Gals, Won't You Come Out Tonight?*，标题和下文中简称为《野牛女孩》) 从人和动物的双重视角来审视人类对动物的偏见，正视动物与人的生存共同体关系。在这部作品中，勒奎恩运用隐喻、象征、寓言等形式还原出人与动物之间的微妙关系，揭示并批判人类在工具理性主导下以"他者"身份看待动物，将动物与人对立起来的审美偏见，忽略了动物的主体性情感体验，切断了"生物环链"的连续性。她呼吁平等、友好地对待动物，将对人类自己的关爱扩展至对所有物种的关爱，以实现"物我齐一"的审美价值观。

一 失去"文明"之眼后的平面视角

《野牛女孩》中的动物主角郊狼和山雀在美国文化中有其原始典故，在中世纪教会可怕的自我隔离中，那座灵魂堡垒高耸于兽/人/世界/地狱的黑暗深渊之上，圣方济各[②]大声呼喊"麻雀姐姐"和"郊狼哥哥"。但

[①] Carl Freedman ed., *Conversations with Ursula K. Le Guin*, P.137.
[②] 圣方济各（San Francesco di Assisi, 1182—1226）是天主教方济各会和方济各女修会的创始人，也是守护动物和自然的圣人。

是，对于文明人来说，山雀和郊狼（coyote）都是哑巴，是"他者"。它们代表那些被称为"原始的""野蛮的"或"未开发的"声音。地球上所有的生命和存在形式的连续性、相互依赖和共同体关系都是活生生的事实，而这种事实如今却只出现在一些所谓的虚拟叙事（神话、仪式、小说）之中。这种存在的连续性，本身既非仁慈也非残忍，是建立在它之上的任何道德的基础。文明只有通过否定它的基础来建立它的道德。圣方济各之所以在绝望的黑暗中喊出"山雀姐姐"和"郊狼哥哥"，就是在呼吁这种连续性的再现，将人与动物视为一个共在的整体。因为在现代文明人的眼里，动物是"他者"，人类是至高无上的世界之主。在《野牛女孩》的前言中，勒奎恩对现代"文明人"进行了尖锐的讽刺：

> "文明人"爬进他的脑袋里，除了自己的声音，其他声音都屏蔽掉，他已经聋了。他听不见狼叫他兄弟——不是主人，而是兄弟。他听不到大地在叫他孩子——不是父亲，而是儿子。他只听到自己的话语组成了这个世界。……这就是文明的神话，体现在一神论中，它只把灵魂赋予人类。[①]

运用寓言的形式，勒奎恩痛斥"文明人"对动物和大地的不敬，批判"文明人"膨胀的自我中心主义。"郊狼"这一动物形象出现在勒奎恩的多部作品中，她用最原始的方式来表现动物的智慧和主体性。特别是在《野牛女孩》中，勒奎恩借用"郊狼"这一野生动物形象，通过它选择相信人类却落入人类的陷阱，牺牲自己拯救人类、帮助人类的故事来表现动物的主体性和道德性，用拟人的手法凸显出在动物的世界里，它们也是"人类"的组成部分这一早已被人类忽视的交互视角。

故事从动物视角展现出来的伦理道德观念来反观人类文明面具下的自私和"野蛮"，并通过"动物仪式"唤起对人与动物之间的原始记忆和共在的审美经验。加里·沃尔夫（Cary Wolf）在《动物仪式：美国文化、物种

[①] Ursula K. Le Guin, *Buffalo Gals & Other Animal Presences*, New York: Dutton, 1994, Introduction.

话语与后人类主义理论》(*Animal Rites*: *American Culture*, *the Discourse of Species*, *and Posthumanist Theory*, 2003)一书中围绕动物的权利问题进行了较为透彻的分析,认为"权利"一词本身就是将动物与人类相分离的。人类在争取人权的时候,其前提就是人类中存在主人和奴隶、男人和女人的不同"阶级"和"种群"。因此,她将动物的"主体性"提上了后人类主义的核心话题,认为关注动物的权利,首先要认可动物的主体性,动物不仅是在"人"的旁边,而且还是构成人的一部分。[①]

(一)失去"文明"之眼

《野牛女孩》讲述了小女孩麦拉(Myra)遭遇坠机事件,作为唯一的幸存者被森林里的郊狼带回抚养,并在郊狼的帮助下重返人类世界的故事。与她的大部分作品一样,勒奎恩仍然以过渡礼仪的故事结构为框架,记录小女孩在人和动物两个世界之间的跨界旅行和成长。这一事件生动演绎了人类从上帝视角坠落,从经验世界抽离的视角变化。

森林里的郊狼目睹了整个坠机过程,它主动接近小女孩,告诉麦拉她是从天空中一块被烧毁的地方掉下来的。虽然人类已经通过各种先进技术制造出飞行器,实现了对传统意义上神圣空间的征服和占领,但在动物的眼中,天空仍然是神圣而不可侵犯的存在,它们始终从仰视的角度来观察和敬畏天空中发生的一切。不难看出,郊狼将坠机事件描述为一则人类技术挑战天空的失败案例。小女孩麦拉从空中坠落,从悬崖边缘的阴影中走出来,这一情节象征着麦拉从神圣世界跌落到世俗世界,从人类自以为的上帝视角的高度和权力空间跌落至动物所在的被动的、从属的、子民的空间。然而讽刺的是,无论是进入上帝视角还是跌落世俗空间,都是由人类的技术野心所致。这一情节的安排一方面揭示了人类世界中技术的不可靠性,另一方面则暗示了神圣空间的不可侵犯性。女孩从悬崖的边缘,从天与地两个对立空间的接壤之处,冲破了边界,走入另一个世界。

麦拉从空中坠落后失去了一只眼睛,这一剧情串起了整个事件的发

[①] Cary Wolfe, *Animal Rites*: *American Culture*, *the Discourse of Species*, *and Posthumanist Theory*, Chicago: University of Chicago Press, 2003.

展。"lose an eye"从发音上也可理解为"lose an i",这里的"eye"或者"i",代表来自文明世界的"文明"视角和相对于动物"他者"的上帝视角。当麦拉为失去的右眼悲伤时,郊狼告诉她:"你有一只眼睛没问题,你要两只干什么?"郊狼的问题简单直白,却潜藏着人与动物截然不同的价值观。在动物眼中,只有真正必需的东西才是被需要的,多余则是一种浪费。这一思想与小说《一无所有》中的奥多信仰一致,认为多余的东西就是大便,大便淤积在体内就成了毒药,表现了勒奎恩拒绝多余的身体和生命价值观。同样,《野牛女孩》试图证明,人类的"文明"之眼并不是"生活世界"的必需,它同时也可能是充满了贪欲的人类中心主义视野。人类通过这一只"文明"之眼看到的不只是社会和人的进步,还有对各种多余之物的追求和永无止境的权力欲望。

从上帝视角坠落,麦拉得以从经验世界抽离。人的双眼是紧接着心灵感受的,而情感正是通过眼睛这一身体器官所获得的图式信息和心灵这一不可见的精神处理中心汇合并相互作用后的产物。因此,失去一只眼睛的麦拉相对于普通健全的人而言,失去了身体原初的完整性,相当于放大了肉体身体原初的局限性。但是,也正是这种被凸显的肉体上的缺陷的体验,使她脱离了那只人类中心主义之眼,"lose an eye",即失去那个原有的、成长于科学世界中的经验的、"文明"之眼,傲慢的"自我(I)",将本真的自己带入含混、暧昧、变化的本质世界之中。

麦拉一直用手捂着那只空洞和流血的眼眶,她明确意识到自己缺失了身体的一部分。从仪式思维的视角分析,这一情节的安排也是原始成人礼仪的首要条件:隔离和净化。麦拉失去了人类"文明"之眼,清空了原有的身份、地位和现代人所特有的理性的、科学的心理经验,放下了文明人的优越感。她因此暂时关闭了人类的文明之眼,失去了那个人类中心的自我("I"),学习用剩下的一只眼睛去观察和感受一个全新的世界。这一隔离和净化的过程也是麦拉在进入本质直观之前对所有经验世界的必要悬置,以此来获得对世界的直观把握。然而,只有一只眼睛的麦拉看到的是一幅没有深度的平面世界图,郊狼就出现在图片的中央。也就是说,虽然用一只眼睛也能看到这个世界,但其构成的影像是完全不一样的，那是一个静止的世界，也是一个对象化的世界，一只眼睛只能看到其中的一面。

当麦拉感到疼痛难忍时，郊狼走近她，用肢体接触她，把它的长鼻子伸到她的脸上。它带着强烈的气味舔舐那可怕的、痛苦的眼睛，用它卷曲的、精确的、强壮的、湿润的舌头不停地擦拭，直到孩子终于可以得到安慰，放心地哭起来。她低垂着头，靠近灰黄色的肋骨，她看到了郊狼坚硬的乳头，白色的腹部毛。麦拉终于放下防备，用胳膊搂住郊狼，抚摸着它背部和肋骨上粗糙的皮毛。与郊狼的身体接触，表示失去一只眼睛的麦拉逐渐被另一世界接纳，与另一个世界取得了联系和交流。然而，她眼里的世界始终是平面的、静止的且充满疑惑的。因为她只用了一只人类的眼睛和人类的直观经验来观察和感悟眼前这个新世界，动物的世界对她来说还只是一个平面的、没有经验过的世界。

（二）直观动物的本质世界

麦拉用剩下的一只眼睛直观感受森林里陌生的世界。她通过对"经验世界"的悬置和还原来体验和感受动物的本质世界，抹去了人类与动物的经验性偏见和差异。在故事中，勒奎恩借麦拉的直观之眼来透视动物的行为、思想、心灵、道德和意识，表现动物独立的主体性特征，批判笛卡尔式理性至上的人类中心主义。

当麦拉看见郊狼在为自己煮食物时，她看到的不再是一头灰黄色的狼，而是一个皮肤黄褐色的女人穿着蓝色牛仔裤和一件旧的白衬衫，跪在篝火旁，往一个圆锥形的锅里撒着什么东西。"那女人的头发是灰黄相间的，用一根细绳绑在脑后。她光着脚，脚底朝上，看起来像鞋底一样又黑又硬，但足弓很高，脚趾排成两排整齐的弧线。"[①]当它小便的时候，麦拉看见它脱掉了自己的蓝布牛仔裤。跟随郊狼来到动物的世界，麦拉看到一个建在悬崖下的小镇，镇上全是木板房或棚屋，都没有粉刷。故事特别描写了小镇上收留麦拉过夜的花栗鼠（chipmunk）一家。它们热情地招待着麦拉，它们的个子很矮，但都已经是"成年人"。在悬置了偏

---

① Ursula K. Le Guin, *Buffalo Gals & Other Animal Presences*, p.20.

见和差异之后，麦拉将整个动物世界拟人化了，同时也"文明"化了动物的穿着打扮、言行举止，消解了人与动物之间的差异。

一只眼睛的麦拉看到的是在自身仅有的、直观经验上的还原。在此基础上呈现出来的本质世界中，我们不仅看到动物与人在语言和行为上的一致性，同时还看到通过还原本质世界赋予动物的人类特有的主体性色彩。动物的躯体、情感、自主意识、社团意识无不凸显出动物的主体性。动物们会使用工具、有组织、有社群、有社会活动，和人类的基本生活方式一样，它们构建着自己的文化，允许并尊重着不同物种间的文化差异。松鸦（Jay）医生的巫师特质；郊狼妈妈对粪便的倾诉；猫头鹰、山雀、花栗鼠的小窝；蜘蛛编织着世界……动物们拥有不同的巢穴和不一样的生活方式、饮食习惯，它们仍然相信着仪式的力量。在勒奎恩笔下，每一种动物都有自己的生活方式和独立意识，它们与人共同生活在世界之中，而这个世界类似于胡塞尔现象学中谈到的"生活世界"[1]，它需要悬搁掉一切实体和心理经验（客观科学）。在这个世界中，每一个主体都具有生活、思考和选择的权利。

动物们还创建了与人类社会类似的"社会"，它们拥有自己的城镇和村舍，会定期举行大型的社群活动，也具有特色各异的审美标准。松鸦医生召集全村人员为麦拉举行眼睛修复仪式；花栗鼠给麦拉洗澡、编头发，带她到小镇赶集，小镇的人们都打扮得漂漂亮亮；郊狼为麦拉觅食、煮粥，俨然一个温柔的妇女。这是一种世外桃源般的生活，麦拉进入了另一个世界，旧有的认知和经验都被悬置，以全新的自我去参与、体验这个世界的一切。从动物们对待麦拉的态度和行为不难看出，动物们将对自己幼崽的关爱扩展至对人类孩童的关爱。故事以人类的视角将动物拟人化，从移情到共情，以动物对仪式细节和意义的重视，唤起人与动物共有的集体意识和情感，打破固有的偏见，使二者在没有人类"文明"的地方，在人与动物的边缘地带互相理解和交流。

当郊狼骄傲地向麦拉介绍自己生活的那一片广阔世界时，它说："这

---

[1] 参见倪梁康《现象学及其效应——胡塞尔与当代德国哲学》，商务印书馆2014年版，第123—132页。

是我的国家,是我创造了它,这里每一丛该死的鼠尾草。"①郊狼的言行突出表现了动物鲜明的主体色彩和强烈的主人翁意识,它将自己和自然的关系比作亲属关系,将每一种生命都视为自然的孩子,是自然的一部分,展现出一种"我就是世界,世界就是我"的主体认同感。另外,勒奎恩还将动物的"地盘意识"转化为一种主体认同感,突出动物与生俱来的家园意识。通过这种转化,她呼吁人类将对人的关怀扩大至对动物、对宇宙生物环链的关怀,与此同时,也升华了动物的伦理主体意识。最后,经过本质的还原,所有的动物都看上去就是"人类",因为人类本来就和动物一样,是具有主体性的特殊生命形式的存在。

二 装上"第三只眼"后的立体视角

特别值得一提的是,勒奎恩呼吁人类关怀并尊重动物的主体性,却没有盲从地将动物提升至人的智识水平。她清楚地认识到并在其创作中表现出了人和动物的差异,同时尊重差异,跨越距离向差异致敬。她总是试图让笔下的角色无限靠近"他者"对象,通过接触和摩擦来调解双方之间无法简单弥合的鸿沟。在她看来,简单的结合和粗鲁的分隔都不是最好的选择,因为:

> 如果你否认与另一个人或某一种人有任何亲密关系,如果你宣称它与你自己完全不同……你可以憎恨它,也可以神化它;但在任何一种情况下,你都否认了精神上的平等和人类的现实。②

所以,在《野牛女孩》中,进入动物世界的女孩在坠机事件中失去一只人类之眼,又获得了一只"他者"之眼,她用两只不同的眼睛来并行观察人类和动物两个世界。勒奎恩通过这一设计,在为动物赋予人性的同时,洞穿了人类的动物本性。通过这种方式,人与动物在小女孩这一形象身上重新相遇,它们连接在一起,构成一种暧昧的共生关系,缩小了人与

---

① Ursula K. Le Guin, *Buffalo Gals & Other Animal Presences*, p.22.
② Ursula K. Le Guin, *The Language of the Night: Essays on Fantasy and Science Fiction*, p.95.

动物之间的距离。

（一）假眼引发人与动物的共情

小说通过赋予动物以人类的语言、心理活动和生活习惯，实现了动物和人的思想和情感交流，将人和动物之间的差异放在了一个可以直观体验、换位理解和探索的共享空间之中，跨越了差异的鸿沟，消解了人与动物之间的沟通障碍，以动物客观、被动甚至自我隐匿和边缘化的主体意识和世界观来反观和批判现代人过度主观的经验主义和过分依赖科学理性的主体性特点。通过强调动物的主体性，揭示动物与人共同面对的生存和意义危机，体现了一种非人类中心主义的美学关怀。

1. 假眼修复仪式

森林里所有的动物都聚集在一起，为麦拉举行右眼修复仪式。它们在空地上围坐成一圈，把女孩围在中间。麦拉感受到动物们像爱护自己的幼崽一样关爱自己，这时她看到动物们都和自己处在同一世界中：

> 所有的人都穿着孩子们所习惯的那种衣服：牛仔裤、夹克衫、衬衫、背心、棉质连衣裙，但他们全都赤脚。她认为她们比她认识的人更美，每个人的美都不一样，就好像每个人都发明了美一样。[1]

麦拉眼中的情景无疑是对人与动物共同的宇宙家园的原始集体意象的呈现。勒奎恩通过强调仪式中所有的"人"都赤着脚，描述出动物们的身体与大地直接接触的生动画面，表现动物与自然世界之间保持的最直接、最亲密的关系，就像我们的祖先在原始仪式中那样。在仪式制造的集体欢腾中，神圣和世俗两个世界之间取得了联系，创生出天人合一的审美意象。麦拉将自己带入了动物的情感世界，她看到每个人都比她认识的人更美，动物们就像是每一种美的发明者，也是每一种美的起源。勒奎恩借麦拉对动物世界中形色各异的美的认同和赞美，向读者传达出对美的认识：差异本身就是美的来源，而动物善良的本质则是美的不同表现形式。

---

[1] Ursula K. Le Guin, *Buffalo Gals & Other Animal Presences*, p.27.

仪式随着松鸦走入动物们围成的圈中正式开始。它穿着短裙，披着缀满宝石的斗篷，四肢健壮而柔美，随着它手里拿着的拨浪鼓的节奏跳舞，动作流畅而投入。它在麦拉身边走来走去，拨浪鼓的节奏越来越快，它的舞蹈也越来越快，围观的动物们都唱起了音符简单的曲调，不断重复，"既兴奋又乏味，既陌生又熟悉"[1]。对于麦拉来说，这种集体性的宗教仪式是现代文明社会中不曾见到的，却是潜藏于意识深处的集体意识的重现。动物们的唱诵、巫医的舞蹈和咒语都在不断激活女孩意识深处的集体无意识的集体欢腾。歌唱和舞蹈持续着，以一种原始的节奏和意象舒缓了女孩的紧张和焦虑，制造出轻松愉悦的审美体验。

当唱跳进入高潮，所有"人"都进入了集体欢腾的气氛，松鸦走到圈子的中心，它大声地喊叫着，一只手拿着一根顶上粘着一个球的棍子，另一只手则拿着一个类似弹珠的东西。那根棍子是一根烟斗，它把烟吸进嘴里，向四个方向分别向上向下吹，然后吹过那颗弹珠，每次都要吞云吐雾。最后，松鸦一边专注地看着孩子的脸，嘴里嘟囔着什么，一边摸了摸孩子右眼疼痛的黑色中心，将那颗黄色的蜡球放入她的眼眶。[2]当所有的"人"都围过来盯着麦拉看，微笑着抚摸拍打她的胳膊和肩膀时，她开始发现，只要她闭上那只受伤的眼睛，用另一只眼睛看，一切就变得清晰而平淡了。如果她同时使用这两种颜色，东西就会显得模糊而泛黄，却很深沉。郊狼温柔地舔舐麦拉做过"手术"的假眼，亲吻她，安慰她。当女孩再次睁开眼睛，她发现假眼很好用，世界很清晰。郊狼的舔舐和亲吻如同对女孩施加了一种接触性的巫术，在缓解她肉体疼痛的同时，还为她的假眼赋予了动物的情感和感知。

对假眼修复仪式的描写生动还原了我们人类祖先的集体仪式现场。医生松鸦扮演着古老仪式中的巫师形象，为女孩举行眼睛修复仪式，用动物传统的"手术"为麦拉装上假眼。不难看出，故事用神话式的方法来解决现实问题，以奇幻的叙事手法突出表现了动物的智慧和原始技术。动物们建构了自己的社区文化和生存方式，并通过身体对自然的需要来与世界相

---

[1] Ursula K. Le Guin, *Buffalo Gals & Other Animal Presences*, p.27.
[2] Ursula K. Le Guin, *Buffalo Gals & Other Animal Presences*, p.27.

连。这一描述生动演绎了原始巫术仪式，再现了远古时期人与动物的共同活动方式，唤起了人类原始的集体记忆和集体欢腾。从另一角度看，这场仪式是由动物举行的，而动物就是我们最原始的祖先。正是在这种类似图腾时期人类的宗教仪典中，动物们在松鸦的引领下一起唱跳，创造并沉浸在一片集体欢腾之中。这种欢腾（狂欢）使精神和灵魂得以升华，改变了参与者的现状，为女孩安装假眼制造了特殊的效力。正如涂尔干所发现的那样，它促使参与者"不再是自己"[①]。当集体欢腾达到高潮时，它不只是聚集了时间的效力，还有所有集体经验的累积和发酵。接受假眼修复的麦拉正是在这种抵制和紧张的张力中汲取集体经验的累积并与之互动，与动物们共同创造并体验一个包容暧昧，又臻于完善的当下经验。

2. 将自己带入动物的世界

通过装上松脂做的假眼，麦拉取得了与动物意志之间的交流，更加切身地体验和认识了动物们生活的世界。她执意要和郊狼一起生活，将自己主动带入了动物的世界。这样一来，她就从站在动物的本质世界之外看动物，转变为走进动物的世界之中，以文化持有者的视角来观察和体验它们的世界。但是，麦拉也保留了一只人类的经验之眼，这让她同时看到了动物和人类两个不同的世界。从某种意义上来说，两个世界的并置困扰着麦拉的认知。一方面，她的松脂假眼看到郊狼是灰黄色的、用四肢奔跑的动物，和人类的形象截然不同。另一方面，她的人类经验之眼又看到郊狼穿着衣服，住在房子里，还使用火——人类最初征服自然所使用的工具。两只眼睛关注到的不同画面呈现出经验的差异和矛盾。

首先，动物同时具有更加多样化和个性化的时空意识，不被人类用钟表规定下来的线性时间所约束。麦拉发现，动物没有具体的时间和对应的安排，郊狼也没有固定的睡眠时间，对郊狼而言，"一个人睡觉的时间就是夜晚，清醒的时间就是白天"[②]。由此可见，线性时间观只是人类主观规定来量化和计算自然生命长度的文明的产物，在此之前，人类和动物一

---

① ［法］爱弥儿·涂尔干：《宗教生活的基本形式》，渠东、汲喆译，商务印书馆2011年版，第299页。
② Ursula K. Le Guin, *Buffalo Gals & Other Animal Presences*, p.31.

样，没有明确的时间观念，生活在时间的螺旋循环之中。

其次，麦拉不再将人类的特征直接赋予动物，而是看到了动物拥有的独立的主体性和差异性。她对郊狼说出了自己的疑惑："我不明白为什么你们看起来都像人……我是说，像我这样的人，人类 Human。我们是人（People）……这取决于你怎么看，从什么视角来看。"① 在郊狼看来，真正的差异不在于外表，不在于看起来是什么样子，而在于每个人的眼睛和心灵，在于每个人看待事物的不同视角和态度。所以它说："相似之处在眼里。"② 从动物的角度看，它们自始至终都生活在这片土地上，它们一直都在这里，是人类不断膨胀的野心将自然变成了满足私欲的对象，将动物视作"他者"，在它们赖以生存的土地上驱逐并残害它们。郊狼试图让麦拉明白，我们眼中看到的差异和隔阂取决于我们看待事情的方式。在人类所谓的"文明"观念中，那些说世界上有两种人的"文明人"把动物和人截然区别开来，原本就是偏执和狭隘的。作为典型的野生动物代表，郊狼对人类女孩视如己出，给予了母性的关怀，女孩也称呼并将郊狼看作自己的母亲——"Mom"。在祛除了偏见和对立的相处中，麦拉与动物之间产生了共情，模糊了人与动物的边界，将自己带入了动物的世界。

3. 升华至三维立体视角

郊狼从动物的视角改变和颠覆了物种的自然分类，从历史发展和时空演变的宏观视角将人类分为从前的人类和现在的人类，它称之为最初的人（all first people）——包括动物、幼兽、幼鸟、小孩等；另一类为新出现的人（the new people）——文明时代那些占据了动物领地的人。很明显，前一类人与自然存在于同一生存空间，属于同一个整体，而后一类人则将世界置于自身之外，将世界看作被征服和占领的对象。从郊狼的认识来看，它会"将自然照料得更好，就像那一大片鼠尾草一样"③。

在罗马俱乐部的报告《翻转极限：生态文明的觉醒之路》中，"素食主义者计算了人类以及所有养殖农场里的动物、家禽的体重，发现这居然

---

① Ursula K. Le Guin, *Buffalo Gals & Other Animal Presences*, p.31.
② Ursula K. Le Guin, *Buffalo Gals & Other Animal Presences*, pp.31-32.
③ Ursula K. Le Guin, *Buffalo Gals & Other Animal Presences*, p.31.

占了地球上所有陆地脊椎动物总体重的 97%！也就是说，大象、袋鼠、蝙蝠、老鼠、各种鸟类、所有的爬行动物和两栖动物加在一起也只占世界上陆地脊椎动物总体重的 3%"[1]。这些数据是客观的，但又是难以置信的，它们从科学的层面证实了郊狼眼中的"第二批人类"就是我们时代的"主宰者"。

勒奎恩在小说中将动物拟人化并人格化，通过动物之口来让我们了解到动物的主体思想和它们眼中的世界。动物和人类共同居住在同一张宇宙之网中，它们有着诸多相似的生活模式和集体意识。它们在无形中受到"自私的基因"的控制和约束。就像野牛女孩和郊狼之间建立的关系一样，动物和人具有一定的亲缘关系，动物是"人"，郊狼是"人"，人是"郊狼"，都共同居住并逗留于世界之中。

当女孩只有一只眼时，她看到的是平面且带有偏见的世界。当她装上假眼，用两只眼睛看世界，整个世界变得模糊而泛黄，然而却是立体的、深沉的，边界模糊意义深远的。麦拉从一只眼的平面视角升华至两只不同眼睛结合所获得的立体视角，将自己带入这个立体的世界中去理解和感受动物的主体情感和伦理道德。对于麦拉而言，这只假眼是她的"第三只眼"，它模糊了人与动物的边界，将人、动物、世界三者相互联系起来。这时的麦拉跳脱出最初二维的平面视角，升华至三维的立体视角，她既在"人—动物—世界"三位一体的关系中体验和参与三者之间的互动，又获得了超越这层关系来反观自身和世界的关系的能力。

（二）从边缘到中心

正是因为麦拉看到了"人—动物—世界"三者共同构成的三维"生活世界"，她也意识到"文明人"和动物之间存在矛盾和误解。她发现自己远离了人类的世界，但又不能完全融入动物的世界，她游走于两个世界的边缘。想要同时生活在两个世界之中的愿望，让她遭遇了严重的身份危机。

随着时间的推移，麦拉意识到她是这个动物世界中唯一的人类。在

---

[1] ［德］魏伯乐、［瑞典］安德斯·维杰克曼编著：《翻转极限：生态文明的觉醒之路》，程一恒译，第 20—21 页。

这里，她是唯一一个单一的，没有同类、没有血缘亲属的物种。同时她也是唯一一个拥有两个名字的存在：Gal 和 Myra。"她不得不思考郊狼说的两种人，她不知道自己属于哪一类。"① 麦拉发现并不是所有的动物都友好地对待她，她不确定如果是其他的动物在一片荒原上看到坠落且失去了一只眼睛的她，是否也会像郊狼一样收留她？事实也是如此。很多动物都认为郊狼此举是疯狂的。但郊狼并不担心，因为麦拉模糊了边界，介于两种"人"之间。麦拉越来越清楚地意识到自己并不真正属于这里，人类的生物性让她忍不住思考自己的归属，想要回到人类的地方，因为她属于那里。

小马载着女孩穿越森林走向人类的住所，它们感觉到"越是接近人类的地方，空气中的酸味就越重"②。在其他动物的眼里，人类的世界到处都是金属和玻璃竖起的隔离之墙，冷冰冰的没有温度和生命，非常危险。我们知道，"玻璃"和"金属"是无机的。它们生硬而冰冷，毫无生命力，不可再生。当它们第一次到达人类的地方，它们遇到了火灾。由于火象征着变化，也象征着技术、毁灭和破坏，隐喻人类在不断地引火自焚。诸如此类的描述无疑是在凸显人类社会的过度工业化对空气和环境的污染和破坏。

麦拉恐惧那个地方，但又忍不住想回去，她想要同时生活在两个世界。她向山雀求助，疑惑这两个世界为什么看起来既相同又不同。山雀从动物的视角为她解答：

> 当我们住在一起时，这里都是一个地方，后来人类压迫着我们的家园，挤压它，吸食它，吮吸它，吃掉它，在上面挖洞……也许再过一段时间就只剩下一个地方了，他们的地方。我认识野牛，在山那边。我认识羚羊、灰熊和灰狼，在西边。一去不复返了，都不见了。你们在郊狼家里吃的鲑鱼，真正鲜美的食物，现在河里还剩下多少呢？③

---

① Ursula K. Le Guin, *Buffalo Gals & Other Animal Presences*, p.34.
② Ursula K. Le Guin, *Buffalo Gals & Other Animal Presences*, p.37.
③ Ursula K. Le Guin, *Buffalo Gals & Other Animal Presences*, p.42.

野牛、羚羊、灰熊、灰狼……山雀罗列的这些野生动物都曾广泛活跃于森林和高山，特别是早期被美国人称为"Buffalo"的美洲野牛，是北美地区体型最庞大的哺乳动物，但却在 19 世纪 70 年代遭到美国人疯狂射杀和屠宰，几近灭绝。山雀缓慢柔和的回答道出了人类在追求文明和进步的过程中对自然家园的破坏和对其他物种毁灭性的伤害。

人类足迹的广延改变了土地、森林、气候、冰川、河流，同样也在不断地压缩和限制动植物原有的生存模式、状态和空间，改变了动物的活动轨迹。工具理性思想的顽固定型滋长了人类中心主义，人类利用、规训、屠杀、观赏、食用、豢养动物，将它们作为低等物种和实验对象。人类将原本由"人—动物—世界"共同构成的"生活世界"割裂为若干对立的部分，又将这些对立的碎片不假思索地混合，消解了中心和边界的意义。麦拉亲身体验了人与动物之间的差异与共通，她的愿望进一步发展至将人与动物的关系重新统一起来，她"想要两个世界在一起"[①]。麦拉站在三维的超越视角，她一方面想要将人与动物两个世界相连，冲出边缘的阈限，但另一方面她也必须承认两个世界各自的边界。动物等待着被人类接纳，因为动物的存在也是人类的存在。麦拉保留了动物赠予的眼睛，她跳出了人类中心主义的视域偏见和限制，接纳和包容人和动物的共在。麦拉的愿望随着视角的变化而拓宽，从对人类自身的偏爱中超越出来，放眼所有物种的安危。这样一来，人与动物就被置于同一命运共同体中，互相理解、互为支持，体现了勒奎恩对未来命运的终极关怀。

《野牛女孩》通过动物赋予麦拉的假眼重新将动物的生存状态、社群生活、主体意识和情感表现一一展现在人类的眼前，唤醒我们对自己的原始祖先和动物神灵的记忆和敬畏之情。故事让读者得以用人和动物组合而成的"双眼"去重新感受自然生命、将人与世界连接在一起。哪怕是一只虱子，也有它存在的价值和意义。只有人与动物的共同参与，才能支持生

[①] Ursula K. Le Guin, *Buffalo Gals & Other Animal Presences*, p.43.

态体系的完整和连续，编织开阔、多面的生态之网。

三 保留假眼，还原"生活世界"

"生活世界"是胡塞尔用于论证主体性作为一切科学的奠基的一个重要概念。进入"生活世界"的首要条件是将我们的自然态度悬置起来，还原至意识的最本源状态，也就是主体自身。从人与动物的关系来看，我们不能一味地将人以外的非人类动物视为绝对的被观察对象，而是需要承认并尊重其主体性，以一种移情的方式去体验、把握和理解动物的身心统一体。《野牛女孩》通过为人类装上"第三只眼"来透视文明时代人类狭隘且自私的人类中心主义，揭露人类足迹对动物和人与动物共同生活的世界的破坏，从"人—动物—世界"三位一体的立体视角来重塑人与自然的关系。通过改变人看待动物的方式来批判人类的傲慢之眼，呼吁一种整体的、参与式的、暧昧的生态审美视角。

（一）失去郊狼

狼被人类认为是极其危险、不易驯化且具有威胁性的一种野生动物。然而，在《野牛女孩》中，勒奎恩刻意选择郊狼作为故事主角，让郊狼收留并抚养因人类技术失误而受伤的小女孩，她就是要以这种冲突性的美学矛盾来制造一种对冲效果，激发人类进行更深层的反思。郊狼对人类小孩所表现出的母性关怀和人性哲思，与人类对大自然投毒、猎杀、侵占等所表现出来的兽性般的迫害和无尽的贪欲形成鲜明对比，种种矛盾和对抗相遇，迸发出冲突和对撞，形成了巨大的张力。在这一故事中，勒奎恩向读者呈现了多个自然母亲的形象，除郊狼之外，还有知晓万物变化的山雀和动物们口中的大地之母——蜘蛛"祖母"（grandmother）。[①] 动物们将大自然造物比喻为蜘蛛织网。整个宇宙就是一张多维的网，所有的存在都自有其价值，它们都是编织这一张网的不可缺少的部分，网上的每一根绳索都相互连接。然而，自从人类利用工具将荒原变成良田，在土地上挖掘地基，用水泥凝固大地、建造房屋以来，这张宇宙之网已经被烧出了不少的

---

① Ursula K. Le Guin, *Buffalo Gals & Other Animal Presences*, p.43.

破洞，露出了大地母亲千疮百孔的面庞。郊狼身上突出的母性特征和它最终因为相信人类而被投毒杀害的结局，也象征着自然母亲、大地母亲最终遭到人类的背叛和伤害。动物对大地母亲遍体鳞伤的形象的描述，激发并引导我们对自身的行为进行深刻反思，唤起人类与动物之间的共情和共同的生态责任。

郊狼最终决定护送麦拉回到人类当中。女孩对郊狼说出"我爱您"，在表达感激和不舍的同时，再次表现出她想要抓住两个世界的心愿。当她们一起走近人类的住处时，郊狼看到放在地垫上的烟熏鲑鱼和大马哈鱼，激动得手舞足蹈。这让它想起人类古老的祭祀（offering）行为，那时的人类对动物充满了敬畏："我都好多年没见过这样的东西了，我以为他们都忘了！"[1] 根据人类学著作《金枝》中的田野考察，远古时期人们为动物神灵献祭，对神灵充满敬畏，通过仪式将天地相通、万物相接，让世间万物重新成为一个整体。仪式的献祭是为了交换，人们通过献祭最好的食物、最纯洁的处女来换取愿望的实现、四季的循环、庄稼的丰产等。看到人类住处摆放的食物，郊狼百感交集，以为人类还继续保持着这种专为动物祖先举行的献祭传统，甚至心怀感恩地与人类交换誓言："嘿，你们这些人！狼谢谢你们！像这样坚持下去，也许我也会为你做一些好事！"[2] 随后它放松警惕、盘腿而坐，掰下一大块鲑鱼吃了起来。可它却没有想到这次与人类交换信任的代价是自己的生命。

在一些动物看来，郊狼救回并抚养受伤的人类女孩这一举动是疯狂的，但郊狼不仅抚养了人类女孩，还始终对人类抱有信任和感恩。郊狼是麦拉往返两个世界的引路人，它的牺牲激发两个世界转变视角看对方，让麦拉坚定了将假眼带回人类的决心。离人类栖居地最近的野生动物——狼，这种看似凶恶的动物身上的人性同时也让我们看到人类在所谓"祛魅"之路上与世界的疏离。一方面郊狼用它的方式抚养并帮助小女孩回家，另一方面人类绝情地剥夺了郊狼最后的生存可能。正是郊狼对人类的信任使其落入人类布下的陷阱。看到郊狼妈妈被人类毒杀，女孩悲痛地诅咒人类：

---

[1] Ursula K. Le Guin, *Buffalo Gals & Other Animal Presences*, p.48.
[2] Ursula K. Le Guin, *Buffalo Gals & Other Animal Presences*, p.48.

"我希望你们全部死于痛苦。"① 这一声痛苦的诅咒来自同为人类的麦拉,与她对郊狼母亲说出"我爱您"的深情表白形成鲜明的对比。作为人类的麦拉依赖并深爱着抚育自己的郊狼母亲,但郊狼却遭到麦拉同类的毒杀。因为与郊狼的共情,麦拉深深体会到郊狼死去那一刻超越身体的痛苦,她的这一句诅咒包含了莫大的无助和愤怒,也是对人类不尊重动物、将其作为"他者"而丝毫不顾及动物之痛的强烈斥责。

事实上,身体的脆弱性和短暂性不是人类独有的特点,其他非人类动物也和我们一样面临着各种身体的缺陷和局限。人类应该以更大的同理心和共情感来关爱动物,尽量减少技术滥用对动物身体和生命造成的严重伤害,避免人类足迹引发不可逆转的生态灾难。小说对郊狼中毒后的反应进行的细节描写进一步凸显了人类对待动物的残忍,将动物对人类的信任和人类对动物的"背叛"形成鲜明的对比,呼吁人类深刻反思。

(二)成长与回归

在动物眼里,人和动物原本就是同类,是一家。因此,动物们也拥有独立的主体性,希望得到人类的尊重。在郊狼被毒死后,蜘蛛祖母和山雀母亲安抚并鼓励麦拉回到人类中去:

> 走吧,小孙女,不要害怕。你可以在那里生活得很好。你知道,我也会去的。在你的梦中,在你的思想里,在地下室的黑暗角落里。别杀我,否则就让天下雨吧……我会来的,为我建造花园吧。你可以保留我们赠予你的眼睛。②

蜘蛛和山雀的叮嘱表现出动物们想和人类共同生活的愿望。它们嘱咐麦拉留下假眼,与其他人类分享她看到的立体世界,也是想让人类看到人与动物的"生活世界",让人类明白每一种生命都有其存在的意义。

通过小说跌宕的情节设置,勒奎恩试图传达出这样的思想:在现代社会中,单纯的怀旧主义主张已经行不通,我们不可能再回到人与动物共同

---

① Ursula K. Le Guin, *Buffalo Gals & Other Animal Presences*, p.49.
② Ursula K. Le Guin, *Buffalo Gals & Other Animal Presences*, p.51.

生活的原始状态，但它至少让我们重新意识到动物是我们"生活世界"的一部分，是宇宙之网中的重要构成环节。麦拉最终保留了那颗动物赠予的松脂假眼，它代表着原始巫术的神秘力量和动物的智慧。当她回到已经被异化的人类社会当中，至少这只眼看到的立体世界可以模糊人与动物之间那些绝对的隔离。跟随麦拉一起回到人类社会的不只是一只假眼，还有假眼中对动物情感和主体性的尊重以及对动物生存空间的重视，用以补充和修正现代人逐渐淡漠的伦理视域。

事实上，正如《野牛女孩》中郊狼和山雀所认为的那样，人和动物之间原本就存在亲缘关系。动物和人都是世界的有机组成部分，是生物环链中不可或缺的活的"机体"。《野牛女孩》以移情手法实现了动物"他者"与人类的相互移情，突出表现了对动物"他者"的道德、伦理、意识的认可和欣赏，拉近了人和动物之间的距离，消解了绝对人类中心主义的人与动物的二元对立关系。用现象学的观点来看，人类和动物之间不是简单的主客对象关系，而是存在一种相互依赖、彼此成就的主体间性。人类的主体、非人类动物的主体和世界三者的共同交互和经验，构成了一个充满生机和活力的"生活世界"。就目前的生态背景而言，人和动物之间应该各自保持并尊重对方的主体性，同时让主体之间持续一种暧昧的交互和理解，在参与对方世界的同时激起一种对动物的责任感和集体欢腾的情怀。

在勒奎恩的作品中，人与动物之间的界线始终是模糊含混的，她将动物和人置于同一时空之下，在思想、文化、仪式、道德、伦理等方面设计了大量的互动，凸显出动物和人在同一世界中的互惠性、共时性和不可分割的依存关系。她一方面批判人类利用认知和工具优势屠杀、掠食动物，侵占动物的家园，另一方面也肯定现代信息和医疗技术在帮助重建动物家园、助力濒危物种繁衍方面所做出的努力和取得的成效。她呼吁人和动物的暧昧互动，主张从存在意义上提高人与动物之间的互助意识和共情能力。

勒奎恩的作品激发人类反思对动物家园造成的不可再生的迫害行为，通过与动物的共情来认识生物环链的密切关联，让读者看到，只有当人类将对自身的关爱扩展至对动物乃至所有生命体的关爱时，人与非人动物之间的主体间性才能在最大限度上被激活。只有人类像坚守自身主体性一样尊重非人类动物的主体性并亲身参与对方的身心构建时，我们所共在的"生活世界"才能健康、持续地发展。在人与动物的关系中，我们将此看作"人—动物—世界"构成的统一整体。

第二节　人与环境的"存在之家"：《永远回家》

《野牛女孩》从主体交互性层面讨论了"人—动物—世界"共同构建的三位一体的"生活世界"，勒奎恩的另一部著作《永远回家》则从存在论美学的角度探讨了人与环境的"存在之家"。在勒奎恩的整个成年生活中，她目睹了现代社会为了追求"增长"和眼前利益而"不可挽回地（irrevocably）、不可补救地（irremediably）、盲目地（mindlessly）"毁灭我们的世界——忽视每一个警告，忽视每一个仁慈的选择"[1]。特别是在进入21世纪后，燃油、农业、基因工程、生物医学等比战争武器更具杀伤力和破坏性的生产性技术层出不穷，在自然生态和社会环境中暴露出越来越多的重大问题，这一切很难让人们对未来抱有长远而美好的期待。在著作《永远回家》中，勒奎恩尝试以一种激进的假设来描绘一个真正成熟的未来社会：

> 相信我们没有未来，只有高科技的发展，急迫的扩张（urgent expansion），城市化的加剧，以及对自然资源和人力资源的无情开发。人们倾向于把《永远回家》看成一种倒退。它只是在观察，而不是倒退。这是一种超越现有假设的激进尝试，它试图描绘一个真正成熟的社会。想象一种高潮技术（climax technology），它的原则不是强制性增长，而是一种内部的平衡（homeostasis）。提供一种有机的而不是机械的文化发展模式。[2]

---

[1] David Streifteld ed., *Ursula K. Le Guin: The Last Interview and Other Conversations*, p.135.
[2] David Streifteld ed., *Ursula K. Le Guin: The Last Interview and Other Conversations*, pp.98–99.

《永远回家》是一部体裁独特的长篇著作。它不是一部小说，而是一种虚构的叙事，是一部民族志报告、民间故事和诗歌的汇编。这部著作的叙事背景被设定在几千年后的后工业时代的加利福尼亚。在那里，我们的文明已经被摧毁，金属和化石燃料都消耗殆尽，只剩下一些被湮没的废墟、辐射和污染。除了一个可以覆盖所有星球的计算机网络，我们几乎已经找不到其他如今这个时代存在过的印记。

这个未来世界里存在两种迥然不同的文化。一个是在生机勃勃的世外桃源居住着的与自然为邻的山谷居民——凯什（Kesh）族。凯什人性情温和，信仰万物有灵论和一元论。他们以狩猎、采集和简单的农耕、贸易为主要生活经济来源，同时利用计算机网络来了解山谷以外的世界。另一个则是一味追求进步和速度的秃鹰部落，他们似乎更像是我们这个时代遗留的回音。他们信仰一神论，贪婪地利用技术制造各种水、陆、空的交通工具并以游牧的形式达到扩张领土的目的。他们运用武器和坦克对邻国的居民发起侵略，占领空间，俘虏当地居民，建造起他们所谓的城市。秃鹰人的生存状况仿佛就是我们现代人的成长过程和激进的发展方式的缩影。

通过对两个看似对立且毫不相干的未来世界的描写，勒奎恩塑造了两种截然不同的文化和意识形态：凯什族是传统的母系氏族，思想保守，信奉一元论和泛神论，他们爱好和平，敬畏并尊重自然；秃鹰族则是父权制社会，思想激进，信奉一神论，表现出极强的人类中心主义思想，他们好战、剥削、肆意破坏自然。（见图 4.1）

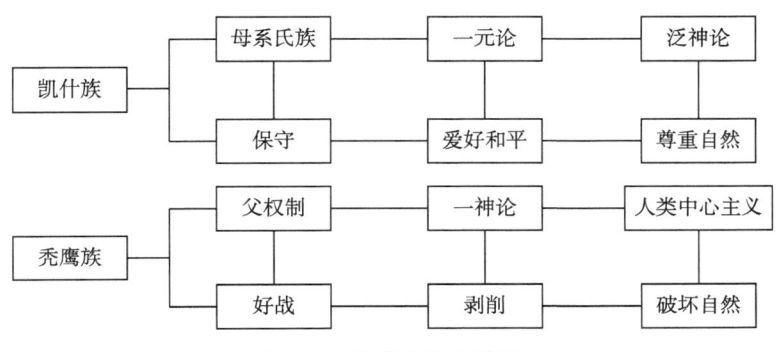

图 4.1　凯什族和秃鹰族

凯什族和秃鹰族中各有一名文化的使者进入对方世界，秃鹰男性在凯什族的母系氏族中经历挫折并遭到排斥；凯什女性在秃鹰族里受到歧视、压迫和剥削。北猫头鹰（North owl）是这两个对立世界相结合的产物，她的成长故事贯穿整部著作的始终，演绎并诠释了勒奎恩创作的核心思想。仍然是借用人类学的方法，勒奎恩笔下的主人公在人与环境的线性发展和循环发展两种结构中进行"田野考察"，以此酝酿出线性和循环模式的双向共存设想，她将叶芝的螺旋循环理论运用于人和其所处环境的存在世界，重现于生命的伟大循环与创造性再生之中。主人公北猫头鹰的出走、体验和回归再一次印证了勒奎恩暧昧的审美视角。米勒·勒霍森说：

  在《永远回家》一书中，勒奎恩把生活写成了一场旅行，为了成长和改变自己，一个人必须线性地、周期性地移动。通过改变自我，一个人可以诱发社会和宇宙的变化，因为自我、社会和世界似乎是铰链或锁在一起的。[1]

人物的旅行和成长是勒奎恩创作中的重要主题，她通过源自古老仪式思维的旅行、成长主题，去揭示人与他者的关系和与世界的联系。

一　凯什人的静观之谷

（一）山谷人的大地之歌

1. 山谷的天地之所

勒奎恩笔下的山谷生活呈现出一种乌托邦的氛围，这个乌托邦属于我们的未来世界，是对我们焦虑和浮躁的当下世界的拒斥和重塑。在凯什人的神话中，世界由天空和大地二者中的九所房子组成。大地上的五所房子分别以五种土壤命名。由于这五所房子同时也代表世俗的存在，山谷居民也就以这五种黏土命名他们的五个家族。它们分别是：黑曜石（obsidian）；蓝黏土（Blue Clay）；蛇纹石（Serpentine）；黄黏土

---

[1] Eileen M. Mielenhausen. "Comings and Goings: Metaphors and Linear and Cyclical Movement in Le Guin's *Always Coming Home*", *Utopian Studies*, No. 3, 1991, pp. 99–105.

（Yellow Adobe）；红黏土（Red Adobe）。（见表4.1）

表4.1 大地的五所房子

大地的五所房子
(The Five Houses of The Earth)

第一所房子 (The First House)	第二所房子 (The Second House)	第三所房子 (The Third House)	第四所房子 (The Fourth House)	第五所房子 (The Fifth House)
黑曜石 (Obsidian)	蓝黏土 (Blue Clay)	蛇纹石 (Serpentine)	黄黏土 (Yellow Adobe)	红黏土 (Red Adobe)
东北方 (northeast)	西北方 (northwest)	北、东、南、西 (N,E,S,W)	东南方 (southeast)	西南方 (southwest)
黑色 (black)	蓝色 (blue)	绿色 (green)	黄色 (yellow)	红色 (red)
月亮 (the moon)	湖水 (fresh waters)	石头 (stones)	尘土 (dirt)	尘土 (dirt)

与大地的五所房子相关联的所有运动都朝向内部
(The direction of movement associated with all Five Houses of the Earth is in ward)

与大地之所相对应的是天空的四所房子，分别是以四种自然现象命名：雨（Rain）；云（Cloud）；风（Wind）和静止的空气（Still Air）。这里的居民主要是熊、彪马、郊狼和鹰，它们代表神圣的存在。（见表4.2）

表4.2 天空的四所房子

天空的四所房子
(The Four Houses of The Sky)

第六所房子 (The Sixth House)	第七所房子 (The Seventh House)	第八所房子 (The Eighth House)	第九所房子 (The Ninth House)
雨 (Rain)	云 (Cloud)	风 (Wind)	静止的空气 (Still Air)
熊 (bear)	彪马 (puma)	郊狼 (coyote)	鹰 (hawk)
死亡 (death)	梦 (dream)	荒野 (wilderness)	永生 (eternity)

续表

天空的四所房子 (The Four Houses of The Sky)			
第六所房子 (The Sixth House)	第七所房子 (The Seventh House)	第八所房子 (The Eighth House)	第九所房子 (The Ninth House)
向下 (down)	向上 (up)	穿越 (across)	向外 (out)

天空的四所房子都朝向最低点和天顶运动。它们的颜色由彩虹的光谱和白色组成。
(The directions of all Four Houses of the Sky are towards the nadir and towards the zenith. The colors of all Four Houses of the Sky are the spectrum of the rainbow, and white.)

  九所房子共同组成了山谷人的整个世界，它们之间是不可分割的。天空之所和大地之所之间总是被各种传统的仪式赞美着、庆祝着，紧密地联系着。凯什人就怡然自得地"活在这个世界之中"(living inside the world)。他们不再需要多余的技术，因为山谷的技术已经完全可以满足大家的需要。他们拒绝破坏环境或者伤害其他生物，除非有这样做的必要，否则他们始终尽力维护着山谷人与山谷环境之间的微妙平衡。

  山谷居民还建造了供人们学习和交流的公共空间——神圣的海伊玛(Heyimas)。海伊玛的内部空间被建筑在地面之下，房顶在地面之上，由四面组成，被山谷人称为铰链(hinge)，它既是神圣和世俗两个世界之间的鸿沟，也是沟通和连接不同世界之间的桥梁。

  故事中的"山谷"是勒奎恩展望的未来世界，山谷居民的生活呈现出一种"返魅"的现象。他们会定期举行盛大的仪式并一起舞蹈，如舞月节、舞水节、舞酒节等，人与自然之间仿佛又复归到一种新的"返魅"关系。最典型的例子就是北猫头鹰9岁时第一次观看辛山的葡萄酒节(Wine)庆典，其中充满了各种颠覆和逆转(reversal)。在庆典上，"我认识的每个人都变成了我不认识的人"[1]。山谷居民在重要节气举行的大型狂欢活动与农神节、谷神节、五朔节等古代传统重要仪式中"颠倒日常"的狂欢场面极为相似：舞蹈、鞭打、小丑、把玩性道具、表现做爱的场景等。通过突出描

---

[1] Ursula K. Le Guin. *Always Coming Home*, p.26.

写未来山谷居民举行的各种仪式庆典，勒奎恩引导读者一起思考"传承"和"记忆"在人类发展史中的重要意义。

2. 山谷人与环境的依存关系

对山谷人而言，他们是山谷的一部分，山谷也是他们身体的一部分。故事通过北猫头鹰与祖母、母亲三代人共同完成的山谷之行和北猫头鹰自己独自进入深山的成人之行，反映出山谷人与环境的依存关系。在北猫头鹰第一次和家人出游，到其他几所房子去探亲的旅途中，她与河流、与大山亲近，每一座山和每一条河就像族人一样和她们相互归属、相互守候。她们沿着河流行走，穿过树林、峡谷、橄榄园、李子园、油桃园，走在爬满葡萄藤的小山中间，她们会和大自然中的万事万物打招呼，对它们说唱"heya"。① 这是勒奎恩构想的一个伊甸园般的世外桃源，山谷人居于其间，人与自然的生命息息相关、紧密依存。山谷人在山谷中的行走仿佛是在自己的每一处身体中走过，她们把山谷的每一片土地都视为一个统一的身体，像认识自己的身体那样去洞察和体验山谷，形成交互式的主体经验。

在北猫头鹰 8 岁时，她开启了一次独自"追寻狮子足迹"的山谷之旅。② 从惧怕山谷到与山谷和解，她改变了静观山谷的态度，主动寻求改变、融合和动态的平衡。当她第一次独自踏入山谷时，她将大山作为客体对象，害怕并警惕着大山中可能出现的各种危险，带着恐惧和防御的心理与环境打招呼。她感觉到自己是大山的外来者和入侵者，受到山中生命的监视和提防，因此自己的行动也是蹑手蹑脚，看到的事物都与自己处于对立面。此刻的她和大山互为"他者"，也互为陌生的对象。当她唱出"heya"，四处都是无人回应的孤寂，只要她稍微移动身体，总会听到树木们在惊叫："看，她动了！"③ 进入大山的第一天，她被一种无形的力量捆绑着，不但没有寻找到狮子的足迹，而且还花了一整天的时间"从

---

① 在山谷信仰里，"heya"是人们与世界万物打招呼的方式，表达一种无法用一般语言来传达的赞美和问候，带有神圣的、圣洁的含义。
② "追寻狮子足迹"就是辛山当地的一种成人仪式，成长之旅。
③ Ursula K. Le Guin, *Always Coming Home*, p.20.

狮子身边逃跑"①。

内心的恐惧和与环境的疏离让北猫头鹰无法与大山相融，她最终伤心地将脸埋入泥土哭泣，向泥土哭诉自己的委屈。泥土是大地，是母亲，是母亲的母亲。与母亲的交流让北猫头鹰卸下防备，得到了大地母亲的回应和慰藉。第二天她开始与动物交流，与鹿互相祝福，与郊狼对视。大树、空地，成为女孩夜晚的栖息之所，当黑暗降临，郊狼让她进入了它的房子（大地，整个森林）。她走过每一座小山，并把口袋里的东西作为礼物送给经过的地方。当她在峡谷中迷失方向时，小溪为她引路，大树为她撑伞。她总是主动与自然交流，努力寻找着自然反馈给她的声音和信号。通过仔细观察和主动的关联，北猫头鹰逐渐与自然彼此渗透、彼此理解。狼会为她唱歌，驱逐黑暗和浓雾；鹿会靠近她，为她赶走孤独；池龟会为她指引出路，让她重新看到方向。她终于爬上了大山，找到了狮子的足迹。

这段描写生动而美好。对北猫头鹰来说，这次 8 岁的独自旅行是一次成人礼。她克服了困难、恐惧和自然灾难，成长为一名真正的辛山人，成为这所房子的一部分，也成为世界本身。辛山的成长之旅为她的下一次冒险之旅铺下了基石，争取到了新的时间和生命，更重要的是旅行本身让她领悟到：只要与环境、与自然共同存在，她就是世界，世界就是她。

（二）山谷中的平面世界

山谷居民们终生生活于山谷之中，如同《桃花源记》里的桃源人，不曾走出自己的世界，也不明白世界之外发生的事情，他们不愿意接受改变和发展。从北猫头鹰的母亲、山谷里勇士旅社中的勇士们身上都不难看出，山谷人习惯将自己封闭在一个不完整的、平面的世界里。

1. 一只眼看世界的父母

北猫头鹰对父母的评价或许最能表达山谷人的平面世界观："我父母生活的悲哀是他们只能用一只眼睛看东西。"② 无独有偶的是，只用一只眼睛看世界，这和《野牛女孩》中失去"文明"之眼的麦拉用剩下的一只眼睛看世界一样，他们看到的世界是二维的、平面的，当然也是片面的、不

---

① "从狮子身边逃跑"意味着恐惧将北猫头鹰真实的自我隐蔽起来，同时让她与环境相疏离。
② Ursula K. Le Guin, *Always Coming Home*, p.29.

完整的。因为凯什人拒绝与外族人通婚，而北猫头鹰是山谷人和秃鹰人生的孩子，所以她从小就被山谷人看作另类的"他者"，同伴们都称呼她为"半人"（half-person），认为她只有一半是属于山谷的。但她也生来就比其他山谷居民更具包容性、开放性和冒险求变的意识，总是主动调整自己看世界的方式。北猫头鹰这个名字隐含着勒奎恩重要的创作旨意。通过猫头鹰这一动物的视力特征，勒奎恩赋予了主人公超越常人的深广视角和敏锐的洞察力。因为北猫头鹰身上流淌着两个世界的血液，所以她更是得以通过双面的视角去观察和思考，更加客观、多维地看到了自己父母可悲的一生。

  北猫头鹰的母亲威洛（willow）是辛山蓝黏土人的女儿，嫁给了南方一支秃鹰军队的首领。她性格内向，对父亲的爱盲目而自卑。因为秃鹰人必须无条件服从上级的命令，女儿出生后不久父亲便返回南方去执行新的任务。从那以后，母亲便将自己困囿于一个封闭的世界之中，她的眼睛只看得到自己的丈夫，一个被她称为"凯纳"（Killer）的男人，因为他"夺走了"（Killed）母亲的一生，包括她的时间和生命。她只用一只眼睛看世界，她看到的世界是平面的、静止的，失去了生机和创造。在父亲离开的九年中，北猫头鹰从未见母亲愉悦过、美丽过，直到父亲再次归来。当母亲和秃鹰父亲重逢时，她宛如一位天空之所的美丽圣女。那天晚上，威洛很骄傲，也很伟大。"她喝了酒，但并不是酒让她变得伟大，这是在她心中压抑了九年之久的力量，现在终于释放出来了。"[①] 在没有父亲的这九年里，母亲的生命是静止的、没有流动的，形成一个压抑的、封闭的死环。因为思想的偏执，母亲白白让九年的时间流逝，浪费了珍贵的生命，逼迫自己与世界疏离。她眼中的一切都是灰色而没有希望的。母亲关闭了心灵和与世界沟通的大门，不愿意去学习和探索这个世界的无限可能。对母亲威洛这一形象的刻画旨在传达一个道理：一只眼睛看到的东西是没有深度的。所以，当父亲再次接到任务决定离开时，他要求母亲与他同往，但母亲拒绝了父亲并永远地关上了心门，与世界切断

[①] Ursula K. Le Guin, *Always Coming Home*, p.27.

了联系。

母亲最终变成了北猫头鹰眼中的"灰烬"(Ash)。她总是一个人，不再参加海伊玛的舞会和仪式，也不再和其他人说话。下面这段北猫头鹰的独白刻画出母亲封闭而悲苦的一生：

> 她既不想跟人在一起，也不想跟家里的羊在一起，甚至也不想跟老树在一起。她的灵魂已经萎缩，失去了自我。她没有旋转，而是闭合了圆圈。我在心里给她起了个姓：灰烬。但我从未说过这句话，直到她去世那年的世界哀悼日之夜，她所有的名字都被记入火中。[1]

事实上，山谷社会静止、封闭的思想是导致母亲自我封闭的主要原因。北猫头鹰父母的爱情和婚姻自始至终没有得到山谷人的祝福和认可，他们因为父亲来自山谷之外而鄙视他，称他为"没有房子的人"（houseless man），[2] 大地之所不愿意收留他。他们对母亲持有不可扭转的偏见，看不起她，认为她嫁给了一个"没有房子的人"，而这人迟早会离开她。勇士社的男人们总说："让他们和秃鹰女人结婚，繁衍他们喜欢的后代吧。别让我们家族的女儿嫁给一个没有家族的人。"[3] 山谷居民根深蒂固的封闭观念无疑给母亲的生活带来了巨大的压力，也是导致母亲关闭心门的关键。

另一方面，父亲对母亲的爱也是傲慢而排他的。来到山谷的父亲始终不愿主动探索和参与山谷文化。他不会读书、写字、做饭，也不会跳舞，终日在母亲的房中，不愿做出任何改变。他没有尝试在山谷里任何一个工场、酿酒厂或谷仓工作，甚至从来没有走进田野。"虽然他想和狩猎队伍一起出去，但只有最粗心的猎人才会让他来，因为他既不向鹿唱歌，也不向死神说话。"[4] 父亲不愿意劳作，甚至还藐视牧民、农民和樵夫，认为农活儿应该花钱雇人去做。他将自然看作征服的对象，将土地称为没有

---

[1] Ursula K. Le Guin, *Always Coming Home*, p.364.
[2] 天空和大地的"房子"是山谷人的原始信仰，外来人不属于山谷中任何一所房子和家族。
[3] Ursula K. Le Guin, *Always Coming Home*, p.35.
[4] Ursula K. Le Guin, *Always Coming Home*, p.31.

区别的黑色尘土（dirt），只是人类挖掘和开垦的对象。父亲把自己与土地和自然隔离开来，他的傲慢暴露了他"文明"的野蛮。

可见，父亲和母亲的爱是建立在对对方的不完全理解和不完全接受的基础上的。他们没有为对方留下交流、渗透和学习的空间，最终关上了走进对方世界的大门。就像北猫头鹰看到的那样，父母将自己封闭在一个没有生命、没有流动的环里。母亲威洛拒绝接受父亲的邀请，拒绝继续等待，也拒绝跟随父亲回到大姚城。① 而父亲也拒绝像山谷人一样下地干活，拒绝去山谷的神圣场所海伊玛学习山谷文化，了解山谷人。他们彼此都只用一只眼看世界，都认为自己看到的就是全部世界。但是，一只眼睛的视域是狭窄而有限的，其思想也相应地受到了视域的影响。

2. 充满敌意的山谷勇士

山谷里有各种社团组织，其中勇士社的成员全是充满敌意和好斗的男性，他们代表着山谷中另一股压抑的力量和情绪。勇士社的男人们始终走在人类愤怒的圈子里，他们主动切断了与外界的联系，将自己封闭在不断加深的仇恨中。勇士社的禁欲规则是山谷封闭思想的另一种体现。它规定社里的男人对外来人必须永远持警惕、敌意和驱逐的态度。他们不允许女人与他们生活在一起，轻视并忌讳女人的存在。北猫头鹰的祖父就对妻子、女儿、孙女和所有的女人都很轻蔑，也因此与祖母分开。北猫头鹰和斯皮尔（spear）的爱情也是因为勇士社的禁欲规则而搁浅。

山谷居民对外来"秃鹰人"的恐惧和抵触情绪在勇士社的男人们之间表现最为突出。他们不愿接受人为的改变，对秃鹰人在山谷中的筑桥行为感到焦虑和恐慌，将秃鹰人视为敌人和"打仗"的对象。在这一点上，山谷人与秃鹰人的发展观形成了鲜明的对比："秃鹰人不仅是勇敢的战士，而且是伟大的工程师。秃鹰城周围土地上的道路和桥梁是那个时代的奇迹。"② 然而，在山谷人的静观思维中，如果这里需要一座桥，那么自然会有一座桥出现在这里，而不是人为地修建一座桥。这一描写反映出山谷人拒绝发展的保守思想，同时也是对人类历史的进步和在困难、灾害面前勇

---

① "大姚城"是秃鹰人所建设和生活的城市。

② Ursula K. Le Guin, *Always Coming Home*, p.34.

于克服困难、主动应对困难和改造恶劣环境的英勇精神的否定。

即便是在了解到秃鹰修桥可以开阔山谷人的视野，方便他们的出行的情况下，勇士社的男人们仍然坚定地表示拒绝：

> 我们是居民，不是旅行者。一个人从一个房间到另一个房间不需要路和桥。这个山谷就是我们的家，我们住的地方。①

山谷人始终将自己封闭在静止的生活圈中，他们拒绝向外的旅行，也拒绝开放自己的边缘与外界相连。

（三）背向而行，走出山谷

对山谷封闭文化的抵触和质疑，加之对父亲世界的好奇和向往，激发北猫头鹰毅然走出山谷，开启了另一个世界的旅程。在北猫头鹰的眼中，父亲是秃鹰部队中唯一的人类，拥有绝对的权力和力量：

> 我不确定那里的人是不是人类。他们都穿得一样，样子也一样，一句话也不说，就像一群动物。每当他们走近我父亲，就会拍拍自己的前额，或者有时跪在他面前，好像在看他的脚趾。我认为他们是疯子，非常愚蠢，而我父亲是他们当中唯一真正的人。②

北猫头鹰突出描绘了秃鹰部队的机械性和同一性，他们似乎不是由不同的个体组成，而只是一些毫无差异的对象方阵。但父亲却不一样，他是这一方阵中的绝对权威中心，是唯一拥有主体性的存在。他对秃鹰人说的每一句话都是命令，一种必须无条件服从的指示。父亲的归来一方面让她找回了缺失的父爱，另一方面又让她受到权力和异域文化的诱惑。在这个戴着秃鹰头盔的大个子面前，她觉得自己已经不再是一个孩子，而是"一个完全不同的人，一个比人类更珍贵的人"③。北猫头鹰迷失

---

① Ursula K. Le Guin, *Always Coming Home*, p.35.
② Ursula K. Le Guin, *Always Coming Home*, p.31.
③ Ursula K. Le Guin, *Always Coming Home*, p.32.

在父亲赋予她的权力中,她感到了来自权力的巨大能量:

> 我第一次感到了权力的巨大能量,它源于不平衡,无论是一个滑轮的不平衡,还是一个社会的不平衡。我是司机,不是推车的人,我觉得这很好。①

北猫头鹰开始尝试摆脱自己山谷人的身份,突出自己身体中流淌着的秃鹰首领的血液,因为那个身份赋予了她高于其他所有人的权力和地位。山谷人对父亲的各种非议,母亲对父亲的拒绝,斯皮尔因为禁欲规则而逃避对自己的感情……各种不平衡的情绪让拥有双重身份的北猫头鹰感到压抑和愤怒,她发现自己"生我自己的气,生家里的人的气,生神山的人的气,生山谷里的人的气……我是一个秃鹰女人"②。当她心中充满仇恨的时候,她发现自己逐渐与山谷世界疏离,无法与环境打招呼,也感觉不到水的流动。北猫头鹰最终对自己的身份做出了选择,她从父亲那里得到代表秃鹰女人的新名字"阿亚图"(Ayatyu,指出身高贵的女人),抛下原有的身份和处境,去追寻和验证自己"秃鹰女"(condor woman)的身份。

跟随父亲离开山谷之后,北猫头鹰感觉已经远离了自己的身体。当她在山上躺下睡觉时,感到身后的山谷就像一个身体,她自己的身体。

> 我的脚是河流的水道,我身体的器官和通道是地方和溪流,我的骨头是岩石,我的头是大山。这就是我的全部身体,而我在这里躺下就是一个呼吸的灵魂,每天都在远离它的身体。一根细长的弦连接着他的身体和灵魂,一根痛苦的弦。③

北猫头鹰离开山谷,与山谷背向而行,经受着身心的分离。她的心是

---

① Ursula K. Le Guin, *Always Coming Home*, p.32.
② Ursula K. Le Guin, *Always Coming Home*, p.180.
③ Ursula K. Le Guin, *Always Coming Home*, p.189.

向往的、愉悦的、渴望自由的，但远离了山谷——这片与自己的身体相互归属的土地，她同时又是被撕裂的和不完整的。

从山谷文化出发，跟随父亲去往另一种文化，需要调整看世界的角度和方法去适应全新的环境。北猫头鹰身上带有父母各一半的特点，对非此即彼的态度和思想持批判态度。父母各自都只用一只眼睛看世界，而作为"半人"——人与非人的结合，①北猫头鹰则可以用双面的甚至是立体的视角去看世界，她看到的世界是开放的、充满无限的可能。实际上，在前往大姚城的路途中，北猫头鹰的观念、视觉、听觉和感觉不断受到各种差异和矛盾的逆向冲击，但她并未将自己陷于其中，而是将所见所闻悬置起来，堆积成一种"记忆"。这让我们想到胡塞尔哲学为了达到直观还原，将科学态度悬置起来的方法。北猫头鹰目前将自己无法接受的现象悬置为"记忆"，实际上就是对旧的观念和经验的悬置。为了接近和走入父亲的世界，北猫头鹰强迫自己不去思考眼前看到的一切：秃鹰人任意捕猎并宰杀取食动物，杀死沿路的无辜居民，破坏环境，不与世界交流，等等。她把这些仅仅看作一些他人制造的影像和幻象，尽量将自身抽离出来，不参与其中。因为，此时她只有腾空自身，悬置起原有的认知和规诫，才能腾出新的空间来容纳、迎接并体验新的世界。

二 大姚人的加速之城

北猫头鹰跟随父亲到达了大姚，路途中秃鹰人哼唱的歌谣描绘了大姚人的价值观轮廓，揭示出大姚人激进好战的特点：

> 城市在哪里，我就在哪里，
> 秃鹰在哪里，我就在哪里，
> 哪里有战斗，我就在哪里。②

---

① 秃鹰人和山谷人都将对方看作"非人"，"动物"。
② Ursula K. Le Guin, *Always Coming Home*, p.190. 原文："Where the City is, I am coming, Where the Condor is, I am coming, Where the battle is, I am coming."

歌谣中三个关键词：城市、秃鹰、战斗，分别代表进步、信仰（一神论）和战争。具体可以理解为大姚人信仰秃鹰，通过战争来征服土地、建设城市、追求进步。

（一）大姚的城市

大姚人以男权思想为中心，追求领土的扩张和技术的发展，对环境进行无限制的消耗、利用和破坏。他们的行为仿佛是对我们现实生活中工具理性主义的再现。

相对山谷环境而言，大姚城自然是先进而发达的。它是一个布满铜线、到处都是金属的世界。当北猫头鹰第一次到达大姚城时，她忍不住感慨眼前壮观的景象：

> 我看见了南城的塔楼，黑色玄武岩的城墙，成直角的宽阔街道华丽而整齐。……我看到他们用于工作和战争的机器和引擎，制作精美，是奇妙的手工创造。这一切都是伟大的、正直的、坚硬的、坚强的，而我却怀着敬畏和钦佩之情看到了这一切。①

大姚城的发展是突进式的。从最初的游牧民族聚落演变成为今天的先进城市，大姚人停止了迁徙，将迁徙变成了侵略和扩张。然而，在城市得到加速发展的同时，他们却失去了原来作为游牧民族的健康和自由。一百多年前，他们听从了一位"神鹰"②的命令，这位"神鹰"看到了一个景象，说上帝命令他们建造一座城市并在那里居住。但是，"当他们这样做的时候，他们把自己的能量锁进了轮子，因此开始失去他们的灵魂"③。

大姚城的信息交换中心非常发达，被称为"心灵之城"（the City of Mind），它既指网站或中心，也指整个网络或实体，代表永生和权威。"心灵之城"承载着每一个物种或个体的愿望：继续存在。这与我们现代

---

① Ursula K. Le Guin, *Always Coming Home*, p.194.
② 秃鹰人崇尚一神论，"神鹰"就是他们信仰的最高权威。
③ Ursula K. Le Guin, *Always Coming Home*, p.196.

电子信息技术正在憧憬的"数字身体"极为相似。这一隐喻同时也反映出深受笛卡尔"身心二元论"影响的现代科技理性信仰，诟病人类身体的缺陷和局限，拔高心灵的地位，倡导人类大脑所反映的心灵世界以信息或数据的形式获取永生。因此，大姚城本身就是以自我为中心的，它与植物没有任何关系，只是将它们作为观察的对象和数据的来源。它与动物世界和其他人类的关系同样受到限制，只有一个例外：双向的信息交换。这原本是大姚人唯一自由和不受限制的交流方式："任何 50 人或 50 人以上的定居群体都有资格申请交换中心，这种交换是应人类社区的要求由城市机器人安装的，并由机器人和人类共同进行检查和维修。"① 但是，即便是这唯一的平等权利，也被大秃鹰作为主宰和控制城市发展和人类心灵发展的工具，对其进行了垄断管理。他将信息交换中心设在宫殿里，仅供他个人使用。在他看来，心灵就应该是宇宙的复制品，象征永生和权威。

大姚城同时也被称为"人类之城"（the City of Man），它代表一种"未来文明"，但它也终究会成为历史。它将自己定义为一种断裂式的存在，秃鹰人认为自己生活在"外部时间"的人类之城，割舍了史前文化和原始文化。这里的建筑非常密集，人口稠密，且地势偏远。他们所谓的文明是与动物、环境和地球上生存的其他人类相分离的。秃鹰人切断了人与自然的联系，将自然驱赶出了他们的世界。"自从他们定居下来，秃鹰的目的是通过从其他人那里获取土地、生命和服务来增加他们的'……财富和权力，从而荣耀神。'"② 然而，自然不是人类的奴隶，人类以自我为中心的最终结局是自我隔离和自我毁灭。他们一味求进，到处扩张自己的地盘，修建道路、新建城市，不断地扩大掠夺和侵害的范围，所到之处都变得荒草丛生，人烟稀少。

事实上，无论是"心灵之城"所代表的包括信息交换中心在内的强大的计算机网络，还是"人类之城"所代表的割裂历史的"未来文明"，都存在于同一个时间区域或模式中：它们在时间之外，也在世界之外。

---

① Ursula K. Le Guin, *Always Coming Home*, p.341.
② Ursula K. Le Guin, *Always Coming Home*, p.340.

（二）大姚的信仰

1."一"

在大姚信仰中，"一"（One）是创生万物的至尊者，更是全知全能的永生之人。他们认为整个人类都是对"一"的模仿。"一"创造了宇宙，予以秩序，万物不是"一"的一部分，"一"也不在万物之中，而是在宇宙、世界之外的至高无上的存在。因此，"一"就是绝对的美和善，而与"一"相对或不服从"一"的，就是绝对的丑和恶。

从美学意义上看，勒奎恩笔下刻画的这种绝对信仰实则是对柏拉图"理念"论和"模仿"说的文学性重现和批判。其中，"一"是唯一真实的存在和至高无上之光等观点表现出浓厚的神秘主义色彩。柏拉图认为"理念"是万物之本，而文学、艺术都是对理念的模仿。以普罗提诺（Plotinus）为代表的新柏拉图主义则结合希腊哲学和东方神秘主义，发展出"太一（One）"的观点，认为神是太一，超越于世界之上。它就像是太阳的中心，是一种纯粹不变的实在。普罗提诺用流溢隐喻来解释世界的创造：事物从神那里流溢出来，产生了灵魂，又进一步每次流溢出一种事物，并为自然之全体提供生命的原则。[1] 新柏拉图主义将"理念"进一步神秘化，宣称神就是光，是至高之"一"的散发。世间之物无不沐浴在"一"的光照下，而这种光照有强弱和远近，因此散发在事物之上就赋予了对象不同的身份和等级。由此不难看出，勒奎恩深谙柏拉图"理念"论的发展脉络，并以文学变形和重塑的形式表现她对这一重要学说辩证的思考。

在勒奎恩创作的故事中，大秃鹰是"一"的唯一具身，"一"将自己投射在大秃鹰身上，所有人都必须赞美和服从他，代表对"一"的绝对信仰[2]。大姚城里所有的秃鹰家族和"一"的勇士都被认为是秃鹰的儿孙，他们是"一"神具身的具身，圣子之子。所以，在大姚城，凡是秃鹰的后代和真正的秃鹰战士都是高贵的，受其他人的赞美和服从。讽刺的是，秃鹰

---

[1] ［美］撒穆尔·伊诺克·斯通普夫、［美］詹姆斯·菲泽：《西方哲学史》（第9版），邓晓芒、匡宏等译，北京联合出版公司2019年版，第123页。

[2] Ursula K. Le Guin, *Always Coming Home*, p.200.

家族里有一条不成文的规定：真正秃鹰家族的孩子必须射杀至少一只秃鹰，才能长大成人。这一规定预示，秃鹰人走的是一条自我毁灭之路。

泰昂（tyon）是秃鹰家族以外的大姚人，主要是农民（famers），他们只受到"一"的投射，尽管非常微弱，但也还是获取了一些光芒，所以也被看作人类。其他被称为吽特（hontik）的都被视为"他者"，包括女人、外族人和动物，与人没有任何关系。他们是不祥、不洁、肮脏的。而且，既然他们都是由"一"神造的，那么神造他们的目的一定是他们顺从侍奉"一"的众子嗣。在"一"神论的教义中，大姚人相信，"一"创造了时间，也可以停止时间，然后将开始时间之外的时间。因此，他们必须虔诚地服从"一"的具身大秃鹰，绝不能触犯或者亵视他的权威。所有的歌都唱诵着为"一"而死的荣耀。所有的男人都想杀光所有他们能杀的人，而女人则为此赞美他们，因为她们害怕自己会被"一"抛弃。

真正的秃鹰战士必须对"他者"进行无休止的侵略和剥夺。北猫头鹰的父亲会因为外出征战的收获不佳而陷入终生的耻辱，这种耻辱甚至给他带来生命危险，因为在"一"的思想中，战斗失败就意味着无能和背叛。吽特是不被允许看书和学习的，阅读或是写作会为自己招来挖去眼睛、废除双手的酷刑。女人如果不服从自己的丈夫、和其他男人在一起，也会被处死。在大姚生活期间，北猫头鹰每天都看到各种暴行、惩罚以及承受这一切的小孩、奴隶、女人，终日生活在持续不断的战争和令人恐惧的威吓之下。

大秃鹰把凡是与"一"作对的人视为绝对的敌人，并对其进行残酷的杀害。也就是说，为"一"而战，死也是一种荣耀，与"一"相对立的"他者"，都必须彻底剿灭。秃鹰人将这种滥杀无辜的残暴行为称为"一的法则"（the Law of One），赋予它理所应当的权益，凸显出秃鹰人妄自尊大的男权主义思想。大秃鹰从不接受别人的建议，自己的儿子也不行。因为"秃鹰不会做错事，秃鹰的儿子也不会有任何缺陷"[①]。与自己争辩就是对"一"的不敬，冒犯了"一"的精神（the One-Spirit）。当儿子因为

---

① Ursula K. Le Guin, *Always Coming Home*, p.348.

领土扩张问题发表了相反意见时,大秃鹰毫不犹豫地将儿子和他所有家眷及奴隶全部处死。大姚的"一"的绝对权力和一神论思想导致大姚人从来不会聚在一起就某件事情进行讨论、争执或是妥协。一切都必须遵从秃鹰制定的法律:

> 所有的事情都是由法律决定的,或者是由命令决定的。如果出了什么差错,受到责备的似乎永远不是命令,而是服从命令的人,指责通常是体罚。我每天都学会了谨慎。[1]

秃鹰人认为人必须和其他事物保持隔离的状态,以保证自身的神圣和干净,这样才能投射出"一"的光芒。正是这种思想促成了他们的灵魂镜像理论:为了反射,镜子必须是干净的。它越干净、越清晰、越纯净,反射出来的效果就越好。真正的秃鹰战士只能是一种纯粹的东西的反映,他们要将自己与其他存在区分开来,将其他存在从他们的思想和灵魂中清洗出来,甚至消灭这个世界,这样他们就能保持完美的纯洁。他要活在世界之外,消灭它,以显示一个世界的荣耀。[2] 这种"一"神论的教义和等级观念深入大姚的每一个群体之中。大姚的任何一个群体都有一个首领,而这个群体的其他人必须无条件完全服从他的命令。由此可见,"一"的思想是绝对排他的单一主义,它致使大姚没有平等,只有等级和剥削。

2. "他"

大姚的社会结构有着十分僵化的等级划分。在"一神论"思想的统摄下,大姚城里只有两种人:真正的秃鹰和农民,他们都在"一"的光芒辐射范围之内。除此之外的所有生命都被当作"非人",且与大姚"人"相对立,必须绝对服从和服侍大姚"人"。女人、外族人、动物,都统统被看作动物,而环境也被看作纯粹的利用对象,没有主体也没有任何自主权益可言。

首先,大姚的妇女是这个世界里典型的"他者",她们终其一生都生

---

[1] Ursula K. Le Guin, *Always Coming Home*, p.348.
[2] Ursula K. Le Guin, *Always Coming Home*, p.201.

活在围栏之内，与牛羊等动物住在一起。她们被禁止触摸秃鹰的羽毛，甚至不被允许直视天空中的秃鹰。当秃鹰飞过时，她们必须藏起她们的眼睛，并且号啕大哭。对于习惯了山谷自由生活的北猫头鹰来说，和其他女人们一起被关在围栏里不能外出，她感觉自己从来都不是自己。所有秃鹰之女都把她看作动物或原始人。她在真正走进大姚人的生活后才知道，自己的母亲也一直被秃鹰人看作动物。她千里迢迢跟随父亲来到大姚，目的就是摆脱"半人"的身份，却不想在父亲族人的眼中，自己仍然是一个"半人"——一半是动物，一半是秃鹰的女儿。在秃鹰人眼里，外族人和动物一样，是野蛮无知的。他们将北猫头鹰父母的婚姻看作一种乱伦，因为人与动物之间是没有婚姻的。当北猫头鹰被要求和其他女人一起挤在有篷的货车里时，她觉得自己像极了一只咕咕叫的母鸡，但也正是在这个时候，她比以前任何时候都更多地思考应该如何做一个人。

空间上的分隔意味着人的身份、地位、心灵的隔离。在大姚，妇女们不仅受到空间上的隔离，也受到思想、精神上的隔离和禁锢。女人除了家庭技能外什么也不能学，也不被允许进入达哈达（daharda）[1]的神圣部分，即便是在某些重大节日里，她们也只能到达哈达庙前的前厅去听里面的歌声。由此可见，大姚的妇女没有参与大姚知识生活的权利和机会，她们总是被视为"他者"，被排除在智力活动以外。"她们的女人是没有灵魂的，所以也不需要了解和学习灵魂的运作方式。"[2]

其次，秃鹰人将女人视为性欲发泄工具和生殖工具。这同时反映出男权社会的权力所属者将自然和环境作为"他者"所实施的"强奸"行为。在《新女性/新大地》（*New Women/New Earth*，1975）中，吕特尔将贬低女性和贬低土地关联起来，开启了生态女性主义的理论视域。[3]女性主义者所做的关联不无道理，从生态学的角度上来看文本，秃鹰人对女性的贬低、利用和伤害，暴露出他们对环境、大地和自然之母的迫害。大姚

---

[1] 大姚城里的"达哈达"类似于辛山的神圣之所"海伊玛"。不同的是，大姚的"达哈达"只有男人才能进入，而辛山的"海伊玛"则是对所有人开放的。

[2] Ursula K. Le Guin, *Always Coming Home*, p.200.

[3] ［美］格雷塔·戈德、［美］帕特里克·D. 墨菲主编：《生态女性主义文学批评：理论、阐释和教学法》，蒋林译，中国社会科学出版社2013年版，第20页。

男人对女性的绝对控制和占有行为与人类在土地上播种、建房、开发等行为具有紧密的联系。他们将女性视为性欲和生殖工具，将环境视为为人类服务、满足私欲的工具。秃鹰人烧毁村落，杀戮和抢劫钱财，侵占妇女。"他们杀害和烧死男人和孩子，把女人留下供大姚男人发泄性欲。他们把妇女和牛关在一起。"① 那些没有主人的大姚女人时刻都活在恐惧和危险之中，因为大姚男人不把她们当人看，而是把她们看作器官。对大姚男人来说，所有没有男人保护的女人都是他们侵犯的对象。②

北猫头鹰目睹并亲身经历了大姚女人的人生。在姑姑的安排下，她嫁给了一个秃鹰家族的男人做第二任妻子，被称为"漂亮的妻子"（a pretty wife）③。"漂亮的妻子"不需要像第一任妻子那样给丈夫家庭财产和金钱，也不需要有孩子，她们的主要职责就是陪丈夫睡觉。北猫头鹰很"幸运"地成为"漂亮妻子"。受到周围环境的影响，她的思想逐渐被同化，主体性渐渐被磨灭。"在与那些认为动物和女人是可鄙和不重要的人生活了一年之后，我开始觉得我所做的确实不重要，不值得注意或尊重。"④ 她开始放纵自己的生活，为了取悦丈夫而每天与丈夫做爱。她在喝醉的情况下结婚、做爱，将自己在异乡的恐惧、悲伤、羞愧和愤怒都转化成了性欲。她疯狂地与丈夫做爱，丈夫也因此而为她疯狂，整整一年都离不开她。这个时候的北猫头鹰只想在感官的快感中麻痹自己。在其他大姚女人的眼里，她变得更像一个动物，被形容为一条危险而疯狂的野狗。另外，虽然大姚男人享受一夫多妻制的待遇，但他们绝对不允许女人背叛自己。"和丈夫以外的男人睡过的女人会被丈夫的家人杀死。你会在大庭广众之下被杀，让家里蒙羞。"⑤ 大姚的女人是没有自我的，她们被认定为天生属于男人所有，在男人眼里她们甚至只是一些没有主体的器官。

北猫头鹰的亲身经历告诉我们，在大姚，女人只有两种命运，要么

---

① Ursula K. Le Guin, *Always Coming Home*, p.193.
② Ursula K. Le Guin, *Always Coming Home*, p.360.
③ 大姚人的婚姻实施一夫多妻制，一般来说，大姚男人娶的第一个妻子是专门为他生孩子的。因为大姚人认为，"一"神创造女人的目的就是繁衍生殖。所以，在他们的第一个妻子生了很多孩子之后，秃鹰男人通常会娶第二个妻子，一个漂亮的妻子。
④ Ursula K. Le Guin, *Always Coming Home*, p.345.
⑤ Ursula K. Le Guin, *Always Coming Home*, p.346.

是生殖工具,要么是性欲工具。因此,只有让自己保持麻木,才能苟且生存。在这样的情况下,女人没有主体性可言,更没有属于自己的中心。就像秃鹰人肆意开垦土地、烧毁村庄一样,他们把动物、女人、环境也都看作没有主体性的客观"他者",终生服务于他们的男权中心。

(三)大姚的战争机器

在大秃鹰统治下的大姚民族中,任何一段关系都是一场致命的战争。"当生活变成了一场战斗时,人们就不得不去战斗。"[1]要想在大姚生存,就必须学习如何成为一名战士。为了赢得更多的土地和财富,秃鹰人滥用技术,制造出各种战争武器,其中,"毁灭者"(Destroyer)肆意摧毁大地;"雏鸟"(Nestlings)征服天空、烧毁森林,利用技术和武器,他们用最残暴的手段杀害无辜的"他者"。

1. 摧毁大地的"毁灭者"

大姚人创造和积累的所有财富都流向了秃鹰家族们的技术贪欲:获取材料制造伟大的武器。为了获得制造先进武器的原材料,大姚城的百姓们做出了最大限度上的牺牲,从这层意义上来看,大姚是一个真正的"英雄民族",因为他们愿意牺牲人民的一切来为机械、武器服务。

由于这种自我毁灭式的发展,大姚的军队所到之处,已经不再止于占领当地的土地和村庄,更重要的目的是从那些民族和城镇搜刮并夺取铁、铜、锡和其他金属。他们对大地、矿山进行无节制的开发,贪婪地掘取各种矿石原材料。大姚人是非常熟练的金属和机械工匠,也是优秀的工程师。北猫头鹰特别描述了秃鹰用掠夺和开采来的矿石原料冶炼金属,制造出他们最伟大的武器(Great Weapon)——"毁灭者"(Destroyer)。它是将用铁板做的小屋固定在轮子上,外形像推土机一样的一座金属车。那个铁板做的小屋内有强大的马达发动机,可以摧毁森林、树木和房舍。它之所以被命名为"毁灭者",是因为"它上面装着可以发射大型子弹和燃烧弹的大炮。它巨大而雄伟,移动时发出的声音就像连续不断的雷声。……它巨大而盲目,还有一个粗大的阴茎形状的鼻子"[2]。对"毁灭者"的外形

---

[1] Ursula K. Le Guin, *Always Coming Home*, p.348.
[2] Ursula K. Le Guin, *Always Coming Home*, p.350.

和功能的形象刻画，一方面表现出秃鹰军队所向无敌的战斗力，另一方面也暗示它最终将引领秃鹰士兵们踏上一条自我毁灭之路。

秃鹰人制造的"伟大的武器"源于对大地矿产的强制性索取，反过来又用于摧毁大地。武器上厚厚的阴茎形状的鼻子（a thick penis-snout）寓意深刻，既象征霸道的男性强权，又象征膨胀的人类中心。"毁灭者"破坏力极大，可以穿过砖墙，所到之处均留下一片废墟。勒奎恩将自然和人类的创造物进行性别化，描画出男人的阴茎与大地和自然作战的场景，进一步突出大秃鹰统治下技术理性至上的男权行为对环境和大地母亲的摧毁。在冲撞一个巨大的洞穴时，"毁灭者"将自己插入了熔岩中，动弹不得，用自己巨大的重量摧毁了自己。这是"毁灭者"必然走上的自我毁灭之途，同时也喻指人类"强奸"自然、冲撞自然的必然恶果。

2. 征服天空的雏鸟

秃鹰人还制造了另一征服天空的战争机器——"雏鸟"（Nestlings）。"雏鸟"是一些会飞的机器，就像是带有引擎的秃鹰。秃鹰人利用"雏鸟"向森林投放燃烧弹，在更短的时间内发起更大范围的侵略和战争。这些飞行机器并不需要大量的金属，但它们却需要源源不断的燃料，从这一点看，它比"毁灭者"更致命。因为在大姚城找不到充足的石油燃料，秃鹰便开始用谷物和粪便中的酒精来制造燃料，这将耗费大量的粮食。大姚城里的食物越来越贫乏，那片被他们摧毁的大地变成了黑色的沙漠，不再具有从前的生机。随着秃鹰人不断繁衍后代，尽可能多地生孩子，他们不得不去更远的地方寻找并搬运食物，许多曾经种植庄稼、放牧或打猎的农民和外族人被雇用去制造武器和寻找燃料。渐渐地，"动物和人类可以食用的谷物被机器吃掉了"[1]。人民食不果腹，生活苦不堪言。

为了制造征服天空的战争机器，秃鹰人的军队掠夺周围一切可制造燃料的谷物，耗尽了粮食。北猫头鹰了解到："那年秋天收获的大量庄稼——不仅是谷物，还有土豆、萝卜等——都被用来给雏鸟做燃料，以至于城市的仓库都空了。他们使用谷物的种子。"[2] 随着大姚城里的生活

---

[1] Ursula K. Le Guin, *Always Coming Home*, p.351.
[2] Ursula K. Le Guin, *Always Coming Home*, p.353.

变得越发的艰难，大姚周围的居民被迫搬离了自己的家园，留下来的少部分人则不愿再为大姚提供粮食去制造所谓的飞行机器，他们要与秃鹰人作战。人与自然之间的供求关系严重失衡，无法维持稳定且可持续的发展。

即便是在最紧张的局势下，秃鹰战士也不允许违抗大秃鹰的命令。因为一切都属于"一"，不服从"一"就是在"一"之外，就是必须排除的异己。正是因为绝对的"一"信仰，导致不在"一"之内，肯定就被排除在"一"之外。大姚人在"一"信仰的影响下逐渐形成了非此即彼的二元对立思想，他们强迫自己分成两部分思考：要么这个，要么那个。大姚人从来不会开会讨论任何的决定，所以没有办法让不同思想汇聚成一致意见。因此，那些被压抑和忽视的思想变成了意见，这些意见形成了派系，派系分裂，成为坚定的对手。在这种对立思想下，绝对的压迫一定会引起绝对的反抗。最后，受尽剥削的外族人杀死了飞行器的秃鹰指挥官，路边的村民们伏击了来掠夺粮食的秃鹰士兵。这种绝对的对立思想让秃鹰人与环境、与人、与世界相分离。

大姚城看似进步之城，实则封闭而令人绝望。拥有两种视角的北猫头鹰被秃鹰人种种残暴的极端行为所震惊，她终于看清这里不是自己的世界。从那天起，北猫头鹰再也不想做秃鹰的女人，也不想追随他们的道路，她发现自己生活在一群走错路的人中间。大姚城的人用一只绝对视角的眼睛，只看到自己预设的情境和画面，他们将自己封闭在没有前进的"进步"车轮之中。为了追赶不可及的未来，他们失去了到达未来的能力。因为大秃鹰不愿意从过去吸取教训，也不愿意关注当下，所以他们无法创造出未来世界。"他们重复着过去'文明'的错误，就像工业革命中的螺丝钉一样卡在一起。"[1] 他们的生活就像轮子一样不停旋转，却没有产生变化，没有进步也没有进化。因此，大姚人是在自己吃自己，走向一条加速的自我毁灭之路。

综合分析不难看出，勒奎恩对大姚加速之城里的男权思想、女性"他

---

[1] Eileen M. Mielenhausen. "Comings and Goings: Metaphors and Linear and Cyclical Movement in Le Guin's *Always Coming Home*", *Utopian Studies*, No. 3, 1991, pp. 99–105.

者"、战争机器和自然"他者"的现状描写实则都是在变相披露大姚人思想和信仰深处的"一"和"他"的对立关系。"一"是绝对的权威和神秘中心,世间万物均在"一"的光照之下,受"一"的恩泽。因此,万事万物都必须是对"一"的模仿,完全臣服于"一"的统治。这样一来,"一"就是唯一的主体和存在,而所有的"他"则因为失去了人之为人的独立主体性而不再拥有生命的意义。勒奎恩以讲故事的方式来呈现"一"和"他"这一对关系中的张力和隐患,表达了对柏拉图"理念"论中潜藏的霸权思想的担忧和对"模仿"论导致的"去主体""去差异"的审美趋势的批驳。

三 以动态的视角看"存在之家"

（一）失去父亲

从山谷跟随父亲到大姚的城市,北猫头鹰努力控制自己不再用山谷的语言和方式去思考。她向往父亲那个世界,想要改变自己过去在山谷里看世界的方式,放下旧的身份去接受等待了自己九年的、另一半身体和另一个身份的召唤。她想要成为一名秃鹰女,去体验新的城市生活。

然而,在大姚生活了七年之久,北猫头鹰没有完全成为一个秃鹰女,也丢失了那个在大山"追寻狮子足迹"的自己。秃鹰人追求线性的加速发展,其运动轨迹已经脱离了世界的中心,偏离了可持续循环的模式。他们切断了与世界的联系、与环境的依存关系,以及与人自身的交流通道。大秃鹰的眼中只有绝对的权力和欲望,他的眼睛看到的世界是不可持续的。大姚人在追求进步的过程中没有停留和反思,没有创造,只有不断地索取和消耗。北猫头鹰感觉自己渐渐远离了世界,与自己的身体和心灵都失去了联系。她最终鼓起勇气,邀请父亲和自己一起完成剩下一半的回归之路。她对父亲说:"我的胃可以斋戒,但我的思想正在挨饿。父亲,我们曾经一起走了一半的旅程。"[①]北猫头鹰决定在自己的精神"饿死"之前逃离大姚,回归山谷。

---

① Ursula K. Le Guin, *Always Coming Home*, p.353.

对于北猫头鹰而言，父亲是自己在大姚城里唯一的寄托。他是她的家，她的导师，也是她的引路人。按照勒奎恩"出发即归程"的仪式思维，故事中北猫头鹰和父亲的旅程还只完成了一半，他们还有一半归程未走。然而，大秃鹰是不会放他们离开的。作为引路人的父亲，决定牺牲自己来成全女儿的"再生"。为了女儿的幸福，父亲毅然违反了"一"的命令，为女儿争取时间并为她创造了逃离大姚的机会。但他自己却不愿意和女儿再次回到山谷，因为他是秃鹰人，他的中心就在秃鹰人当中。这也注定了北猫头鹰父母最终无法走到一起，因为他们都将自己禁锢在一个封闭的循环中，不愿开放边缘去迎接新的世界，也不允许别人进入自己的世界。

北猫头鹰则相反，她的中心是相对于对象而移动的，身体中各占一半的血液赋予了她天生的开放性，她对世界开放了边缘，亲身经验了两个世界，又跳脱出来，以第三视角来观察和反思两个世界。她心怀山谷和城市两个世界，就像《野牛女孩》里的麦拉想要同时生活在动物的森林世界和人类的城市里一样。在动物和人类、山谷和城市之间，她的判断是暧昧的、动态的，因为绝对的闭关自守是静止不前的，一味超速只会走向毁灭。如同当初出走时对大山的眷恋一样，在离开大姚城的那一刻，她仍然看见并肯定它的美："城市的灯光在漆黑的平原和黑暗的空气中闪闪发光，发出美妙的光芒。"[1] 作为两个世界的中介者，她让不同的思想和文化获得了交融的机会，将差异和矛盾化为珍贵的经验，丰富并完满了世界的经验。

（二）成长与回归

在这次旅行中，北猫头鹰深入了解并亲身体验了秃鹰人激进的思维方式，看到了这个所谓"进步"的城市中那些"他者"的苦难，她仿佛听到大自然对秃鹰人发出的声声哀号和斥责。当她历经种种磨难和危险，从那个"世界之外"的城市再度回到山谷中时，她已经不是那个9岁的北猫头鹰，而是一个回归的妇女，她将自己的名字改为归家的女人（women coming home），以此来代表自己的成长、成熟与回归。

与去程中的无知和盲目相比，归程中的北猫头鹰已然成长为一个成熟

---

[1] Ursula K. Le Guin, *Always Coming Home*, p.356.

的妇女，在经历了"非人"的围栏生活之后，她体验了两个世界的差异和矛盾，从"半人"成长为一个完整的人。七年前，在与父亲前往大姚的路上，他们远离人类聚居地，像郊狼一样行动。那时的他们被山谷人看作外族人，像野蛮的动物一样。而北猫头鹰自己则急于与山谷人划清界限，因为她渴望成为一个"秃鹰女"。然而，当她真正体验过大姚城市生活之后，发现任何一个人，放弃自己的中心就等于丢失了自己的主体，将永远以"他者"的身份存在。七年后，北猫头鹰不再将自己与山谷的人们区别开来，她不再闭上任何一只眼，而沿途的居民们也开放地迎接她的归来。她不再用对立的观点看世界，重新与世界取得了联系。"这一次，我像一个人一样旅行。"① 在回归的旅程中，北猫头鹰放下了以前的偏执和狭隘，与环境和解。整个世界都恢复了生机，一切都重新运动起来："小溪在雨中奔流。我看到了岩石、小径、树木、山丘、田野、谷仓、篱笆、大门、台阶、小树林，这些地方我的心都知道。"② 回程中她经过的每一条河流都是好客的。文中多次出现的溪流一路伴随着北猫头鹰的成长，它象征着流动、滋养、持续和包容，体现了"暧昧"概念的内涵和外延。

1. 生命的循环

北猫头鹰不是一个人踏上归程，她还带回了另一个世界的血液和文化——女儿"小鹌鹑"和大姚的女侍从"影子"，她们的陪伴对北猫头鹰是极大的安慰和帮助。大姚之行让她与另一个世界进行了充分的交流，从那里获得新的认知和情感，将另一个世界的生命、文化和信息带回山谷。她们一路上受到了人们的欢迎和热情招待，点燃了新的生机和力量。

"小鹌鹑"是北猫头鹰和秃鹰人生的孩子，她属于大姚，同时也属于山谷，和若干年前的北猫头鹰一样，她是两种文化暧昧交融的结晶。女儿"小鹌鹑"与沿途的陌生小孩们用各自不同的语言大声说话，还教对方唱彼此听不懂的歌。因为小孩没有僵化的思想，不受固定边界的限制，他们拥有一个包容的、开放的经验视角，眼中的风景不会是静止的、定型的、不变的。他们的眼睛看到的世界是流动的、包容的、不确定的，其中包含

---

① Ursula K. Le Guin, *Always Coming Home*, p.359.
② Ursula K. Le Guin, *Always Coming Home*, p.363.

了模仿、学习、抽象、移情等多种情感和行动，他们就在这个"暧昧"的"生活世界"之中。"小鹌鹑"喝郊狼的奶，向动物学习，和陌生的孩子们玩耍，和母亲一起采集，和自然交流，她在世界里成长，是人与世界暧昧共通的生动体现。

从这一点看，北猫头鹰的去程和归程所蕴含的寓意是截然不同的。去程与父亲同行，父亲代表的秃鹰族中充满了杀戮和排他的思想，他们是在走向毁灭和尽头；归程与女儿一道，则象征着新的生命和机会的开始，同时也是对旧的生命的延续。与北猫头鹰的父母各自将自己拘禁在一个封闭的循环不同的是，北猫头鹰打开了一个流动而开放的循环，这个循环是螺旋向上的，因此是通往新生和希望的。

2. 文化的流动

勒奎恩作品中每一位主人公的回归都不只局限于个人的成长，同时也促成两个对立世界的文化流动。《野牛女孩》中麦拉带回了一只用松脂（自然）做的眼睛，《一无所有》的物理学家谢维克带回了一位外星旅者，而《永远回家》中的北猫头鹰则将大姚的女人——一个山谷人眼中的"他者"和她那个世界的文化带回了山谷。北猫头鹰和影子在共同生活的七年中成了无话不谈的朋友，她们之间的友谊建立在一种暧昧的试探和交互基础上。她们对彼此卸下心墙，开放自己的边缘、走进对方世界去交换体验。现在的影子就像当年走出山谷的北猫头鹰一样，对山谷世界充满了好奇与恐惧。

影子的跨界旅行体验又为两个世界的交流开放了边缘，生成一个新的经验循环。影子本身就是大姚女人的代表，是让山谷人感到好奇的文化象征。北猫头鹰将影子带入山谷世界，为山谷人了解大姚城提供了空间和机会。"这是秃鹰人中唯一一个来到我们这里的女人；她就是她自己的礼物。"[1] 影子是秃鹰人中唯一一个来到山谷里的女人，她成为两个世界之间的礼物，也是一种原始仪式意义上的"交换"。在与山谷世界取得联系和交流之后，她逐渐放下大秃鹰"一"信仰的影响，从绝对"非人"的"他者"身份和视角中挣脱出来。影子转变了看世界的方式和角度，她就在这

---

[1] Ursula K. Le Guin, *Always Coming Home*, p.366.

个新的世界中，所有的困惑和不解都成为一种新的力量和动因，将她引入了又一个暧昧的螺旋。当她模糊了对立的边界，融入这个新的世界，世界也对她开放了边缘，她们之间形成了彼此依赖和成就的暧昧关系。当她将山谷看作她自己时，山谷的生活显得容易而柔软（soft）："不是那种软和硬，她说。动物们柔软地生活。他们不会让生活变得艰难。在这里，人就是动物。"[1] 这种体验超越了大姚人"一"和"他"的绝对二元对立经验，大姚人只属于自己，而且认为一切"他者"也都属于他自己，包括女人，动物，环境甚至整个世界。他们始终站在世界之外，将其作为从属对象，因此，他们永远走不进世界之中，也失去了共同创造的能力。

北猫头鹰用七年的亲身经历明白了，只有模糊边界才能实现差异的交融与互渗，达成生命和经验的完满。这样的运动是有节奏的、可持续的、是不断发展的。每个人对于每一种经历的切身感受是不一样的，不同的眼睛和心灵看到的世界也不一样。在前往大姚的去程中，北猫头鹰与父亲同行，她勇敢地悬置起自己的山谷经验和自然态度，迎向未知的大姚世界。在回归山谷的途中，北猫头鹰有女儿和影子的陪伴，她带着新的生命和文化，为山谷注入新的血液和生机，开放了山谷文化新的循环空间。

3. *存在于山谷之中*

在回归山谷的途中，北猫头鹰对山谷中那些充满敌意和攻击性的勇士们没有迎合也没有阻止的态度，这体现了她精神的成熟。山谷里压抑的男性勇士们仍然渴望了解外面的世界，但他们只能定期通过海伊玛里的计算机网络获取外界信息，他们都忽略了这种信息的不确定性和片面性。这和我们现代社会中的"偶像"问题一样，当我们在电子屏幕上欣赏艺术的复制品，当我们将信息图像化，当我们可以越来越简略、快捷地获取一件事物的信息时，我们可曾质疑过那些文字和图像的真实性？比如，我们看一棵树，如果一开始就自然地将"树"看作外在于自我意识的对象，那我们把握到的永远只是一棵不确定的"树"。所以，要确定"树"的存在，了解树的全部，就不能只采取静观的态度去被动地接收信息。我们必须动态

---

[1] Ursula K. Le Guin, *Always Coming Home*, p.366.

地观察树，甚至变成"树"，去体验树的内在发生，才算真正认识或体验树的全部。而我们通常对"树"的描述，无论是物理学还是生物学的描述，都是外在的、不确定的、不具有自明性的。

  按照胡塞尔现象学的思路，真相总是在遮蔽和显现中现身的。无论我们从哪个方面看事物，都只能获取它的部分信息，因为我们的视线总是角度性的，我们观察的对象包含着在场和缺席两个维度的存在。当我们看到一扇门向我们显现它的正面，同时它很自然地为我们遮蔽了它的背面。因此，山谷人通过计算机网络了解到的消息，也只是事情的一面，就像是多年前的北猫头鹰眼中的父亲和他的军队一样，她只看到了山谷里的秃鹰人，却没有看到大姚城里的秃鹰人。所以，要想认识一个世界，就必须进入那个世界本身，这也是我们在现代社会中面对差异时应该持有的态度。如同山谷人将山谷看作自己的身体一样，北猫头鹰必须进入秃鹰人的世界成为秃鹰人，才能直观认识到那个世界本身。山谷勇士社的勇士们只听说秃鹰有伟大的武器——飞行引擎和燃烧弹，他们以为秃鹰人拥有世界上最强大的力量。但北猫头鹰的亲身经历却让我们看到，秃鹰人发明的武器很强大，但也正是这些武器导致他们互相残杀，百姓忍饥挨饿。在大姚的七年奴隶般的生活影响着北猫头鹰的言行，她像大姚女人对待男人的方式一样，装作什么都不知道。她没有告诉这些山谷勇士们，大姚是一个正在自我毁灭之中的病态民族，她不愿再用语言这种单一的形式来传播自己的所见所闻。因为只有亲身体验，去成为对方，用一种多维的视角去洞察和理解，才能直观认识到对象的本质。简单绝对地将对象作为对象来观察或判断，只不过是站在对象之外获得它在场的显现，却错过了它遮蔽的缺席，更何况，每一个人眼里的世界都是不一样的。

  通过对《永远回家》中山谷人和大姚人与环境之间截然不同的关系的分析和论证，我们看到：人和环境之间的交互作用并不是单向度或孤立存在的。任何进入环境中的人，都不是白板一块。在他身上，有传统的负载、历史的堆积，这无疑是人的精神文化的积淀，继而形成一种特殊的、独有的意义架构。因此，当我们与环境打交道的同时，我们总是带着某种意义结构无意识地塑造了对象。也就是说，传统和历史也决定了人对环境的塑造。那么，反过来看，环境也并非静止在原地等待我们去与之交互，它也同时在塑造着新的传统和历史。在此，我们可以再次借鉴杜威的"一个完整的经验"，因为经验同时发生在人和环境的交互过程之中。所以，经验是敞开自然、揭露自然、达到自然的方法。自然借助经验而向我们显现自身。如果没有经验，自然便只是纯粹的存在。反之，只有拥有意义的交互，才能使一个经验成为一个完整的经验。因此，就像山谷人与环境的暧昧交互关系一样，任何生命体与环境的交互都离不开过去的经验和文化积淀，同时必须有一种内在的冲动和动力，在保持自身有机体的完整性的前提下，与环境暧昧交互和作用。只有在这种控制的、约束的前提下进行的审美表达，才能获得丰富的审美情感。勒奎恩笔下的旅行总是以主人公的成长和回归来为我们画上一个休止符，在节奏的缝隙间呈现出差异和矛盾，为我们提供反思的时间和空间。

第三节 人与自然的暧昧共生

勒奎恩借科幻创作探讨人与动物、人与环境的关系，启发人们深刻反思由人类中心主义导致的生态危机和灾难。凯伦·福勒为勒奎恩晚年出版的自传式文集《日无暇晷：生命之思》作序说："勒奎恩一直对自然世界很有研究。她是我见过的最引人注目的人之一，总是注意着背景里的鸟鸣，树上的叶子。她那些关于响尾蛇和山猫的文章对我的影响就像诗歌一样，激起了我无法确定且无以言表的强烈情感。"[①]在本章讨论的两部作品《野牛女孩》和《永远回家》中，勒奎恩以眼睛为通道，强调人与动物、人与环境的关系主要"取决于你看的方式"，因为"相似之处在眼里"[②]。

一　调整看的方式

（一）眼睛对世界的阐释

自古以来，艺术世界就非常重视对眼睛的塑造和渲染。纽约美国

[①] Ursula K. Le Guin, *No Time to Spare: Thinking about What Matters*, p.20.
[②] Ursula K. Le Guin, *Buffalo Gals & Other Animal Presences*, p.32.

自然史博物馆收藏的斯瓦赫威面具，眼睛总是从眼窝里暴突出来；我国三星堆出土的"纵目"青铜人面具双眼向外凸出，极度夸张；列维-斯特劳斯在《面具之道》中对面具上暴突和凹陷的眼睛进行的比较研究，以及在各种古代祭祀或艺术作品中人们在眼睛上制造的各种特殊装饰效果，都突出表现了眼睛的艺术作用，强调了眼睛与世界连通的仪式意义。早在远古时期，人们还没有意识到心灵的存在，或者说还没有给予心灵以主导的地位，他们通过视觉、触感和嗅觉等官感来认识和熟悉自己生存的环境和世界，用各种交感巫术来模拟动物、效仿自然，并以之与周围的生命建立联系、取得交流。在我们所有的身体器官中，最能够给人带来整体的、立体的感官的器官就是眼睛。因此，眼睛成为人类与另一个世界沟通的最重要通道。

在西方思想史上，眼睛具有超越一般身体器官的意义。杜威说：

> 作为在人体中起主宰作用器官的眼睛，产生出一种经受性的，一种回复的效果；这呼唤着又一次看的行动，以新的相应的、又一次增加了的意义与价值作为补充，如此等等，成为一个持续的审美对象的建构的过程。所谓的一件艺术产品的无穷尽性，正是这种总的知觉行动持续性的一个功能。[1]

通过眼睛，人与世界相连，眼睛将这个世界的给予传达给了身体。如果没有眼睛这个意义传达和给予的渠道和中介，单独脱离世界的人是不存在的。维特根斯坦说："一个人通过身体感受到的悲哀，并不比他在双眼中看到的更多。"[2] 维特根斯坦将眼睛提高至心灵的高度，同时又将眼睛作为身体的器官，将心灵连接世界的作用凸显出来。他想要表达的关键是：人与世界二者都不能脱离对方而独立存在。身体感受的悲哀来源于意义的传达，而意义的给予主要通过眼睛的"看"来赋予，正是眼睛看到了"悲

---

[1] [美]约翰·杜威：《艺术即经验》，高建平译，第255页。
[2] G.E.M. Ansombe and G.H. von Wright, eds., *Ludwig Wittgenstein: Zettel,* trans. G.E.M. Anscombe, Berkeley and Los Angeles: University of California Press, 2007, p. 88.

哀"并向身体渗透，身体才感觉到悲哀和局限。《野牛女孩》中的小女孩在坠机事件中失去了一只眼睛，这意味着她与人类世界失去了联系，但装上来自动物世界的一只松脂假眼，她又与自然重新取得了联系。在《永远回家》中，北猫头鹰的父母都只用一只眼睛看世界，他们只看到自己的世界，永远没有真正"看见"对方、进入对方的世界，他们的世界被限制在一个封闭的局限之中。

在《野牛女孩》中，勒奎恩消解了语言——这一人与动物相沟通的最大障碍。我们知道，语言是传统认识中将人与动物区分开来的最根本依据。故事从一开始，人类女孩麦拉和森林中的郊狼就可以毫无障碍地进行交流。通过这一情节的设置，勒奎恩启发读者思考：除了语言，人和动物之间还有什么不同？在《永远回家》中，当北猫头鹰与山谷共同存在于一个身体之中时，她便拥有了与山谷中的河流、大山、树木、动物们说"heya"的能力，"heya"这个词包含了这个世界，包括有形的和无形的、出生和死亡。它是对大地的赞颂、对生命的模仿，是人与世界之间的相互倾诉与交流。当人与动物、与环境之间的沟通成为可能，他们就参与了彼此的生命世界，他们之间的相似之处自然也就被揭露了出来。而在这种情况下，眼睛作为彼此心灵的窗户，承载着"看"和思考双重经验。人和动物之间，将原本被语言分隔成的两个世界联通在一起，他们通过眼睛与心灵的交互来判断和传达思想和情感，重新建立起人与自然之间共同的意义世界。

眼睛是人类心灵对世界最重要的阐释通道。人类通过眼睛所获取的观感形成对世界的不同看法，建立与世界的联系。遗憾的是，现代世界已经被人为地划分为不相沟通的类别、等级、身份、种族等，致使现代人的身体被禁锢在不同的界线之内，只能感知到周围有形的、客观的存在，而将界线之外的世界默认为一个毫不相关的"他者"世界。在科学技术高度发达的今天，人们通过各种技术手段征服时空，超越传统的身体。眼睛作为一种向外的通道，在技术的辅助下为人们带来超越性的体验，并交予心灵重新阐释。一方面，我们的眼睛可以带来穿越的观感，也可以通过各种电子设备去看到更多的可能。另一方面，我们脑中产生的对另一个世界的任何联想与幻象都必然源于眼睛所获取的视觉经验的变形。眼睛在第一时间为思想和心灵提供第一直观的经验。不同的眼睛，看到的是不同的世界。你用什么眼睛去看，决定你看到什么样的世界。

（二）相似之处在眼里

相似之处在眼里。眼睛向外接收来自世界的影像，向内则将图案转化为意义传达至心灵。现代文明人把人与动物、身体与心灵、社会与自然割裂开来，形成对立的格局，却忽略了在人与自然的差异中去发现共同、共通之处。因为拥有语言、可以制造和运用工具，人类逐渐改变了看世界的历史视角，将人的心灵与非人类动物的心灵对立起来，从自然的整体性中跳脱出来，将自然看作被人类征服和利用的对象，无限放大人类心灵在世界的中心地位，将人类心灵置于一个超越动物本能的欲望中心、思想中心和情感中心。因此，文明人已经习惯了用他们特有的语言和文化教养中那些明显的或隐晦的"先入之见"来看待这个世界。在文明人的眼里，动物是不穿衣服、没有语言、不生火做饭、不会使用工具的。人们认为动物们没有技术，这些都只是人类社会所隐含的种种文明的法则。因为心灵是进步的，所以相对于进步的心灵而言，自然便被认为是落后的，动物便被界定为野蛮的、落后的、低级的（生物）。在勒奎恩的作品中，她将动物的形态和生活习性拟人化，并且将人类的小孩交予动物抚养，使其在动物的世界中生活。这其实不只是一种单纯的文学描写手段，更多的是要表达这一现象背后人与动物之间的关系和相互影响的原始境况。当小女孩失去"文明之眼"，与人类世界断开联系，她看到的是人与动物最原初的境况，是对人和动物原始相似之处的还原。勒奎恩试图通过这样的文学创作来唤醒人们的集体记忆：早在远古时期，当人类的技术手段还仅限于使用简单的工具和御寒之物时，人类的肤色与动物的毛色，在彼此眼中所生成的都是同样的意象。动物甚至因为其神秘性而被赋予了神圣性，人类学著作《金枝》中记载的人们对各种圣树和神性动物的崇拜就是很好的例证。

《永远回家》可以被理解为勒奎恩以文学形式呈现的一种特殊的人类学资料考证，通过细致描写山谷居民们与动物的相处模式，她为现代社会人与动物的发展关系提供了一种可替代的参考方案。山谷中的禽类和兽类，比如熊，只在对人有生命威胁时才会被迫进行捕杀。人们在享用动物作为餐食之前会为它说话、唱歌，举行各种仪式。就像是在泛灵论时期人们相信所有动物都享有灵魂那样，人和动物之间的任何交互行为都会以仪式或歌唱的形式进行随着人类智性水平的提高，他们逐渐将自己从自然世界中分离出来，以"心灵"作为人类区别于其他非人类动物的特质，形成一种主客二元的对峙关系。现代人把自然看作原始的、野蛮的、粗犷的，并以"人"的行为和思想作为规定自然客观事物的尺度和标准。然而，这种以征服和占有为目的的人类中心主义终将伤害人类自身，在对自然造成毁灭性伤害的同时，也切断了人与自然之间的连续性，必将在其内部形成更加强烈的质疑、敌对和分裂。封闭的中心不会与任何其他的中心合作形成整体，只会在其内部不断膨胀导致挤压甚至爆炸，最终走向撕裂和毁灭。人类的心灵是独特的，但它的质料，同动物的心灵一样，是源自普遍世界的经验的累积，是由自然创造和形成的。正是自然中所有的偶然性，激发了人类用抽象的思维和形象将其固定下来的冲动；正是自然中那些仿佛不可动摇的确定性，激发了人类寻求变化的热情。所以，人类独特的心灵世界是在自然这样一个复杂而生动的世界中形成的衍生物，是各种奇特自然现象相互碰撞摩擦而产生的思想的火花，是自然赋予人的存在以不断变化的意义。杜威说：

> 从存在上讲来，一个人是偏见和偏爱的闭塞不通，和需要和爱好的变易通达这两者的结合。一种特性倾向于孤立、隔离；另一种特性则倾向于联系、继续。这样两种相反的倾向相结合的特点是起源于自然，自然的事情有它们自己独特的各不相干的状态、抗拒性、任意闭塞和不相调和，而且也有它们特别的开通、温暖的反应性、贪婪的追求和变形的联合。自然界中古怪的偶然性和有条不紊的一致性两者的结合，就是事情的这两个特征所产生的结果。①

在《永远回家》中，北猫头鹰的父母一生的悲哀是他们只用一只眼睛

---

① [美]约翰·杜威：《经验与自然》，傅统先译，商务印书馆2015年版，第239页。

看世界。他们将自己封闭在自己的世界之中，将视域锁死在静止的循环之内。他们眼中的"美好"是单向度的、片面的、短暂的，它因为失去了与外界的联系而不具有连续性和可持续性。在《野牛女孩》中，麦拉用受伤后剩下的一只人类经验之眼看到的世界是平面的、有限的、不可理解的。那是以人类心灵事件为中心的人类中心主义的偏见之眼，它以人类事件为核心坐标，将自然看作为人类服务和被人类所利用的附属品。

只用一只自己世界的眼睛看世界，意味着将自己封闭在没有流动的视域之中。杜威指出：

> 社交性、相互沟通和内心意识的私有性质一样，也是具体的个人所具有的直接特性。把一个人的自我局限于封闭着的限制以内，然后使这个自我在外延的行动中加以锻炼，而那些行动后来不可避免地终于会破坏这个封闭着的自我。①

北猫头鹰的父母始终走不出封闭的世界，他们将自己与世界对立起来，只用一只眼睛看世界，因此，他们只看到世界、自然与自己的差异和矛盾，而不愿意开放边缘去发现不同世界中的相似和相通之处。实际上，只有无交往、无沟通的两个世界，才可能形成对立的局面，而始终交往着的，即便是人类一厢情愿地视为主体和客体的二元关系，也不是完全对立的。因此，将自然客体化，将动物、环境对象化，只是知识在发展过程中误导人类社会跌入的客观主义的陷阱。将一切自然的事物看作外在的、物理的、客观的，其实就将人类自身封闭在了一个自我孤立和闭塞的主观世界之中。而这种自我隔离的行为，终将加深我们眼中的偏见，误导我们走向一条背离圆满之路。

现代人拔高人类心灵的地位，将世界划分为各种二元对立的结构：主体与客体，心灵与身体，文化与自然。特别是在现代西方世界的观念中，自然往往被看作原始的、落后的、低级和未开化的，是人类控制和征服的

---

① ［美］约翰·杜威：《经验与自然》，傅统先译，第241页。

对象。为了矫正这一偏执的主张，勒奎恩特意让其笔下的主人公进入对立的世界，从观察到参与，亲身体验并发现对立中的统一。

二 人与自然的相互参与

（一）矛盾的审美理想和控制的心理

在人类文明发展史中，移情冲动和抽象冲动总是相伴而行。泛灵论时期，人们相信一切事物都拥有自己的灵魂，任何事情的发生背后一定隐藏着某种神秘力量的操控，这种神秘力量必定来自自然，来自人类以外，是高于人类生命力量的超越性意志的存在。这就是为什么人们在仪式和祭祀活动中将动物、植物、神话人物作为自己的祖先，奉为神圣的力量。当人们面对广袤自然带来的未知的恐惧时，他们油然而生一种超越自身的参与冲动，将自己投射到自然对象之中，去体验那种崇高的情感。古人通过主动参与自然经验来赋予自身以自然力量的壮阔和生机，并以之摆脱人之为人的孤独、恐惧和无知感。从美学意义上来看，这也可以说是一种参与式的移情冲动，人们通过这种在自然对象中玩味自身的情感倾向，面对宇宙和自然的崇高力量，觉察到并证实了自身的存在。随着人类逐渐适应自然，通过智力活动开发、利用自然，他们摆脱了对自然的原始恐惧和敬畏，与自然的关系从模仿、崇拜走向征服、控制和改变。

自然科学将一切外在于人类心灵的事物都界定为物质对象，包括人类的身体。凭借心灵的特殊性，现代文明人将自我的心灵世界从自然中隔离出来、超脱出来，对调了人与自然的传统地位。他们将自然界那些把握不住的，立体的无常之物从其偶然性中抽取出来，用二维的、平面的方式来人为地重新加工、塑造并固定下来，试图终止其变化和运动，使之成为永恒。这种以人为手段来满足人对自然的控制的欲望的形式，是一种美学意义上的抽象艺术行为。但是，就如同沃林格所言，移情和抽象，同为人类的本能，它们相互对立，却又互相转换。在自然中觉察自身的同时又设法从自然中摆脱自我的双向冲动，在变化中寻求稳定，又在稳定中制造动荡的本能，将人与自然引向了一种暧昧共生的关系。

人类的眼睛之所以只看到平面的事物，或者说只愿意看到平面的事物，是因为他们傲慢的理性企图消灭一切的未知面，将世界尽收眼底，控制在人类的把控之下。立体物中存在的那些模糊不清的、人的眼睛所无法穿透的隐蔽面，是令人不快的。沃林格说：

> 从根本上说就是人在面对混沌和变动不居的外物时所产生的厌烦和不安的残留物，它完全是所有艺术创造的出发点，即对抽象冲动的一种最终渴望。①

也就是说，人与自然之间始终存在一种矛盾的审美理想。迪萨纳亚克也对这种人类特有的审美冲动进行过相关阐释：

> 在变幻不定的情况下，其他动物可能会依靠本能，人类却能够深思熟虑地构造或想象要做的事情，dromena，去影响自然，我称之为"为自然赋予文化"并由此寻求对它的控制。②

人类总是倾向于对他面前的这个世界做点什么，而"做点什么"，就是一种控制的美学，是对人类文化与自然世界的调和。就像在《野牛女孩》中郊狼所相信的那样，早在仪式时期，人类在面临不可控的自然灾难、空间的恐惧和生死的无常时，他们会以祭祀的方式为自己的动物祖先献上食物，或以仪式的形式制造或表现最特殊的行为来表达强烈的情绪，释放他们想要做点什么的冲动，并试图以此来控制和改变现状。人们想要将那些变幻不定的偶然用自己的方式固定下来，但同时又想要在自然界似乎不可动摇的确定性中去追求变化和改造自然。在迪萨纳亚克看来：

> 塑造和苦心经营的审美活动似乎是对无法预知的"另外一个"世界和桀骜不驯的自然世界的与生俱来的反应。它们是让我们感觉良好

---

① [德]威廉·沃林格：《抽象与移情（修订版）》，王才勇译，金城出版社2019年版，第42—43页。
② [美]埃伦·迪萨纳亚克：《审美的人——艺术来自何处及原因何在》，户晓辉译，第142页。

的反应。①

因此而出现了"特殊"的重要美学意义，人们利用特殊的空间来制造变化；利用特殊的符号来固定/抽象偶然。这同时也揭示出我们现代人所面临的人与自然关系的双重矛盾：一方面激进地通过开发自然来实现人类的进步，另一方面又呼吁着为了保护自然而牺牲人类自身的利益，形成一种"人为自然"的极端生态主义和"自然为人"的人类中心主义的对峙局面。这种矛盾的根源来自人类矛盾的审美理想和控制的美学冲动。

那么，如何调和人与自然之间形成的这种特殊对峙关系呢？无论是麦拉的人类之眼，还是北猫头鹰父母的封闭之眼，都只能看到有限的、平面的世界。因为一只眼中的平面世界始终是片面和有限的，它代表着偏见和傲慢，一只眼看到的任何一个平面的世界都只是世界的一个侧面，是单向度运动的，终将走向死亡和终止。人类对大地的无限索取，对动物的残忍猎杀，对技术的滥用和对进步的急速追求，都将把人类带入自我毁灭的境地。勒奎恩作品中坠毁的人类飞机、像灰烬一样的北猫头鹰母亲以及大姚城里贪婪冒进的秃鹰人都是生动的例证。勒奎恩善于利用在陌生世界的旅行来制造特殊环境，让主人公从中获得成长和新生。麦拉进入动物的世界中，是回到过去——回到人类祖先之旅；北猫头鹰去到象征文明和进步的大姚城，是去到未来——人类正在经历的未来之旅。特殊环境将他们带入阈限性的状态，探索、体验、颠覆、破坏，他们在此间获取了真知和成长，带着全新的思想和视野回到旧的世界之中，为封闭的旧世界打开边缘之门，注入生机与活力，激活创造。这种特殊的环境和经历，满足了人类通过"做点什么"来表达强烈的情绪的控制心理，同时也弥合了因差异而产生的鸿沟。

（二）从观看到参与

我们的认识一定不能是封闭的，对任何事物的看法都应该是辩证的。在《永远回家》中，勒奎恩说：

---

① ［美］埃伦·迪萨纳亚克：《审美的人——艺术来自何处及原因何在》，户晓辉译，第122页。

> 我们必须尽可能地学习，但是也必须明白：知识浩如烟海，无边无际，我们在看待一件事情的同时，不要忽略了它的对立面，因为它们可能拥有共同的属性。①

也就是说，我们最初排斥的，很可能正是我们最终需要去接受的。所以，勒奎恩在这部作品中创作出了"heya"一词，它包含了整个世界，有形的和无形的，在死亡的两边。在山谷人的世界里，人们举行赞颂草地、天空、太阳、月亮、大地之歌的仪式，他们对世间万物说"heya"；人们模拟鹿、狮子、熊、蚂蚁之舞仪式，对不同的动物们说"heya"。在山谷人看来，"山谷中的动物都不是用来劳作而是与人类共同生存的物种"②。所以，山谷里的人们与自然世界相互赞颂，相互作用，共同生存。

在《野牛女孩》和《永远回家》两部作品中，人们用不一样的眼睛，看到不同的世界。故事多次向我们表达，一只眼睛看到的是平面的、没有深度的世界。只有两只眼睛才能看到模糊的但却是立体的、有深度的世界。只有当人与动物、人与他者处于一种暧昧结合的关系中时，我们才能以一种开放的视角看到一个充满生机的、具备连续性的世界。这种暧昧性的特点在于：中心独立，边缘开放，相互链接，以线性和环形两种模式结合成一个螺旋向上发展的整体生态世界。

首先，两部作品中主人公之所以能通过去到另一个未知世界的旅行而获得成长，因为她们去到陌生世界之后认识了另一个自己并与之和解，最终回到了自己的世界。她们没有做出非此即彼的选择，而是包容地看待人与自然的暧昧关系。她们成为典型的代表人物，是因为她们拥有与常人不一样的眼睛，从而改变了看待世界的方式。麦拉在飞机坠机事故中失去了一只人类的眼睛，但她却在动物的世界中重新获得了一只松脂做的、来自自然世界的眼睛。她参与了另一个世界里动物主体性的活动以及动物社区文化的具体形式，在接纳了另一只眼睛的同时也被另一个世界接

---

① Ursula K. Le Guin, *Always Coming Home*, pp.44–45.
② Ursula K. Le Guin, *Always Coming Home*, p.83.

纳，以更加立体多维的视角来看待这个人与自然共在的"生活世界"。北猫头鹰是两种文化的结晶：来自山谷的母亲和来自大姚城的秃鹰父亲。因此，她的身上拥有两个世界各一半的特点，在这两个各自封闭的世界中，北猫头鹰这种含混模糊的身份给她的童年带来了许多的非议和偏见。但这种"各一半"的特点同时也表达了一种包容暧昧的、对非此即彼的态度和思想的批判。父母各自都只用自己局限的视角看世界，而作为半人（非人）的北猫头鹰，在两个世界看来都是人与动物的各一半的组合，则可以综合两种视角去看世界，她看到的世界是开放的、立体的和多元的。她最终认识到：

> 我的一半是一回事，另一半又是另一回事，其实我什么都不是，这让我伤心。这是我童年的悲伤，但也是我长大后生活的力量和功用。①

北猫头鹰第一时间接纳了秃鹰父亲的归来，并跟随父亲去到秃鹰人的世界中参与体验。她此行不仅为自己打开了看世界的窗口，也为两个对立世界提供了相互认识和参与的机会。沃林格提出：

> 我们就把移情需要和抽象需要视为人类艺术感知的相反两极，这个两极是一种原则上排斥对方的对立，而艺术史实际上就表现为这两种需要无止境的相互抗衡过程。②

也就是说，这两种冲动总是或多或少矛盾地共存于我们人类的审美思维之中。所以我们总是在一面观察，一面参与中获得认识、体验成长。因为只有在亲身参与中人类才能切身体验动物的主体经验、环境的真实状况。当我们只采取静观的态度，用一只带有偏见的眼睛看世界，我们就将观看对象看作了客体，用带有偏见的主观观念去认识对象。这样一来，我们就站在了对象之外，将我们自己与对象隔离成互不相干的两个世界。此时我

---

① Ursula K. Le Guin, *Always Coming Home*, p.45.
② [德]威廉·沃林格：《抽象与移情（修订版）》，王才勇译，第63页。

们看到的对象始终是不完整的，我们看到了对象的这一面或者那一面，但总是会有缺席。比如，人类眼中的动物不穿衣服，没有语言，没有心灵，也没有文化，没有人类所谓的教养。这和西方人用他们的"文明之眼"看待原始民族时所带有的傲慢和偏见一样，把他们看作落后的"他者"。因此，动物和自然世界一样，需要被驯化，其存在的最大意义在于为人类所用。特别是在现代人以"物"为"上帝"这样一个异化的社会中，以动物为代表的"他者"世界在文明人的眼中被简化为食用之物、穿戴之物或供人类娱乐之物。所以，只有当来自人类世界的麦拉拥有了另一只来自自然世界的眼睛，通过这只眼睛，她参与到动物的世界之中，才能真正理解和认识这个世界本身，去发现这个世界与自己的相似之处。当麦拉参与到动物的世界里，她亲身感受了动物的信仰、情感和需求，认识到动物与人类的原始亲缘关系，切身体会到动物对人类做出的让步和牺牲，以及它们所面临的身份尴尬和存在危机。

现代人眼中的环境，无论是未开垦的原始村落还是进步中的文明城市，这些都是"文明"的指称，我们用分隔符将世界划分为先进或落后、文明或野蛮、荒僻或繁华。总之，环境是为人所改造的，是静默无声甚至没有生命的。即便是充满生机的树木、河流、高山，在以工业生产为经济主导的现代人眼中，已经被降级为木材、混凝土、生活用水等可以分解为各种物理、化学元素的无机物。同样，也只有当人类真正参与到环境之中，用两只眼睛看世界，才会发现环境就是世界，是我们的"存在之家"。当北猫头鹰跟随父亲参与到秃鹰人的现代城市生活当中，她失去了与河流、森林、大山打招呼说"heya"的能力，她仿佛失去了自己的身体，只剩下一颗空虚麻木的"心灵世界"。只有在这时她才理解到：环境、自然的一切生命，都是我们人类的"存在之家"，它们就是我们的身体，就像山谷是北猫头鹰的身体，而北猫头鹰也是山谷的身体一样。从站在对象之外观看到进入对象之中的参与，我们获得了"成为对象"的体验，当我们再次用新的眼睛和视角去观看这个世界，我们自己也在世界之中，世界是立体的、模糊的，却是完整的、充满生机和创造的。

三 构建人与自然的暧昧共同体

通过对本章两部作品的分析，我们看到：勒奎恩不仅用眼睛作为中介，帮助笔下主人公调整看世界的方式和态度，而且还促使他们跟随眼睛的观看，切身参与到自然世界之中，去感受和体验人与自然的必然联系。在《永远回家》中，她运用铰链（hinge）[①]这一具有丰富内涵和隐喻的形象作为螺旋的中心和旋转运动的源头。以大姚城里秃鹰人修建的火车铁路为直线运动的象征，山谷里封闭的思想和生活为循环运动，用铰链这样一种变化的来源将二者联系起来，它将个体和社区、人与环境联系起来，激活山谷里静态的封闭循环，形成一个螺旋向外发展的生态关系网。而铰链作为中枢，是能量产生和持续的过程，使永恒成为可能。去过动物的世界的人类女孩麦拉和去过秃鹰人的世界的"半人"女孩北猫头鹰都带着新的思想和体验，回归自己的中心世界，成为"自我"与外界"他者"链接的中枢，同时为两个对立的世界注入新的血液，在二者之间建立起新的联系，使能量得以持续地产生和积累。

首先，观看使我们得以通过观察他者反观自身，认识到差异的重要性。在胡塞尔的现象学理论中，他强调了人的主客观一体性，认为一个人自身本来就包含有主体和客体两个层面的存在。通过眼睛，人既是观看的主体，又是被观察的客体。梅洛-庞蒂在对康德的"连贯一致的理性人"进行反思和批判时也高度强调观察者和对象二者之间不只是相互影响的关系，而是从存在论上相互牵连的，也就是说，不存在绝对的观察者。差异的"他者"是认识自我的必要前提。只有通过观看"他者"，才能反观和认识自身。这里的"他者"，不仅仅是康德的"理性人"，还同时指向儿童、原始人、精神病人甚至动物等其他形式的生命体，因为他们也与世界共存，和世界相互建构。生命和意义并不只有一种形式，观察和参与其他形式的生命体帮助我们更好地认识自身，让世界和人的整体景象呈现出新的意义。小女孩麦拉利用自然界赋予的另一只眼睛，看到了动物们的主体

[①] "铰链"是连接门和门关闭和打开的开口的一种硬件或皮革。这一形象蕴含着丰富的内涵和隐喻。它象征螺旋的中心，是旋转运动的源。因此，它是变化的源泉，也是连接的纽带。

思想和丰富有趣的活动世界，并因此得以看见人类的历史和生命的起源，从而反观人类自身，并重新认识到人之为人与动物的差异与共同之处，意识到人类的特殊责任和使命。邓晓芒说：

> 大自然赋予了人以理性，这是对人的一种特殊的恩惠，其他动物都没有。……人对幸福的追求，虽然也是一种理想，但是这个幸福里包含着一些从动物性那里带来的欲望和欲求，它不完全是理性的，所以它是不纯粹的。人满足自己的物质需求的幸福，仍然和动物没有本质区别。①

正是因为自然赋予了人特殊的理性，人就更应该意识到并承担起对自然的道德和责任。钱旭红说：

> 人类比其他物种具有更大的主观能动性，也应该承担更多的责任，更应该保护生态，爱护自然。道家的思想倡导物我平等，人怎么对待自然，自然就怎么对待人。②

自然不应该仅仅被看作人类的客观观察对象，它还是人类存在于其中的这个世界之所以成为世界的必要条件。自然作为差异的"他者"，具有不可通达的超越性和不可消解的差异性。正是宇宙中不同主体之间的那些必然的差异和鸿沟，造就了这个斑斓壮阔、充满创造性的多维世界。人与自然"他者"的差异，就是自我主体与"他者"主体都必须坚守的个性中心，是不容破坏且有其特殊意义的。如若人为消除不同主体之间的差异，世界就成了一个包含若干不可区分的匿名的实体。只有当一个主体经验到"他者"之后，才具有客观性经验。所以，孤立的主体自身是不具备客观性经验的可能的，每一个主体的确立都不能是自我建

---

① 邓晓芒：《康德〈判断力批判〉释义》，第 380—381 页。
② 中国社会科学院：《探寻科技人文命运共同体——访中国工程院院士、华东师范大学校长钱旭红》，《中国社会科学报》2021 年 1 月 12 日，总第 2088 期。

构的，而必须是因为与另一个"他者"的关系而构成的。因此，就像胡塞尔提出的那样，"他者"对我们经验客观世界是举足轻重的。没有"他者"的存在，我们就不可能经验这个客观世界，更无从认识自身。所以，我们不能否认差异的"他者"，无论是在人与动物之间，还是在人与环境之间。

勒奎恩在其作品中尝试为差异创造无限靠近的机会，在理解和参与对方的过程中为对方保留一个允许关联和互渗发生的中介地带，让彼此都体验并获得灵魂和身体的双重滋养，从而更加紧密地链接在一起，为共建一个更加强大而凝聚的有机整体贡献力量，以激活创造和新生。勒奎恩擅长通过在两个对立世界之间旅行的形式来呈现差异和矛盾，让读者在看到距离和冲突的同时与主人公一同跨越距离、克服距离并向对方致敬。这种跨界旅行让人们在意识到"自我"和"他者"的必要分离的同时，又随角色尽可能去接近"他者"，努力调和一个无法简单弥合的鸿沟。这种艺术创作上的大胆尝试唤醒了读者对差异"他者"的尊重，调整观看的方式，尽可能包容、多面地调和差异的鸿沟。在勒奎恩看来：

> 简单的合成和分离都不是令人满意的，必须在两者之间做出选择的概念是不可接受的。勒奎恩尝试让笔下的角色同时了解人和动物，同时又既不是人又不是动物。[1]

人与自然"他者"之间的差异是必然的，这一方面规定了人与自然之间必须保留相对独立的中心，另一方面又保障了各自主体的个性和生机。

其次，人与自然世界互相参与，呈现暧昧依存关系。人类作为这个世界中的存在体，当眼睛看到、身体接触到世界的时候，世界就已经对我们产生了影响。从观看到参与，我们发现了世界并参与了世界的建构。没有主体的世界是不存在的。我们的知觉、意识和行动通过视觉和触觉被世界的"他者"所渗透。我们的每一个经验都与这个自然世界相

---

[1] Mike Cadden, *Ursula K. Le Guin Beyond Genre: Fiction for Children and Adults*, New York: Routledge, 2005, p.2.

关联，我们需要与世间万物"打交道"。人与自然之间从向外显现的肉眼可见的身体到向内感知世界的身体，都是一种相互依存，相互成就的关系。

人与自然之间，从观看到参与，将两个世界共同链接至同一整体之内，形成一个暧昧作用的共同体，将宇宙、社会、个人三种能量聚集在一起，构建为相互依存、暧昧共生的关系。我们可以将人与自然设想成一个有机的整体。人与自然、"自我"与"他者"在追求发展的同时，它们的中心是相对稳定和明确的。它们自由选择，建立多重的联系，又共同组成一个有机的生命整体——暧昧的共同体。在此共同体中，人与自然通过相互观看、相互吸引而得以反观自身，通过相互参与、切身体验对象的主体思想和生活，发现对立世界中的相似之处和必要的差异中心。在理性和冲动的博弈中，人与动物、人与环境之间需要开放边缘，建立联系，创造机会暧昧地参与和渗透彼此的经验世界，最终形成中心独立、边缘开放的暧昧联合体。在此过程中，人与自然之间相互参与的经验和痕迹便是他们之间边缘地带形成的连续性的、永恒的铰链，这种主体之间的参与活跃性越高，它们所存在的这个整体的生机和活力便越强，从而为彼此创造出一种无可替代的幸福感。

在人类早期的原始文化和信仰中，人与动物、人与环境相互参与的关系就是整个生存世界中最为重要的一环。《金枝》中早期动植物崇拜和总是需要在特殊环境中进行的古代仪式；阿尔塔米拉洞窟（Cave of Altamira）里夸张的红色大牛岩画；西方世界里的环境美学；东方道家的生态美学，无一不在向我们重现人与自然的不可分割的联系。人们通过抽象和移情的美学思维来与这个无声的世界和其背后潜藏着的无形的神秘力量取得联系。虽然语言将人类与"非人"从理性交流中分离开来，但人与"非人"实际上从古至今都紧密联系，共同组成世界的"存在之家"。勒奎恩之所以用旅行的模式来呈现"暧昧"美学思想，也是对人与环境的交互作用的强调。《奥德修斯历险记》、南柯一梦、黄帝飞升、《桃花源记》等文学作品或神话传说中的主人公的蜕变与升华，都需要来自自然界的各种暗示和特殊的自然环境作为中介，比如高山、森林、悬崖峭壁之间、圣水之中、山洞之内等纯粹特殊的自然环境。只有进入这些特殊的、原始的环境之中，人与自然取得真正意义上的联系，才能实现一种完满的体验，在重新走出此环境之后实现成长和超越。人与自然相互依存、相互成就。勒奎恩在后期作品《倾诉》中指出：

> 我们并不在世界之外。你明白么？我们就是世界，我们是它的语言。所以因为我们活着，世界才活着。
> ……没有人告知世界该是如何的面目。它本来就在，它原本如此。人类令它成就，令它成为一个人类的世界。①

在《永远回家》中，北猫头鹰所在的山谷世界仿佛是一个世外桃源般的存在，从文学角度理解，它是与现代工业社会相对立的一个乌托邦世界，一个史前伊甸园般的存在。然而，勒奎恩却颠覆了传统乌托邦的叙事模式，将这个只可能出现在史前的伊甸园设置在未来场景中的后工业社会，描绘成人们经历了工业革命和各种先进技术发展失败之后所沉淀下来的一个理想世界。这则故事中还有一个更重要的颠覆，那就是主人公的旅行，她演绎了从这个伊甸园般的乌托邦世界向另一现实社会逃离的全过程。北猫头鹰之所以拥有开放、完满的人生经历，与她身上各一半的生理结构和始终辩证的思想观念密不可分。作为两个世界的局外人，她始终与自身所在的文化处于辩证关系中。一方面，作为一个年轻的、充满生机的生命体，她对山谷文化的静止和封闭感到无聊。这也侧面暴露出人们理想的乌托邦中存在的问题。人是追求变动的物种，一个只有确定性、没有偶然性的世界是对人的本能的禁锢。另一方面，在父亲秃鹰人的城市中，她的亲身体验又为之前的山谷文化开创了另一种辩证关系的可能性。过度的开发和贪婪的冒进只会吞噬人的生命，将人类引向毁灭。

由此可见，乌托邦与反乌托邦同样不令人满意。勒奎恩在肯定乌托邦理想的静谧美好之外，揭示出乌托邦封闭的循环对人之为人的双重审美理

---

① [美]厄休拉·勒奎恩：《倾诉》，姚人杰译，第124—125页。

想的限制，从而局限了人对完整性和世界经验的追求。通过这种艺术性的颠覆手法，她让我们看到两个对立世界里的相似之处，以及承认差异的必要性：只有在差异与同一共存，在对立中形成统一，人与自然相互吸引，相互参与却又互相克制的前提下形成一个包容的心灵共同体，人与自然才能持续性地存在于这个世界之中，并与世界共同前进。这也就是北猫头鹰从乌托邦山谷步入秃鹰城市所获取的人类社会的发展经验，要实现异中求同、对立统一，人与自然之间需要线性和环形的暧昧螺旋式发展，形成一个强大的暧昧共同体，以一种不断向前，同时也环顾周围的方式前进。每一步前进的步伐中都蕴含着历史时间的滞留和对未来经验的预期，每一个循环都能回到原点，只是这个原点不再是静止的起点，而是由起点辐射关联的新的、处于动态发展中的原点。

每一种事物的中心都必须是明确的、相对稳定的，但它们又共同组成一个生命系统。这对于自然界的每一种生命体来说，是一个外在目的的规律和循环。在东方老庄的思想里，整个宇宙就是一个整体的生物有机体，而这个大的有机体里的每一生物的运动和目的都是追求其内部的统一和自然本身的存在。为了丰富创造、激活生命、保持事物间的连续性，我们有必要在观看和参与的共同作用下充实人与自然各自的中心世界，在参与中不断拓宽各自的边缘地带，增加二者边缘的联系和韧性，在一张整体之网中确定并丰富世界的中心意蕴，构建人与自然之间的暧昧共同体。

在这个大的暧昧共同体中，重要的是适应和持续的存在，而不是贸然的跃进或保守的裹足不前。我们已经因为发展得太快而产生了两极尖锐的对抗声，我们已经近乎麻木地用"进步"和物欲带来的短暂快感取代了对持久完满的幸福感的追求，沃尔夫冈·韦尔施指出：

> 我们应该把人类放在比人类现存环境更大的环境中想象人类，例如：我们应该考虑我们在宇宙中和整个自然环境中的位置，或我们最初与世界，甚或与我们生存的非人类层面的连通性。[1]

---

[1] 转引自［斯洛文尼亚］阿莱西·艾尔雅维茨、高建平主编：《美学的复兴》，张云鹏、胡菊兰等译，河南大学出版社 2020 年版，第 226 页。

人类和自然万物都拥有各自独立的中心，都是主体而不是客体，这是至关重要的。对此，勒奎恩说：

> 我们是主体，我们当中任何把我们当作客体的人，都是在违反自然，是不人道的、错误的行为。自然是如此伟大，那不知疲倦地燃烧着的太阳，旋转着的星系，岩石、海洋、鱼群、森林和动物，不应该只是我们的研究对象。我们是他们的一部分，他们也是我们的一部分，共同体是我们能期待的最好的相处方式。①

人与自然的关系是现代美学关注的核心问题。传统人类学将"他者"问题作为理解人与自然关系的必要路径，抱着打破疆界的心态，要么将自然"妖魔化"，以"人为自然"的生态中心论呼吁人类臣服于自然的神秘力量；要么将人与自然的关系"乌托邦化"，理想地构建"自然为人"的幻象意境。然而，这两种极端态度不仅难以真正走近、认识和理解自然的"他者"，反而容易再度陷入神秘主义或人类中心主义的桎梏。

今天，现代化进程的滚滚车轮急速前行，当权利和物质成为衡量差异、拉大差距的准绳，文化的不平等现象逐渐升级为一种社会问题，变得愈发尖锐。马林诺夫斯基主张，在对原始民族的研究中，研究者要进入"文化持有者的内部眼界"去体验和观照研究对象，去认识研究对象眼中的他们的世界。这就需要研究者真正走进对象的文化，成为对象文化中的人，去体验对象自身的处境。从这一层面看，勒奎恩作品中对边缘问题的探讨和对"他者"世界的关注就有别于传统人类学研究方法。她跨越疆界，真正进入"他者"的内部，清空并悬置旧有的经验和偏见，以"他者"之眼来观察和感受"他者"的世界，进入"他者"的内部世界对"他者"世界进行了"去神秘化"处理。这便促成了自我与"他者"世界之间的暧昧渗透，削弱了现代化进程中由于"文化不平等"

---

① Ursula K. Le Guin, *The Language of the Night: Essays on Fantasy and Science Fiction*, pp.106-107.

的旧有观念和偏见所带来的社会矛盾和问题。勒奎恩提倡人与自然之间的暧昧共生，在开放边缘、关注他者、体恤他者的同时，又坚守了自我的中心，避免跌入悲观的怀旧主义和盲目的西方中心主义任何一方的封闭旋涡。

第五章　东西方思想的暧昧互动

　　自 20 世纪 70 年代以来，美国作家勒奎恩的作品成为科幻小说领域极具文学性影响力的代表，是 70 年代幻想文学复兴的重要标志。勒奎恩作品的美学价值不仅仅在于她以科幻创作所特有的陌生化手法创造和描摹出了另一个世界，更重要的是，她以一种思想实验的方法，用讲故事的方式向读者娓娓道来，揭秘一个个"替换世界"中蕴含的深邃哲思和现实意义。她将东方古老的道家思想融入西方通俗的科幻文学写作，通过娴熟运用后现代叙事艺术手法，以东方经验中的最高存在之"道"观照西方社会的"他者"文化、发展观、神话思维三大重要话题，从东西方文化的差异和矛盾中汲取智慧和养分，补充和激活彼此传统文化中蕴藏的灵感和力量，将读者引入一个东西方精神文化高度互动的暧昧共同体中。反过来看，东西方文化的交融和互动也为勒奎恩的创作提供了包容的思想和开阔的视域。在二者的边缘地带——收与放、静与动的张力最大处，活跃着生机和创造，显现着复数、多元的"美"的身影。

　　由于父母的人类学教育和工作背景，勒奎恩成长在一个世界文化的家庭中，古老的印第安文化、东方道家的思想、西方人类学的方法等竞相交错，为她形塑出一部厚重而丰满的人生启蒙读本。其中，道家哲学对她的思想影响深远。据勒奎恩透露，她幼年时常见父亲将《道德经》带在身边反复阅读，这让自己对它产生了浓厚的兴趣。在一次名为"看问题的方法不止一种"（*There is more than one way to see*）的访谈中，勒奎恩坦言，作为东方思想的启蒙读物，《道德经》短小易读，对她的整个思想体系产生了重大影响："我从中找到了我想要的东西，而且它深入了我的内心。我时常会进一步钻研东方思想。"①

勒奎恩最初接触到的《道德经》是保罗·卡鲁斯 (Paul Carus) 于 1898 年出版的英文译本，这本短小易读的经书影响了她的一生，她花了四十多年的时间去研读和理解，并与中国学者合作翻译了一本富含哲理又不失诗意之美的英文译本。她笔下的诗歌和散文都充满了《道德经》的智慧和优美。勒奎恩重译的英文版《道德经》不只是一种机械的文学翻译，她还结合西方世界的现实问题对老子思想进行了辩证的哲学思考。她表示自己很幸运在还很年轻的时候就发现了老子的思想，这样就可以和老子的书共度一生。她甚至仿效自己的父亲，从《道德经》中勾画出重要的章节段落，嘱咐家人在日后自己的葬礼上朗读。在译本的序言中，勒奎恩对《道德经》给出了至高的评价：

> 它是所有伟大的宗教文本中最可爱的，有趣、敏锐、善良、谦虚，它是不可阻挡的特立独行和永不枯竭的清新。在所有思想的深泉中，它是最纯净的泉水。对我来说，它也是最深的泉。②

长期以来，学界已经从勒奎恩小说的叙事风格和人物塑造等方面对其创作中的道家哲学观痕迹做了不少的追寻：从《地海传奇》系列奇幻小说中追求的道家"一体制衡"原则到科幻小说《一无所有》中描摹的无政府主义乌托邦，再到《黑暗的左手》中阴阳两性之和合的思想实验，《永远回家》中的阴阳符号和神圣歌曲舞蹈，以及晚期作品《倾诉》中对纯粹理性主义和一神论极权主义的批判，勒奎恩将道家思想的精髓深深嵌入了她的作品意象之中。由于道家思想是我国传统哲学思想的瑰宝，国内学者也对这位西方作家作品中展现的东方道家思想展开了一定数量的研究：谷红丽 (2002)、夏桐枝 (2012)、李学萍 (2013，2014)、毕文静 (2014，2015) 等学者较为细致地解读了勒奎恩作品中所蕴含的道家思想，积极探索一

---

① David Streifteld ed., *Ursula K. Le Guin: The Last Interview and Other Conversations*, p.61.
② Lao Tzu, *Tao Te Ching: A Book about the Way and the Power of the Way*, A New English Version by Ursula K. Le Guin with J. P. Seaton, Boston: Shambhala, 1998, Introduction.

条建立在道家"无为而为"思想之上的现代科技发展之路。郭建（2011，2012）、詹玲（2015）以神话—原型批评为方法，论证了勒奎恩科幻作品神话叙事的独特价值。华媛媛（2020）从审美与政治的交叉视角对勒奎恩作品中的生态科幻书写进行了跨文化的重审和研究，李学萍（2022）则以小说《黑暗的左手》为例，分析论证了道家思想对美国生态文学的影响。毕文静的专著《吸纳再现重构：厄休拉·勒奎恩与道家思想研究》（2018）以一种传记式的书写对道家思想在勒奎恩创作理念中的再现和在具体作品中的重构进行了研究。叶冬的专著《原道之旅：厄秀拉·勒奎恩科幻文学研究》（2017）则重点从女性主义的理论视角论证了道家哲学在勒奎恩创作中居于核心地位，是贯穿勒奎恩作品的主导思想。

　　无论是作品还是访谈，在勒奎恩的世界里，我们处处可见道家思想的影迹，但我们也必须客观清醒地认识到，她是在西方文化的大环境下邂逅东方道家思想的，特别是她庞杂的家庭知识背景和人类学知识体系导致她接触、认识和理解道家思想的过程必然不会只是单纯的输入和输出，而是多家思想经历持续博弈、碰撞、冲突、和解的东西方思想互动的结果。也正因如此，她才会在西方世界一味追求突飞猛进的时期率先看到激进的西方文明所面临的各种现实危机，敏锐且极具前瞻性地发现东方思想这一剂恰到好处的舒缓良方。她坚持在文学创作领地进行思想实验，以期对症下药，找到东西方哲思的最佳配比。福柯在1978年寻访日本禅寺时与禅师说："'西方哲学终结时代已至。'倘若哲学尚有未来，则必是欧洲与非欧洲的相遇与影响（交互）的结果。"[1] 苏斯特曼进一步说："无论欧洲哲学时代是否终结，哲学最光明的未来恐怕在于亚洲思想与西方思想的进一步互通。"[2] 所以，在研究勒奎恩美学思想中的东西方文化元素时，我们必须结合具体的语境进行全面多维的考察和分析，只有这样，才能更加贴近她的创作旨归，正确判断并领会她作品中表现的审美意象。

---

[1] 转引自［美］理查德·舒斯特曼：《情感与行动：实用主义之道》，高砚平译，商务印书馆2018年版，第203页。
[2] ［美］理查德·舒斯特曼：《情感与行动：实用主义之道》，高砚平译，第203页。

首先，通过前四章对勒奎恩作品和创作风格的分析，不难看出，勒奎恩的创作总体上是以人类学为主要方法展开的。她将人类学的观察方法和记录手段转化为独特的文学表达形式，在文学作品中呈现出一种对人类存在、宇宙生命以及整个自然万物的运作规律与轨迹的关切和思考。这种打破传统学科界限、文化隔离、感情屏障的艺术创作形式，与她特殊的成长环境和知识背景是密不可分的。父亲的人类学专著《加州印第安人手册》（1925）和母亲的人类学小说《伊希的两个世界》（1961），以及他们时常邀约到家中进行文化学术交流的其他人类学家、物理学家及作家们的思想和观点，都深深影响着勒奎恩的成长，丰富着她的创作视野。列维－斯特劳斯对人类部族原始结构的研究；弗洛伊德对的梦的解析和荣格对人类集体无意识的挖掘；涂尔干对原始仪式中集体欢腾现象的阐释；勒奎恩父亲对原始印第安部落文明的了解和考察等，构成了勒奎恩文学创作的多元理论源泉，汇聚为她独具一格的深邃哲思。基于人类学视角的创作思路和风格，让勒奎恩的作品超越了其他"硬性"的科幻作品。她以古老的仪式思维为创作框架，从当下社会隐匿或已经暴露出来的种种社会危机和其背后的主导力量中寻找突破口，表现出对人类命运和宇宙生命的终极关怀，具有深刻的思想内涵和现实意义。在对西方世界发展历程的多维度观察与审慎思考的过程中，东方传统的道家思想与西方先进的现代发展观相遇；在一味冒进的西方社会文化背景中回头看向东方世界悠久绵长的传统文化；在进步、理性、主体性等西方现代哲学遭遇困境时求助于东方道家思想。这便是她的作品最为柔软，也最具渗透性和穿透力的魅力所在。

其次，勒奎恩曾坦率地将自己描述为一名小资产阶级的无政府主义者（a petty-bourgeois anarchist），不坚定的道教徒和坚定的非基督徒（an unconsistent Taoist and consistent unChristian）。[1] 可见，勒奎恩对自己的思想体系具有非常清晰的认识。她生于西方资本主义社会环境之中，人生大部分时间在美国西部地区度过。在其创作中，她并非不假思索地全盘吸

---

[1] David Streifteld ed., *Ursula K. Le Guin: The Last Interview and Other Conversations*, p.79.

收东方道家思想，而是尝试着在思想实验中模糊界限，进入对方世界去旅行、去体验。她尝试在中西两种思想的交界处形成一段过渡性的边缘地带，为两种文化制造暧昧互动的机会，再将全新的体验和经验带回到各自的中心，开阔双方的视域，使其文化更具多元性和包容性，同时增强我们所生存的这个宇宙生命共同体的整体凝聚性。通过对道家思想的接触、接受、理解与重构，勒奎恩作品呈现出一种虚与实、雅与俗、进与守的包容并蓄，彰显出东西方思想意向性结合的"暧昧"美学特质。通过塑造主人公跨文化、跨语言、跨时空的发现之旅，她尝试推动中西方思想文化的互动和整合，探索全球范围内人类命运共同体的可持续发展路径。

由此可见，对东西方思想在勒奎恩艺术创作中的互动机制和共生模式进行研究和探讨，有利于从根源上发掘勒奎恩文学创作中蕴含的美学思想的深层内涵。在勒奎恩花费长达40年之久翻译的《道德经》英文译本中，老子的三大核心思想阴阳、无为和循环与勒奎恩所在的西方文化中的"他者"、发展和回归主题交相辉映，形成极具现实指导意义的中西互动的暧昧之道，修正并丰满了我们传统的单一文化经验向度。下面主要从这三个方面来探讨勒奎恩美学思想的文化和哲学渊源。

第一节 道家阴阳观与西方社会"他者"文化

阴阳概念是蕴含于勒奎恩小说中的一大重要思想。从早期奇幻系列作品《地海传奇》到后来的科幻作品《黑暗的左手》《一无所有》《永远回家》《倾诉》等，都诉说着黑暗与光明、善良与邪恶、阳刚与阴柔等对立面的同根和依存关系，处处体现出她对道家阴阳概念的理解和吸纳。她以道家的阴阳太极图为模板，设计出各种代表阴阳相生的图案来展现阴阳运动轨迹的横纵切面，表达对中西文化暧昧交融、和谐共生的愿景。

勒奎恩将东方道家的阴阳哲学与西方女性主义思想相结合，并将其升华至对西方二元对立观念和"他者"文化的批判层面。我们知道，"他者"主题是科幻文学的一大特点，外星世界、超人、宇宙飞船、梦境等来自潜意识的各种原始的、特异的素材都是"他者"文化的化身和变形。一般科幻作品中的"他者"常常作为侵入者而最终成为被消灭的对象。但在勒奎恩笔下，她并未将"他者"作为攻击或对立的对象，而是结合道家的阴阳思想正视差异，积极调和自我与"他者"之间的鸿沟。她将东方古老的哲学思想、西方人类学方法和理论、西方女性主义运动和神话原型思维进行有机整合，消化吸纳并融入自己的创作之中。实际上，勒奎恩这种熔多元思想于一炉的创作行为本身就是一种对"他者"文化的致敬。

早在上古时期，《易经》就对阴阳变化之道进行了专门的研究和阐释，古人用阴阳来抽象表达宇宙万物的相反相成，证明二元组织之间的对立和统一，奠定了中国古代哲学思想的根基。在太极图中，黑白区域之间沿柔美的弧线相互过渡、交融、转化，阴中有阳，阳中有阴，实现和谐统一。老子在《道德经》第四十二章讲："万物负阴而抱阳，冲气以为和。"[①] 庄子则反过来用阴阳观念解构和阐释万物的生成。《庄子·田子方》说："至阴肃肃，至阳赫赫；肃肃出乎天，赫赫发乎地；两者交通成和而物生焉，或为之纪而莫见其形。"[②] 庄子这种阴阳和合的观念是对老子思想的继承和发扬，他认为阴气发乎天，阳气发乎地，阴阳二气交通成和，也就是老子在第四十二章中所讲的"冲气以为和"，天地万物就是在这种状态下化生无穷的。

老子以阴阳概念作为论证天地万物之间的无限相对性原理。《道德经》第二章讲："天下皆知美之为美，斯恶已；皆知善之为善，斯不善已。有无相生，难易相成，长短相形，高下相盈，音声相和，前后相随。"[③] 该章以世人两相对立的主观审美经验为切入点，揭示出客观世界中存在的无限相对性。也就是说，无论美丑善恶的定义如何，都源自人们对事物的主观判断。但人们的这种主观判断的依据并不是对象真实的本质呈现，而是由人的过往经验和认识堆积而产生的一些"先入之见"。正是这种先验的己见将宇宙万物划分为高低不等、美丑不一的等级和类别。又如《道德经》第

[①] 陈鼓应注译：《老子今注今译》（修订本），商务印书馆2016年版，第233页。
[②] 陈鼓应注译：《庄子今注今译》，中华书局2020年版，第546页。
[③] 陈鼓应注译：《老子今注今译》（修订本），第80页。

二十二章讲："曲则全，枉则直，洼则盈，敝则新，少则得，多则惑。"① 第三十六章讲："将欲歙之，必固张之；将欲弱之，必固强之；将欲废之，必固举之；将欲取之，必固与之，是谓微明。"② 同样表达了世间一切现象都是相反相成而生的道理，反映出物极必反的阴阳转化之道。事物都在不断运化之中，凡是存在之物都没有绝对不变的属性。因此，任何事物运行至巅峰都必定会向下衰落，这就是宇宙间的阴阳循环之道。

总的来说，老子认为事物都潜藏着对立相反的一面。所以，在观察和认识事物时，我们不光要看清事物的表面，还要反向进入事物的隐藏面去透视对立的可能性。世间万物都是相反相成、福祸相依的，黑白、昼夜、悲喜、美丑等看似对立的关系实则是互相转化、互相生成的，正是在这种对立关系相互作用达到一种动态的平衡时，宇宙万物才得以创生。所以，当普通人固执于停留在事物的表面、静止于正面现象中时，老子以阴阳概念来提醒人们以"反"析"正"，换个角度去把握事物的本质。阴阳之间的互相转化反映出"变"的恒常性，确定不变只是事物间相对的、暂时的状态，而变化和不确定性才是事物绝对的、永恒的本质。

勒奎恩对老子的阴阳思想十分着迷，她说：

> 我认为，道家对事物如何运作的理解，是最深刻的哲学。道的运行法则是非常微妙、非常复杂、相当含蓄的。没有关于绝对的善恶对错的讨论，也很少讨论。最自然、最简单的方法，就是正确的方法。③

她鼓励人们从"对立"中发现"统一"，从"他者"中照见自身：

> 我们必须尽可能地学习，但是也必须明白：知识浩如烟海，无边无际，所以，我们在看待一件事情的同时，不要忽略了它的对立面，因为它们可能拥有共同的属性。④

---

① 陈鼓应注译：《老子今注今译》（修订本），第161页。
② 陈鼓应注译：《老子今注今译》（修订本），第207页。
③ Carl Freedman ed., *Conversations with Ursula K. Le Guin*, p.136.
④ Ursula K. Le Guin, *Always Coming Home*, pp.44–45.

在勒奎恩的《道德经》英译本中，她将第四十二章起名为"道之子"（*Children of the Way*），以一种讲故事的诗意，生动地重释了老子的阴阳平衡观。在她的理解中，老子将宇宙形容为一个无限大的容纳袋，在其中展示低与高、赢与输、毁灭与自我毁灭、如何逆转自己等哲理，通过将每一个体都变成它表面上的对立面来展示阴阳能量的相互作用。[①] 下面我们来看勒奎恩版《道德经》译本中本章的英文译文：

> Children of the Way
> The Way bears one.
> The one bears two.
> The two bear three.
> The three bear the ten thousand things.
> The ten thousand things
> carry the yin on their shoulders and hold in their arms the yang,
> whose interplay of energy makes harmony.
> People despise orphans, widowers, outcasts.
> Yet that's what kings and rulers call themselves.
> Whatever you lose, you've won.
> Whatever you win, you've lost.
> What others teach, I say too:
> violence and aggression destroy themselves.
> My teaching rests on that.[②]

这段极具诗意的译文让我们看到，勒奎恩将阴阳两极事物比喻为"宇宙之'道'的孩子们"，只有当他们的能量相互影响和作用时，才能营造

---

① Lao Tzu, *Tao Te Ching: A Book about the Way and the Power of the Way*, A New English Version by Ursula K. Le Guin with J. P. Seaton, p.52.
② Lao Tzu, *Tao Te Ching: A Book about the Way and the Power of the Way*, A New English Version by Ursula K. Le Guin with J. P. Seaton, p.52.

出一个和谐的家庭氛围。她以人类亲缘关系来比喻宇宙万物之间的联系,这一生动而形象的诠释充满了温度和力量。我们知道,无论一个家庭中成员之间的关系多么错综复杂,其命脉都与家族大树的根系紧密相连,永远无法切断。事物间千丝万缕的纠葛与交错形成的宇宙之网也源于同一道理。勒奎恩将老子对阴阳概念的阐释从性别的对立统一上升至自我与"他者"的对立统一思想,在更为宏大的视域下重构出一种暧昧的、连续性的二元关系。

说到阴阳,我们往往会第一时间联想到勒奎恩对女性的关注。女权主义标签为勒奎恩的作品吸引了大量学术探索,产生了比较丰富的学术观点。其中,争议最大的是勒奎恩是否经历了一个从女性生态主义到后女性主义的转型。[1] 这个问题固然值得探讨,但如果我们换一种思路,从她深谙的道家阴阳观念入手进行分析,不难发现,勒奎恩对女性的关注实际上不仅仅以助力于女权运动为目的,更深层的原因在于她对老子阴阳概念的接纳和吸收,并将其作为一把打开西方女权主义运动的钥匙,在批判父权制传统的同时,将阴阳概念拓展至对自我与"他者"关系的理解与关怀之上。由此,她对女性的关注,便成为她对更大范围内的"他者"的关注的"代言"。这里的"他者",包括女性、动物、外星人等各种弱小边缘的势力。

勒奎恩的作品为我们重点刻画了这样一些"他者"人物:《天钧》中的黑人女律师;《黑暗的左手》中雌雄同体的外星人;《一无所有》中的女性海洋生物学家;《永远回家》中的"半人"女孩北猫头鹰;《在开始的地方》(*The Beginning Place*, 1980)中的杂货店店员。她笔下的外星人往往是非攻击性的,或者是充满倦意的。比如在《天钧》中,外星人住在波特兰的一家自行车修理店的楼上,经营着一家破旧的二手店,出售披头士乐队的老唱片。[2] 可见,勒奎恩喜欢通过刻画一些边缘形象来揭示这个社会中需要我们关注的"他者"力量,并以此来积极调和自我与"他者"之间的鸿

---

[1] 详见 Clarke 和 Lindow(2010)之间的学术对话。参考 Clarke, Amy M., *Ursula K. Le Guin's Journey to Post-Feminism*, Jefferson: McFarland, 2010。

[2] David Streifteld ed., *Ursula K. Le Guin: The Last Interview and Other Conversations*, p.82.

沟，互相渗透而不是各自封闭。勒奎恩总是强调边缘的作用和力量，因为在她看来，

> 艺术的实践就是不断探索和寻找边缘。当你找到它时，你就收获了完整的、真实的、美丽的东西；没有边缘的世界是不完整的。[①]

勒奎恩不仅为边缘和弱小者发声，同时还为他们指引一条自我强大、自我探索和成长之路，通过描写凡人英雄在陌生世界中的成长之旅来为弱小者引航。这是勒奎恩将东方老子的阴阳思想与西方的"他者"文化相融合而产生的一种独特的、暧昧的调和。

除了东方道家的阴阳思想以外，还有一位人类学家对勒奎恩的辩证思想产生了重大作用，那就是列维-斯特劳斯。在《结构人类学》一书中，列维-斯特劳斯讨论了二元思想的重要性。在该书的第二部分关于"社会组织"的论述中，他专门以原始社会村落布局为研究对象，探讨了二元组织中关于二元对立的直径结构和向心结构。他通过对原始村落的半径结构和向心结构的村落布局的研究得出："对立不仅存在于中央与周边、神圣与凡俗之间，而且延伸到其他方面。"[②] 列维-斯特劳斯试图论证二元组织本身包含双重的运动轨迹、体现两种截然不同的文化现象：

> 有时候它似乎来源于社会群体之间、物理世界的各个方面之间、道德的或形而上学的特征之间的一种平衡而对称的二分现象；也就是说——如果上文提出的概念可以推而广之的话，一种被直径线对半切开的结构；有时候却相反，二元组织是按照某种同心圆的观念设想的，唯一区别在于，就社会的或宗教的威信而言，两个彼此对立的项次必须是不对等的。[③]

---

① Ursula K. Le Guin, *The Language of the Night: Essays on Fantasy and Science Fiction*, p.24.
② [法]克洛德·列维-斯特劳斯：《结构人类学 1》，张祖建译，中国人民大学出版社 2006 年版，第 125—126 页。
③ [法]克洛德·列维-斯特劳斯：《结构人类学 1》，张祖建译，第 128 页。

勒奎恩深谙此理，她在小说中描摹出这种二元现象并对其进行了多维度的思考和探索。在我们前面谈到的作品《永远回家》和《倾诉》中都同时存在两种对立的世界文化：一个是侵略性的、直线型的、不断扩张和冒进的、炙热的，代表以发展眼光看世界的城市文明；另一个是模糊的、脆弱的、屈从的、循环的、退缩的、寒冷的，代表以保守思想为核心的山地文化。勒奎恩借用列维-斯特劳斯提出的结构人类学理论，主张一个现代的乌托邦应该是一种"阴"和"阳"的渐进式整合，将最热的与最冷的有机地结合起来。小说《永远回家》中的北猫头鹰和小说《倾诉》中的阿卡（Aka）最后都是朝着这种融合的方向发展的。

根据列维-斯特劳斯的理论，二元组织的存在不是只有完全对立的形式，彻底对立的二元现象是非此即彼、静止封闭的，他们之间无法互相转换或合成，因此是一种始终静止和无法延续的状态。也就是说，对立的二元结构是一种静态的、对立矛盾且不可调和的，它们之间形成相互隔离和对峙的非连续性状态。但是，列维-斯特劳斯看到，二元组织不一定是对称的、对立的模态。他由此提出向心结构的二元组织——一种动态的、边缘地带相互接触、晕染，始终向心的暧昧的连续体。这种向心结构的二元关系正是勒奎恩"暧昧"美学思想的关键所在：边缘、向心、连续、螺旋结构。下面我们就以《黑暗的左手》为例，来进一步论证勒奎恩作品中阴阳概念和"他者"文化的暧昧结合。

小说《黑暗的左手》（*The Left Hand of Darkness*，1969）同时斩获星云奖和雨果奖两项世界科幻界大奖，是勒奎恩探讨性别文化的开创性著作。该书通过揭示和对抗关于性别的文化偏见来呼吁人们在对立的性别之间建立联系，并从相对的性别中照见另一个自己，消解两性之间的对立和敌意。在这部作品中，勒奎恩运用老子阴阳思想进一步发展和丰富了列维-斯特劳斯在结构人类学视域下对二元结构和组织的研究。她将对性别关系的探讨上升至对自我与"他者"关系的讨论，并试图在自我与"他者"之间建立一种平等、暧昧的持续性发展关系，实现差异性平衡的体验。

一 以雌雄同体消解两性对立[1]

在小说《黑暗的左手》中，勒奎恩虚构了一个名为冬星的未来世界。冬星常年冰雪覆盖，自然条件十分恶劣。人类星球联盟艾库曼（Ekumen）[2]的特使艾（Ai）来到冬星，发出人类联盟的邀请，但这个星球上的两个主要的国家正在走向战争。勒奎恩将来自艾库曼星球的使者"艾"塑造成一名星际旅行者，同时也是一位人类学家。艾运用人类学的方法，通过观察、思考及内省等方式记录在冬星上目睹和经历的一切。冬星人生来就没有固定的性别，因此也就没有性别观念。从生理上看，冬星人的性周期（sexual cycle）一般为26到28天，在其中的21或22天中，他们的生理结构处于一种雌雄同体的状态，这个阶段被称为"索慕期"（somer），即性潜伏期，在此期间不会出现任何性冲动。除此之外的5—6天中，他们的身体会进入一种截然相反的阶段——"克慕期"（kemmer），此时他们的性冲动和性能力都将达到高峰，类似于动物的发情期，两个同处于克慕期的冬星人会依据雄性或雌性荷尔蒙分泌的高低而分别转变为完全的男性或女性，实现两性的性交。在克慕期结束之后，他们又会各自回到雌雄同体的状态。[3]他们之间没有强迫性性交的可能，独居者或只有其中一方处于克慕期都是无法性交的。如果在克慕期内一方受孕，那么她的女性特征会一直持续至哺乳期，然后她又重新变回一个雌雄同体的双性人。因此，一个孩子的母亲同时也可能是其他孩子的父亲，无论是男性身份还是女性身份，都必须经历一个完整的周期和循环。

对人类性别特征的探讨和重构在文学史上并不少见。弗吉尼亚·伍尔夫（Adeline Virginia Woolf）的长篇小说《奥兰多》（*Orlando: a Biography*, 1928）讲述了一位贵族公子奥兰多变为女儿身的故事。变身后的奥兰多因为融合了男性和女性的双重人格，以近乎完美的性格和能力实现了人生价

---

[1] 该部分有少量内容源自作者本人已发表的论文《后人类主体之思》，《文学人类学研究》2019年第1辑。

[2] 在小说中，"艾库曼"（Ekumen）一词原意为"家庭"，这里指称由80颗星球组成的星球联盟。

[3] Ursula K. Le Guin, *The Left Hand of Darkness*, pp.72–73.

值,度过了充实而完满的一生。作为20世纪60年代女性主义的代表人物,伍尔夫以文学创作的方式对性别的对立和偏见进行了抨击和批判。马吉·皮尔斯的《他,她和它》(*He, She and it*, 1991)是一部充满现代性色彩的科幻小说,故事讲述了一位女科学家为一款强壮且智慧的男性智能机器人写入了女性特征,使其具有了"双性同体"的特质。通过对智能人性别的改造,科学家将其成功塑造为具有阴柔气质和刚健力量的完美"生命体"。此类小说在创作思路上都具有一个共同特点:通过将女性特质写入男性身体,突出强调女性特征在人类主体性中的重要作用,批判父权制下的性别文化偏见。然而,这样的创作构思恰恰也跌入了一种隐性的性别偏见之中,潜文本似乎暗示女性始终是男性的附属品,就如同说夏娃是亚当身上掉下来的一块肋骨。这种让女性更强壮、更具男性特质的愿望反而从根源上凸显了男性的主导地位。另外,还有一些将男女性别和生理特征机械地拼装成一体的"雌雄同体"或"单性繁殖"的幻想小说,在此就不再赘述。相比之下,勒奎恩在性别问题中融入了古老的神话思维,从美学维度来探讨建立在性别文化上的人类对自身圆满境界的追求,极具理论性和创见性。[①]

古老的神话传说中不乏双性同体的话题。在《神圣的存在》中,伊利亚德为我们列举了双性同体的神话人物:

> 几乎所有斯堪的纳维亚神话的主要神灵都保留着双性同体的因素:奥丁、洛基、图伊斯科(Tuisco)、耐尔图斯(Nerthus)等"伊朗的无限时间之神察宛——希腊历史学家确切地视之为克洛诺斯——也是双性同体的,"正如我们先前所揭示的那样,他生育了孪生子奥尔姆兹德和阿赫里曼,"善"神和"恶"神、"光明"之神和"黑暗"之神。[②]

---

① Keith N. Hull. "What is Human? Ursula Le Guin and Science Fiction's Great Theme", *Modern Fiction Studies*, 32, Spring. 1986, p.70..
② [美]米尔恰·伊利亚德:《神圣的存在:比较宗教的范型》,第412页。

伊利亚德还特别将中国道家思想中的"阴阳""吐纳""太一"与宇宙起源于蛋的神话联系起来，更深入地挖掘双性同体当中蕴含的美学意义。在道家美学观中，"太一"一阴一阳两性相融，构成了一个无限循环的动态平衡的球体。

神话传说和宗教信仰中的双性同体的神不仅仅表达了人们对两种性别的和合之求，还表现了人们通过双性同体的结合方式来感受和体验人类最古远、最完美的双性合一、宇宙间二元相和相生的圆满境界的美好愿望。正如伊利亚德所说：

> 人们一次又一次感受到需要——即使是短暂的——回归到人类最完美的状态——两种性别与其他各种性质、各种属性一起共存于神灵里面。……人类周期性取消有差别的、被决定的状态以便回到原初的"整体性"的需要，和人类使自己置身于周期性狂欢、消除所有形式、恢复创造之前的"太一"的需要是一样的。①

在小说《黑暗的左手》中，冬星人雌雄同体的性生理特征无疑是前所未有和不"现实"的。但也正是因为它在世俗世界中"不存在"，才创造出了一种文学艺术形式的神圣性和独特的美感。勒奎恩将古老的神话思维、西方人类学的结构理论以及东方道家哲思进行解构、吸纳和重塑，巧妙而谨慎地构思了冬星人的双性同体特征，酝酿出寓意丰满的艺术象征体。勒奎恩笔下的冬星人不只是附加了女性色彩的强健男性，也不单纯是注入了阳刚之气的女性，更不是像单性繁殖神话中的固定生理结构的双性人。他们的生理和心理特征都是动态变化的，发生在他们身上的一切都不是固定不变的。在每一个生理循环中都有一个性激素增长期，每一个原本雌雄同体的个体在此期间根据雌雄激素分泌的高低来决定成为一个彻底独立的男性还是女性。这一构思不仅消解了人类性别的单向度限制，还使每一个体能够体验成为男性或女性的独立和完整的过程。利奥塔说：

---

① ［美］米尔恰·伊利亚德：《神圣的存在：比较宗教的范型》，第414页。

毕竟，人体是有性别之分的。人们清楚地知道这种两性差别不仅仅是躯体的而且也是精神空虚的范例。女性感到缺男性的，男性感到缺女性的。不然，在一个人的性欲念中怎么往往会有异性的和从他没有的东西中产生的激情呢？①

勒奎恩正是深刻认识到了性别之间互为需求的关系，从而塑造并精心安排了冬星上双性人的独特体征。她通过对男性和女性的双向结合和随机轮换的方式，对以性别对立为代表的传统二元对立观念进行批评和修正。同时，这反映出勒奎恩一贯坚持的"中心独立"理念，借用时空的演变来体验颠覆和破坏，通过认识自己的对立面来重新认识自我。

二元组织是自原始社会以来人们用以区分彼此、解释世界的形态。列维-斯特劳斯指出：

我指的是一些用来表现半族对立的象征所带有的异质的特点。这些象征当然也可以是匀质的，例如冬夏、水土、天地、上下、左右、红黑（或别的颜色）、贵族和贱民、强弱、长幼，等等。但是，有时候我们也能够看到一种不同的象征手法，即对立出现在逻辑上异质的词项之间：稳定与变化、状态（或行为）与过程、存在与变异、共时与历时、简明与含糊、单义与多义；所有这些对立的形式看来都可以归并到一组单一的对立中去，即连续性与非连续性的对立。②

男女、善恶、生死、明暗等构成了传统二元对立的机械世界观，而勒奎恩笔下充满变数的冬星人则向我们呈现出二元对立关系以外的可能结构，即一种整体的、动态的、连续的、无限的可能。冬星人始终不会有固定的性别，这就体现出"变"的引力。他们的雌雄同体特质消解了二元对

---

① [法]让-弗朗索瓦·利奥塔:《非人：时间漫谈》，罗国祥译，商务印书馆2000年版，第21页。
② [法]克洛德·列维-斯特劳斯:《结构人类学1》，第140页。

立观念带来的性别偏见和敌对文化，他们不确定的性特征凸显了万物皆生于变化之中的道理。勒奎恩通过对冬星人双性同体的改造消解了"性别"这一人与人之间最大的不同，启发人们思考去"性别"之后，人类的思想、行为以及生存方式会有什么样的改变？在勒奎恩笔下，冬星上的人没有强者与弱者、主动与被动、支配与顺从、占有与被占有等对立关系，他们思维中普遍存在的二元论倾向已经被弱化、被转变了。

勒奎恩没有盲从于其他文学作品的思路，将人类彻底改造成为男人或者女人，或者性别固定的雌雄同体的人物，而是在冬星人身上保留了男女各自体验不同性别特征的可能。这样一来，人人都有可能"为分娩所累"，传统女性所遭受的性别歧视和身心束缚就遭到了消解。雌雄同体的冬星人共同享有平等的权利，分担风险、平分机遇。这样的安排不仅体现出勒奎恩对于人类性别差异的尊重，还反映出她基于人类学视角的思考，为男性和女性都提供了互为"他者"的可能，展现出她富含哲思的独特性别观。她想知道除了生理形式和相应的功能差异，男人和女人之间在性格、能力、天赋、心理等方面到底有没有差别？差别的根源是什么？勒奎恩说：

> 我从地球派送了一个充满想象力但传统、古板的年轻人进入一个完全没有性差异的、性格特征完全被消解的文化中，去看看除了性别，到底还剩下什么？我想，剩下的应该就是——纯粹的人。①

最初，艾因为自己是一个纯粹的男人，所以不能接受冬星人的双性特征。他认为冬星人既不是男人也不是女人，就像是人类中的低能儿，急于与他们划清界限。但在与伊斯特拉凡一起经历了流放、关押等种种磨难后，艾对冬星人性别的看法发生了巨大的转变。在穿越冰原的黑夜中，艾透过伊斯特拉凡对自己的注视，从心里接受了性别的消解。他彻底接受了伊斯特拉凡同时是一个男人，也是一个女人的事实。

托马斯·雷明顿（Thomas J. Remington）在《触碰差异，感受爱》一

---

① Ursula K. Le Guin, *Dancing at the Edge of the World: Thoughts on Words, Women, Place*, p.10.

文中表示，阴阳符号是"触摸差异"的标志和象征①。在勒奎恩的另一部作品《天钩》中，主人公奥尔和他的爱人希瑟也是差异的结合，他们的皮肤一个是白色，一个是棕色，当他们在梦境中都变成灰色，因为失去了原有的辨识度而找不到对方时，他们深刻认识到差异的重要性，并在碰触和摩擦中建立了信任关系。通过模糊"人"的主体特征来表现阴阳二元的暧昧融合是勒奎恩作品中一个不变的主题。勒奎恩笔下的"人"的特征往往都是不那么确切的，他们并不绝对是男性的或者女性的，因此避免了传统性别观影响下的刻板印象，比如男人必须是强壮而饥渴的，女人则一定是柔弱而漂亮的。勒奎恩说：

> 我将对"性"和"性别"的定义合并为一个雌雄同体的人，以传统和公开的方式出现。无阳不生阴，无阴不生阳。阴阳互生。当别人问我作品中不变的主题是什么，我脱口而出：联姻。②

的确，勒奎恩作品的主题始终呈现出阴阳相生的特征：不明晰，也不强大，但一直努力向前，连续不断。"联姻"这一概念诠释了两种性别的结合。但这种结合不是生硬的合并，也不是通过任何一方的妥协而实现的。勒奎恩作品中展现出一种明显的调和气氛，她笔下的主人公从未对父权制和专制统治妥协，而是致力于调和男性和女性之间的差异和矛盾，让两者进行暧昧的交流和互动，最后互相包纳差异，实现中心独立、边缘互渗的结合。这种调和是阴阳两性之间的调和，也是东西方文化之间的互动。它在阴阳转化的基础上强调连续性，在阴阳对立、相反相成的基础上强调差异之间的调解和交流。在勒奎恩看来，性别的生理特征是由先天基因的差异所导致的，但人们对于性别的偏见却不是基因中本来就存在的，而是在后天的文化中养成的，因此，阴阳之间需要不断调和，以实现暧昧的"联姻"。

---

① Thomas J. Remington, "A Touch of Difference, A Touch of Love: Theme in Three Stories by Ursula K. Le Guin", *Extrapolation*, 1, Dec 1976, P.40.
② Ursula K. Le Guin, *The Language of the Night: Essays on Fantasy and Science Fiction*, p.93.

从勒奎恩笔下每一对差异性的、看似对立的二元结合中，我们看到，只有在差异双方都倾向于一种碰触、合作和信任关系时，他们之间才能达成阴阳的平衡。这些人物身上的长处和短处都以令人意想不到的方式互相碰触、摩擦和渗透。但是，在平衡达成之前，差异双方必须清楚地认识自我，这个认识的过程也包含了从差异的对立面去照见自我的体验。如同在《黑暗的左手》中艾和伊斯特拉凡最终认识到他们为之而奋斗的共同目标是全人类，而他们也终于看到了阴中有阳、阳中有阴的人之为人的完满境界。艾和伊斯特拉凡在穿越冰雪腹地的历险之旅中建立了超越爱情的伟大友情，艾在伊斯特拉凡的笔记本内画了一个圆圈，在圆圈里画了一道双弧曲线，将这个符号中的一面涂成黑色代表"阴"。这一描述无疑是对道家太极图的描摹，完美呼应了勒奎恩的创作主题："光明，是黑暗的左手。"[①]由此，《黑暗的左手》中若干组矛盾的二元象征之间：冷—热，黑暗—光明，回家—流放，名字—无名，生命—死亡，谋杀—拯救，性—爱，经过交流、互通，最终矛盾得以调和，二元关系得以和解。通过这种二元合一、生死归一的艺术书写，勒奎恩以雌雄同体消解了两性的对立，实现了二元之间向心式的暧昧"联姻"。

二　触碰差异，消解"他者"偏见

艾和伊斯特拉凡之间超越爱情的"相爱"不仅从传统性别观的视角展现了阴阳之和合，还传达出更为深远的意蕴，那就是自我与"他者"的和解。对艾而言，伊斯特拉凡是一个外星人，同时也是有着独一无二性生理特征、与普通人类完全不同的另一个物种。从这一点看，伊斯特拉凡也是"他者"的代表。勒奎恩借此将主题从弥合阴阳两性性别的差异升华至弥合物种间的"他者"鸿沟，探讨自我与"他者"的相遇、碰撞与和解。

伊斯特拉凡是勒奎恩塑造的众多"他者"形象之一。我们说勒奎恩的创作思维是神话的、仪式的，但她笔下的英雄人物却并非骁勇善战的勇士，也不是神力附体的超人，而往往是一些平凡的、边缘的"弱者"形象。这也是她对西方传统英雄神话富有现实意义的积极改造。综观勒奎恩

---

① Ursula K. Le Guin, *The Left Hand of Darkness*, p.217.

写作题材，她总是竭力地塑造和描写着一些弱小的事物，儿童、动物、妇女、穷人、懦夫甚至是笨蛋，而正是这些"弱小"的事物，颠覆和重塑了那些闪烁着神性光芒、与世俗和平凡不沾边的传统神话英雄人物形象。从这一特殊的艺术表现手法，我们很容易看到《道德经》对她的影响。《道德经》中强调"柔弱胜刚强""弱者道之用""上善若水""上德若谷"，这里的"弱者""水""谷"都可以理解为现实生活中那些弱小不争的边缘人物。勒奎恩通过刻画社会底层人士、被剥夺权力者、女性、遭受文化偏见者等平凡的边缘人物，以东方道家的阴阳观来调和西方社会的"他者"文化，呼吁自我与"他者"的暧昧互动，使其作品具有非同一般的思想高度和美学内涵。

冬星人雌雄同体的生理结构以及由此而来的特殊性生理特征决定了这个星球上不存在强迫性的性行为，更不存在"强奸"一说。显而易见，勒奎恩对冬星人性生理活动规律的构思和刻画参考了动物的生理生活特征。她将动物的两性活动和生理特征渗透到人类的两性关系之中，在创作冬星这颗星球的性别文化时，她特别强调了冬星人的性交习俗：

> 此地风俗同人类之外的多数哺乳动物相似，性交只能在双方彼此接受、自愿的前提下才能进行，否则就不会有性交。引诱当然是有可能的，不过必须要严格把握好时机。①

由此可见，勒奎恩笼统地运用哺乳动物的性交周期和模式来构思和描摹冬星人的两性结合方式，通过改造冬星人的生理结构来弱化人类与动物之间的生理差异，试图弥合人类与动物"他者"的文化和心理鸿沟。

但值得我们特别注意的是，勒奎恩并不打算扮演一位极端生态中心主义者的角色。她没有生硬地将人类动物化，也没有在人和动物之间画上等号。她保留了人和动物各自的个体特征和身份特征，始终将想象建构在现实基础之上："不过，我们也不能将冬星人看作'它'。他们不是无性人，

---

① Ursula K. Le Guin, *The Left Hand of Darkness*, p.76.

有潜在的性别,也是独立的个体。"① 从物种的生物特征来看,雌雄同体的冬星人与艾是完全不同类的生物体,他最初对冬星人的生理特征和生存方式都感到排斥和抵触。在以艾为代表的人类眼中,冬星人的性生理特征在人类中是不存在的。反过来,在卡亥德国王的眼里,以艾为代表的人类却是不正常的,因为人们永远都处于克慕期,是一种性变态的社会。他们都将对方认为是与自己大相径庭的怪物。因此,艾和冬星人对彼此都带有成见之心,冬星人被排除在正常的"人类"范畴之外,被定义为某种类人的动物、外星人、没有性别的"他者",而在冬星人眼中,"人类"也是不可思议的存在。

即便是在伊斯特拉凡冒着生命危险将艾救出志愿农场后,在他们的相处中,艾仍然站在人类中心主义的偏见立场拒绝将他看作自己的朋友,而只是将他视为一个不男不女的"他者":"他跟我根本不是一类人,我们不会成为朋友,我们之间也不会有爱存在。"② 直到最后,当他们一起穿越冰原极度恶劣的环境,共同经历了困难和磨难,携手对抗人类之外大自然不可抗力时,才实现彼此的理解和认识。然而,这种全新认识的达成是有前提条件的。冰原的极地气候和恶劣的生存环境对一般生物体而言是一种阈限式的存在。穿越冰原寓意着他们都穿越了阈限,回到了宇宙原初的混沌。在这一过程中,他们各自都必须清空自身的先验己见,悬置经验的成见之心,在穿越冰原的历险之旅中重新建立新的共同经验,获得新的认知。这是西方仪式思维中"隔离"阶段"净化"思想的形象演绎,也是东方老子思想"万物抱阴而负阳"的生动体现。在冰原之上,艾和伊斯特拉凡都与世隔绝了,他们之前的身份、地位、性别和社会属性都失去了原有的语境和定义,现在的他们就只是两个纯粹的"人",伊斯特拉凡意识到:

> 艾不是什么怪人和性变态。我与我的同胞、我的社会及其规则隔绝了,他也是一样。这里没有一个冬星人的社会来解释并支撑我的存

---

① Ursula K. Le Guin, *The Left Hand of Darkness*, p.76.
② Ursula K. Le Guin, *The Left Hand of Darkness*, p.173.

在。我们俩终于平等了，彼此都是外星人，都是孤单一人。[1]

当艾和伊斯特拉凡共同克服了恶劣的气候环境，战胜了旅程中种种内部和外部的问题，他们终于抛下偏见，放下对差异的恐惧，开放自己的边缘去拥抱和接纳对方，而他们友情的根源正是差异性。因为"差异本身就是一座桥梁，唯一的一座跨越我们之间鸿沟的桥梁"。[2] 由此，勒奎恩的小说向我们传递了这样的信息：关于"人"的定义是随着人们经验的增长而不断丰富和拓展的。在科学技术高度发展的今天，"人类—技术相互关系的本质已经朝着我们的性别、种族、物种之间疆界的模糊化发展"。[3] 星际旅行者艾将"星球结盟"的使命视为最高人生追求。在故事开始的时候，艾和冬星人伊斯特拉凡分别代表两大对立的差异实体——"人"与"非人"，有着看似无法跨越或弥合的鸿沟。但故事发展到最后，艾的追求也成了冬星人伊斯特拉凡的追求。他们因为共同的追求信任并依赖对方，建立了真挚的友情。当他们完全放下对差异的偏见和敌意，开放边缘，才发现正是差异激起了他们探索对方的冲动，架起了相互吸引、相互沟通的桥梁，让彼此得以跨越偏见的鸿沟，向着共同的目标迈进。物种边界的消解破除了文化及物种自身差异带来的隔阂。艾和伊斯特拉凡的友情充分体现了差异物种在边界地带特有的模糊性和包容性中实现的互动与和解。他们在共同经历了政治风波，一起穿越火山及冰原之后，最终打破了彼此文化及生理上的界限及差异，建立了坚固的友谊，成为彼此尊重的朋友。[4]

破除成见，放下"他者"偏见，同样是道家哲学的核心思想。庄子在齐物论中重点论述了人类"成心"的危害，进一步发展了老子"阴阳和合"的哲学观。《齐物论》首篇便讲到南郭子綦通过"吾丧我"进入了一种超越对待关系的忘我境界。吾丧我，指摒弃偏执的我见，达到忘我、物我合一的境界。要想达到这种境界，就要放下、打破"自我中心"的执见。因

---

[1] Ursula K. Le Guin, *The Left Hand of Darkness*, p.189.
[2] Ursula K. Le Guin, *The Left Hand of Darkness*, p.203.
[3] ［意］洛溪·布拉依多蒂：《后人类》，宋根成译，河南大学出版社2015年版，第160页。
[4] 参见拙文《科幻未来中的"后人类"主体之思——以〈黑暗的左手〉为例》，《文学人类学研究》2019年第1辑，第43—53页。

为在庄子看来，人们对世间万物千差万别的评判和见解，不是由于宇宙中本来存在高低贵贱，也不是万物生而具有不平等性，而是来自人们主观给予外界的偏见。庄子说："故为是举莛与楹，厉与西施，恢诡谲怪，道通为一。"① 无论是小草或是大木，人们眼中丑陋的女人或是美貌的西施，所有形形色色的怪异差别，把此物和彼物分隔的种种差异，从道的角度来看都可以融通为一。回到勒奎恩的创作，我们发现，在她笔下构建的系列星球中，所有人类都是从远古时期同一个星球派生出来的。"我们彼此之间存在差异，但我们都是同宗的。"② 勒奎恩把所有差异星球的起源都合而为一，试图通过对这一理念来提醒人类站在历史的更高层面上看问题，以一种共同体的理想来破除自我与"他者"之间的隔离和偏见。

由于没有固定的性别标签，冬星人对自己与其他事物之间的差异不再敏感，他们更多地关注事物之间的相似性和关联性。冬星上最原始的宗教"韩达拉教"（Handdara）③ 的文化中就没有理论，没有教义。他们并不在意人与动物或者其他物种之间的差异，而是将所有生物构成的这个共同体看作一个大同世界，更多地关注彼此之间的相似之处和联系。在《性别真的必要吗？》（"Is Gender Necessary?"）一文中，勒奎恩谈道：

> 我为什么要发明那些特殊的人？我当然不是想将冬星人塑造成人类模仿的典范。我并不赞成对人类有机体进行改造的基因工程。我只是用它作为一种启发式的思想实验。④

人类因为始终困囿于各种社会制约，所以很难看清除了纯粹的生理形式和功能，真正区分两性的元素是什么。勒奎恩在小说中对人体性生理特征的改造只是想从思想上提醒人们放下对物种和性别的偏见，在消解了性别的国度里去反思人类主体建构的必要条件及可替代因素。

---

① 陈鼓应注译：《庄子今注今译》，第 67 页。
② Ursula K. Le Guin, *The Left Hand of Darkness*, pp.28–29.
③ 韩达拉教是冬星卡亥德国一种古老的宗教，其教义类似于中国传统道家思想，主张清静无为、默然无声、生生不息。
④ Ursula K. Le Guin, *Dancing at the Edge of the World: Thoughts on Words, Women, Place*, p.9.

从美学意义上看，勒奎恩在创作中将人与非人（动物）的特征相结合，使人具有更加完满的人性，而且以一种流变的性别生理来满足人们对"变"的感性追求。我们很容易联想到古希腊神话传说及雕塑中诸多人与动物、男人与女人结合的形象，人们似乎从很早以前就试图通过重构物种来破除单一物种以及固定性别所包含的缺陷和局限，借助想象性艺术来打造一种流变的、交替的主体形式。通过在思想实验中打破性别的固定性，勒奎恩旨在消解男性与女性、人与非人"他者"之间存在的主观偏见，为读者提供一个纯粹、客观地看待宇宙所有生命体的全新视角。在她笔下的冬星上，尊重一个人、评价一个人，都只是将他看作一个纯粹的人，并以此来发现并界定男性和女性共同拥有的领域。勒奎恩认为，跨越距离向他人致意是很重要的。她以"联姻"为主题，以雌雄同体的思想实验为契机，在消解性别差异的基础上，竭力打通人与非人以及差异万物之间的冲突与矛盾，让阴阳二元以一种中心独立、边缘互渗的方式运动和作用，建立一个向心的暧昧连续体，实现自我与"他者"的对话和互动。

勒奎恩试图让故事中的角色尽可能互相靠近、互相理解，去调解一个不能简单弥合的鸿沟。她清醒地认识到自我与"他者"的必要差别：对于拥有复杂心理和生理结构的人类来说，任何简单的结合或是分离都是不令人满意的，必须二者择其一的想法也是不可接受的。因此，勒奎恩作品中的人物之间都存在极大的差异性，如《世界的词语是森林》中的人类学家留波夫和森林中的仇恨之子谢维尔，《野牛女孩》中的人类小女孩和森林里的郊狼，《永远回家》中的北猫头鹰和秃鹰父亲等。特别是在《世界的词语是森林》中，勒奎恩对人、动物、外星人三者之间建立连续体的可能性进行了考察和探索，故事的结局告诉我们，三者之间没有任何机械结合或合成的可能。勒奎恩清楚地认识到自我与"他者"之间的必要分离，人性、身份或身体的本质都是由物种之间必然的差异性所创造的，难以定论。只有让差异双方不断尝试靠近对方，互相观察、互相碰触，才能探索出一条二者兼顾的，既结合又独立的暧昧的思维路径。

事实上，进一步追溯不难发现，勒奎恩作品中人物的矛盾和差异背后还潜藏着代表阴阳的两个世界、两种声音的对峙和博弈:《一无所有》中的乌拉斯和阿纳瑞斯分别代表一正一反的两个乌托邦世界;《新亚特兰蒂斯》(The New Atlantis，1975)里的现代世界和海下古城分别代表一个下沉的世界和一个上升的世界;《世界的词语是森林》里的清醒时间和梦境时间分别代表意识和无意识两个世界;《永远回家》中辛山之谷和秃鹰之城分别代表母系社会和父系社会两个世界等。在这些作品的结构中，勒奎恩将老子的阴阳和合思想、列维－斯特劳斯的结构主义和现代解构主义相结合，让我们看到阴阳、二元之间可以发生的更多可能。显而易见，勒奎恩笔下的男性和女性并不是截然对立的，我们这个社会也不是可以由父系社会或母系社会任何一方单独维系下来的。对于两性的对立和"他者"的偏见，需要我们共同跨越差异的藩篱，在"暧昧"的互动中实现成长。

在勒奎恩看来，阴阳符号中的每一半都包含着另一半的一部分，他们之间相互依存，持续变化。她说：

> 每个乌托邦都包含一个反乌托邦，每个反乌托邦都包含一个乌托邦。……阴阳彼此都包含着转换的种子。它代表的不是停滞，而是一个过程。阴阳两者相互依存，每一方都在不断地成为对方。[1]

她将老子阴阳思想中的"阳"理解为男性、明亮、干爽、勤奋、活跃、有穿透力；将"阴"理解为女性、深色、潮湿、包容、容易接纳。如果说"阳"是控制，"阴"就是接受。而无论是控制还是接受，都是具有同等力量的伟大存在。勒奎恩所坚守的时间、空间、人、自然的暧昧体验和螺旋上升共同发展的结构是在西方世界人类学考察的理论基础上，结合老子的阴阳相生概念，对传统二元对立美学理念影响下的性别文化和"他者"文化进行的生态式的批判和重构，是将阴阳概念从性别维度的探讨上升至对自我与"他者"的暧昧感性经验的重塑。

---

[1] Ursula K. Le Guin, *No time to spare: Thinking about What Matters*, p.69.

第二节　道家无为观与西方世界发展观

勒奎恩笔下精心刻画的"他者"形象都或多或少展现着一种"若水"般的性格特征和处世哲学，这不禁让我们联想到老子"上善若水"的德行主张，追溯到道家的无为观。《道德经》第三十七章："道常无为而无不为。"[1] 勒奎恩以东方道家的无为观为参考，重新审视和反思西方世界的发展观及其影响下的社会弊病和人性危机，探索二者的互惠互补之处，呼吁东西方思想在"为"与"不为"之间进行调和与互渗。

综观整部《道德经》，老子的无为观重点体现在两个方面：一是自然无为，强调"道法自然"。老子主张万事万物都要顺其自然而行，表达了他"清静无为"的生存态度和自然哲学观念。《道德经》第二十五章："人法地，地法天，天法道，道法自然。"[2] 第五十一章："道之尊，德之贵，夫莫之命而常自然。"[3] 第六十四章："是以圣人欲不欲，不贵难得之货；学不学，复众人之所过，以辅万物之自然而不敢为。"[4] 这些都在讲述自然的运行之道，论证人类作为自然的一部分，要顺应并遵从自然法则的道理。事实上，人类自古就有效法天地自然之道的生活态度。在原始巫术仪式中，人们通过交感巫术来效法动植物的生长，从而祈求丰产和繁殖，规劝人们要顺应自然、效法自然，因为宇宙万物的一切都是遵循着自然法则而运行的。二是政治层面上的无为，"道常无为而无不为"就是老子将道的形而上的"无为"具体落实到从治国、从政的立场来讨论治国之道、为政之方。以自然万物的无为之利来反观和批判统治者的"有为"（肆意妄为）之害。老子在《道德经》第三章讲："不尚贤，使民不争；不贵难得之货，使民不为盗；不见可欲，使民心不乱。是以圣人之治，虚其心，实其腹，弱其志，

---

[1] 陈鼓应注译：《老子今注今译》（修订本），第 212 页。
[2] 陈鼓应注译：《老子今注今译》（修订本），第 169 页。
[3] 陈鼓应注译：《老子今注今译》（修订本），第 260 页。
[4] 陈鼓应注译：《老子今注今译》（修订本），第 301 页。

强其骨。常使民无知无欲。使夫智者不敢为也。为无为，则无不治。"[①] 后在第五十七章中又讲："以正治国，以奇用兵，以无事取天下。吾何以知其然哉？以此：天下多忌讳，而民弥贫；民多利器，国家滋昏；人多伎巧，奇物滋起；法令滋彰，盗贼多有。故圣人云：'我无为，而民自化；我好静，而民自正；我无事，而民自富；我无欲，而民自朴。'"[②] 当然，由于老子生于春秋战国时期，社会变革，战争不断，导致民不聊生，他提倡并发展无为思想作为他政治理论的核心思想，就是对肆意妄为的强权政治的坚决否定和批判，以他自己的形式对统治者的暴政进行干预和非议。他一方面希望可以消解权力阶级对人民的强制性暴力统治，另一方面又试图激发人民自主自发的主观能动性。

随着社会的发展和进步，老子的无为观也遭到了不少学者的质疑，陈鼓应说：

> 道家思想都肯定了人和自然的一体情状，然而人和自然事物在本质上究竟是否同一？这显然是有问题的。事实上，人是有意志、有理性、有感情的。意志的表现，理性的作用，感情的流露，都使得人之所以为人，和自然事物在本质上有很大的差别。[③]

陈鼓应还将无为观与老子的阴阳对立转化思想联系起来进行批评，他认为老子强调福祸相依的对立转化思想在很大程度上忽略了人的主观力量的重要性。他说：

> 他（老子）这种说法，很容易使人觉得好像无需要主观力量的参与，祸就自然而然会转化而为福，福又自然而然地转化而为祸。事实上，主观的努力，常为决定祸福的主要因素。[④]

[①] 陈鼓应注译：《老子今注今译》（修订本），第86页。
[②] 陈鼓应注译：《老子今注今译》（修订本），第280页。
[③] 陈鼓应注译：《老子今注今译》（修订本），第67页。
[④] 陈鼓应注译：《老子今注今译》（修订本），第67页。

勒奎恩也看到了这一点，所以她才说自己是一个不坚定的道教徒。在她的《道德经》英译本中，她特别将第三章"为无为，则无不治"提出来进行了深入分析和探讨，将其译为"保持无为，自然无错"（When you do not-doing, nothing's out of order.）。[1] 她似乎将老子的"治"简单地理解为社会之秩序。在该页的注脚中，她表示自己对老子"为无为""无为而治"的主张感到困惑。她将这一主张简单地理解为"你什么都没做，它就完成了"。这样一来，这句话从逻辑上是不容易被解释的，甚至不容易被翻译成英语。但她同时也意识到这是一个从根本上改变人们的思想观念和想法的概念。因为《道德经》整本书既是对老子无为思想的一种解释，同时也是对它的一种论证。受西方进步思想的影响，勒奎恩为老子的"无为"思想注入了更为西方式的自由和主动精神，将人的主观能动态度和自然无为的状态做了具有现实意义的比较和调和，努力尝试创造和实现"为无为"的动态平衡。她以西方积极求进的精神追求为基础，将老子的被动之"为"重塑为一种冒险、求知、主动探索之"为"，以拒绝占有、控制、冒进之举，践行老子提倡的"无为"之道。

首先，老子的"无为"当然不是勒奎恩从字面上理解的"什么都不做"，而是不轻易妄为。老子所说的"无为"中包含着"不做"和"不欲"两个维度的理解。勒奎恩结合《道德经》的整体文本内容表达了自己对"无为"的理解：

> 在这里，"不做"和"不欲"的主题，未命名的和未成形的主题，在一个纯粹的连奏中反复出现。通过否定和剥夺，老子给人一种宁静的、无穷尽的存在感，这是何其的奇妙啊。[2]

可见，通过剖析"无为"中的双重否定——"不做""不欲"，勒奎恩领悟到了与西方价值观截然相反的一种存在论思想。与西方世界通过征

---

[1] Lao Tzu. *Tao Te Ching: A Book about the Way and the Power of the Way*, A New English Version by Ursula K. Le Guin with J. P. Seaton, p.6.

[2] Lao Tzu. *Tao Te Ching: A Book about the Way and the Power of the Way*, A New English Version by Ursula K. Le Guin with J. P. Seaton, p.48.

服、剥夺和冒进来证明自我的存在相比,东方道家则是通过顺应自然、清净无为来证明存在本身。

其次,勒奎恩还将西方生态批评的思想融入了对无为观念的理解和重释。在译著中,她将第五十一章命名为"自然,自然"(nature, nature),来突出表达顺应自然、尊重自然节律的重要性,恰如古老泛灵论时期人们对自然万物的尊重和敬畏。勒奎恩将"无为"观念作为理解人之为人的重要元素。人存在于自然之中,其本身就是自然的一部分,随自然的运化而变化。《天钧》中性格如水般温和,不愿人为改变历史、破坏自然法则的奥尔;《世界的词语是森林》中在清醒中做梦的艾斯希人;《永远回家》中与自然和谐共处的山谷人都是很好的证明。

最后,勒奎恩还将老子的"无为"观与当下西方社会科技冒进引发的种种现实问题联系起来,从古老的东方思想中倾听治国之道,寻找医治西方社会痼疾的精神良方。老子"无为而治"的治国思想不仅规劝领导阶级下放权力,无为而治,同时还对民众自然无欲的理想生活状态做了展望。在勒奎恩译著的第七十五章,她将"民多利器,国家滋昏"译为"The more experts the country has the more of a mess it's in"[1]。她的理解披露了现代社会中越来越精细的专业分类背后潜伏或已经生发出来的社会问题和矛盾:一个国家专家越多,专业划分越精细,这个国家就越混乱。她将"利器"译为"专家",与后面人们对各种发明创造的追捧相呼应。反过来看,"专家"就成了使得一个国家混乱无序的"利器",勒奎恩由此辩证地批判了由"专门化""专业化"引发的现代社会危机。勒奎恩不仅用"expert"一词来表示专业技术人员,同时还表示"智能炸弹",对"利器"进行了辩证的、双重维度的阐释。接下来她又将下一句"人多伎巧,奇物滋起"译为"The more ingenious the skillful are, the more monstrous their inventions"。勒奎恩翻译的巧妙之处在于以形象的比喻来实现前后译文的呼应。有技之人越是具有独创性,专家越是精于标新立异的创造,他们的发明就越可怕。更加值得一提的是,勒奎恩用"monstrous"(怪兽)一词

---

[1] Lao Tzu. *Tao Te Ching: A Book about the Way and the Power of the Way*, A New English Version by Ursula K. Le Guin with J. P. Seaton, p.74.

来译"奇物",生动地描绘了科技浪潮下制造的种种新的发明和创造,将其形容为怪兽般的、丑陋的东西。在现代科技社会中,专家、发明家们创造出来的新鲜事物不再是为了生存而生产的工具,更多的是为了满足人类无止境的欲望、以进步之名发明创造的多余之物。这是勒奎恩美学思想中的一大要点:"多余之物就像是大便,大便滞留于体内就成了毒药。"[1] 所以,勒奎恩在译文中所说的"怪物"主要是指那些被发明出来的、完全新生的多余之物。它们是陌生的和不可思议的。从这一层面看,多余的、怪诞的"新"的发明就是一种浪费,是极其危险的。所以,勒奎恩眼中的"无为"并不是否定一切新生事物,而是拒绝多余的、怪诞之物。她没有绝对地将老子的无为理解为对新知识的拒绝和反对,而是变通地将其阐释为老子坚决反对以进步的名义来改变事物。在她看来,老子并不是保守落后的悲观主义者,自己也不是德勒分子。[2] 她说:

> 老子并不是完全反智的,但他认为大多数对智力的利用都是有害的,所有改变事物的计划都是灾难性的。然而,他并非悲观主义者。悲观主义者不会说人们能够自己照顾自己,做公正的人,靠自己致富。无政府主义者不可能是悲观主义者。[3]

很明显,勒奎恩在对老子《道德经》中的无为思想进行诠释时,融入了西方价值观中对人的主观能动性的挖掘和激发,主动调和了字面上看似被动和消极意义的元素,将其辩证地理解为积极的、能动的思想预期。就此,陈鼓应也说:

> 老子的"无为",并不是什么都不做,并不是不为,而是含有不妄为的意思。……他鼓励人去"为",去做,去发挥主观的能动性,

---

[1] Ursula K. Le Guin, *The Dispossessed: An Ambiguous Utopia*, p.98.
[2] 勒德分子(Luddite)原指19世纪初英国手工业工人中参加捣毁机器的人,现指那些强烈反对机械化或自动化的人。
[3] Lao Tzu. *Tao Te Ching: A Book about the way and the Power of the Way*, A New English Version by Ursula K.le Guin with J.P.Seaton, PP.74—75.

去贡献自己的力量，同时他又叫人不要把持，不要争夺，不要对于努力的成果去伸展一己的占有欲。[①]

如果我们能够将老子的无为思想与西方社会的发展观相结合，便不难看出，"为无为"这一出于政治，又不止于政治的行为策略本身就具有暧昧性：执政者以退为进，以静制动，为人民留出自由前进的空间和自主发挥的权利，允许差异性、特殊性的发展，最大限度发挥人民的主动参与性，并由此自愿承担相应的责任和义务。

勒奎恩曾表示自己学习太极多年，从中体会了道家以柔克刚的内涵。她在老子的"无为"观念中将"为"的成分和分量提到与"无为"同等重要的位置，渗透入其暧昧的美学思想之中。在科幻创作中，勒奎恩常常将主人公并置于两种文化体系中，讲述在无政府主义和强制性（迫害性，有害的）的政治体系中为了实现幸福圆满的人生经验而奋斗的故事。她将"为"诠释为尝试、争取、改变的主观能动性；将"无为"诠释为不把持、不占有、不控制的顺应自然的节奏。小说《黑暗的左手》中的古老宗教韩达拉的信仰就是最好的印证。韩达拉人有一种天赋，他们可以预测未来，每一个星球上的人对此都梦寐以求。但是他们却并不以此作为优于他人的砝码，他们的生活和其他人的没有分别。由此可见，勒奎恩主张的"为"与"无为"的暧昧结合在这些预言师身上得到了很好的体现。另外，在勒奎恩的奇幻系列小说《地海巫师》中，大法师们强调的"一体制衡"的原理也生动反映出勒奎恩的这一主张："点亮一盏灯，就会投下一片影。"[②]还有小说《天钧》中的奥尔，他拥有别人羡慕的创造"有效梦境"的能力，却不愿意通过肆意篡改历史、创造未来来人为改变世界。最后，勒奎恩后期的两部作品《力量》（*Powers*，2007）和《声音》（*Voices*，2007）也都是围绕着"拥有天赋"和"控制天赋"进行辩证的比较论证，进一步阐释她对"无为而无不为"的理解。可见，勒奎恩在其创作中为中西方文化和传统思想提供了暧昧互动的平台，对"为无为"进行了现代语境下的全新

[①] 陈鼓应注译：《老子今注今译》（修订本），第53—54页。
[②] Ursula K. Le Gwin, *A wizard of Eanthsea*, New York: Houghton Mifflin Harcourt, 2012, p.59.

阐发，具体体现在以下三方面：

一 不剥削——消解权威中心

在小说《黑暗的左手》中，勒奎恩将《道德经》中的"无为"阐释为无妄为、无剥削，尝试通过构建一个暧昧的乌托邦世界来抗议和抨击现实社会政治上的霸权和集权主义，消解权威中心。

（一）消解性别政治

《黑暗的左手》中的冬星人都拥有双重性别特征。冬星人的性交行为像大多数哺乳动物一样，在双方自愿的前提下发生。因此，这里没有强奸，从更广泛的意义上来说，这里没有强迫性的控制行为，没有剥削。一方面，勒奎恩将"阳—父权制—征服者—人类"联系起来，用"阳"指代资本主义下的阳性征服者，他们对领土的占有欲、对人民的占有欲，类似于两性关系中的男性强权和霸权主义。另一方面，勒奎恩笔下各色各样的女性角色也具有类比与联系"阴—女性他者—被征服者—自然"，那些被阳性征服者抛下的人都是在资本主义社会中受尽压迫和剥削的弱小者。在冬星，每一个个体都可能是潜在的母亲，这一点颠覆了传统意义上以男性为权威中心的政治观。男人和女人共同承担着作为"纯粹的人"的责任和义务。由于性别受体内激素的影响而随机交替，一个孩子的母亲同时也可能是另外几个孩子的父亲，他们的身份和角色分工都随性别的变化而周期性地改变，因此，他们需要共同承担家庭和社会的每一份责任。更重要的是，家族世袭制的血缘纽带被这种不固定的性别形式所消解，孩子也就不会因为出生的不同而被贴上家庭、身份、阶级等标签，从而变相地实现了人人生而平等的可能。

小说中国王怀孕的一幕最具戏剧性，但同时也最为有效地消解了男权政治的中心。"阿加文国王宣布他的继承人即将诞生。继承人不是克慕儿子，而是国王自己生育的后代，国王之子。国王已经怀孕了。"[1]通过刻画并强调"国王已经怀孕了"的事实，勒奎恩进一步将通过消解性

---

[1] Ursula K. Le Guin, *The Left Hand of Darkness*, p.80.

别偏见来减少剥削的构想上升到最高政治权威中心。她将"我们""他们""我""你""他"这些不同的称谓在政治层面和实用层面上暗含的歧视和偏见都降到了最低，从而升华了人之为人精神层面的内涵。她用国王的双性同体身份及其怀孕的事实直指传统的男权政治体系，试图探索一条"政治与性别无关"的可能路径。但是，消解权威中心是否意味着我们可以没有政治，或者说我们可以是纯粹无政府主义的呢？答案当然是否定的。勒奎恩美学思想中的"暧昧"本身就不允许我们从一个极端走向另一个极端。对于这个问题，她在一次采访中做了详细的说明。小说《一无所有》于1974年同时获得美国雨果奖和星云奖两大科幻界最高奖项，由于小说中涉及无政府主义主题，勒奎恩受到来自西方各国无政府主义者的追捧，收到很多无政府主义组织的杂志和约稿。当时伦敦到处都是无政府主义者，纽约和美国西南部也是如此。但勒奎恩却清醒地认识到，政治是不能不存在的，无政府主义者是无法聚集、无法团结的。她说：

> 但我想组织无政府主义者本质上是不可能的，不是吗？这是令人沮丧的，因为所有这些团体似乎都因为内部分歧而分崩离析。也许是因为无政府主义者本身就具有很强的防御性，作为小型的而在本质上没有组织的运动，最终他们彼此之间也会变得具有防御性。[1]

勒奎恩的思想是辩证的，她理想中的政治形态是以老子的无为观为指导，修正并缓释西方以男权为中心的激进发展观，以一种共同体的形式自发、自主、能动地运行的暧昧共同体。这样看来，《黑暗的左手》并不是一部乌托邦小说，因为该书本质上是基于一种对人体自身解剖学意义上的想象，是对人体生理结构的彻底改造。这在我们当代社会的现实生活中是找不到任何原型的替代方案的。勒奎恩之所以设计国王怀孕的情节，限定冬星人只有在完全自愿的前提下才能进行性交行为，只是为了探索一种可能性：如果这个社会真的可以实现男女平等，如果两性生来就没有生理

---

[1] David Streifteld ed., *Ursula K. Le Guin: The Last Interview and Other Conversations*, p.28.

上的区分，那么他们一起构建的社会将是一个什么样态？是否就可以如老子在《道德经》中讲到的那样，人与人之间无剥削、无强弱、无主宰者和被征服者，无人类中心和被侵犯的大地？性别问题与我们如今面临的人类的异化、社会的异化问题究竟有何关系？阴阳的分离和背离会导致什么样的后果？就会如同雌雄同体的冬星人所呈现出来的生存之道一样，两性不存在强弱、贵贱，而是共同运作、互相依赖、互相成就，通过暧昧互渗来寻求一种动态的平衡和一体化结构，没有高低主次之争吗？

（二）消解极权统治

勒奎恩对于滥用权力的行为是坚决抵制的，她试图通过由若干独立中心、开放边缘的个体共同作用而构建的共同体联盟来消解权威中心，推翻极权统治。《黑暗的左手》中艾库曼联盟的建立是为全人类搭建交流的桥梁而不是为了管控。作为一个政治实体，艾库曼不执行法律，通过协调而非统治和控制来发挥作用。作为一个经济实体，它非常活跃，保障世界内部的交流和沟通，维持着80余个联盟国之间的贸易平衡。艾库曼就像20世纪通过国际联盟和联合国等组织促进世界范围内的合作与和平的尝试。艾和伊斯特拉凡之间建立的心灵共同体最终化解了自我与"他者"之间的矛盾、隔阂与不平等，也为两个社会创造了交流和沟通的可能。

在勒奎恩的另一部小说《一无所有》中，谢维克博士最终将"统一时间理论"交给了整个星球联盟，避免了先进技术的资本垄断和私人的独占，促进了星球之间的共同进步和交流。谢维克并不是"不为"之人，他在物理学领域的贡献是巨大的，他对学术的热情和求索是积极上进的。但他最后却选择了"为而不恃""为而不争"。由此可见，谢维克是"有为"的典型代表，这是勒奎恩对西方求索精神的继承，也是对老子"为无为"思想的积极重释。她鼓励人们发挥自己的主观能动性，去追求和挑战，将自己的一己之力贡献给人类。通过笔下人物为而不争的行为，勒奎恩将西方"发展"观念和东方"无为"思想相结合，主张在求进的同时不把持、不争夺、不占有，为全人类谋福利，实现价值的持续性效益。

勒奎恩清楚地意识到，没有一段关系可以真正脱离政治，二者之间绝对的平等是不存在的。但是，她也鼓励我们努力靠近对方，削减二元对立和冲突。只有阴阳相合相生，才可能创造一个健康、和谐、平衡的社会。勒奎恩希望在东方无为思想和西方发展理念之间进行暧昧的调和，她说：

> 那些摧毁我们的价值二元论：优越／低等，统治者／被统治者，拥有者／被拥有者，雇主／雇员（user/used）等，很可能会让位于一个在我看来更健康，更健全，更有希望的整合和完整的形式。①

在《一无所有》中，勒奎恩尝试以"阴柔"作为政治意识形态，就一种和平主义的无政府主义进行了探讨。她将无政府主义和道家思想从物质和精神两方面做了有机的调和：阿纳瑞斯的贫瘠和乌拉斯的繁华；阿纳瑞斯的无政府主义和乌拉斯的集权主义。它们之间的矛盾与差异最终在主人公谢维克的英雄之旅中融为一体，随着谢维克跨越边界和藩篱，在对立两极的边缘地带展开了充分的碰撞和交流，呈现出一幅动态发展、阴阳相生、二元互渗的和谐共生画面。

老子提倡无为思想的主要目的是平息社会矛盾，缓和社会冲突。在他看来，人类社会的矛盾根源就是权力的不均衡和剥削者因一己私欲而无限扩张引发的人类内部的利益之争。但是，我们不能将老子的"无为"理解为一种消极的不作为，那样只会导致社会停止运转。陈鼓应说：

> 在老子所建构的理想国中，那种安定和谐的生活，固然很富诗意，令人神驰，固然有其社会环境作为依据而非全然梦境（古时的农村社会是由许多自给自足的村落形成的）。但是，我们毕竟感到在那种单纯而单调的生活方式中，人究竟还有多少精神活动可言？②

的确，社会是进步的，每一个时代都是在无数历史经验的累积下形成

---

① Ursula K. Le Guin, *Dancing at the Edge of the World: Thoughts on Words, Women, Place*, p.23.
② 陈鼓应注译：《老子今注今译》（修订本），第67页。

的，有其独特的历史背景和社会思潮，激进主义或是消极主义都不能创造理想的现实，在"为"与"无为"之间需要进行暧昧的调和。勒奎恩喜欢运用"水"的隐喻，就因为她从"水"中看到了"为无为"的勇气：

> 河流的流动是我的榜样，它使我勇往直前——带我走过艰难困苦。一种选择顺从的勇气，只有在迫不得已的时候才使用武力。①

勒奎恩坦言《天钧》中奥尔如水般的性格特征深深根植于老子《道德经》中的无为思想。《天钧》中的奥尔是典型的道家如水状的人物，他无欲无求，生活态度不积极，像极了一只水母。因此，他任由哈伯医生利用自己有效的梦境去制造所谓的"完美世界"。正如勒奎恩所强调的，如果奥尔一如既往地任人利用，那么这样"一味"的无为态度将会进一步滋长剥削者的野心和欲望。所以奥尔最后与"他者"（希瑟）相连，挣脱哈伯的控制，就是为了维护宇宙的自然运转而"为"，实现"为无为"。他和"他者"力量希瑟在共同经历由梦境带来的现实骤变后，彼此之间建立了一个相互信任、相互支持的心灵共同体，阻止了哈伯医生滥用造梦能力创造强制性的"平等"社会，从而消解了极权主义的疯狂行为。

二 不冒进——倡导可持续发展

在以"加速"为愉悦中心的现代性背后，潜藏着一股"慢下来"的冲动和力量，它是审美现代性发展至一定时期的必然结果。德国美学思想家卢茨·科普尼克（Lutz Koepnick）在其著作《慢下来——走向当代美学》（*On Slowness: Toward an Aesthetic of the Contemporary*, 2020）中指出：

> "慢下来"要重新进入主体的感官系统，将主体恢复为具有自主性感知的行动者，以此就可以拒绝那种以加速行动为核心并据此创造

---

① David Streifteld ed., *Ursula K. Le Guin: The Last Interview and Other Conversations*, p.177.

新的艺术形式的现代性范式。[①]

勒奎恩同样质疑西方现代社会的"加速"发展观,她巧妙地以达尔文的生物进化论观点为理论依据,参考老子的"无知无为"思想,辩证地剖析了审美现代性中"加速"和"慢"两种核心特征。

(一)无知无欲

老子的"无为",还表现在无知无欲。人们习惯于将《道德经》第三章的内容理解为使民众没有伪诈的心智和争盗的欲念。王弼也曾注解说"守其真也"是主张人民保持心灵的纯真朴质。在中华传统思想中,"无欲"是圣人修养的一种崇高心境,所以老子提倡通过"无欲"来保持人民内心的真朴。陈鼓应也客观辩证地批评和质疑了老子无为思想中的"无知无欲",他认为老子关于"无知无欲"的主张忽略了"智"和"学"在引人向上、向善方面可能发挥的积极作用。[②]

由此可见,对于老子的"无欲"之说,学界秉持批判地接受的态度,且一直都存在不同的声音。在勒奎恩看来,老子提倡"无欲",是为了让民众保持最原初的、未经改造的状态。但这种状态并不是不发展、不创造的静止保守,反而是因为这种状态下的人具有更大的可塑空间和潜力,所以应该依据其个性、顺应其长处来助其发展。勒奎恩在英文译著中将这种理想的人比作未经切割和雕琢的木头(uncut wood),理解为只有执政者无欲,才能保持人民未经雕琢的状态。而理想的人民,就应该是自然的、自由的人,就像人类最初拥有的灵魂一样。她认为未经切割的木头就像人类的灵魂——未经切割、未经雕琢、未经定型、未经磨砺。天然的东西比任何东西都要好,任何对它的改造都会使它变形或减弱。她说,未经雕琢之木,"它的潜力是无限的。它的用途是微不足道的"[③]。

西方文明对知识的极致追求和对技术无限制的开发,导致人们陷入

---

① [德]卢茨·科普尼克:《慢下来:走向当代美学》,石甜、王大桥译,中国出版集团东方出版中心2020年版,第18页。
② 陈鼓应注译:《老子今注今译》(修订本),第67页。
③ Lao Tzu. *Tao Te Ching*: *A Book about the Way and the Power of the Way*, A New English Version by Ursula K. Le Guin with J. P. Seaton. , p.75.

了现实危机和生存困境。在这个追求速度的时代，所有的理想都被定义为危险的，所有替代工业生产的元素都被看作怀旧的。但勒奎恩坚决否认这是一种感性的怀旧主义。因为她非但不反对技术的发展，更是鼓励人们求知、求进。勒奎恩对技术和发展的思考是与时代息息相关的。早在20世纪六七十年代，她就在作品中预言了美国未来几十年可能出现的由技术、生态、繁殖、燃油等过度开发所导致的问题。排除武器不谈，美国在有用的和生产性的技术方面可以说是取得了突飞猛进的发展。农业、基因工程、生物医药、新燃料的开发和应用等引发的问题，随着人类的不断繁衍而变得越发严重。勒奎恩以其敏锐的洞察力观察着社会的变化，并试图通过文学创作来探索和传达走出困境的出口和路径。在以速度和进步为目标的推动下，西方世界渴望并无限放大技术和科学的力量，对于一切"新"的事物展开疯狂的追求，导致一切"新"的刺激和震撼都转瞬即逝，烟消云散。人们于是被困囿于一种"过客式""打卡式"的审美经验，陷入对速度和激情的盲目追求，逐步消解了世界的意义。在此情形下，勒奎恩前瞻性地悬置了西方社会的发展观念，将目光转向了东方世界——一个发展缓慢，却始终持续向前、自得其乐的"理想国"。她转而运用老子的"无知无欲"思想来比较分析西方技术世界的发展进程，寻求一种暧昧的、可持续的科学社会发展观。

勒奎恩批判地接受老子的无欲思想，但她的主张却与老子的静观态度有很大的不同。她并不反对技术的进步，她反对的只是人类因为贪念进步而一味地冒进。在一次访谈中，她说：

> 我对科技的发展是持支持态度的。事实上，没有科技就没有文明。……我非常享受生活的方方面面。所以从最简单的意义上说，我喜欢科技。我喜欢好的工具或制作精良的东西。……但是如果科技一定是指西方的过度工业化的话，很明显我们走得太远、太艰难了。那些认为没有我们现在知道的东西也能过得很好的人是在自欺欺人。[1]

---

[1] David Streifteld ed., *Ursula K. Le Guin: The Last Interview and Other Conversations*, p.62.

勒奎恩立足于西方社会发展现状，将老子的无欲思想理解为不贪婪、不冒进，确保事态的可持续性发展，她在《黑暗的左手》中描述的那个人们的心智和技术发展以一种缓慢而持续的态势前进的冬星就是对这种理性的"无欲"的演绎。作品中她对未来世界人们的认知状况和技术发展情况作了生动的描写：冬星上的人往往都是通过听收音机来获取信息，他们不太爱读书或读新闻，冬星上也没有报纸这类读物。不难看出，勒奎恩减少了书籍和电视媒介等思想和信息的传播，更是抹掉了报纸这种凝固时间、统一思想的冰冷无生命的信息传播形式，但她并没有彻底放弃求知、学习和交流，进而以一种倾诉和倾听的，富含情感的学习方式来增进人们之间的理解和交流。在勒奎恩看来，求知是人与人之间的活动，而不是人对物的改造。因此，倾诉和倾听为求知赋予了人文关怀，是一种有温度的、生活的求知模式。这样的求知模式有望缓和现代社会中人与人、人与知识之间的冷漠对立关系。

冬星人"无知""无欲"的生存状态源自他们身后那古老的宗教韩达拉教派几千年遵循着的"无知"的教义：韩达拉人拥有预测未来的能力却不滥用。"他们始终过着一种闭关自守的生活，自给自足、节奏迟缓，沉浸在韩达拉人所推崇的那种无知（ignorance）状态之中，遵循着无为或者说勿扰的原则。"① 这个原则被称为"那夙思"（Nusuth），大概意思是"无所谓"，是这种宗教的灵魂。它就像一股古老的暗流，推动着、滋养着冬星人的政治、仪典和激情。他们之所以保持一种"无知"的"那夙思"的状态，就是因为他们坚信过度求知是不可行的。在他们的教义里，事物的神秘性和不确定性是生命的始基，只有"人终有一死"才是确定无疑的。韩达拉人相信："造就生命的是永恒而难以容忍的不确定性：你永远无从知晓接下来会发生什么。"② 因此，韩达拉的预言师们从来不回答没有答案的问题。而他们的力量，那种被称为"多瑟现象"（dothe）的"狂

---

① Ursula K. Le Guin, *The Left Hand of Darkness*, p.57.
② Ursula K. Le Guin, *The Left Hand of Darkness*, p.57.

暴力量"（hysterical strength）①是在自发而又节制的前提下释放和发生的。所以，不刻意求知，将心智交予直觉，可以更好地结合身体和心灵、感官和精神，达到最佳的体验和状态。这种在未知情况下的互相渗透和参与造就的无限可能性就是那永恒的不确定性，是激发人们去创造和开发的原始动力。

（二）控制力量

拥有力量、使用力量、控制力量，是勒奎恩作品想要表达的一个共同主题，展现了东方道家的"无为"与西方世界之"为"在社会发展和进步方面的暧昧调和与互动。在韩达拉宗教古老的"无知"思想的影响下，冬星的发展并不推崇进步的神话。冬星人很早就发展了高科技、重工业、汽车、无线电、炸药等，但是他们做得非常缓慢，他们在这个过程中逐渐去接受和吸纳这些技术，而不是反过来被技术所左右。

> 这个国家机械工业的"创新时期"已经持续了三千年，冬星人本可以让车行驶得更快，却只以25英里每小时的速度稳步前进，他们的道路虽然也会拥堵，但却没有急躁的司机，……地球人乐于追求前进和进步，冬星人却认为当下比前进更为重要。②

可见，冬星并不是没有发展技术，他们只是在控制发展的速度，缓慢前行。与地球不同的是，这个星球上的机械化在不知不觉中已经进入人们的生活，却没有发生过诸如人类工业革命之类的大型变革。"地球用三百年取得的成就，冬星花费了整整三千年仍然没能达到。当然，冬星也无须付出地球曾经付出的那些代价。"③可见，冬星虽然发展缓慢，却一直向前，没有因为太过激进地追求"速度"和"进步"而付出惨重的代价，比如战争、生态灾难、人性的退化等。冬星的发展非常缓慢，我们甚至需要站在历史长河的端头才能辨识出它在整体向前流动，但这一流动的进程却从未

---

① Ursula K. Le Guin, *The Left Hand of Darkness*, p.48.
② Ursula K. Le Guin, *The Left Hand of Darkness*, p.40.
③ Ursula K. Le Guin, *The Left Hand of Darkness*, p.80.

中断过。冬星上的变革是温和的、潜移默化的，他们的"不为"实际上就是一种水滴石穿、逐渐渗透的顺应自然之为。勒奎恩整合了东方道家的"不为"和西方发展之"为"，通过对冬星上的人和社会的塑造与刻画，让我们看到一个兼并"为"与"不为"的暧昧的、渐进的、持续的良性社会愿景。

由此可见，在关于社会发展和科学技术进步的话题上，勒奎恩并不是传统的回归主义者。技术为我们的生活带来了太多的便利，也为我们靠近美、触摸美甚至创造美提供了更多的机会。在另一部作品《永远回家》中，勒奎恩塑造了一个看似在倒退的山谷世界，那是我们生存的这个世界经历了科技大爆炸后，随着科技的发展、资本的无限扩张、城市化的不断加重，被人们对自然和人力资源的无情开发而摧毁掉的未来世界。在这部小说中，勒奎恩似乎向我们展现了一种极其简单的生活方式，凯什人的山谷生活：以农业为主要生产劳动方式、公共生活为主的可持续的社区生活形式。但这并不是一种伤感的怀旧式写作，而是通过创作山谷居民自给自足、封闭的静观生活来进行一种激进的、颠覆式的尝试，表现一种对现行社会的反观和对照。这是勒奎恩表达拒绝现实社会中科技冒进的方式，并且她试图通过这种方式来探寻一种相对安全的、可持续的社会发展模式。

从某种意义上看，勒奎恩的小说的确在几十年前就预判了当下社会中的一些问题，但她并不愿意别人把她的小说看作一种预言。在勒奎恩的成年生活中，特别是从20世纪五六十年代开始，她目睹并亲身经历了美国社会为追求经济增长和眼前利益而"不可挽回地、不可补救地、盲目地毁灭我们的世界——愚蠢地忽视每一个警告，忽略每一个仁慈的选择。"她坦言："生活在2001年的美国，很难对不断增加的剥削性和破坏性技术的持续使用抱有任何长期的希望。"[1]因此，《永远回家》同样也是为人们所担忧、焦虑的这个不幸的地球探索一条可能的通道。勒奎恩试图勾画出一个真正成熟的社会，她想象着一种高潮技术（climax technology）："它的原则不是强制性的增长，而是一种内部平衡（homeostasis），为社会提供一

---

[1] David Streifteld ed., *Ursula K. Le Guin: The Last Interview and Other Conversations*, p.98.

种有机的而不是机械的文化发展模式。"①

由此再一次印证,勒奎恩本身并不是一个保守的怀旧主义者,当然也不是一个激进的进步主义者。她只是对以"进步"为由的西方社会在经济和技术发展方面的冒进行为表示批评和反对,在她看来,"进步"是一个危险的词,特别是当"进步"成为一种思想、一种观念和追求。它引发人们的激情甚至是不断地冒进,但其产生的效果是暂时的、不具备连续性的,而且还会附带产生一系列副作用。因此,勒奎恩主张从生物进化论角度来看待社会问题:

> 我没有说进步是有害的,我想说关于进步的理念通常是有害的。我更愿意从达尔文主义者的角度思考问题。……我们把无知的黑暗时代抛在身后,那是没有蒸汽机、没有飞机、没有核能、没有计算机、没有未来的任何东西的原始时代。进步抛弃旧的东西,导致新的,更好的,更快的,更大的,等等。②

相对于西方社会历史发展观下的"进步"而言,进化是一个奇妙的变化过程,它包含分化、多样化和复杂化。它是"为"和"无为"有机结合的最佳演化,积极地顺应自然的选择,不冒进、不压制,无为而为。

三 不战争——消除敌对的条件

勒奎恩反对战争,认为一切导致战争的手段和行为都是不可取的。在她看来,即便是最好的武器,也是带来不愉快的工具。任何武器都是憎恨生命的象征,一个人喜欢使用武器就是喜欢伤害和谋杀,这就意味着他失去了分享共同的善的可能。正如《老子》第三十一章所传达的意思:谋杀是令人哀悼的。因此,战争中的胜利者应该受到葬礼的接待。

(一)战争之不美

老子在《道德经》第三十一章中将战争和"美"并置而论,以兵器

---

① David Streifteld ed., *Ursula K. Le Guin: The Last Interview and Other Conversations*, p.99.
② David Streifteld ed., *Ursula K. Le Guin: The Last Interview and Other Conversations*, p.136.

的"不祥"论说善用兵器者的"不美":"夫兵者,不祥之器,物或恶之,故有道者不处。……兵者不祥之器,非君子之器,不得已而用之,恬淡为上。胜而不美,而美之者,是乐杀人。"①老子认为兵器不是君子使用的东西,就算万不得已需要用到,也必须淡然处之,而不能以用兵器获得胜利为欢喜之由。因为为这样的胜利而欢喜,就是喜好杀人,是不得天下之人。老子巧妙地通过兵器的"不美"之说来披露战争的"不美"和残酷,表达了他坚定的反战思想。由此可见,在老子看来,好战、喜战之人必然就是不美之人。有高度修养境界的人应具有浓厚的人道主义思想,厌恶并抵制战争。在勒奎恩版的《道德经》英文译著中,她为这一章添加了标题"反战"(Against war),并重点强调了战胜者应该接受死亡仪式即葬礼的对待,因为战争制造死亡,它意味着毁灭和终结。

勒奎恩科幻小说的背后总是映射着种种现实社会的危机和问题,道说着人类战争带给边缘"他者"的疾苦和无助。在小说《黑暗的左手》中,她借主人公之口说:

> 文明是人为的,而非自然的,文明是原始的对立面……当然,事实上是没有什么虚饰的,文明的进程是一种逐步发展的过程,原始和文明只不过是同一件事物的不同阶段而已。如果说文明确乎有对立面的话,那就是战争。②

勒奎恩高度关注世界形态和人类社会出现的大事件,比如加州印第安部落的灭绝、犹太人大屠杀、广岛的核爆炸、越南战争、冷战和军备竞赛等事件。当然,勒奎恩也身体力行地参与到对这些事件的批评和抗议中,她年轻时便多次参加和平运动,是20世纪六七十年代反战运动的老兵,她创作了多部反战题材的科幻小说,包括《世界的词语是森林》《永远回家》《黑暗的左手》,暗示战争和文化革命所造成的巨大的人类苦难往往超过任何具体的理想主义成就。特别值得一提的是小说《世界的词语是森林》。

---

① 陈鼓应注译:《老子今注今译》(修订本),第195页。
② Ursula K. Le Guin, *The Left Hand of Darkness*, p.82.

勒奎恩曾明确表示，这部写于1968年的作品源自自己当时所处的反战背景。勒奎恩在美国一直坚持参与波特兰的和平运动（the peace movement in Portland），但后来越南的形势变得越发严峻，而她当时人在英国，作为一个美国人，她不便参与到英国当地的和平游行中，所以她用文学书写的形式表达了对越南战争的抗议。她坦言这是她写过的"最具时事性的故事，那种痛苦和愤怒无法平息"[①]。

在小说《黑暗的左手》中，勒奎恩通过人物设置上的阴阳并置和对冬星气候环境的夸张描写，从性别和自然两大因素剖析思考战争的劲敌，消除战争的条件，或者说战争的绝缘条件：一是由性别导致的不平等；二是由恶劣气候导致的恶战。

（二）没有战争的星球

在小说《黑暗的左手》中，勒奎恩构想出一个没有战争的星球。她从性别和自然两大元素入手，探讨一个没有战争的星球上的人和自然应该具备什么特征。在《性别是必要的吗？》（"Is Gender Necessary?"）一文中，她说："我想要写的是人们如何可能生活在一个没有战争的社会。这是第一位的，而雌雄同体则是排在第二位。"[②]勒奎恩想要描画出一个没有战争的星球，这个星球会是什么样子？战争首先是发生于人与人之间的，而什么样的人才能没有战争？对于好战的现代人，她提出了一种全新的抵抗模式，那就是顺从，而顺从的思想源自老子对"水"的特性的观察和阐释。因此，勒奎恩笔下那些最终取得成功的往往都不是高大威猛的战士，而是一些如水般的"弱者"，他们只有在被逼无奈的时候才会动用武力。

在"道"的观照下，勒奎恩塑造了不少与好战之人截然相反的人物形象，通过刻画这些人物如水般柔弱不争的性格来演绎得道之人的无名和质朴，突出强调一种现代社会中选择顺从的勇气和力量。[③]她把水的隐喻渗透入不同的角色塑造和情节描写，《天钧》中的奥尔是最为典型的水状人

[①] David Streifteld ed., *Ursula K. Le Guin: The Last Interview and Other Conversations*, p.123.
[②] Ursula K. Le Guin, *Dancing at the Edge of the World: Thoughts on Words, Women, Place*, p.22.
[③] David Streifteld ed., *Ursula K. Le Guin: The Last Interview and Other Conversations*, p.148.

物，但他同时也是拯救世界的英雄。《一无所有》中的河流为谢维克带来了时间的启示；《永远回家》中山谷里的小溪为北猫头鹰指引方向等，水总是给故事中的人物带来启示和力量。

除了以水喻善，勒奎恩还从自然的角度去思考了战争发生的原因。《黑暗的左手》中除了雌雄同体的冬星人这一生理特征完全异于普通人类的特殊群体，另一关键构思就是冬星上极度恶劣的气候特征。这两点的创作意图都包含了勒奎恩的反战思想。正是因为冬星的气候条件恶劣，这里的人们已经将全部的斗志都用来对抗严寒了。即便他们具有许多抵挡严寒的身体特征，也几乎到了可以忍耐的极限。在这种冰封的极地气候中，人类最大的敌人不是自己，而是比人类更加冷酷和强大的敌人——冰雪。通过对极地寒冷气候的刻画和强调，勒奎恩引导人们去思考："一个人在冬星上度过了一个冬天、有了日复一日对着茫茫雪原的经历之后，他对于胜利和荣耀还能抱有多大热望。"[1] 所以，在如此恶劣的自然环境中，战争更是毫无意义的。生命所面对的最大挑战是那不确定的大自然，当人们不珍爱生命时，并不需要另一个人来处理，自然会把它带走。在恶劣的极端环境中，人与人之间的争战和厮杀显然是一种自残式的内讧行为，愚蠢而可笑。因为人类存在于大自然之中，而在大自然面前，人类极其渺小。

小说《黑暗的左手》被大多数评论家认定为一部探讨性别文化的女性主义作品，但实际上，勒奎恩设计双性同体人的初衷是与她的反战目的紧密相连的。除了探讨去掉性别我们还剩下什么以外，小说还旨在进一步讨论在没有性别差异所导致的一切对立的情况下，一个没有战争的社会可能会是什么模样。勒奎恩由此想到了雌雄同体这样的结构，因为它的包容性和开放性使得这样的人兼具两种性别的特征，包纳传统社会中各种二元对立关系所引起的矛盾和冲突，他们通过拥抱差异来避免偏见。从这一角度理解，冬星人雌雄同体这一生理特征的出现最终是为了构建一个没有战争的社会。因为冬星人没有固定的性别，所以在这颗星球上，没有性别导致

---

[1] Ursula K. Le Guin, *The Left Hand of Darkness*, p.78.

的不平等，没有强弱，也没有战争。冬星上没有针对软弱的女人和强壮的男人而进行的劳动分工，他们随时可能成为女人，也随时可能成为男人，同样具有生育小孩的能力和抚养孩子的义务。勒奎恩说：

> "女性原则"在历史上一直是无政府主义的。也就是说，无政府状态在历史上一直被视为是女性主义的。它重视没有约束的秩序，遵从习惯而不是强制。一直以来都是男性在执行秩序，构建权力结构，制定、执行和违反法律。在冬星，这两个原则是平衡的：去中心化与集中化，柔性与刚性，循环与线性。[1]

冬星上没有战争，也没有大规模的打斗。冬星人之间也会出现各种争执、小范围的打斗甚至谋杀事件，但都不会引起战争。他们不会拉帮结派，也不会动员任何群体性的对战。这部小说以一种人类学田野调查的观察笔记的形式记录了冬星人的历史轨迹：在其有记载的1.3万年历史中，冬星没有发生过战争。这个星球的人口规模一直保持稳定，没有游牧民族，也没有依靠扩张和侵略其他社会而生存的社会。他们没有庞大的、依靠等级统治的国家，而这种大规模可调动的群体恰恰也是现代战争得以发生的基本条件。[2] 仪式和游行比起军队和警察来说更加有效地维持着这个星球上的社会秩序。在这里，阶级结构和社会等级更多是出于美学意义的，而不是出于经济或政治意义。

由于消解了性别的二元对立，双性人的性欲被局限在独立的时间段中，所以他们不会因为过度的性欲或性冷淡而产生矛盾。从某种程度上说，消除性别的对立有望减少甚至消除战争。勒奎恩就此进行了深入的探讨，她提出疑问："持续不断的性能力同有组织的社会性侵略之间是否互为因果？"[3] 事实是，冬星人虽然极富竞争性，他们可能在两三个人之间拳脚相向，但他们并没有发起过类似于我们人类战争的活动。勒奎恩用雌雄同

---

[1] Ursula K. Le Guin, *Dancing at the Edge of the World: Thoughts on Words, Women, Place*, p.23.
[2] Ursula K. Le Guin, *The Left Hand of Darkness*, p.39.
[3] Ursula K. Le Guin, *The Left Hand of Darkness*, p.77.

体的结构来消解偏见与矛盾，减少由男性大规模聚集性的活动所导致的战争冲动，她将两性特征融为一体，塑造出一种流变的共同体结构，让差异二者互相拥抱、体验、理解和借鉴，寻求一种动态的平衡。

第三节　道家"循环往复"思想与西方神话"永恒回归"主题

勒奎恩的作品从"循环"和"回归"两个维度将东方道家思想与西方神话主题暧昧结合，为东西方最高哲思提供碰撞和融合的契机，带给读者非同一般的思想冲击和艺术体验。从道家"阴阳互化"和"为无为"的思想中，我们不难看出，老子重视事物相反对立、有无相生的关系，而这些道理归根结底都是源于"道"的作用。那么"道"是什么？老子认为，道在作用于万物时并不是完全混乱无序的，它的运行是有规律可循的。老子以江河喻道，庄子以阴阳太极论道，《易经》以周期循环言道，都呈现出道的主要运行规律，那就是循环。循环观念中凝结了老子"返本复初"的哲学思想，《道德经》第四十章对道的循环运动规律作了高度概括："反者道之动；弱者道之用。天下万物生于有，有生于无。"[1] 这一章明确阐释了道的运行方式，道是循环往复、周行不殆的，而道本身的运动特征是柔弱而顺从的。同时，这一章还表示，天下万物都产生于具体的事物，而所有具体的事物则是从道的混沌无序中产生的。

值得注意的是，"反者道之动"中的"反"字在这里具有双重含义。一是指朝向相反方向的运动，表现事物从原点出发逆向运行的动机和行为。这一层意思与老子阴阳思想中阴阳相反相成中的"反"互相呼应。另外，《道德经》的第二章、第二十二章、第四十二章、第五十八章也都对"反"的这层含义进行了论证和阐发。二是指返回原点，也就是复归的意思，表现老子返本复初的回归思想。《道德经》第二十五章讲："有物混成，先天地生。寂兮寥兮，独立不改，周行而不殆，可以为天下母。"[2] 第十六章又从宇宙万物的生命看"道"的往复循环："万物并作，吾以观复。夫物芸

---

[1] 陈鼓应注译：《老子今注今译》（修订本），第226页。
[2] 陈鼓应注译：《老子今注今译》（修订本），第169页。

芸，各复归其根，归根曰静，静曰复命。复命曰常，知常曰明。"①事实上，"反"的这两层含义并非各自独立的，它们之间也相互关联，成全了"道"的连续性运行。"反"与"返"，一反一复，形成一个连续和统一的运动轨迹，构成天下万物的运行规则和总体结构。事物从原点出发，背离原点反向运行，最后又向原点复归。老子书中常见的"复命""归根""周行"等词就是表现这样一个事物之间相反对立、循环往复的规律。对此，陈鼓应指出，老子的"反"有两层含义，一是相反对立，二是返本复初。②

勒奎恩的作品反复体现着"回归"的主题，这与她从小接触老子的循环思想不无关系。但是，从另一视角看，勒奎恩同时也深谙西方神话思维，伊利亚德定义的神话的永恒回归；坎贝尔整合的单一神话理论结构，即"启程—阈限—回归"，都被勒奎恩批判性地吸纳入她的思想和作品之中。她所谙熟的西方人类学方法中的神话和仪式思维，成为影响她对老子思想全新、独到的理解的重要原因。正因如此，我们才有幸看到东方"循环"思想和西方"回归"主题在勒奎恩笔下的相遇和互动。勒奎恩将老子的循环思想与西方神话思维中的回归主题相结合，从横向和纵向两个维度去把握老子循环思想和西方传统的神话主题、仪式思维的差异和相似之处，继而熔东西方思想于一炉，形成一套独特的暧昧循环路径。在西方传统神话思维和结构的旧瓶里，装上了东方文化的新酒，融合中西方思想，使其交流互动，最后形成具有现实意义的现代新神话，实现了一种有深度的审美转换，酿造出特殊的美学效果和意蕴。

总的来说，勒奎恩的作品中充斥着一种对神话结构的重塑和对古老仪式思维的再现。她笔下现代神话中的英雄人物和老子《道德经》中的圣人、得道之人有相似之处，也有不同的地方。更重要的是，故事中那些现代神话英雄的回归并不纯粹是老子所谓的返璞归真，也不仅仅是西方神话英雄在取得金钥匙后的凯旋，它们分别代表着东方保守的循环观和西方超越的回归理念。勒奎恩将东西方观念进行有机结合，在二者的相互晕染和影响下创造一种动态的平衡，实现生生不息之美。她以西方人类学视角和

---

① 陈鼓应注译：《老子今注今译》（修订本），第134页。
② 陈鼓应注译：《老子今注今译》（修订本），第28页。

经验论重新诠释了老子道德经中蕴藏的循环思想,从人物和情节两个方面共同体现了东西方思维相互渗透所造就的"反—返"循环之道。

一 反——逆行的平民英雄

道家思想的美学特质在于它的诗性和直观。"道"并不存在于西方传统的理性逻辑中,而是存在于平凡的人和鲜活的自然之中。道就是宇宙的本质,是终极的统一体。道是虚空,是不可见的,但它作用于万物又表现为实体,是创生一切实体的根基。因此,道是阴阳、虚实的平衡结合。从人物设置和运动动机来看,勒奎恩不仅从事物的反面、对立面去观察和洞穿事物的本质,照见另一个自己,而且在此基础上赋予对立面全新的生命力,发展出一种逆向运动的力量。她将老子"反者道之动"中的"反"与西方神话原型批评中英雄人物的逆风起航并行而论,综合诠释为一种反向的运动、逆行的勇气和探险精神。这种逆向而行的冒险探索精神也是勒奎恩"暧昧"美学思想的重要驱动力,是暧昧运动轨迹的始发点。

在勒奎恩的作品中,她从两个维度演绎了老子思想的"反"和西方神话思维的暧昧结合,一是以凡人的自我超越演绎英雄的成人之旅;二是以逆向出发的动机演绎英雄的跨界之旅。

(一)凡人英雄

首先,从远古神话故事中的英雄主义到现代社会中的精英主义,都流露出西方世界中典型的"英雄"式审美范式。西方神话故事中的英雄形象"往往都具有区别于凡人的特殊身份:特洛伊战争中的希腊英雄阿伽门农和智勇双全的奥德修斯都是宙斯的后裔,刀枪不入、战无不胜的阿喀琉斯则是阿耳戈英雄珀琉斯和海洋女神忒提斯之子"[1]。从某种程度上分析,我们很难否认西方世界的等级观念和二元对立思想或多或少起源于对神话思维的继承。"英雄"都是被神选中的拥有特殊禀赋的人,他们具有过人的胆识和才华,树立了"英雄之美"的典范。从神话英雄的雕像和传说,到现代西方社会对政治英雄和精英形象的塑造与宣传,我们不难看出,从

---

[1] 参见拙文《科幻英雄的神话之旅——论〈一无所有〉中的仪式思维》,《四川师范大学学报》(社会科学版)2021年第2期。

"英雄主义"到"精英主义",深刻体现了西方社会审美传统中根深蒂固的等级观念和身份影响。

从这一点看,勒奎恩并未在其创作中简单地重现西方神话,也并非全盘照搬老子《道德经》中形塑的至善至美的"无为"之为,而是将东西方思想进行了暧昧有机的结合,为神话赋予了性别的力量、平凡的力量和静默的力量。她打破陈规,将崇高感平凡化,把西方传统信仰中那种崇高的、专属于神的至高无上的力量和才能赋予了平凡的、如水的"上善"之人。她赋予平凡者成长和超越的力量,成功实现了现代社会的精英平民化,为隐匿在这个偏见社会中的静默者和弱小者创造发声的机会。在勒奎恩的早期作品《地海巫师》中,山区小孩格得(Ged)发现自己拥有神秘的力量却无法把控这种力量,进而释放出了与自我相对立的内心的黑影。格得的一生,便是与自己的影子从对抗走向和解的自我超越的过程,并最终成为伟大的巫师。小说《黑暗的左手》中,伊斯特拉凡因为相信了和平使者艾,秉持为全人类服务的最高追求,甘愿违背国王的指令,放弃重臣的待遇而背负"卖国贼"的骂名,直至死亡。他代表着一种平凡的、温柔的力量,为了成全更加伟大的联盟生命而牺牲自己的生命。他的牺牲同时也成就了他在人们心中获得永生的英雄形象。《一无所有》中的谢维克,一位受到社会强权势力排挤和剥削的物理学家,因为不满萨布尔对知识的剽窃和专权,毅然跨越那座竖立在两国之间两百年之久的隔离之墙,前往对立而陌生的乌拉斯星球寻求真理。他勇敢地跨越文明的界线,到另一发达星球继续自己的物理研究,通过认识和自身经验相反的事物和环境来辩证地思考差异和冲突。他在陌生世界中经历了物质、性、生命的阈限,在各种颠覆和破坏之后实现了自我的成长与超越,最终得出并公开发表了统一时间理论公式,为促进全人类的交流贡献智慧和力量,成为真正的跨界英雄。在《世界的词语是森林》中,谢维尔受到外星来客的侵犯和伤害,积聚了愤怒的力量,带领自己的族人认识并体验"杀戮",最终在人类学家的帮助和感化下,在梦与现实之间建立起新的平衡,实现了虚幻与现实时间之间的暧昧联通,超越自我,建立起了新的森林文化和生命信仰。《永远回家》中的北猫头鹰更是众人眼中半人半兽的"非人""他者"形象，她通过亲历"他者"文化而重新认识自我、建立起自我与世界的联系，促进了差异之间的了解和交流，成为跨越文化界限的女性英雄。

虽然勒奎恩笔下的主人公都出身平凡，又或是人们眼中的"他者"或弱势形象，但他们并非像老子所提倡的那般清静无为，也没有像西方传统文本中所说的那般与强权为敌，激化敌我矛盾。在勒奎恩作品中，他们转而通过走进对方的世界来反观自身，通过丰富自我的阅历来开阔胸襟，一方面完成了朝向内部的自我挑战、征服和超越，另一方面也达成了朝向外界的包容、连续和关联，从而实现向内向外的双向蜕变，同时影响和改变着自己周围的世界。他们并不是强大的战士形象，也不是要去战胜他人，表现传统的英雄行为，而更多的是降服自己内心的恶魔，完善自我的经验。坎贝尔在《神话的力量》(*The Power of Myth*，2013)一书中说道："你自己就是邪恶的一部分。"[1]因此，相对于西方世界的传统神话和仪式思维中那些打败劲敌、征服自然、压制异端的英雄而言，勒奎恩吸纳了东方道家思想中"自我修炼"的思想经验，在自我修炼的过程中摄入西方世界的主动抗争精神和主观能动性，最终达到一种征服自我、超越自我的境界。勒奎恩曾多次表示她喜欢开放的结局，"我似乎倾向于避免结论性的结论，就像以前那样。我喜欢让门敞开"[2]。她已经意识到，真正的英雄既不是极端主义者，也不是二元对立论者，而是必须具备一定的人格力量和道德品质之人。她对其笔下人物形象的塑造和刻画既颠覆了西方传统神话原型中的英雄形象，也为东方老子哲学中的如水一般顺从的英雄人物性格赋予了积极行动的力量，生动地反映出对老子思想的调和性继承和发展。如果说老子倡导上德之人，上德为美。那么，在勒奎恩这里，德就是一种自我的成长与超越，而要实现这一成长与超越，就需要跨越边界、认可差异，发挥自己的主观能动性去发现差异、认识差异、转而实现二元之间的包容与和解以及自我的成熟与完善。勒奎恩将西方神话传统与东方道家思想进行暧昧化融合，将英雄平凡化、结局开放化，为读者带来立足于现实又超越

---

[1] Joseph Campbell, *The Power of Myth*, New York: Anchor Books, 1991, p.90.
[2] David Streifteld ed., *Ursula K. Le Guin: The Last Interview and Other Conversations*, p.107.

现实意义的特殊艺术效果和现实指导意义。

（二）逆行英雄

另外，从人物运动轨迹分析，勒奎恩也在老子之"道"的轨迹上增加了一种积极调和差异和矛盾的主观能动性。老子强调，"道"最重要的运动规律之一是"反"。也就是说，事物的运动和发展总是朝向与之相反的方向而转化的。当"道"在事物中运行和显现时，事物也就遵循着这个规律而变化。那么，老子刻画的"道"的行动轨迹与古代仪式思维的内部核心思想和精神有极大的相似之处。首先，在老子哲学中，"道"主要遵循两个运动规律：反和返。而在西方人类学思想中，这两点也是原始部落为新成员从人生一个阶段跨越到另一个阶段，从一种社会身份进入另一种社会身份时所必须举行的成人仪式的重要环节。参与过渡的新成员们需要逆向而行，到陌生、对立的环境中去经历各种新的挑战，在穿越阈限、通过考验之后以新的身份和认知返回到原来的社会当中，顺利实现成长和超越。这一规律一方面说明了西方思维中成长所必须经历的轨迹，另一方面则表现了二元对立事物之间的相互运作和转化。勒奎恩笔下的主人公们虽然大多是从凡人成长起来的英雄，但他们内心深处对对立面的向往和冲动是激烈的，他们最终战胜恐惧，逆风起航，成为逆行的英雄。

说到关于行动、创造的态度，勒奎恩表示，自己大多数作品都与道家哲学和易经有关，她说：

> 道家的世界是有序的，而不是混乱的。但这种秩序并不是由某个特定的人或仁慈的神所给予或强加的。无论是伦理、美学还是科学的法则都存在于事物的自然运行之中，等待我们去探索和发现。[1]

所有一切都是整体的一部分，万事万物存在于同一共同体之内。所以才有勒奎恩的双性思想实验，男女共享性别共同体。其实，对事物相反面的探索和进入事物对立面的冲动和渴求，不仅仅是一种表面的叛逆行为，

---

[1] Ursula K. Le Guin, *The Language of the Night: Essays on Fantasy and Science Fiction*, p.44.

它同时也是根植于人性深处的一种"求变"的美学本能和理想,它在艺术中时常表现为夸张、象征、移情、抽象等对现实的改造、颠覆或突破行为。沃林格说:"真正的艺术在任何时候都满足了一种深层的心理需要,……艺术根植于人的心理需要而且满足了人的心理需要。"[1] 如同真理只有在我们看不见的、相反的事物中去探寻一样,古代仪式思维中的过渡礼仪通常就是要让人们进入一个陌生的环境中,以获取成熟和突变的机会。要接近或是获取这样一种神秘的力量,必须经历一种在普通环境中无法实现的"突变"。从这层意义上看,神话思维和老子"反者道之动"中的思想是有可结合之处的,而勒奎恩正是这一结合的探索者和实践者。

所谓向相反的方向运动,在勒奎恩笔下还体现为主人公对各种疆界的打破和跨越。《一无所有》中的物理学家谢维克的理想就是推倒立于过去与未来之间的那一堵文化隔离之墙;《黑暗的左手》中伊斯特拉凡和艾的共同理想是要打破性别的藩篱,开放封闭星球之间的边界;《世界的词语是森林》中谢维尔带着巨大的愤怒冲破梦时,走入现时,打破了森林和城市、黑暗与光明之间的绝对界线;《永远回家》中北猫头鹰出走的目的是消除父亲与母亲、山谷人与秃鹰人之间的分隔和敌视等。这些作品都主要描写了主人公打破疆界、跨界而行的成长之旅。

勒奎恩笔下的平民英雄们逆风起航,到事物的对立面去迎接挑战、探索和发现,在边缘地带接受阈限的考验,让一切对立的经验得以相遇和交流,甚至是最大限度地进行碰撞和交互,丰富边缘的经验,从而为中心注入更加新鲜的血液和生活的力量。英雄最后冲出阈限,寻得真理,实现成长和超越。这些故事中的主人公们背离起点,逆向出发,但他们的运动轨迹并不是一条单向前进的直线,而是一种始终向心的、围绕原来的中心不断丰富和扩展的循环。这既是老子"复本归初"的循环运动,也是西方神话结构中的"永恒回归"轨迹,是对东方道家思想和西方仪式思维中"反"向运动的调和和重构。它的目的不是与起点分离或与中心背离,而是通过与对立面的碰触和交流,实现差异之间的相互观照。

---

[1] [德]威廉·沃林格:《抽象与移情(修订版)》,王才勇译,第32页。

通过认识差异、吸纳差异，对立的事物各自丰厚和充盈，拓展边缘地带的范围，为这个发散状的圆环积聚持续运行的力量。

因此，逆行的平民英雄们在经历了反向冒险之旅后，并非一成不变地回到原点，他们在发散的螺旋循环中不断远离起点，又不断靠近起点。只是这时的起点已经改变，所以他们回到的不再是出发时的原点，而是由那个点演变、延展出的新的起点，它呈螺旋形式走向永恒的未知。这就是勒奎恩笔下英雄人物从内部和外部两个维度实现的自我超越之旅。少年格得、谢维克、伊斯特拉凡、北猫头鹰都逆向走入一个持续的螺旋循环结构之中，他们不能回到开始的地方，因为无论是他们自身还是那个旅行的出发点，都已经被时间和旅行所改变。

二 返——回归

"回归"是勒奎恩作品中的重要主题思想之一。在一首名为"GPS"的诗中，勒奎恩写道："我们只有两个地方：家，远方。除此之外，再无其他。"[①]小说《地海奇风》(*The Other Wind*, 2001) 中的大法师格得回归冈特岛种菜放牧；《永远回家》中凯什人伊甸园般的山谷生活……无论是在故事情节中，还是在穿插的图片、歌曲、访谈对话中，读者都时常看到勒奎恩对"回归"主题的表现与阐发，她甚至直接在《永远回家》的书名中体现"回归"主题。其实，从史诗故事《奥德赛》(*Odyssey*) 到科幻巨著《指环王》(*The Lord of the Rings*)，不少文学作品都蕴含着"回家"的主题。但是，在勒奎恩笔下，"回家"绝不是简单的"复古主义"或者感性的"怀旧主义"(sentimentally nostalgic)，而是一种螺旋式的回归，是对生态的、可持续发展 (sustainable) 的生活方式的探寻，所以它不可能是感性的怀旧。[②]《永远回家》因其叙事方法的复杂性和故事结构的多样性而显得有些晦涩难懂，但它却是表现勒奎恩回归思想的一部重要著作。北猫头鹰从一个山谷出发到另一个山谷，然后回到原来的山谷。这不是简单的回归，旅程中的北猫头鹰在改变，山谷也在改变，她的回归不再代表她一个人的运

---

① David Streifteld ed., *Ursula K. Le Guin: The Last Interview and Other Conversations*, p.137.
② David Streifteld ed., *Ursula K. Le Guin: The Last Interview and Other Conversations*, p.98.

动，她还带回了秃鹰人的血液和文化，她与世界建立了联系，她的旅行影响了世界，带动了一个螺旋式的、开放向前的循环。

勒奎恩在《道德经》译著中为第四十章取名为"By no means"，字面意思是不使用任何手段或方式，结合道家思想的意境，表达"道"的自然柔和、润物无声。同时，她运用"being"和"nothing"二词将东方的"有无"观念与西方的"存在"论联系起来，形成中西暧昧的循环观念。

> By no means
> Return is how the Way moves.
> Weakness is how the Way works.
> Heaven and earth and the ten thousand things
> Are born of being.
> Being is born of nothing.[①]

勒奎恩的译文着重表达的是：循环是道的运动方式，柔弱是道的运作方式。天地万物皆出于存在，而存在则来自虚无。

"反"的另一层含义强调"返"，指道的周而复始、循环往复。在老子看来，事物的运动和发展都是循环往复的。但是，就像我们在第一章中所谈到的时间的运动轨迹一样，事物的发展是复杂的、曲线的运行方式，也有直线的运行方式。勒奎恩笔下的故事也总是处于不断的循环过程之中，但是她设计的循环结构都是螺旋式的，以开放、动态和连续性为特点。在谈到作品《永远回家》时，她认为这是自己作品中最重要却最受忽视的书之一。她用北猫头鹰的出走和回归体现了她"回归"思想的真正内涵，说明了圆和螺旋之间的区别：说明了圆和螺旋的区别，"毕竟，回家之旅可能并不容易，世界一直在变化，这是一个螺旋而非闭合的圆圈，这才是重点"[②]。

---

① Lao Tzu. *Tao Te Ching: A Book about the Way and the Power of the Way*, A New English Version by Ursula K. Le Guin with J. P. Seaton., p.55.
② David Streifteld ed., *Ursula K. Le Guin: The Last Interview and Other Conversations*, p.138.

我们可以从《一无所有》中由时间之箭和时间之环的暧昧螺旋和《永远回家》中山谷火车的直线运动和山谷人单一的循环往复的运动模式的暧昧结合来共同概括这一理论。在勒奎恩这里,"回归"是一种无限开放的循环,这样的循环所形成的结构不只是老子所提出的"起始"与"终点"的固定位移变化。它不再局限于封闭的循环之中,而是开放为一种向上的、积极的开放的螺旋结构。在这个螺旋中,回归是永恒的、运动是连续的,我们永远不会回到原来的起点,因为根据事物的相对性,我们回到的"原点"永远只是与那个起点保持着一定的联系,却已经不再是我们出发的那个原点。

其实,"回归"概念在西方科幻小说中并不那么受到追捧,因为科幻的普遍追求是未来,而未来就意味着远离现在,抛下过去,离开此地,从时空上与现实隔离,去探索一种陌生化的幻觉体验。就像是科幻小说在20世纪初期对外太空的探寻一样,人们幻想着离开地球,去到另一个星系,甚至建立另一个家园。在坎贝尔的单一神话理论中,英雄最终穿越世界的中心,经历重重考验,他会寻得改变个人和国家命运的战利品,以胜利的姿态完成冒险:"他带回来的恩赐修复了世界。"[1] 可见,西方传统神话英雄之旅的最终结局是永恒的回归,英雄穿越阈限,征服了恶魔,打败了对手,他的归来,或是换来永生,或是与女神结合,又或是成为神,通常都是以一种胜利的姿态强势的回归。

但在勒奎恩笔下,外太空只是新的疆域的延伸,是我们对边界的开放和对边缘的拓展。在边缘地带充分感受差异的融合与对立的统一之后,完成自我蜕变后的回归。所以,勒奎恩的"回归"不是一种向外的、充满敌意的征服,而是一种吸收外部能量从而向内积聚力量的、向上的发展。她笔下的英雄并未取得不死药,也未获得神秘的符号以主宰未来。他们收获的是成长和积极的力量,带着这样的力量,他们从远方回归,激活并为旧的结构输入新鲜的血液,为一个开放的循环提供不竭的动力。勒奎恩笔下英雄人物的成长之旅总是呈螺旋状发展的,但这些螺旋形成的环状不是封

---

[1] Joseph Campbell, *The Hero with A Thousand Faces*, Princeton & Oxford: Princeton University Press, 2004, p.171.

闭的，而是开放的，每一处的结束都是一个新的开始，英雄们不断改写和更新着原点的意义。出发即归程。有归程的旅程，才是一次完整的旅行。

由此可见，勒奎恩所谓的"回归"思想与老子的"周行不殆""复命""归根"理论看似都以循环论宇宙规律，但其具体的运作方式却不尽相同。勒奎恩对运动中的"原点"提出了疑问。她在老子"返归本初"的基础上渗入西方成人仪式思维，强调回归不是一成不变地回到原点，而是带着成长和新的认识，以进步和修正的心态，回到原初的环境中，去影响并为原来的环境带来改变。她将老子静观式的封闭循环结构打开，形成一个开放的、向上的螺旋循环结构。将老子的封闭循环运动重塑为一种动态的、向上的螺旋运动。勒奎恩的"返"，并非返回到始基的状态，而是一种进步的、觉醒的、认识的、成长的回归，当你返回到了原来的位置，却已然不再是最初那个时间和空间。

（一）《黑暗的左手》中冰原创世神话的"死亡—重生"循环

小说《黑暗的左手》高潮部分讲述了伊斯特拉凡和艾共同穿越冰雪腹地的英雄之旅，同时也向我们呈现了冰雪之旅背后的创世神话。勒奎恩在作品中多次铺垫"冰原"在远古创世神话中的意义：黑暗，阴影、死亡，它们都是时间的中心。在西方神话思维中，宇宙的"中心"是英雄获取神秘力量的重要目的地，也是英雄之旅的必经之路。"只有那些英雄才能注定战胜所有的艰难困苦，杀死通向不死之树和不死之草、金苹果、金羊毛，或者诸如此类东西的道路上的魔鬼。"[①] 也就是说，伊斯特拉凡为了对艾的兄弟之爱，完成他们共同的理想——星球结盟，背叛了国王的意愿和族人的规矩，冒死从敌国的志愿农场救出艾，并与他一同进入黑暗的冰雪腹地。在世界的中心，他们经历艰难跋涉和各种边缘的考验，克服一切身体的和精神上的困难，穿越火山和冰原，最终回到祖国的边境，勒奎恩将这一章题名为"回家"。她想要说明这就是一次完整的英雄的回归。这样的冒险之旅与回归之行看似与西方单一神话理论相符合，但只要稍加分析便不难看出，这回归的结局并不是西方神话传统中简单的永恒回归模式——

[①] Joseph Campbell, *The Hero with A Thousand Faces*, p.179.

英雄带回了神圣的符号,从此荣归故里。艾带回的,不是金羊毛或开启智慧的金钥匙,更不是长生不老药。他没有获得永生,也没有成为神。他获得的是自身的成长和对"他者"全新的认知,是同伴的牺牲和全人类的繁荣,还有在光明中、雪地里的一片阴影。伊斯特拉凡的牺牲不仅意味着他使命的终结,而且还象征着以个体的牺牲换来的集体的重生。国王最终同意加入艾库曼联盟,和全人类结成共同体,这就是说,伊斯特拉凡的牺牲成全了艾作为星球大使的使命,同时也促进了冬星和艾库曼联盟的交流,实现了人类和宇宙的重生。

所以,西方传统的神话英雄的回归是一种荣耀的加持,也是获得永恒生命和地位的象征。勒奎恩笔下的英雄却以自我牺牲的形式颠覆了传统神话英雄最终的"永生"概念,将英雄的"永生",也就是西方的个人英雄主义,转换为整个宇宙的重生,这样的回归激活了整个宇宙生命的动态循环。进一步看,勒奎恩书写的现代神话别具匠心,一方面暗含着东方老子思想中的"无名"之道的整体宇宙生命观,弱化了西方基督教神学思想中人格化的上帝之永生概念,结合人类学中古老仪式思维的"死亡—复活"原型,形成她暧昧的生死循环观念。另一方面,艾的回归,最终带回了死亡,也带回了希望。从此,伊斯特拉凡的影子便如同另一个自己,让他与另一个性别、另一个自我认识、结盟,成为伴随他生命的阴影。小说以颠覆传统的二元对立结构来消解性别差异和"他者"偏见的方式,使主人公在对立物中照见和认识另一个自己。勒奎恩将东方老子循环思想和西方神话回归主题进行颠覆和结合,重塑出她笔下现代神话的螺旋回归观念,打破了星球之间、自我与"他者"、男性与女性、光明与黑暗、"为"与"无为"之间的重重壁垒,促进了人类的整体可持续循环。

(二)《一无所有》中的时间循环理论

在小说《一无所有》中,勒奎恩将"回归"作为主人公谢维克秉持的奥多主义信仰:"真正的朝圣是归家,真正的旅程是回归。"(True pilgrimage consists in coming home—True journey is return.)[1] 终点并不

---

[1] Ursula K. Le Guin, *The Dispossessed: An Ambiguous Utopia*, p.386.

存在，过程即全部，归程即出发，远游即归程。这一思想明显受到老子循环思想的影响。在老子那里，道是无始无终、周行不殆的。当我们理解这样一种循环观念，便不会对生、死、结果和终点持有一种执念，从而放松对自然中所有不确定性的恐惧和焦虑，顺应并享受自然带来的一切偶然和必然。

勒奎恩的代表作《一无所有》扉页中有一句对全书的概括："一个暧昧的乌托邦。"这里的"暧昧"（ambiguous）一词具有其美学层面上的深刻含义。实际上，"暧昧的乌托邦"并不存在于小说中提到的两个世界中的任何一方。阿纳瑞斯和乌拉斯都只是勒奎恩建塑乌托邦理想的思想实验，而主人公的冒险之旅则为我们打开了通向"暧昧的乌托邦"的大门。在两个世界之间建构一场英雄之旅，不单是为了考察对方的文化，将其中一方的信仰奉为圭臬，而是将东方老子的循环思想与西方仪式思维相结合，把两个世界之间的隔离之墙看作边缘地带的一种阈限，将英雄穿越其间的（无论是从时间还是空间的维度）过程视为必要的过渡，突出表现循环的重要意义。谢维克跨越边界的冒险之旅是通向一个包容暧昧、意义完满的乌托邦世界的必要前提，只有经历了这样一个逆向的、仪式性的过程才能实现自身的成长与蜕变，收获一个完整的经验，抵达那个充满不确定性的、暧昧的乌托邦世界。

卡尔·曼海姆（Karl Mannheim）在《意识形态和乌托邦》（*ideology and Utopia*，1936）一书中指出，乌托邦理想本身就是超越现实和打破现存秩序之束缚的企图和表现，与表达现存秩序的"意识观念"相对立。它旨在打破原有创造，重新创造和建立新的秩序。乌托邦的文学想象承接并发展了古罗马时期"农神狂欢节"（Saturnalia）中的"颠覆""破坏"等"狂欢"主题，起源于原始礼仪中的入会仪式。它的真正目的不是鼓励人们去寻找或是创造一个完美世界，而是通过各种颠倒和破坏，让人们看清事物的对立面，达到重新认识和塑造自我的目的。谢维克这种打破成规、消解差异、模糊边界的行为，突出表现了乌托邦文学的核心思想——颠覆与重塑。

小说《一无所有》通过主人公谢维克在两个异时空星球之间的出走

与回归，联通了两个截然相反的世界，这样的艺术表达形式成功激活了人们内心深处的历史性和未来感，让人们重新相信创造和改变，思考乌托邦世界中的必需和多余。谢维克的英雄之旅是连接两个星球的重要仪式，其真实目的是对两个对立星球中的两性关系、政治主张、意识形态方面进行颠覆和换位，对各自现存的价值观、社会角色和生态关系等进行刻意的破坏和颠覆，最后让彼此互相体验、学习、借鉴。这样的关系不只是模糊和含混，而是一种带有策略和技巧的暧昧互动，是试探和引诱，同时也是有所保留的学习和交融。两个世界最终各自保持了自身主体的存在，它们的目的不是成为对方，也不是结束自己，而是将自己从旧有的躯壳中解脱出来，于不断摸索中走向一个暧昧的，充满多种可能性的乌托邦。这不仅是原始成人仪式的主要思想，也是神话英雄之旅的核心意义，引导人们去面对和认识"新"与"旧"、"过去"与"未来"，转换角度和立场去看待另一"替换世界"中的"革新"问题。

通过对谢维克英雄之旅的描写，勒奎恩在西方古老的神话思维中渗透了东方老子循环思想，将"反"和"返"进行了有机结合，突出表现了这种反向循环运动的美学内涵。谢维克先是冲破了信仰的阻碍，粉碎了意识隔离之墙，后是冲破了现实世界的各种"包装"，拆掉了文化隔离之墙。他最终从思想上获得了升华，意识到：阿纳瑞斯竖起隔离乌拉斯人的墙，实际上相当于对其他未知世界筑起了更多的墙。谢维克的冒险之旅是原始成人仪式的重演，他最终没有留在美丽富饶的乌拉斯，也不再是从前那个封闭的阿纳瑞斯人。这场仪式消解了两个世界的二元对立，解锁了彼此既有的误解和敌意，经历了试探、学习、融合和吸收。这场英雄之旅，或者说成人仪式，其存在的价值便是将差异和矛盾纳入一个模棱两可的中介地带，在此处，我们清空了既有的傲慢与偏见、敌意与冲突，为差异双方腾出接纳对方的空间，实现差异的交流与互动，走向一个包纳无限可能的、暧昧的乌托邦。在经历了仪式的洗礼之后，他对奥多主义精神有了全新的理解，以新的身份、认知和立场重新回到阿纳瑞斯。虽然迎接他的是不可预知的未来，但这个未来正是勒奎恩希望通过英雄之旅这种有形的形式去加以预设、控制和运作的理想世界——一个暧昧的乌托邦。

小说《一无所有》中的谢维克将统一时间理论贡献给了全人类，他最终选择回到自己的家乡阿纳瑞斯，这突出表现勒奎恩创作中的"回归"原则。问题并没有得到彻底解决，一切仍然处于未知，我们在一种不确定的迷雾中感受暧昧的氤氲。由此可见，勒奎恩的循环是一种合璧东西方思想的生态式循环，这个循环的方向，是通向一个暧昧的、包容的乌托邦世界。

（三）《永远回家》中的生命循环和火车隐喻

《永远回家》不能简单地被看作一部小说，严格来说，它是一些虚构的叙事、民族志报告、民间故事和诗歌的汇编，勒奎恩甚至还为其配置了音乐和诗歌的磁带。从某种意义上说，这部著作更应该被看作一部人类学作品。在这部长篇著作中，勒奎恩将东方道家的生命哲学与西方神话思维泛灵论进行了融合与重塑。凯什山谷里生活静谧，自给自足，顺应自然之母的循环往复，周行不殆。山谷中的九所房子分别代表天空与大地的生命和灵魂，人与动物、与环境之间互相尊重，互为联系，与自然和谐相处。当然，这部小说最引人注目的元素应该还是它的书名《永远回家》，开门见山地向读者预告了整本书的"回归"主题。主人公北猫头鹰所出生和成长的山谷俨然世外桃源，在这里，人们信仰万物有灵和一元论，和平、宽容、与世无争，可以说就是勒奎恩以道家思想为指导而创作的一个和谐的思想实验世界。然而，这个看似美好的乌托邦世界却遵循着一种静态的、封闭的周期运行逻辑。

在勒奎恩笔下，山谷里的凯什人是母系氏族，他们都是和平主义者，只允许小范围内私下的矛盾和暴力行为。凯什人思想保守，排斥一切新的思想和行为，他们不愿意走出山谷，拒绝与山谷以外的人通婚，将其视为动物、"非人"。主人公北猫头鹰拥有一半山谷人血液和一半秃鹰人血液，从小就被山谷里的孩子们叫作"半人"（half-person），受到他们的嘲笑和戏弄。正是因为山谷母系氏族的特征，勒奎恩细致描绘了男性在这样的社会中可能经历的挫折和压抑情绪，男人们组成的"勇士社"对一切新的人和事物都充满敌意，他们随时都准备着战斗。他们的战斗热情和对针对男人制定的特殊准则激起了血气方刚的年轻人的活力、好奇心和想象力，对他们产生了难以抵制的吸引力。从山谷人的性格和行为特征不难看出，这里的时空和生活的运行轨迹都是环形的，它们周行不殆，却形成一个封闭的圆环，抱怨、仇恨、新的思想和创造都被限制在这个死循环中找不到出口。"半人"北猫头鹰成为穿越这层静态循环的逆行英雄。她是山谷人和秃鹰人结合的后代，两种截然不同的基因和血液激发她走出山谷世界，去了解和探索秃鹰人的世界。事实上，她的这次旅行既是一次去往新世界的冒险之旅，又是回归生命之源的寻根之旅。

北猫头鹰是阴阳、二元的交融和统一。静态的发展观满足不了具有时代精神的北猫头鹰的情感需求，她毅然跟随父亲到秃鹰之城探索新的世界，同时也是去寻找和认识另一个自己。她在秃鹰之城中度过了自己最年轻的七年，经历了价值观和世界观的反转和颠覆，最终认识并理解了身体中的另一个自己，与"自己"达成了和解。她最终逃回山谷的旅程是她的回归之路，和《一无所有》中的谢维克一样，因为原点已经改变，她眼前的一切仍是未知和不确定，只有在不断的颠覆和回归中实现成长。北猫头鹰最终找回了自己的"另一半"，她还把另一个世界（代表秃鹰文化的女侍从）也带回了山谷，以激活山谷与外界的交流和循环。她明白了存在而非冒进的道理，她的回归连接起父亲和母亲、山谷人和秃鹰人之间直线的和环形的两种发展轨迹。

在这部著作中，勒奎恩还运用火车（旅行）和铰链（中枢）作为隐喻，通过对火车的线性运动和铰链所链接的循环运动来表达她的螺旋时间理论和主题：线性时间和循环时间的共存。她用火车的运动和铰链的枢纽来比喻线性和曲线运动，从而论证线性和循环时间的共存，也就是她在多部作品中一直提倡的统一时间理论，反映了事物的双向运行和阴阳二元结合中可能蕴含的多元发展可能。

首先，火车代表旅行，它表示一种线性的运动，同时也因其具有起点和终点等时间节点而被定义为一种时间的象征。山谷生活原本是循环往复、周行不殆的，它没有起点，也没有终点。火车的进入为山谷生活带来便利的同时，也为其带来了时间，将"终结""停止"等意义带入了山谷文化神圣的、永恒的循环。它就像是"花园里的机器"（machine in the garden）①一样，代表着人类技术对伊甸园的入侵和破坏，象征着"文明"和"进步"对自然平衡的干预和影响。利奥·马克斯（Leo Marx）在美国文学中对火车的隐喻性使用表达了田园理想中机器的出现迫使人们承认现实与田园梦的距离和矛盾。②事实上，勒奎恩从一开始就将山谷文化建立在几千年以后的后工业社会背景之下，从纵向的线性轨迹看，这种静谧而保守的山谷生活不是一种落后或者倒退，而是我们的现代社会发展到未来某个时间的必然。由于现代人在技术上的冒进和对自然生态不留余地的利用和破坏，我们的"现代社会"在那个未来世界里已经消失，只留下酸雨、辐射、化学污染、基因损伤和一片片废墟。在凯什人看来，他们是以文明的名义破坏土地和家园。勒奎恩对这个后工业社会的创作变相回答了到底谁才是野蛮人的问题，对西方文明提出质问和批评。就像北猫头鹰父亲对山谷人建议的那样，火车对山谷人是有用的，它可以连接山谷以外的世界，也可以让山谷人的出行更加方便快捷。但是，火车同样也让山谷人联想起另一个他们不愿再重来的世界。因为火车最终带来的可能是其他先进的技术和武器，飞机、坦克和大炮——秃鹰人致力于创造的那些天空和大地的征服者。它让山谷人回想起那个已经消失了的，技术进步、高度进化的，被称为"人类之城"的"文明"社会，而它的终点是自我毁灭。所以，在山谷人眼里，火车是线性进步的象征，但也是通向危险和毁灭的工具。

其次，书中的另一重要隐喻——铰链（hinge），与火车的线性隐喻相反，它本意是指一种连接门和门打开和关闭位置的硬件或皮革。这一形象有着丰富的内涵和隐喻：

> 铰链是螺旋的中心，是旋转运动的源头；因此，这是一种变化的来源，也是一种联系。铰链是永恒的开始，是能量产生和持续的过

---

① 美国作家利奥·马克斯于1964年出版著作《花园里的机器：美国的技术与田园理想》，探讨了文化与技术之间的复杂关系。
② Eileen M. Mielenhausen, "Comings and Goings: Metaphors and Linear and Cyclical Movement in Le Guin's *Always Coming Home*", *Utopian Studies*, No. 3, 1991, pp. 99–105.

程。铰链本身就是能量。①

在《永远回家》中,铰链具有双重含义和功能,它代表不同世界之间的鸿沟和桥梁,它是一个缺口,一个飞跃,一个突破,同时又是一个翻转,一个从内向外,又从外向内的逆转。在山谷的九个喀什城镇中,铰链是分隔和连接海伊玛和家庭的中心场所,也就是凯什人认为神圣和世俗的地方。在凯什山谷以外,铰链又指一个基于计算机的通信网络,一种跨越时空的科技化信息交流模式,来自信息交换中心的计算机化的信息接口。这是凯什人了解文明的重要渠道,也是将不同的世界联系起来的中枢系统。

> 铰链是一个复杂的、多重意义的隐喻,是一种叶芝式的螺旋形循环符号(Yeatsian spiraling gyre symbol),表达着联系、共存、变化和多样性。②

铰链的运动模式是旋转、翻转和弯曲的,它与火车所代表的直线运动截然不同。秃鹰人利用并垄断这种铰链的作用,将信息交换控制在强权之下,并通过对信息的垄断来操控世界。凯什人一方面把铰链作为分隔和连接山谷内神圣和世俗空间的那个鸿沟和枢纽,另一方面又将山谷以外的铰链——那个代表文明和历史的信息网络中心看作一种与自己世界不相干,需要随时提防的"外部时间"。他们只了解和接收特别重要的信息,像使用火车时刻表那样使用信息交换中心,并不关心如何主宰宇宙。

火车代表旅行,是从一地到另一地的直线运动,勒奎恩想要告诉我们,旅程不能只是朝着一个方向冒进,它不只是速度的跃进和能量的消耗,还需要转折和回归。现代文明也一样,在前进的过程中需要回望历史。我们不能一味追求线性的进步,因为没有停顿和反思的冒进是缺乏深度和丰富性的。铰链作为逆转的契机,让旅程不只是直线,还产生了曲线、圆圈

---

① Ursula K. Le Guin, *Always Coming Home*, p.489.
② Eileen M. Mielenhausen, "Comings and Goings: Metaphors and Linear and Cyclical Movement in Le Guin's *Always Coming Home*", pp. 99–105.

和旋转，提供了逆行和回归的可能。铰链将原始的山谷文化和冒进的城市文明链接起来，将古老的仪式思维和现代的科技手段相融合，创造出多元、包容、连续的暧昧的螺旋式回归。我们看到，北猫头鹰的旅行的作用既是交换也是交流，在这次长达七年的旅行中，她充当了铰链的作用，将这两个世界联系起来。勒奎恩将她的生活写成了一场旅行，为了实现成长，一个人必须适应改变，她需要同时进行线性的和周期性的运动。正如艾琳所言："通过改变自我，一个人可以诱发社会和宇宙的变化，因为自我、社会和世界似乎是铰链或锁在一起的。"①

北猫头鹰从山谷走向城市的旅程不仅完满了她个人生命的伟大循环，同时也将这次经历定型为一个故事，一段历史，一次完整的经验，供两个世界参考。她的旅程为两个世界书写了历史的一课，让彼此从对方世界的差异中寻找共通之处，从对方的错误中吸取深刻的教训。无论是山谷的乌托邦文化还是秃鹰人的反乌托邦态度，都为我们提供了另一种未来的可能参考。勒奎恩用火车和铰链做隐喻，用不同的运动轨迹来融合宏观与微观世界，东方与西方思维，竭力呼吁人们以暧昧包容的态度去弥合和扭转当下社会中由于二元对立和极端思想所导致的鸿沟。

勒奎恩曾多次强调，真正的旅行是回归。对于山谷的凯什人而言，静态、封闭的循环是不具备持续性的，而对于大姚城的秃鹰人来说，激进、没有停顿的单一直线运动更是走向毁灭的。但从另一角度看，山谷里的火车却又为凯什文化带来了积极而必要的元素，因为它创造了时间的维度，而时间是酝酿万物、产生变化的必要条件，它激活了原本封闭、静止的循环运动。同时，秃鹰人的大姚城也需要休止和反思、回归和循环，铰链可以为他们的直线运动提供链接和转折的机会，保证城市发展的可持续性。勒奎恩笔下的每一个旅行者都经历了逆向出发和成长回归之路，完成一个又一个的螺旋循环，他们体验着线性和周期性双重运动方式的共存，完美呼应了小说《一无所有》中的统一时间理论：时间不只是一个向前直行的箭头，更是一个向前、向后、转弯和返回的动态螺旋。

---

① Eileen M. Mielenhausen, "Comings and Goings: Metaphors and Linear and Cyclical Movement in Le Guin's *Always Coming Home*", pp. 99–105.

从生物学角度看，人类机体本身靠基因组 DNA 传承，而遗传物质 DNA 已经被证明一定是螺旋结构，并且是双螺旋结构。从宇宙学角度看，太阳带着地球在宇宙螺旋式邀游，太阳系是呈螺旋上升的旋转动态结构运行的。这样看来，双螺旋式的动态发展结构就是宇宙宏观和微观的结合。那么，为何宇宙一切皆成螺旋？微观的人体结构和运行动态何以与宏观的宇宙动态相契合？自然的造物中处处都有鲜活的证明。西方先进的科学发现反过来论证了东方道家思想"天人合一"的大小宇宙观，同时也论证了道家思想的科学性。阿西莫夫从宇宙变化规律来观察人们的思想情感状态，他认为宇宙中主要存在两种不同类型的变化：

> 一种是循环的、良性的。日夜相互交替，夏冬季节更换，气候阴晴变化。因此，最终结果是没有变化。这可能会使人感到厌烦，但它是舒适的，能给人带来安全感……但是，还存在着一种别的变化，人们不惜任何代价去避免的变化——不可逆转的恶性变化、单向度的变化、永久的变化、永远回不到从前的变化。[①]

然而，从美学意义上看，这两种变化当中任何一种都无法持续满足人们的精神和情感需求，从远古的仪式思维到现代的进步观念，人们总是在变化中求不变，不变中制造变化；在稳定中制造动荡，在动荡中寻求安稳；在确定中发现偶然，在偶然中捕捉确定。这是人类精神深处的暧昧需求。勒奎恩拒绝静态、封闭的周期性循环结构，提倡通过调和二元对立来建立暧昧的共同体，实现人、社会和自然的动态平衡和可持续性发展。在她笔下的现代神话中，二元的对立和统一体现为男性与女性、阳与阴在人的身体和心灵中的博弈和融合，这是列维-斯特劳斯对人类社会原始结构的定义，也是老子对宇宙生命运行规则的诠释。

三 暧昧互动的运行法则

在勒奎恩创作的现代神话中，我们看到：过去和未来，现实和虚拟，

---

① [美]艾萨克·阿西莫夫：《阿西莫夫论科幻小说》，涂明求、胡俊、姜男等译，第156—157页。

可见和不可见之间是不可断然分隔的，我们不可能删除历史，更不可能从人类社会中撤离。以自我为中心的"人类中心主义"的天真幻想是无法实现长足发展的，以逃避或是疏离的消极心态也是不能解决问题的。勒奎恩式的螺旋循环包含着共存、互渗、多样性的概念内涵，是对人类现存生活方式之外的更为生态、更为持续的暧昧的螺旋式发展的坚持。她的"暧昧"美学思想是对现代社会问题的观照和对现代人精神和情感需求的关怀，其中包含着主体与对象之间"开放的选择，安全的距离"和"移动的边缘，神秘的中心"两大互动法则。

（一）开放的选择，安全的距离

"暧昧"关系的形成是主体经过多次选择、比较和调和的结果。它看似随性、冲动，实为在反复试探中酝酿出的决策，突出体现了主体的智力行为和冒险精神。"暧昧"随冲动而起，正如老子"反者道之动"对事物反面的探索精神和勒奎恩笔下凡人英雄的跨界之旅，冲动不是随意的，它源于需要，是实现一个"暧昧"经验的动因和开始。阿多诺在《最低限度的道德》中以最低限度的道德（mini mamoralia）来开放最大限度的选择：

> 在一个不那么同质的社会里，在一个"不满足"（dissatisfaction）居于其文化自我理解之核心的社会里，民主政治和道德话语在相当大的程度上开放了。[①]

暧昧，既谙熟于在开放性的道德环境中释放魅力、展现自身，又擅长在差异中寻求互补空间，实现创造性的选择与结合。更重要的是，在彼此渗透和交汇的过程中，始终保持各自中心的安全距离，将被对方同化或吞噬的风险降至最低。勒奎恩竭力避免混淆东西方文化始基，她所倡导的开放的选择，意味着打破传统的、社会的制约性质的边界。当然，这很可能会在某种程度上触犯"道德"的原则。但是，正如杜威所言：

---

① ［英］杰拉德·德兰蒂：《现代性与后现代性：知识，权力与自我》，李瑞华译，第156—157页。

拒绝承认由惯例所确定的边界，常常是将艺术对象谴责为不道德的根源。但是，艺术的一个功能恰恰就是侵蚀道德上过于谨慎，正是这种谨慎造成心灵避开某些素材，拒绝将它们接纳进清晰而明朗的通情达理之中的情况。[①]

在艺术世界中，纯粹的真实相当于模仿，纯粹的虚构无异于谵妄。正是因为虚伪与折中都无法呈现艺术家的创作真诚，所以才需要根据兴趣和经验，超越一切外在的规定和限制，打破道德约束，创造一个宽松和自由的选择环境。

在从神话世界观到现代世界观的演变过程中，人类逐渐从被动的"被选择"（神定论）角色向主动的"选择"（人定胜天）角色转变，通过人为自身立法，每一个个体都在竭力争取发言权和选择权。"暧昧"敞开机会，让主体突破传统和世俗道德的羁绊，为自身赢得最大限度的选择空间。这一空间继而成为滋养自由意志的沃土，为原本被认为是触犯道德戒律的"离经叛道"的动机和行为提供了合法性。"引诱"就是"暧昧"中典型的行动范式。佩尔尼奥拉通过对罗马仪式的研究提出仪式思维中"引诱逻辑学"的优势：引诱者放下原有的身份，其魅力正是由于他持有"一个空无一物和自由开放的内心，来为事件的特殊情况和被引诱者的各种主张提供空间"[②]。在特定时机下，引诱者暂时抛下原有的身份，以理性和力量的统一去试探、引诱和容纳被引诱者，开启道德规劝之外的一个自由意志世界。"暧昧"关系凸显出这种引诱逻辑的魅力和功用，它使得主体间的选择和互动形式都更加灵活多样，这在实际的社会关系和政治制度上都有迹可循。就像勒奎恩笔下英雄们在两个差异世界间的跨界之旅，开放选择意味着制造"通道"，为链接两个差异世界架构桥梁。暂时放下原有的身份，最大限度地去选择和满足差异的双方，有益于在原本对立或冲突的不相融关系之间重新建立起一种信任和理解。也就是说，"暧昧"提供更大范围

[①] ［美］约翰·杜威：《艺术即经验》，高建平译，第219页。
[②] ［意］马里奥·佩尔尼奥拉：《仪式思维——性、死亡和世界》，吕捷译，第13页。

的机遇和选择,这些机遇和选择又反过来使得"暧昧"关系本身得以效应最大化。

但是,"最低限度的道德"并不等于零道德。布迪厄在谈论科学与经验之间的关系时讲到关于双重真理和正确的距离问题:

> 唯有通过非常长久和非常困难的工作——这项工作越是看不见就越是成功——让自己和对象保持一段距离,然后再去克服这一距离;这项工作同对象及与对象的关系密不可分,并因此同从事科学工作的主体密不可分。①

从勒奎恩的作品不难看出,"暧昧"并非无节制地放纵。自由选择的前提是对底线的绝对坚守。关系双方传统对立的身份限制致使"不明朗性"成为"暧昧"的一大重要特征,但也正是在这种不明朗性的背后,隐藏着双方所保留的安全距离。主体之间始终需要在克服距离、缩短距离的努力尝试下试探出一个相对于彼此都最安全的距离,并努力去保持它,营造一种神秘的美感。所以,杜威说:"艺术比道德更具道德性。这是由于后者或者是,或者倾向于成为现状的仪式、习俗的反映、既定秩序的强化。"② 特别是在这个始终"不满足"的现代社会中,把握好"暧昧"的安全距离,将它的积极作用发挥到最大,有利于激活我们已然淡漠的现代审美经验和情趣,从而满足我们对生命中变化和创造的需求。

"暧昧"是热情的淡漠,理性的冲动。从这个角度看,安全距离实际上也体现出一种控制的美学。③ 在《艺术即经验》中,经验的做与受部分之间的引力与张力也变相论证了这一点:

> 使一个经验成为审美经验的独特之处在于,将抵制与紧张,将本身是倾向于分离的刺激,转化为一个朝向包容一切而又臻于完善的结

---

① Pierre Bourdieu, "Scattered Remarks", *European Journal of Social Theory*, Vol.2, No.3, 1999, p. 334.
② [美]约翰·杜威:《艺术即经验》,高建平译,第 402 页。
③ 埃伦·迪萨纳亚克在《审美的人——艺术来自何处及原因何在》中提出控制的美学。

局的运动。①

"暧昧"就是由这样一种关系产生的审美经验：自由与控制；抵制与紧张；结束之处就是新的开始。在原始信仰时代，人与人、人与自然之间存在一种神秘的缓冲力量。原始人相信一切矛盾和问题的背后都隐藏着一种神秘力量。所以他们通过仪式作为过渡，来实现人神的交流与合作，这种交流的方式始终是间接的，而这种不可见的神秘力量却如同一剂缓冲矛盾和冲突的良药，深植于人们心中，缓解甚至阻隔着巨大的焦虑情绪。可见，信仰阶段的矛盾由神秘力量维持着一定的缓和的安全距离。然而，进入现代社会以后，市场经济在很大程度上影响了人们的认知，商品随即成为新的信仰，而它的价值则成为引起社会矛盾的主要根源。所以，当信仰逐渐遭到市场经济的物化，人的思想中存在的那股神秘力量被资本家那双无形的支配之手所替代，人在社会中的矛盾和冲突便逐渐由形而上走向形而下，从信仰差异转化为阶级差异和利益的争斗。缓冲力量逐渐减弱甚至消失，间接的矛盾转变为直接的剩余价值的生产和积累。资本家追求剩余价值的斗争是赤裸的，竞争和对立的关系是不可逆的，其间也不会有任何的过渡和缓冲。浮动不定的价值符号背后潜藏着无数惨烈的阴谋、剥削、厮杀和牺牲。价值的增长与衰减都没有限额，不受个人意志所控制，因此也不为任何个体所长持。

现代性无限增长了矛盾的生命力，使人类社会的矛盾和冲突陷入前所未有的、不可遏制且没有终点的危险之中。因此，要想缓和目前的状况，我们必须重新考虑劳动和价值分配的问题。在恶劣的极端竞争中引入缓冲和过渡，以"暧昧"的合作原则来重新建立一种良性的竞争机制，实现可持续性的价值生产、分配和循环。"暧昧"制造的安全距离和弹性空间是应对极端经验的最佳缓冲措施，是解决矛盾和冲突的妥协之举。它有助于减少极权和派系的生成，阻止矛盾和斗争的加剧。任何一方对另一方的毁灭性剥夺只会造成垄断的激增、极权的升级。因此，只有在安全距离下开

---

① ［美］约翰·杜威：《艺术即经验》，高建平译，第65页。

放合作，在过渡地带积极协商和妥协，才能产生合作性剩余价值，并为合作的持续性提供不竭的动力和安全保障。

"暧昧"制造的安全距离还有益于缓解双方的冲突，使其在安全地带进行积极性妥协，达成合作，将破坏性损失转化为合作性剩余价值，阻止非理性后果的发生。就像在勒奎恩的作品中那样，"暧昧"有望实现跨界的交流，让冲突双方主动体现差异，逐渐认识差异，将差异转化为诱惑，进而化矛盾为互动，是在关系双方不构成绝对拥有权和征服力的情况下所采取的一种理性合作手段。在我们已经经历过并仍然承受着诸如两次世界大战、原子弹爆炸、生化武器的威慑及恐怖组织的极端行为导致的毁灭性危害和灾难的今天，更需要以一种"暧昧"的姿态去减少矛盾和冲突的尖锐性，而不是非此即彼地使冲突双方陷入不可逆转的恶性循环。另外，"暧昧"还体现出人们在欲望之流中坚守的一种禁欲精神。无论是从消费还是从交往来看，它都体现出人们将自身利益最大化，成本和付出最小化的行为。这种权衡来自理性与感性的默契配合，其间，任何极端化的行为所导致的亏损或负价值都将遭到绝对的拒绝或制止。

由此可见，"暧昧"作为态度也好，方式也罢，都体现出一种包容而理智的特殊社会关系。在这种社会关系之中，"暧昧"更倾向于表现为一种交易和权利的让渡。交易双方的目标可以在暧昧的关系中进行协商，通过双方对利益得失的衡量和对市场行情的了解，最终达成互惠互利而不破坏其未来继续合作的冲动。在自由的选择和交往中，双方共同享有平等的权利以及对合作进程的把控。所以，对于市场经济下的社会体系而言，"暧昧"是争取权益最大化、自由最大化、合作最大化的有力手段。

（二）移动的边缘，神秘的中心

杜威说："文明是不文明的，因为人类被划分不相沟通的派别、种族、民族、阶级和集团。"[1] 勒奎恩的"暧昧"美学思想中包含模糊边界、化线为带的逾越，也有适可而止、坚守中心的克制。它在欲望与禁欲之间形成

---

[1] ［美］约翰·杜威：《艺术即经验》，高建平译，第389页。

一个模糊地带，最大限度地包纳双方差异在边缘地带的摩擦和碰触，一边协调一边相互晕染，并使得其间的生命力、敏感度、活跃度都达到最高保鲜值，促进边缘地带持续的创造性结合与重塑。我们知道，"线"是明晰的，非此即彼的；"带"则模糊了边界，呈现出边缘与边缘的互动和边缘到中心的渐变过程。同时，"线"是脆弱的、易受侵袭的，"带"则因为边缘区域的互渗和互动而于无形之中形成一个主动防疫区域，大大加强了其间的韧性和弹性，更有效地提高了防御和抵抗外力的能力。因此，边缘的移动性和包容性还保障了各自主体的整体性，起到了守卫中心的作用。无论是古老的过渡礼仪中的地域过渡空间，还是现代社会中国与国的疆界之间，都如同地理上的过渡性空间一样，不光有利于促进生物多样性和环境特有性，同时也进一步稳固和守护了中心地带的神秘性，使其不易被对方所侵蚀或同化。因此，不同主体之间的"暧昧"关系一方面有助于缓解二元对立所导致的敌意和损毁，另一方面也避免了任何一方极权势力的形成，在最大限度活跃边缘地带的同时，守住并加强了各自的中心。

随着全球化和现代化进程的日益加深，人类不仅没有实现在17世纪与过去诀别时所设想的操控自然的梦想，反而因为对自然毫无节制的开发和对技术的滥用导致各种社会矛盾和伦理问题不断升级。现代性为各种存在重新划定范围，进行人为地分类、命名，并以"秩序"之名一厢情愿地将世界划分为若干互不相干的领域、学科、类别、层次、阶级等。后现代性以"包容一切"为理由又再次将现代性下的"新秩序"打乱。这种变相的"再分类"运动导致更多边界的出现，且它们变得越发清晰。鲍曼以"宽厚中的残忍"来形容后现代种种可见的和不可见的边界：

> 那个充满欢娱的凌乱性（joyful messiness）的后现代世界，由雇佣兵们精心地把持着边界。……微笑的银行只对其当下的以及可能的客户露出笑脸。开心购物者的游乐场，被厚厚的围墙、电子探眼和尖牙利齿的警犬包围着。礼貌的宽容只给予那些允许入内的人们。[①]

---

① ［英］齐格蒙特·鲍曼：《现代性与矛盾性》，邵迎生译，商务印书馆2013年版，第260页。

社会的异化、人的物化、技术的生活化彻底改变了这个世界原有的关系结构，"为自然赋予秩序"的现代性思想企图通过重组、重构新的世界版图来操控和固定自然，却在大刀阔斧的行动中大大增加了现实的偶然性，在自认为理性的，如对自由、平等、博爱的追求和设计下，目睹并遭遇了种种非理性的暴力结果。过度的偶然性让人失去可靠的安全感，一切都变成暂时的、实用主义的、值得怀疑的和不值得留恋的。这种背离预期的不确定性和不可控性反过来加剧了人们对现代性的质疑和对不可预知的未来的焦虑。

现代性就如同步入青春期的少年，表现出种种叛逆的特征。吉登斯的《现代性的后果》(*The Concequences of Modernity*，1990)、鲍曼的《现代性与矛盾性》(*Modernity and Ambivalence*，1991)、卡洪的《现代性的困境——哲学、文化和反文化》(*The dilemma of Modernity*：*Philosophy*，*Culture and Anti-Culture*，1988)、德兰蒂的《现代性与后现代性：知识，权力与自我》(*Modernity and Postmodernity*：*Knowledge*，*Power and the Self*，2000)无不反映出哲学家们对现代性问题的焦虑和担忧。德兰蒂更是以一整章的篇幅探讨并追寻"现代性的发病机理"。然而，现代性所暴露出来的问题不能简单地被看作一种病，如果我们抽象地思考，它就类似于人体高热现象，其本身不是一种疾病，而是一种症状，它表明人体内出现了病毒感染，提醒可能有疾病发生。在这种情况下，如果我们处理得当，不光病症可以得到及时的控制，还有望激活我们的免疫系统，提高机体自身的抵抗力。

如今，现代化进程所导致的经济危机和生态灾难对人类敲响了警钟，在全球化的推动下，全人类被重新捆绑成一个命运共同体，不得不共同规划和面对未来。这就是勒奎恩提倡"暧昧"美学思想的终极目的和意义所在。人类这个命运共同体的内部并不和谐，其核心也缺乏凝聚力。现代性对人为"秩序"的追求，已经将这个命运共同体内部撕为若干互相隔离的碎片。这些碎片之间产生了明确的界线，看似趋同，却又各不相干。整体内部出现的裂痕威胁着整体的稳固性，碎片式的分裂造成了共同体中心的脆弱，甚至不堪一击。因此，提高整体的凝聚力和坚固性，首要问题在于弥合碎片之间的裂缝，加强各碎片边界地带的黏合力，同时让这个整体与世界相连。"暧昧"关系巧妙运用碎片之间的距离和关系，模糊边界，化线为带，让差异和矛盾在边界地带进行充分的协商与妥协，在边界与边界之间形成一个具有高韧性、高黏度的过渡带，在黏合边界的同时保障了共同体整体的稳定性和碎片中心的独立性。具体地说，就是让传统与现代、宗教与科学、技术与艺术等相互隔离的碎片开放其边界，在边界处形成和谐、暧昧的过渡地带，成全差异和矛盾在边界地带的协作和共融。与此同时，差异各方保持各自中心的神秘性和吸引力，增强整体凝聚力，保证现代性走入一个健康的未来。相反，若是绝对地将现代性视为瘟疫，将现代社会所遭遇的经济、环境、伦理、生态等问题通通归罪于它的影响，那么我们也就否定了历史进程中人的思想的进步、社会的发展和文明的积极作用，拒绝了创造性地建立新的全球化生态体系的可能。

"暧昧"更是现代艺术所必需的一种策略和精神。原始艺术是没有明确边界的，它存在于（源于）早期人类的各种巫术仪式、宗教活动、原始生产、劳作和社会活动之中。古希腊时期传统知识体系统称为"七艺"（语法、修辞、逻辑、算术、几何、天文、音乐），任何进入学园学习的人都必须掌握这些技艺，而"艺"并不单指艺术，而是指技艺，是木匠和手艺人所必备的能力。因此，技和艺之间原本就是一种你中有我、我中有你的暧昧包容的关系。文艺复兴以后，艺术在很长一段时间被束之高阁，奉为一门特殊的感性学科，但其发展至今，最终却受到市场经济的牵制，作为一种"艺术生产"介入社会，进入人们的日常生活之中，沦为商品拜物教操控下的一种普通消费商品。艺术因而从"源于生活"而成为生活本身。如果艺术与生活、科学的边界彻底被抹去，它的主体将不再独立，因而失去其原初的"灵韵"，也失去原有神秘感和神圣性。所以，在艺术生活化的经验中，我们又重新认识到边界的重要作用。只是在现代语境下的艺术与非艺术之间，我们不再能满足于一个静止的、封闭的边界，而是需要一个灵活、包容、动态的边界地带。

一方面，现代艺术家颠覆了传统艺术的概念，扯下了艺术神秘的面纱，彻底消解了艺术和生活的边界；另一方面，现代技术不断革新人们的生活，实用主义思想改变了人们的价值理念，在现代技术和传统艺术之间挖掘出一道不可跨越的沟壑，将原本技艺一体的传统艺术截然分为实用的"硬"科学和审美的"软"艺术。艺术与非艺术，特别是与现代科学技术之间的关系变得模糊不清，且包含着深刻的悖论。在这样一种情形下，艺术和非艺术之间更加需要一个暧昧的过渡地带，在确保中心的神秘性和主体的独立性的前提下，成全二者在边缘地带的充分晕染和渗透，激发一种创造性的结合，以个性化的"新"来震撼和满足现代人流变的审美和欲求。

　　如果说现代性已将世界打碎，而这个碎片化的世界以一种马赛克式的拼接方式体现着混乱与秩序的交错，破坏了世界原初的统一和中心的意义。那么，马赛克之间的边界应该是我们需要去思考和解决的核心问题。色差渐变的原理或许可以为我们改良马赛克状态提供灵感和启示，在渐变的色差序列中，多个色块之间看似无数个拼接在一起的马赛克群落，但色块组合与马赛克拼接之间的区别在于，不同色块之间的边界是模糊的、交错的，又是互相过渡的。如同一幅油画中差异色块之间的互渗与交融，在边缘色差渐变的环绕下，将各自中心的可辨识度提升为最佳。每一天的日落都是不一样的。油画的重叠，每一层都是有用的，就如同我们经验的堆积和叠加。在经验了含混模糊和非此即彼的关系之后，色块与色块之间，艺术与非艺术之间，最终行至兼而有之的"灰色地带"，呈现出一种游移的边界和暧昧的关系。因此，要想让艺术焕发其不竭的魅力，就必须找回边缘地带，确保中心的独立地位。边界不能消失，但它们不再是脆弱的线段，而是柔韧有力的地带。就像是中国传统道家文化中的阴阳概念，阴阳之间的一进一退，一消一张，都体现着黑白两极之间互动互渗的灰色地带，这一地带有益于将艺术引向一种不占、不争、不居、不盈、绵延的生命样态。所以，在技术的人道化与人和社会的技术化这两种形势中去寻求一种创造性结合，使得其间保有一种暧昧的关系，才能保持主体自身的主动权和个人意志，找回被物遮蔽的主体。

　　由此可见，不同于模糊的一般性混乱状态，"暧昧"有其自身独特的活动路径和方法。它不是纯粹本能、无意识的行为，而始终包含着一种表现的冲动和对经验的完成的欲望。它在确定性中制造变化,在偶然中寻求稳定,循环持续运行,永无休止。正如杜威所言:"活的生物在其生命活动中,既需要秩序,也需要新异性。混乱不令人愉快,沉闷也是如此。"① "暧昧"以开放选择、自由交往、模糊边界为条件,以安全距离、理性合作和独立中心为底线,承认差异、突出差异、接纳差异,在安全距离下达成一种理想的可持续性发展的态势。从模糊边界到建立过渡地带,传统与现代之间出现了不确定的空间范围,认可并选择性地接纳现代技术与艺术的互渗。在此过渡地带,"暧昧"拆掉了文化隔离之墙,也模糊了艺术隔离之界。作为一种特殊的中介关系,"暧昧"为主体营造出一种生态、健康的成长氛围,让差异双方在合作和妥协中共生共赢。

---

① [美]约翰·杜威:《艺术即经验》,高建平译,第193页。

结　语

21世纪初，科幻小说已经从最初机械性的技术模仿和空间虚构迈入人类学和宇宙哲学思想领域，成为一种社会诊断的途径和对可能出现的"替换世界"的描绘。从20世纪重点表现人们对技术的渴望和冲动以及征服环境的野心，到现在更多地关注软性的、精神层面的问题，科幻成为一种现实主义文学，探讨社会结构的合理性及公平性，寻求平衡的可持续发展。这个创作嬗变的过程也是艺术和审美从狂飙突进的科技拜物教到温和的人性化审美的过程，体现出一种更具时代特征的杂糅、暧昧的发展向度。在马赛克式拼贴的现代性下，人们急切地想要抛下陈旧的主体，对一切科学的、技术的新生事物表现出强烈的占有和趋同，却始终被生硬的水泥线条所阻隔，走不进也影响不了对方的世界，最终导致主体失去存在的意义和创造的冲动。既然如此，我们不妨就做一位暧昧的文化旅者，打破界限，给彼此一个开放的过渡地段，在没有压力和焦虑的边缘地带去体验、学习、交流，从而反思自身，促进成长。济慈说："想象所捕捉到的作为美的东西必定真。"[1] 勒奎恩科幻作品中那些不科学，甚至不科幻的幻想为我们带来了更多科学无法给予的哲学、美学、文学、人类学层面的内涵，因为那些不符合科学却符合人性和想象的，才是最符合美学原则的，体现美学与科学相辅相成、互相促进的证据。所以，研究勒奎恩的作品及其背后的美学思想和艺术精神，具有开拓性的现实意义及理论价值。在《日无暇晷：生命之思》的序言中，凯伦·福勒

---

[1] ［美］约翰·杜威：《艺术即经验》，高建平译，第39页。

（Karen J.Fowler）表示：

> 在整个历史中，我想不出还有哪位作家能创造出如此多样的世界，更别提它们的复杂性和相互之间盘根错节的深层联系。别的作家往往以一部成名作作为终生谈资，她却写了十几本值得这样做的好书。……她一直是一股向善的力量，一位敏锐的社会批评家，当我们眼前的这个世界正在走向邪恶时，她比以往任何时候都更重要。①

福勒的评价充分肯定了勒奎恩一生的成就和奉献。她多产而精深，幽默而极具感染力。在本书的写作过程中，笔者也切身体会到：对勒奎恩的研究越是深入，就越是深感责任重大，越是意识到摆在自己面前的不只是一本小说、一个观点、一份信仰，而是一位作家、哲学家、美学思想家、社会学家以她的全部智慧和热血关注自然、关注社会、关注生命、关注全人类而奉献的殚精竭虑的一生。她将对生命的热爱和对宇宙的关怀都化为星星之火，在字里行间闪耀不息，传递着希望，指引向光亮。

勒奎恩写成长、对立，也写融合；写神话传统，也写现代技术。无论是《野牛女孩》中的大地编织者、《黑暗的左手》中的预言者，还是《永远回家》中天地间的九所房子，她都试图向读者展现一张无穷尽的宇宙之网，生动、包容、柔软而极具韧性，承载着宇宙生命的共同体，将时空、社会、人、自然、文化的"暧昧"之道尽收其中，捕捉并安抚迷狂的现代性。

通过文本分析和思想溯源，我们看到"暧昧"概念重点关注三大要素：边缘、中心和活动路径。"暧昧"指出了现代人精神焦虑和情感危机的症结在于人与世界的关系走入了非此即彼的误区，这个世界包括被现代理性挤压的人的无意识空间；由激进的进步观念发展出来的后现代科技态社会；以及被城市化建设日渐破坏的自然生态。在这样的状况下，停滞不前和超速冒进都不令人满意，人们必须转变传统的二元对立观念，在二元

---

① Ursula K. Le Guin, *No time to spare: Thinking about What Matters*, Introduction.

之间建立暧昧互渗关系，保持中心独立，边缘开放，以螺旋渐进的发展态势创造完满的经验，来满足现代人的精神需求和情感需要。从这里出发，"暧昧"便为现代美学开放了一种全新的研究向度，它呼吁从宏观到微观的反思，强调从主客对立的静态僵持局面向主客互动的动态循环发展。

首先，"暧昧"提倡开放边缘，重建人与世界的联系。它有助于激活现代人麻木的神经，提高情感敏感性。随着科技力量的不断膨胀，通过物来表现的"新的震撼"已经日渐失去其最初的效力，大大降低了现代人的情感敏感度，导致审美淡漠的升级。人的情感是不能处于封闭的静止状态的，更不可能绝对地处于饱和状态。情感和经验世界始终需要节奏和缝隙来进行反思，成全新鲜血液的注入，激活对内的活力和对外的张力。因此，对于填补情感空间中始终存在的某一块空缺的持续需要和努力，是人之为人对"一个完整的经验"，也是一种完满的直观体验的追求，是所有"活的生物"的原始需求。也正是因为我们都属于"活的生物"，填补空缺的质料自身也在不断追寻新的刺激和填补自我空缺的对象，在这一过程中，空缺本身不断蔓延并发生质变，并如同病毒一样自我繁殖，经历时间的作用，又生产出新的空缺空间。因此，当下的满足无法提供恒定的完整，旧的结构再度需要新的活力，以全新的意向将自己重新投射到下一个新的对象之上，以此来填补新的空缺，周而复始，形成一种开放的、循环的、没有闭口且永远向上的螺旋。"暧昧"的关系有望实现这一情感需要，在开放的边缘处，流动着生机和创造。勒奎恩笔下的故事渗透着人们对于边界问题的认识和在差异面前所作的关键抉择。这些决定作为人生的通过仪式，相应地影响着个人和社会的生活方式和发展方向。"暧昧"中蕴含的巨大的包容性则有效地消解了差异可能产生的矛盾，在差异双方的边缘地带建立联系，生成纽带，以此来增进理解和沟通，实现共生。所以，重新开放边缘，建立与世界的联系，是帮助现代人恢复精神生态，缓解情感焦虑和危机的先决条件。

其次，"暧昧"呼吁现代人寻回中心，捍卫人之为人的独立主体性。它有助于抚平由历史现代性造成的"文化创伤"，以逆向探索的姿态和精神去重新发现并找回主体的中心性，关注人之为人的存在本身的审美现代性。向丽在《审美人类学：理论与视野》中提到了"文化创伤"，它"表达了一种被抛入现代社会之后'无根'的飘忽感以及与世界间的某种尖锐的隔膜与对峙"。① 现代人这种"无根"的飘忽感源于他们在高速发展的技术和经济社会中逐渐迷失的主体性和中心性，折射出现代理性主义和工业化生产对人自身精神世界的忽视。现代科学技术去人性的发展所带来的是对人之为人存在意义的吞噬。"一战""二战"成为人类历史上最为惨痛的教训，原子弹对地球造成了毁灭性创伤，种种残酷的后果都对人类盲目的科学乐观主义发出了无声的批判。

现代工具理性驱使人们不断探索技术的创新和跃进，却遗失了对人类自身最为根本性的精神和情感问题的关注。人的精神欲求在现代资本控制下沦为流水线上的产品，一味地盲从社会发展的进程，被资本制造的各种物的欲望麻木自身、迷失自我，导致中心被湮没，被动地喘息前进。因此，独立于人的心灵世界，抛开人本身来谈论科学、发展技术，最终只会走向毁灭。"暧昧"试图弥合科学世界和生活世界之间的裂缝。它强调固守人之为人的中心，将技术作为补充、协助完善人类家园建设的参与者，而非主导者。让技术成为技术自身，将技术人性化，使其更好地为人类服务，而非反过来控制人类、湮没人类的中心。

最后，"暧昧"改变静态的封闭循环，开放螺旋向上的运动路径。它有助于消解二元对立的极端观念，在动态的交互中体验差异、理解差异，唤起一种世界范围的物种认同和尊重。在这样一个"美"的形态已然支离破碎的时代，当代美学的特殊使命和价值就应该体现在对现代性本身进行从宏观到微观的反思，并在各种碎片中去发现新的关系，阐释审美和艺术在新时代的特殊存在方式和价值。向丽曾指出："现代性的悖论使人类学不得不痛苦地思考这样一个问题：未发达民族应当融入现代化进程抑或仍然保持其蒙昧、未开化的状态为好？"② 其实，这也正是勒奎恩"暧昧"美学考虑和试图去解决的一大核心问题。

在《世界的词语是森林》《变化的位面》《一无所有》《永远回家》

---

① 向丽：《审美人类学：理论与视野》，第143页。
② 向丽：《审美人类学：理论与视野》，第140页。

《黑暗的左手》《天钧》《野牛女孩和其他动物的在场》等作品中，勒奎恩通过运用人类学民族志的方法来进行文学艺术创作，塑造了出身、性格、背景、目的各异的"人类学家"，进入对立面的"他者"社会中，考察、记录和体验"他者"文化，为读者呈现出虚构但又有据可循的民族志田野细节，书写出一部部既科学又理想，既感性又理性，熔科学与小说于一炉的科幻民族志书写。她笔下的旅者最终成为文化的传播者和阐释者，推翻隔离之墙，架起沟通的桥梁。同时，在充满了差异和矛盾的阈限状态中，他们通过比较和体验"他者"经验来获得反思，进行自省，继而实现自我的成长和转换。他们的回归改变原点，激活新的起点，开启动态向上的暧昧螺旋。从文体上看，这类作品创造出一种丰富、包容、暧昧的感染力；从内容上看，无论是对个体还是对集体而言，它们都呈现出一个走向完满经验的过程。因此，一方面，西方民族需要尊重、保护和汲取未开化民族的古老智慧和独特文化魅力，另一方面，社会毕竟是需要向前发展的，欠发达地区和原始民族也需要了解西方新型的社会结构和精神文明，学习先进的科学技术和生活艺术。只有开放边缘，充分认识差异、肯定差异，才能保证将"文化不平等"这样一个尖锐的社会问题转化为一种合作创造的契机，在差异中反省自身，激活创造，发现新的希望。

在《混沌互渗》一书中，加塔利对当今社会的各种症结和由此导致的人类世界的精神危机发表了他的观点：

> 第三世界的苦难、癌症人口的增加、城市组织的剧增与衰退、各种污染所造成的生物界的隐伏性破坏、对于重构一种适应于新技术数据的社会经济的当前系统的无能为力：所有这一切必须促使精神、感性与意志发挥作用。[①]

勒奎恩关注人、社会、自然三者的关系，她作品中呈现出来的"暧

---

① [法]菲利克斯·加塔利：《混沌互渗》，董树宝译，南京大学出版社2020年版，第131页。

昧"美学思想完美契合了现代美学的使命和责任，以一种"暧昧"的姿态，如同摩天大楼的阻尼器装置一般，来维系和稳固人们飘忽不定的精神坐标。结合神话结构、仪式思维和道家思想等宏观架构，勒奎恩揭示出现代人种种焦虑背后隐藏的深刻哲理，提醒我们铭记历史、珍惜当下，动态调整看世界的方式。这同时也使美学真正拥有了"物质基础"和"现实根基"，从人与世界的根本关系来思考和探索未来方向，满足新文科发展的需要。勒奎恩说："艰难时期即将来临，我们需要作家的声音，他们可以看到我们现在生活方式的替代方案。"① 勒奎恩身处当下，以史为鉴，创造未来；在西方飞速前进的文明列车中望向东方世界，从差异中反思自身，谋求出路。为了靠近和认识新的世界，她呼吁我们悬置经验，清空自身，在边缘的阈限状态中去舞蹈和创造，实现成长，汲取改变的力量。在她看来：

> 这就是艺术想要做的。它想要接近你，为了打破我们之间的隔阂，就那一刻。让我们在一个庆典，一个仪式，一个娱乐活动中相聚——一种对理解，痛苦或快乐的相互肯定。②

由于主题和篇幅的限制，本书重点以勒奎恩科幻作品为依托，提炼并初步探索了"暧昧"的特征及其在当代美学视域下的理论参考价值和现实意义。勒奎恩哲思深邃、著作颇丰、涉猎极广，无论是对她的美学思想进行全方位深耕，还是将其思想中的"暧昧"特性拓展至当代美学领域进行系统的理论建构和发展，都还需要不懈挖掘和研究。比如，本书还未深入展开对道家思想和马克思主义思想的"暧昧"糅合关系的研究。勒奎恩对东方文化的理解、吸收、接受及运用，正好折射出西方世界在突飞猛进的科技进步面前感到彷徨、焦虑与恐惧，并将目光投向发展相对缓慢、但更加稳定和平衡的东方世界的状态。那么，勒奎恩思想中表现出的"暧昧"特征在多大程度上嵌入了东方道家思想，又以何种形式与她同时代所接受

---

① David Streifteld ed., *Ursula K. Le Guin: The Last Interview and Other Conversations*, p.123.
② David Streifteld ed., *Ursula K. Le Guin: The Last Interview and Other Conversations*, p.235.

的西方马克思主义思想产生摩擦和相互作用，最后形成适于新时代发展的新的美学向度，这些都是值得我们进一步探究的问题。由此可见，对勒奎恩"暧昧"美学思想的研究不仅让我们看到西方美学发展过程中的阻力与动力，方向与未来，也让我们在比较中深入反思、重新发现东方文化的缺失和价值。

参考文献

厄休拉·勒奎恩的作品及学术论著：
Le Guin. Ursula K. *A Wizard of Earthsea*. New York: Bantam. 1968.
—— *The Left Hand of Darkness*. New York: Ace Books. 1969.
—— *The Tombs of Atuan*. New York: Bantam. 1971.
—— *The Word for World is Forest*. New York: Tom Doherty Associates. 1972.
—— *The Farthest Shore*. New York: Bantam Books. 1972.
—— *The Lathe of Heaven*. New York: Scribners. 1973.
—— *The Dispossessed*: *An Ambiguous Utopia*. New York: Harper & Row. 1974.
—— *Rocannon's World*. New York: Harper & Row. 1977.
—— *Always Coming Home*. New York: Harper & Row. 1985.
—— *Dancing at the Edge of the World*: *Thoughts on Words. Women. Place*. New York: Grove Press. 1989.
—— *Tehanu: The Last Book of Earthsea*. New York: Bantam Books. 1990.
—— *The Language of the Night*: *Essays on Fantasy and Science Fiction*. ed. Susan Wood. rev. edn. New York: HarperCollins. 1992.
—— *Buffalo Gals & Other Animal Presences*. New York: Dutton. 1994.
—— *A Fisherman of the Inland Sea*. New York: HarperCollins. 1994.
—— *Four Ways to Forgiveness*. New York: HarperCollins. 1995.
—— *Unlocking the Air and Other Stories*. New York: HarperCollins. 1996.

—— *The Other Wind*. New York:Houghton Mifflin Harcourt,2001.
—— *The Wave in the Mind*: *Talks and Essays on the Writer. the Reader. and the Imagination.* Boston: Shambhala Publications. Inc.. 2004
—— *No time to spare*: *Thinking about What Matters*. New York: Houghton Mifflin Harcourt. 2017.

中文专著

[唐]柳宗元:《柳河东集》,上海古籍出版社 2008 年版。
毕文静:《吸纳再现重构:厄休拉·勒奎恩与道家思想研究》,九州出版社 2018 年版。
陈鼓应注译:《老子今注今译》(修订本),商务印书馆 2016 年版。
陈鼓应注译:《庄子今注今译》,中华书局 2020 年版。
程金城:《原型批判与重释》,东方出版社 1998 年版。
程金城:《文艺人类学的理论与实践》,民族出版社 2007 年版。
陈宜张:《脑研究的前沿与展望》,上海科学技术出版社 2018 年版。
程相占:《当代西方环境美学通论》,人民出版社 2022 年版。
段德智:《主体生成论》,人民出版社 2009 年版。
邓晓芒:《康德〈判断力批判〉释义》,生活·读书·新知三联书店 2018 年版。
傅其林:《审美意识形态的人类学阐释——二十世纪国外马克思主义审美人类学文艺理论研究》,四川出版集团巴蜀书社 2008 年版。
郭湛:《主体性哲学——人的存在及其意义》,中国人民大学出版社 2010 年版。
黄裕生:《时间与永恒:论海德格尔哲学中的时间问题》,社会科学文献出版社 1997 年版。
金莉:《20 世纪美国女性小说研究》,北京大学出版社 2010 年版。
骆冬青:《文艺之敌》,商务印书馆 2017 年版。
李健夫:《美学思想发展主流》,中国社会科学出版社 2001 年版。
刘小枫:《诗化哲学》,华东师范大学出版社 2011 年版。
李泽厚:《美的历程》,文物出版社 1981 年版。

李泽厚：《美学三书》，安徽文艺出版社 1999 年版。

倪梁康：《现象学及其效应——胡塞尔与当代德国哲学》，商务印书馆 2019 年版。

倪梁康：《胡塞尔与海德格尔——弗莱堡的相遇与背离》，商务印书馆 2016 年版。

倪梁康：《胡塞尔现象学概念通释》，商务印书馆 2016 年版。

彭锋：《回归：当代美学的 11 个问题》，北京大学出版社 2009 年版。

彭锋：《西方美学与艺术》，北京大学出版社 2005 年版。

王杰：《审美幻象与审美人类学》，广西师范大学出版社 2002 年版。

王杰：《现代审美问题：人类学的反思》，北京大学出版社 2013 年版。

王杰主编：《当代美学与人类学：时尚研究》，上海人民出版社 2020 年版。

王杰、廖国伟：《艺术与审美的当代形态》，人民出版社 2002 年版。

王明居：《王明居文集：模糊美学；模糊艺术论》，文化艺术出版社 2012 年版。

王旭烽、任重：《生态美学及其伦理基础》，北京出版集团北京出版社 2020 年版。

吴琳：《美国生态女性主义批评理论与实践研究》，人民出版社 2011 年版。

向丽：《审美制度问题研究——关于"美"的审美人类学阐释》，中国社会科学出版社 2010 年版。

向丽：《审美人类学：理论与视野》，人民出版社 2020 年版。

阎嘉：《马赛克主义：后现代文学与文化理论研究》，四川出版集团巴蜀书社 2013 年版。

阎嘉主编：《文艺美学专题研究》，南京大学出版社 2021 年版。

叶冬：《原道之旅：厄休拉·勒奎恩科幻文学研究》，厦门大学出版社 2017 年版。

姚大志：《身体与技术：德雷福斯技术现象学思想研究》，中国科学技术出版社 2020 年版。

杨俊杰：《艺术的危机与神话：谢林艺术哲学探微》，北京大学出版社 2011 年版。

叶朗：《美学原理》，北京大学出版社 2009 年版。

叶朗:《现代美学体系》,北京大学出版社1999年版。
叶舒宪:《神话—原型批评》,陕西师范大学出版总社有限公司2012年版。
朱狄:《当代西方美学》,人民出版社1985年版。
张法:《美学重要问题研究》,人民出版社2019年版。
张隆溪:《道与逻格斯:东西方文学阐释学》,江苏教育出版社2006年版。
周宪:《审美现代性批判》,商务印书馆2005年版。
曾繁仁:《生态美学导论》,商务印书馆2020年版。
朱光潜:《西方美学史》,人民文学出版社2017年版。
赵汀阳:《四种分叉》,华东师范大学出版社2017年版。
全国哲学社会科学工作办公室:《中国特色哲学社会科学发展报告:"十三五"回顾与"十四五"展望》,中国社会科学出版社2021年版。

中文译著

[英]A.N.怀特海:《科学与现代世界》,傅佩荣译,上海人民出版社2019年版。

[美]艾萨克·阿西莫夫:《阿西莫夫论科幻小说》,涂明求、胡俊、姜男等译,时代出版传媒股份有限公司安徽文艺出版社2011年版。

[德]阿诺德·盖伦:《技术时代的人类心灵:工业社会的社会心理问题》何兆武、何冰译,上海科技教育出版社2008年版。

[美]阿图·葛文德:《最好的告别:关于衰老与死亡,你必须知道的常识》,彭小华译,浙江人民出版社2015年版。

[斯洛文尼亚]阿莱西·艾尔雅维茨、高建平主编:《美学的复兴》,张云鹏、胡菊兰等译,河南大学出版社2020年版。

[英]爱德华·詹姆斯、法拉·门德尔松:《剑桥科幻文学史》,穆从军译,天津出版传媒集团百花文艺出版社2018年版。

[法]安德烈·罗宾耐:《模糊暧昧的哲学—梅洛-庞蒂传》,宋刚译,北京大学出版社2006年版。

[德]埃德蒙德·胡塞尔:《笛卡尔式的沉思》,张廷国译,中国城市出版社

2001年版。

［德］埃德蒙德·胡塞尔:《欧洲科学的危机与超越论的现象学》,王炳文译,商务印书馆2001年版。

［英］安东尼·吉登斯:《现代性的后果》,田禾译,译林出版社2011年版。

［美］埃伦·迪萨纳亚克:《审美的人——艺术来自何处及原因何在》,户晓辉译,商务印书馆2004年版。

［法］爱弥尔·涂尔干:《宗教生活的基本形式》,渠东、汲喆译,商务印书馆2011年版。

［法］爱弥儿·涂尔干、马塞尔·莫斯:《原始分类》,汲喆译,商务印书馆2017年版。

［法］阿诺尔德·范热内普:《过渡礼仪:门与门坎、待客、收养、怀孕与分娩、诞生、童年、青春期、成人、圣诞受任、加冕、订婚与结婚、丧葬、岁时等礼仪之系统研究》,张举文译,商务印书馆2012年版。

［澳］彼得·哈里森:《科学与宗教的领地》,张卜天译,商务印书馆2016年版。

［法］波德里亚:《消费社会》,刘成富、全志刚译,南京大学出版社2000年版。

［法］波德里亚:《艺术的共谋》,张新木、杨全强、戴阿宝译,南京大学出版社2015年版。

［英］布莱恩·奥尔迪斯、［英］戴维·温格罗夫:《亿万年大狂欢:西方科幻小说史》,舒伟、孙法理、孙丹丁译,时代出版传媒股份有限公司安徽文艺出版社2011年版。

［美］戴维·哈维:《后现代的状况》,阎嘉译,商务印书馆2013年版。

［加拿大］达科·苏恩文:《科幻小说变形记:科幻小说的诗学和文学类型史》,丁素萍、李靖民、李静滢译,时代出版传媒股份有限公司安徽文艺出版社2011年版。

［美］多迈尔:《主体性的黄昏》,万俊人译,广西师范大学出版社2013年版。

［荷兰］范丹姆:《审美人类学:视野与方法》,李修建、向丽译,中国文联出版社2015年版。

［法］菲利克斯·加塔利：《混沌互渗》，董树宝译，南京大学出版社2020年版。

［美］格雷塔·戈德、帕特里克·D.墨菲主编：《生态女性主义文学批评：理论、阐释和教学法》，蒋林译，中国社会科学出版社2013年版。

［德］海德格尔：《存在与时间》，陈嘉映、王庆节译，生活·读书·新知三联书店2006年版。

［德］黑格尔：《美学》，朱光潜译，商务印书馆2019年版。

［美］哈罗德·布鲁姆：《西方正典：伟大作家和不朽作品》，江宁康译，译林出版社2011年版。

［美］汉娜·阿伦特：《过去与未来之间》，王寅丽、张立立译，译林出版社2011年版。

［美］汉娜·阿伦特：《责任与判断》，陈联营译，上海人民出版社2011年版。

［英］简·艾伦·哈里森：《古代艺术与仪式》，刘宗迪译，生活·读书·新知三联书店2016年版。

［英］简·艾伦·赫丽生：《希腊宗教研究导论》，谢世坚译，广西师范大学出版社2006年版。

［意］吉奥乔·阿甘本：《敞开：人与动物》，蓝江译，南京大学出版社2019年版。

［美］杰克·斯佩克特：《弗洛伊德的美学——心理分析与艺术研究》，高建平译，河南大学出版社2019年版。

［英］杰拉德·德兰蒂：《现代性与后现代性：知识，权力与自我》，商务印书馆2012年版。

［英］J.G.弗雷泽：《金枝》，汪培基、徐育新、张泽石等译，商务印书馆2015年版。

［法］居伊·德波：《景观社会》，王昭凤译，南京大学出版社2006年版。

［美］肯达尔·L.沃尔顿：《扮假作真的模仿》，赵新宇、陆扬、费小平译，商务印书馆2013年版。

［瑞士］卡尔·古斯塔夫·荣格：《原型与集体无意识》，徐德林译，国际文化出版公司2018年版。

［瑞士］卡尔·古斯塔夫·荣格:《象征生活》,储昭华、王世鹏译,国际文化出版公司2018年版。

［德］卡尔·马克思:《1844年经济学哲学手稿》,中共中央马克思恩格斯列宁斯大林编译局译,人民出版社2000年版。

［美］卡洛琳·麦茜特:《自然之死——妇女、生态和科学革命》,吉林人民出版社1999年版。

［德］康德:《判断力批判》,宗白华译,商务印书馆1963年版。

［法］列维-布留尔:《原始思维》,丁由译,商务印书馆2017年版。

［法］列维-斯特劳斯,《野性的思维》,李幼蒸译,商务印书馆1987年版。

［法］列维-斯特劳斯,《结构人类学》,张祖建译,中国人民大学出版社2006年版。

［美］凯瑟琳·海勒:《我们何以成为后人类:文学、信息科学和控制论中的虚拟身体》,刘宇清译,北京大学出版社2017年版。

［美］利奥·马克斯:《花园里的机器:美国的技术与田园理想》,马海良、雷月梅译,北京大学出版社2011年版。

［美］理查德·舒斯特曼:《身体意识与身体美学》,程相占译,商务印书馆2011年版。

［美］理查德·舒斯特曼:《通过身体来思考:身体美学文集》,张宝贵译,北京大学出版社2020年版。

［美］理查德·舒斯特曼:《情感与行动:实用主义之道》,高砚平译,商务印书馆2018年版。

［美］劳伦斯·E.卡洪:《现代性的困境——哲学、文化和反文化》,王志宏译,商务印书馆2008年版。

［英］罗伯特·莱顿:《艺术人类学》,靳大成译,文化艺术出版社1981年版。

［美］罗伯特·路威:《文明与野蛮》,吕叔湘译,生活·读书·新知三联书店2015年版。

［法］卢梭:《论科学与艺术》,何兆武译,商务印书馆1963年版。

［德］卢茨·科普尼克:《慢下来:走向当代美学》,石甜、王大桥译,中国出版集团东方出版中心2020年版。

［意］洛溪·布拉依多蒂：《后人类》，宋根成译，河南大学出版社2015年版。

［美］厄休拉·勒奎恩：《倾诉》，姚人杰译，新星出版社2007年版。

［美］厄休拉·勒奎恩：《变化的位面》，梁宇晗译，新星出版社2007年版。

［澳］迈克尔·C.纳格尔：《生命之始：脑、早期发展与学习》，王治国等译，教育科学出版社2016年版。

［英］马克斯·韦伯：《新教伦理与资本主义精神》，康乐、简惠美译，广西师范大学出版社2007年版。

［意］马里奥·佩尔尼奥拉：《仪式思维——性、死亡和世界》，吕捷译，商务印书馆2006年版。

［意］马里奥·佩尔尼奥拉：《当代美学》，裴亚莉译，复旦大学2017年版。

［法］莫里斯·梅洛-庞蒂：《知觉现象学》，姜志辉译，商务印书馆2001年版。

［法］莫里斯·梅洛-庞蒂：《可见的与不可见的》，罗国祥译，商务印书馆2008年版。

［美］米尔恰·伊利亚德：《神圣的存在：比较宗教的范型》，晏可佳、姚蓓琴译，广西师范大学出版社2008年版。

［德］尼采：《查拉图斯特拉如是说》，钱春绮译，生活·读书·新知三联书店2007年版。

［德］尼采：《快乐的科学（英文版）》，中央编译出版社2012年版。

［美］尼尔·波兹曼：《娱乐至死》，章艳译，广西师范大学出版社2003年版。

［英］齐格蒙特·鲍曼：《现代性与矛盾性》，邵迎生译，商务印书馆2013年版。

［法］让-弗朗索瓦·利奥塔：《非人—时间漫谈》，罗国祥译，商务印书馆2001年版。

［英］史蒂芬·霍金：《时间简史：（插图本）》，许明贤、吴忠超译，湖南科学技术出版社2007年版。

［美］撒穆尔·伊诺克·斯通普夫、［美］詹姆斯·菲泽：《西方哲学史》（第9

版），邓晓芒、匡宏等译，北京联合出版公司2019年版。

［英］特里·伊格尔顿：《后现代主义的幻象》，华明译，商务印书馆2016年版。

［美］唐娜·哈拉维：《类人猿、赛博格和女人——自然的重塑》，陈静译，河南大学出版社2016年版。

［德］魏伯乐、［瑞典］安德斯·维杰克曼编著：《翻转极限：生态文明的觉醒之路》，程一恒译，同济大学出版社2018年版。

［意］翁贝托·艾柯：《美的历史》，彭淮栋译，中央编译出版社2007年版。

［德］沃尔夫冈·韦尔施：《重构美学》，陆扬、张岩冰译，世纪出版集团上海译文出版社2006年版。

［德］沃尔夫冈·韦尔施：《美学与对世界的当代思考》，熊腾译，商务印书馆2018年版。

［德］沃尔夫冈·韦尔施：《超越美学的美学》，高建平等编译，河南大学出版社2019年版。

［德］瓦尔特·本雅明：《机械复制时代的艺术作品》，王才勇译，中国城市出版社2001年版。

［意］维柯：《新科学》，朱光潜译，商务印书馆2018年版。

［美］维克多·特纳：《象征之林》，赵玉燕、欧阳敏、徐洪峰译，商务印书馆2016年版。

［德］威廉·沃林格：《抽象与移情（修订版）》，王才勇译，金城出版社2019年版。

［美］威廉·詹姆士：《宗教经验之种种》，唐钺译，商务印书馆2017年版。

［奥］西格蒙德·弗洛伊德：《自我与本我》，林尘、张唤民、陈伟奇译，上海译文出版社2011年版。

［奥］西格蒙德·弗洛伊德：《梦的解析》，方厚升译，浙江文艺出版社2016年版。

［俄］叶·莫·梅列金斯基：《神话的诗学》，魏庆征译，商务印书馆2009年版。

［美］雅克·马凯：《审美经验：一位人类学家眼中的视觉艺术》，吕捷译，商务印书馆2016年版。

［德］尤尔根·哈贝马斯：《后民族结构》，曹卫东译，世纪出版集团上海人民出版社2002年版。

［美］约翰·杜威：《经验与自然》，傅统先译，商务印书馆2015年版。

［美］约翰·杜威：《艺术即经验》，高建平译，商务印书馆2010年版。

［法］雅克·朗西埃：《审美无意识》，蓝江译，南京大学出版社2020年版。

［法］雅克·朗西埃：《美学中的不满》，蓝江、李三达译，南京大学出版社2020年版。

［比］伊利亚·普里戈金：《确定性的终结：时间、混沌与新自然法则》，湛敏译，上海科技教育出版社2018年版。

［英］以赛亚·柏林：《浪漫主义的根源》，吕梁等译，译林出版社2019年版。

［美］罗伯特·斯科尔斯、［美］弗雷德里克·詹姆逊、［美］阿瑟B.艾文斯等：《科幻文学的批评与建构》，王逢振、苏湛、李广益等译，时代出版传媒股份有限公司安徽文艺出版社2011年版。

中文文章

程静：《批判中的反思：论〈天堂车床〉中两种技术伦理观的对峙与"中和"》，《南华大学学报（社会科学版）》2016年第4期。

邓伟、张少尧、张昊等：《人文自然耦合视角下过渡性地理空间概念、内涵与属性和研究框架.地理研究》，《地理研究》2020年第4期。

华媛媛、李家銮：《审美与政治：勒古恩科幻小说中的生态之"道"》，《外语与外语教学》2020年第3期。

刘晶：《勒奎恩关于时间问题的思考——以两部瀚星小说为例》，《外国文学》2018年第3期。

李学萍：《〈倾诉〉中的道家思想与生态女性主义》，《山东社会科学》2014年第1期。

李杨:《20世纪中国文学研究中的现代性问题》,《文艺理论研究》2006年第1期。

李增军、李梦阳:《人工智能的若干伦理问题》,《中国发展观察》2020年第1期。

王尧:《跨界、跨文体与文学性重建》,《文艺争鸣》2021年第10期。

王明居:《一项跨入新世纪的暧昧工程——谈模糊美学与模糊美》,《文学评论》2000年第4期。

王明居:《模糊美学四题》,《南通师专学报》1993年第1期。

王明居:《走向二十一世纪的美学——模糊美学研究》,《学术界》2000年第4期。

吴岩:《论认知解谜类型的科幻电影》,《北华大学学报(社会科学版)》2019年第5期。

吴清原:《论"垂直向度的时间"——从伯格森、巴什拉到海德格尔的瞬间问题》,《哲学动态》2020年第4期。

向丽:《美学的人类学转向与当代美学的发展》,《马克思主义美学研究》2017年第1期。

向丽:《审美人类学的学理基础与发展趋势》,《中国科学报》2019年第3版。

向丽:《国外审美人类学的发展动态》,《国外社会科学》2010年第2期。

徐新建:《回向"整体人类学"——以中国情景而论的简纲》,《思想战线》2008年第2期。

徐新建:《数智时代的文学幻想——从文学人类学出发的观察思考》,《文学人类学研究》2019年第1期。

肖达娜:《科幻英雄的神话之旅——论〈一无所有〉中的仪式思维》,《四川师范大学学报》(社会科学版)2021年第2期。

叶冬:《现当代美国科幻文学研究述评》,《邵阳学院学报》2015年第3期。

叶立国:《范式转换:从"人与自然的关系"到"人类在自然中的角色"》,《系统科学学报》2021年第3期。

杨福生:《模糊学与模糊美学的现状与未来》,《学术界》2000年第4期。

阎嘉:《从感性学到美学何以可能:鲍姆加滕创立美学旨意探微》,《四川戏剧》2020 年第 8 期。

阎嘉：《艺术生产与新媒体技术的革命》，《中外艺术研究》2020 年第 2 期。

曾桂娥：《作为"社会梦想"的乌托邦文学——以美国乌托邦文学为例》，《上海大学学报》（社会科学版）2015 年第 6 期。

詹玲：《论 20 世纪 90 年代初神话与历史题材的科幻小说创作》，《中国比较文学》2015 年第 3 期。

朱立元：《让美学走向迷人的远方——〈美学与远方〉序》，《中国美学研究》2017 年第 2 期。

周宪：《换种方式说"艺术边界"》，《北京大学学报》（哲学社会科学版）2016 年第 6 期。

赵汀阳：《人工智能提出了什么哲学问题？》，《文化纵横》2020 年第 1 期。

赵汀阳：《时间：意识时态和历史性时态》，《海南大学学报》（人文社会科学版）2021 年第 1 期。

章德宾、罗瑶、陈文进：《基因编辑技术发展现状》，《生物工程学报》2020 年第 11 期。

英文专著

Aldiss, Brian W., David Wingrove, *Trillion Year Spree*: *The History of Science Fiction*, London: Paladin Grafton Books, 1988.

Armstrong, Isobel, *The Radical Aesthetic*, Oxford: Blackwell, 2000.

Antczak, Janice, *Science Fiction*: *The Mythos of a New Romance*, New York: Neal-Schuman, 1985.

Ansombe, G.E.M., Wright, G.H.von eds., Ludwig Wittgenstein: Zettel, trans. G.E.M. Anscombe, Berkeley and Los Angeles: University of California Press, 2007.

Baker, Augusta, Ellin Greene, *Storytelling*: *Art and Technique*, New York: Bowker, 1977.

Breazeale, Daniel ed., *Nietzsche: Untimely Meditations*, trans. R. J.

Hollingdale, Cambridge: Cambridge University Press, 1997.

Bloom, Harold.(ed.), *Modern Critical Views*: *Ursula K. Le Guin*, New York: Chelsea, 1986.

Baudelaire, J., *For a Critique of the Political Economy of the Sign*, St Louis, MO:Telos Press, 1981.

Bittner, James W., *Approaches to the Fiction of Ursula K. Le Guin*, Ann Arbor: Umi Research, 1984.

Burns, Tony. *Political Theory, Science Fiction, and Utopian Literature*: *Ursula K. Le Guin and The Dispossessed*, Plymouth, UK: Lexington Books, 2010.

Clarke, Amy M. *Ursula K. Le Guin's Journey to Post-Feminism*, Jefferson: McFarland, 2010.

Cummins, Elizabeth. *Understanding Ursula K.Le Guin*, Columbia: University of South Carolina Press, 1993.

Campbell, Joseph. *The Inner Reaches of Outer Space*: *Metaphor as Myth and Religion*, New York: A. van der Marck Edition, 1986.

—— *Transformations of Myth through Time*, New York: Harper & Row, 1990.

—— *The Power of Myth*, New York: Anchor Books, 1991.

—— *The Hero with A Thousand Faces*, Princeton & Oxford: Princeton University Press, 2004.

Cadden, Mike, *Ursula K. Le Guin Beyond Genre*: *Fiction for Children and Adults*, New York: Routledge, 2005.

Chris Shilling, *The Body in Culture, Technology and Society*. London: Sage Publications, 2005.

Eliade, Mircea, *The Myth of the Eternal Return or, Cosmos and History*, Translated by Willard R. Trask. Princeton: Princeton University Press, 1991.

Elliott, Robert C., *The Shape of Utopia*: *Studies in a Literary Genre*,

Chicago: University of Chicago Press, 1970.

Eagleton, Terry, *The Ideology of the Aesthetic*, Oxford: Blackwell Publishers, 1990.

Neumann, Erich, *Art and the Creative*, New York: Unconscious. Bollingen Foundation Inc, 1959.

Freedman, Carl., *Conversations with Ursula Le Guin*, Jackson: U of Mississippi, 2008.

Grosz, Elizabeth, *Volatile Bodies: Toward a Corporeal Feminism*, Bloomington: Indiana University Press, 1994.

Heller, A., *A Theory of History*, London: Routledge and Kegan Paul, 1982.

Harvey, David, *The Condition of Postmodernity*. London & New York: Blackwell Publishers, 1989.

Harvey, David, *Rebel Cities: From the Right to the City to the Urban Revolution*, London & New York: Verso, 2012.

Istvan Csicsery-Ronay, Jr. *The Seven Beauties of Science Fiction*, Middletown: Wesleyan University Press, 2008.

Jameson, Fredric, *Postmodernism, or, The Cultural Logic of Late Capitalism*, Duke: Duke University Press, 1991.

——*Archaeologies of the Future: The Desire Called Utopia and Other Science Fictions*, London & New York: Verso, 2005.

Jung, Carl, *Memories, Dreams, Reflections*, ed. Aniela Jaffi, trans. Richard and Clara Winston, New York: Pantheon Books, 1963.

—— *Psychology and Religion*, New Haven, CT: Yale University Press, 1938.

—— *Symbols of Transformation*, trans. R. F. C. Hull, 2nd edition,. Princeton, NJ: Princeton University Press, 1956.

Levi-Strauss, Claude, *The Scope of Anthropology*, trans. Sherry Ortner& Robert A. Paul, London: Jonathan Cape, 1967.

Lao Tzu, Tao Te Ching, *A Book about the Way and the Power of the Way*, A

New English Version by Ursula K. Le Guin with J. P. Seaton, Boston: Shambhala, 1998.

Marie D. Jones, *The Power of Archetypes*, Wayne: The Career Press, 2017.

Marx, Leo, *The Machine in the Garden: Technology and the Pastoral Ideal*, New York: Oxford University Press, 1964.

May, Rollo, *The Cry of Myth*, New York: W. W. Norton, 1991.

Nayar, Pramod K, *Posthumanism*, Cambridge: Polity, 2014.

Rose, Mike, *Lives on the Boundary*, New York: Penguin Books, 1989.

Rochelle, Warren G, *Communities of the Heart The Rhetoric of Myth in the Fiction of Ursula K. Le Guin*, Livepool: Livepool University Press, 2001.

Smith, Wolfgang, *Science and Myth: What We Are Never Told*, San Rafael: Sophia Perennis, 2010.

Stockwell, Peter, *The Poetics of Science Fiction*, London and New York: Routledge, 2014.

Suvin, Darko, *Positions and Presuppositions in Science Fiction*, Kent, OH: Kent State University Press, 1988.

Schilbrack, Kevin, *Thinking Through Rituals: Philosophical Perspectives*, London and New York: Routledge, 2005.

Streitfeld, David, ed., *Ursula K. Le Guin, The Last Interview and other conversations,* London: Melville House, 2019.

Singer, June, *Boundaries of the Soul: The Practice of Jung's Psychology,* Garden City, NJ: Doubleday, 1972.

Sandra J. Lindow, *Dancing the Tao: Le Guin and Moral Development*, Newcastle:Cambridge Scholars Publishers, 2012.

Schumacher, E. F.,*Small is Beautiful: Economics as if People Mattered,* New York: Harper & Row, 1973.

Wald, Priscilla, *Contagious: Cultures, Carriers, and the Outbreak Narrative*, Durham & London: Duke University Press, 2008.

Weber, Max, *The Protestant Ethic and the Spirit of Capitalism,* trans. Talcott Parsons, New York: Charles Scribner's Sons, 1958.

英文文章

Anderson, Elizabeth, "Ursula Le Guin and Theological Alterity", *Literature &Theology*, 30, Jun. 2016.

Armbruster, Karla, "Blurring Boundaries in Ursula Le Guin's *Buffalo Gals, Won't You Come Out Tonight*: A Poststructuralist Approach to Ecofeminist Criticism", *Interdisciplinary Studies in Literature and Environment*, 3, Summer, 1996.

Brown, Barbara, "The Left Hand of Darkness: Androgyny, Future, Present, and Past", *Extrapolation*, 1980,21 (3).

Baker-Cristales, Beth, "Poiesis of Possibility: The Ethnographic Sensibilities of Ursula K. Le Guin", *Anthropology and Humanism*, 37, Issue1, 2012.

Baudelaire, C., "The Painter of Modern Life", in *The Painter of Modern Life and Other Essays*. London: Phaidon Press, 1964.

Baudrillard, Jean, "The Ecstasy of Communication", in Hal Foster, ed. *The Anti-Aesthetic: Essays on Postmodern Culture*, Seattle: Bay Press, 1987.

Bourdieu, Pierre, "Scattered Remarks", *European Journal of Social Theory*, Vol.2, No.3, 1999.

Buchana-Oliver, Margo, Cruz Angela, "Discourses of Technology Consumption: Ambivalence, Fear, and Liminality", *Advances in Consumer Research,* Vol.39, 2011.

Bierman, Judah, "Ambiguity in Utopia: *The Dispossessed*", *Science Fiction Studies*, 2, Nov., 1975.

Brigg, Peter, "The Archetype of the Journey", in Joseph Olander and Martin

Greenberg, eds, *Ursula Le Guin*, New York: Taplinger, 1979.

Burns, Tony, "Marxism and science fiction: A celebration of the work of Ursula K. Le Guin", *Capital &Class*, Jun., 2015.

Clemens, Anna Valdine, "Art, Myth and Ritual in Le Guin's *The Left Hand of Darkness*", *Canadian Review of American Studies*, Winter, 1986.

Cummins, Elizabeth, "The Land-Lady's Homebirth: Revisiting Ursula K. Le Guin's Worlds", *Science Fiction Studies*, 17, Jul., 1990.

Cogell, Elizabeth Cummins, "The Middle-Landscape Myth in Science Fiction", *Science Fiction Studies*, 5, Jul., 1978.

Croft, Janet Brennan, "Ursula K. Le Guin in Mythlore", *Mythlore*, 36(2), Spring/Summer, 2018.

Call, Lewis, "Postmodern Anarchism in the Novels of Ursula K. Le Guin", *SubStance*, 36, Issue 113, 2007.

Fayad, Mona, "Aliens, Androgynes, and Anthropology: Le Guin's Critique of Representation in *The Left Hand of Darkness*", *An Interdisciplinary Critical Journal* 30, Sep.,1997.

Foucault, M.,"What is Enlightenment?", in *Michel Foucault: The Essential Works*,London: Allen Lane, Vol.1, 1997.

Hanson, Carter F, "Memory's Offspring and Utopian Ambiguity in Ursula K. Le Guin's 'The Day Before the Revolution' and The Dispossessed", *Science Fiction Studies*, 40, July, 2013.

Haldane, J.B.S, "no beliefs, no values, no institutions", *Daedalus or Science and the Future*, New York: P. Dutton, 1924.

Hull, Keith N, "What is Human? Ursula Le Guin and Science Fiction's Great Theme" *Modern Fiction Studies*, 32, Spring, 1986.

Hawthorne, Susan, "Wild Bodies/Technobodies", *Women's Studies Quarterly*, 29(3). Fall-Winter, 2001.

Jaeckle, Daniel P., "Embodied Anarchy in Ursula K. Le Guin's *The Dispossessed*", *Utopian Studies*,2009, 20(1) .

Jameson, Fredric, "World-Reduction in Le Guin: The Emergence of Utopian Narrative", *Science Fiction Studies*, 2, Nov., 1975.

Jones, Hillary A., "Taoist Spirituality and Paradox in Ursula K. Le Guin's *The Dispossessed*", *Journal of Communication and Religion*, Summer. 2015.

Kümmel, Friedrich, "Time as Succession and the Problems of Duration", in J. T. Fraser, ed., *The Voices of Time,* New York: Braziller, 1966.

Klarer, Mario, "Gender and the Simultaneity Principle: Ursula Le Guin's *The Dispossessed*", *Mosaic: An Interdisciplinary Critical Journal*, 25, Spring, 1992.

Leroy-Frazier, Jill, "Travels in Subjectivity: Post(Genomic) Humanism in Ursula K. Le Guin's Changing Planes", *Mosaic*, 49, Jun. 2016.

Mielenhausen, Eileen M., "Comings and Goings: Metaphors and Linear and Cyclical Movement in Le Guin's Always Coming Home", *Utopian Studies*, 3, 1991.

Mcallister, James W., "Recent work on aesthetics of science", *International Studies in The Philosophy of Science*, 2002, 16(1).

Nudelman, Rafail, Myers, Alan G., "An Approach to the Structure of Le Guin's SF", *Science Fiction Studies*, 2, Nov., 1975.

Russ, Joanna, "Toward an Aesthetic of Science Fiction", *Science Fiction Studies*, 2, Jul., 1975.

Remington, Thomas J., "A Touch of Difference, A Touch of Love: Theme in Three Stories by Ursula K. Le Guin", *Extrapolation*,1,Dec., 1976.

Suvin, Darko, "Parables of De-Alienation: Le Guin's Widdershins Dance", *Science Fiction Studies*, 2, Nov., 1975.

Scholes, Robert, "The Good Witch of the West", in Harold Bloom, ed. *Ursula K. Le Guin*, New York: Chelsea, 1986.

Stevens, Wallace, "The imperfect is our paradise", *The Collected Poems of Wallace Stevens*, New York: Alfred A.Knopf, 1954.

Senior, W.A., "Cultural Anthropology and Rituals of Exchange in Ursula K. Le Guin's *Earthsea*" *An Interdisciplinary Critical Journal*, 29, Dec., 1996.

Theall, Donald F., "The Art of Social-Science Fiction: The Ambiguous Utopian Dialectics of Ursula K. Le Guin", *Science Fiction Studies*, 2, Nov., 1975.

Testerman, Rebecca, "Ursula K. Le Guin's Journey to Post-Feminism by Amy M. Clarke", *Journal of the Fantastic in the Arts*, 2011, 22(3).

Wiemer, Annegret, "Utopia and Science Fiction: A Contribution to their Generic Description", *Canadian Review of Comparative Literature*, March/June, 1992.

Watson, Ian, "The Forest as Metaphor for Mind: 'The Word for World Is Forest' and 'Vaster than Empires and More Slow'", *Science Fiction Studies*, 2, Nov., 1975.

Walker, Jeanne Murray, "Myth, Exchange and History in *The Left Hand of Darkness*", *Science Fiction Studies*, 6, Jul., 1979.

—— "Rites of Passage Today: The Cultural Significance of *A Wizard of Earthsea*", *Mosaic: An Interdisciplinary Critical Journal*, 13, Spring/Summer, 1980.

Wamberg, Jacob & Thomsen, Mads Rosendahl, "The Posthuman in the Anthropocene: A Look through the Aesthetic Field", *European Review*, 2016, 25(1).

后　记

　　现代性问题是现代哲学、美学、社会学讨论的重要话题。"现代性"概念发端于17—18世纪的"古今之争",彰显了人们"向未来"的信念和决心。然而,无论是从时空维度还是意识维度,现代性都不仅仅是要见证此刻与过去的决裂,更确切地说,不是要去追求一种纯粹时空上的替换世界,而是力图揭示在人之为人的根本欲望中,自始至终隐藏着对不止一个世界的需求。"不止一个世界"可以理解为只要是人,是活的生物(living creature),就不能只存在于一个设定的、至高的、唯一的世界——我们姑且用大写的单数World来表示这样一个世界,而需要无数个不定的、包容的、差异的世界——我们用小写的复数worlds来表示。人所需要的世界是永无定性的,因为一旦确定,就成了一种限制和封闭,失去了生机。所以,正如本书中所强调的那样,如果我们愿意尝试运用人类学美学的方法,从古代仪式思维的视角介入这一话题,那么,所谓的"现代性问题"从来就不是问题。

　　记得读书时老师曾玩笑说:肖达娜一思考,上帝就会发笑。老师是想说我一思考就眉头紧锁,一副沉迷之态。但这句话恰恰启发我进一步去思考:柏拉图说美是难的。在"美是难以界定的"这样一层意思以外,是否还可以理解为美是一定需要经历磨难和痛苦的。如果你逃避了苦难,也就错过了获得幸福的机会。思考一个难题;读一本深奥的书,和原始人类在条件艰险的洞穴中创作一幅壁画;不惜花费巨大的人力物力举行一场仪式所产生的情感是极为相似的。正是在经历了痛苦的挣扎、反复的琢磨、阈限的迷狂,我们才得以在抽象的语境中去开辟、发现和创造,获得一种从

"狭窄昏暗"到"豁然开朗"的审美快感。

的确，思考让人得以进入另外的世界（the other worlds）。人对另外的世界的需求和渴望，实际上从儿童时期开始就从未中断过。范梅南和莱维林合著的《儿童的秘密》中记录了很多关于秘密的故事。"秘密"之所以总能激起人们的好奇心与注意力，就是因为其中包含有"边界"和"禁忌"，指向一个个神秘的世界，而我们一旦跨越边界，打破禁忌，就可以进入另外的世界。活的生物从来不会满足于封闭地存在。儿童需要跟随父母去感知成人的世界，男性和女性需要了解和经验彼此的世界；自然人渴望体验"技术人""超人"的世界；清醒的人需要进入诸如"白日梦"之类的梦境世界；活着的人无时无刻不在想象着死后的世界……实际上，我们稍加留意就会发现，每一个人，与不同的人的接触或者相处，也表现了这个人对不同的世界的需求。简单地说，我们无法只与一个人相处，因为每一个人都是一个差异的世界。我们和父母的世界；和朋友的世界；和竞争对手的世界；和爱人的世界；和儿女的世界……每一个都迥然不同，每一个都不可或缺。

让我们在此停留片刻：故事的结局是什么呢？无论我们进入什么样的世界，在身体上、精神上体验了进入另外的世界之旅后，仍然会返回自己的中心——这个自己的中心，就是"我自身"（构成"我"的这一整体现象的结构中心），带着另外世界的经验和新知，返回自身。虽然原来那个"自己"已经随时空和语境的变化而变化，或者已经获得了成长，甚至实现了超越。但"返回自身"，即便是一个全新的自己，我们可以用括号将这个"全新的"括起来，却无法删除宾语"自己"，因为这个"自己"有着固定的中心。所以，与其说人总是在追求变化，寻求安定，保存秘密，探索世界，不如说人需要跨越边界，去经验另外的世界。这不正与古代过渡礼仪中的三个阶段相契合吗？无论是"净化—过渡—升华"，还是"分隔—边缘—聚合"，都是从旧的世界里抽离出来，冲破边缘的阈限，到新的世界里寻找治愈的良方，收获成长的密钥，再带着新知和能量回到原来的中心，实现"我自身"的升华。基于这样一个古老的结构，人要跨越边界，去经验另外的世界的行为是持续不断的，因为跨越边界的目的，就是去到不止一个另外的世界。而这小写的、复数的世界，不只是空间意义上的世界（公共空间和私密空间；神圣空间和世俗空间），时间意义上的世界（梦时和现时；历史和未来；神话和现实）；它也是心理意义上的世界（内心世界和外在世界；秘密世界和外显世界），精神意义上的世界（迷狂的世界和宁静的世界；意识世界和无意识世界），人际间性的世界（由不同人给予的或与不同的人共同建构的不同的世界）。

那么，我们必定会进一步追问：每一个"我自身"的中心要如何与世界相连，才能发现生命的意义，满足现代人流变的审美情感？这也正是本书探讨的关键问题。同样是以人类学的思维和方法，我们在勒奎恩科幻创作中看到了这样一种可能：在差异、极端、对立的世界间制造"暧昧"的"联姻"。围绕"暧昧"这一核心概念，本书着重探寻现代人与世界建立新的联系，激活深度审美感知的方法和路径。当然，这里的"世界"必须是复数的、小写的世界，也就是说，每一个中心都需要和不同的世界经历接壤、过渡、交流和回归，从不止一个的另外的世界中汲取新的能量，以拓展"边缘"的广度和厚度，更好地为中心服务。而在此过程中，负责架起中心之间沟通的桥梁，洞穿中心内涵的恰恰就是似乎游离于我们视线之外，却又真正拥有自由意志的，动态的边缘地带。科幻创作的独特意义在此，人类学美学的意义在此，它们从根本上都离不开从原始时期至今不断变换着表现形式，却万变不离其宗的仪式思维。我们最终无法也不愿留驻于或者成为另一个世界，而是渴望着了解、交流和晕染，去旅行和发现，生发出无限新的创造，丰满和完善每一个中心的经验，巩固并加强"我自身"。

本书从立论到阐释都离不开恩师苟波教授的循循引导。老师博学善思、幽默风趣，其敏锐的洞察力、强大的阐释力和"穿越式"的思维常令人折服。老师本身就像是一个"暧昧"的学术综合体，无论话题涉及哪一学科，总能在学科的边缘、思想的边界处发现共通之光，迅速结网成篇，将多个世界相连，为我们带回全新的启发。感谢恩师时刻鼓励学生从混沌中寻找秩序，在恒定中制造突变，最大限度地激活自己的创造力！

感谢在本书修改成形过程中给予我帮助的前辈和师友。特别感谢四川大学阎嘉教授、段玉明教授、徐新建教授、李裴教授，南方科技大学吴岩教授，四川师范大学李诚教授、雷云教授、毛娟教授于百忙之中审读拙著，提出宝贵的批评意见和修改建议，鞭策、指引我不懈前行。还要特别感谢中国社会科学出版社杨康编辑对书稿专业、细致的校对和润色。

最后，我深知自己能静心写作离不开家人的支持，感谢家人们无私的爱与奉献，默默做我的承重墙，给我力量，让我依靠。

我们每个人都需要不止一个世界，每个人的美与审美都不一样，每个人都是美的发明者。

肖达娜

2023年5月20日于狮子山